셜록 홈즈의 증명

셜록 홈즈의 증명

김재희 ·

박현주 ·

손선영 ·

윤해환 ·

홍성호 ·

한스미디어

차례

탐정의 결투

박현주

남자가 찾아온 것은 전쟁이 끝난 다음해였다.

길지 않은 사이 두 번에 걸친 전쟁으로 유럽은 폐허가 되었다. 전쟁의 승리에 목마른 미국은 유럽의 안위에는 관심이 없었다. 영국이 대륙과 떨어진 섬이라는 사실이 그나마 다행이었다. 직접적인 폭격과 이어진 지상전에 연합국인 프랑스도, 적국인 독일도 초토화되었다. 피할 수 없었기 때문이다. 반면 영국은 해협을 건너야 하고 전쟁의 요충지가 아니었기에 쑥대밭이 되는 참사만은 피했다.

1940년과 1941에 걸쳐 독일은 영국의 항공시설과 지원시설에 대한 타격을 원했다. 독일은 제공권을 장악하는 이외에 공포를 조성해 영국의 항복을 받아내려 했다. 독일이 원했던 결과는 뒤집어졌다. 영국 국민은 응집했고 캐나다와 같은 전쟁 간접 국가의 공조마저 얻어냈다. 후일 본토 항공전으로 명명된, 독일의 첫 번째 대패였다. 그렇다고 해도 전쟁의 화마는 홈즈에게도 상당한 피해를 끼쳤다.

폭탄에도 눈이 달렸더라면.

숲에 폭탄 하나가 떨어졌다. 홈즈가 양봉 시설을 만들어둔 곳이었다. 홈즈는 죽어버린 벌들과 파괴된 양봉 시설에 절망했다. 로열젤리를 얻고 스스로를 치유하는 삶도 부서지고 말았다. 당장에라도 벌집을 고치고 싶었다. 그러나 전쟁이 끝나야만 한다. 어쩔 수 없이 서섹스다운스의 유유자적한 삶도 미루어야 했다.

전쟁이 끝나기 무섭게 홈즈는 양봉 시설을 재건했다. 그러나 벌이 생산 활동을 하기에는 늦은 계절이었다.

벌이 날갯짓을 시작한 이듬해 홈즈는 희망에 부풀었다. 벌들은 아침이면 근면한 일꾼이 되었고, 저녁이면 달콤한 꿀을 가지고 왔다.

서섹스다운스 벌판을 연한 잎과 꽃들이 채운 5월의 마지막 날이었다. 벌들은 어느 때보다 왕성하게 날아다녔다. 그렇지만 홈즈는 요 며칠 심기가 불편했다. 며칠 뒤면 바질 라스본이 열네 번째로 홈즈 역을 맡은 영화가 개봉한다. 영화에서 홈즈는 멍청하기 그지없었다. 직관적인 추론이면 충분한 일에 몸을 쓰며 쫓아다닌다. 이번 영화도 마찬가지일 터였다.

왜 그들은 홈즈에게 자문을 구하지 않으려는 것일까?

그러고 보니 왓슨이 만든, 책의 형태였던 '홈즈'가 필름보다 나았다. 상상에서 존재했던 홈즈가 구체적인 인물이 되자 오히려 조롱거리에 불과해져버렸다. 영화를 보는 십대는 홈즈가 실존 인물이라는 사실조차 모른다. 그저 한 명의 액션 영웅으로 여긴다. 한

심한 노릇이었다. 상영을 금지시킬 수도, 그렇다고 제작을 못 하게 만들 수도 없다. 거의 매년 빠지지 않고 홈즈의 일대기가 영화화될 때만큼은 끝내 우울해지고 만다. 그래서 홈즈는 멈추었던 책의 집필에 속도를 높였다.

내일이면 6월인가.

홈즈는 하늘을 보며 허리를 폈다. 그때 홈즈를 또렷이 바라보고 있는 한 남자를 알아차렸다.

"얼마나 거기 있었던 거요? 이제 아흔이 된 나이라 많은 것에 부주의해졌다오."

"홈즈 씨, 저를 잊으셨군요. 저는 아랫마을에 있는 여관 주인입니다. 누군가 홈즈 씨를 찾아왔습니다."

"이곳으로 오라고 가르쳐주지 그랬나? 버……."

"잊지 않으셨군요. 버키입니다. 조나단 버키."

"그런데 왜?"

"찾아온 사람이 일본인이거든요. 뭐라고 혼자서 떠드는데 도통 알아들을 수가 없었어요. 제가 무언가 물을 때마다 자꾸 화를 내는 것 같아서 말을 붙일 수가 있어야지요. 영어를 할 줄 아는지 모르는지도 물어보지 못했다니까요."

"그래서 제가 직접 왔습니다. 불친절하고 인종차별에 휩싸여 식사도 제대로 대접하지 않는 여관 주인과는 말도 섞기 싫었거든요."

"어라, 당신!"

갑자기 끼어들어 영어를 구사하는 남자의 목소리에 버키가 놀라며 몇 걸음 뒤로 물러났다. 홈즈는 버둥거리는 버키의 모습에 그만 껄껄 웃고 말았다.

"잘 좀 대접해드리지 그랬나? 앞으로는 아시아인이라고 깔보는 행동은 하지 말게나. 적어도 이 마을에 아시아인이 찾아온다는 건 나를 찾아오는 거니까 말이네."

버키가 고개를 끄덕였다.

"감사합니다. 근데 그렇게 신경 써주지 않으셔도 됩니다. 어차피 전 손님이니까요."

남자의 목소리에는 비난이나 비아냥거림이 담겨 있지 않았다. 홈즈에게 설명하려고 애쓰는 목소리였다.

"손님이니까 그러는 거라네."

홈즈는 고개를 돌려 남자를 보았다. 검은 슈트를 입고 중절모를 썼다. 작은 키에 검은 털이 부숭부숭하고 등이 굽은, 원숭이라고 놀려대는 아시아인의 모습이 아니었다. 큰 키에 어깨도 떡 벌어졌다. 꽤나 단련한 몸이라는 걸 단번에 알 수 있었다. 남자는 또한 인내할 줄 알고 주관이 뚜렷했다. 그가 홈즈에게 내뱉은 말이 증거였다.

남자가 홈즈와 눈이 마주쳤다. 그는 홈즈에게 중절모를 벗고 허리를 사십오 도 정도 숙였다. 아시아인의 인사법 중 특히 동북아시아의 인사법이다. 홈즈도 살짝 고개를 숙여 인사를 받았다.

"코리아에서 오셨소?"

홈즈가 물었다.

"이해하시오. 그리 불친절한 사람은 아니외다. 당신을 일본인이라고 단정한 순간부터 불친절해졌을 테니 말이오. 이제야 오랜 전쟁이 끝나서 전쟁 원흉에 대한 증오는 뿌리 깊다오. 그건 버키에게서 몸소 느꼈을 거고. 웬만하면 저팬이 아니라 코리아라고 항변하지 그랬소?"

남자가 '코리아'라는 말에 환하게 웃었다.

"어떻게 아셨습니까?"

"인사법 때문이지. 게다가 허리를 굽혔다 일으키는 속도도 그렇고."

대륙이라고 해야 할까, 기질이라고 해야 할까. 동북아시아 인사법은 그네들의 기질을 담고 있다. 비교적 오랫동안 대륙을 지배했던 한족들은 고개를 숙이기보다 주먹을 내민다. 당신에게 주먹을 쓰지 않겠다, 라는 뜻을 담고 있다. 반면 여러 번 직접적인 침략에 방어하고 대응하면서도 반대로 친분도 유지해야 했던 대륙 끝자락 코리아는 반쯤 허리를 숙인다. 머리를 숙여 존경을 표하면서도 언제든 몸을 일으킬 수 있는 효율적인 인사법이었다.

"이곳에 온 이유야 뻔하지 않겠소? 존경 아니면 호기심일 테니까. 신중한 일본인이었다고 해도 대놓고 처음부터 호기심을 드러내진 않으니, 나를 정면으로 마주해 허리를 구십 도쯤 꺾는 일본식 인사를 했겠지요. 아, 이런. 내가 또 수다를. 이해하시오. 나도 이제 늙었다오."

홈즈가 손사래를 쳤다. 남자가 홈즈를 향해 웃었다.

홈즈는 따라오라 손짓하며 앞장섰다. 언덕 위에 있는 별장으로 걸어갔다. 뒤에서 말소리가 들렸다.

"그럼 어르신, 저는 이만 돌아가겠습니다."

홈즈는 버키의 인사에 뒤돌아보지도 않고 손짓으로 대신했다. 홈즈는 별장 문 앞에 이르러서야 고개를 돌렸다. 남자는 묵묵히 홈즈의 몇 걸음 뒤에서 따라오고 있었다. 남자의 곁에서 벌이 윙윙거리며 날아다녔다. 벌이 남자를 환영하는 듯했다. 덩달아 홈즈도 기뻤다. 남자에게 얼른 들어오라 손짓했다. 남자는 자신에게서 벌이 자연스레 날아갈 때까지 기다렸다가 집으로 들어왔다.

"배려심이 깊구려."

홈즈가 거실로 안내하며 말했다. 보통은 손으로 벌을 내치려고 든다. 그런 탓에 애꿎은 벌이 죽거나 반대로 사람이 화가 난 벌에게 쏘이기도 한다. 그러나 남자는 기다렸다. 기다리는 법도 안다. 오랜 기다림 끝에 여기까지 찾아온 것이다.

"아, 자네가 좀……."

거실에 앉지 않고 기다리던 남자가 홈즈의 말을 알아들었다. 남자는 부엌으로 가서 찻물을 얹었다.

"꿀에다 레몬도 넣을까요?"

홈즈는 남자가 묻는 말에 크게 웃어버렸다. 알려주지 않아도 되는 사람을 오랜만에 만났다. 허드슨 부인이나 왓슨은, 홈즈에게는 말하지 않아도 되는 사람이었다.

"일단 모자부터 좀 벗는 게 어떤가?"

홈즈의 말에 이번에는 남자가 크게 웃었다.

"제가 너무 손님처럼 굴었나요?"

"손님처럼이 아니라 손님이었지. 하지만 오늘부터 자네가 머무는 며칠 동안은 손님이 아닌 친구였으면 좋겠네그려."

홈즈가 불안한 마음을 숨기며 물었다.

"기꺼이 그러겠습니다."

남자는 유창한 발음으로 말했다.

곧 뜨거운 꿀차가 테이블에 놓였다. 남자는 꿀과 로열젤리를 적절히 섞었다. 레몬은 과하지 않을 정도로 향만 더했다.

"잘 탔는데?"

"유보적으로 탔습니다. 보수적으로 탔다고 해야 옳을까요?"

"이제 어쩔 수 없이 대립하게 될 거야. 전쟁이 몰고 온 여파겠지. 미국은 공산당에 대한 응징 분위기가 극에 달했고, 반대로 사회주의에 대한 맹신으로 똘똘 뭉친 나라들도 많으니까. 당분간은 완전히 나누어지겠지. 그들이 자기네들 방식으로 승리했다고 믿을 테니까. 물론 자네가 타온 허니레몬 티를 마시며 이야기할 주제로는 무거우려나?"

"정치는 실험 단계라고 생각합니다. 특히 이념을 앞세운 정치는 전 세계에 나타난 지 백 년도 되지 않았잖습니까. 사회주의나 자본주의가 무조건 그르거나 옳다는 게 아니라 개인의 욕심이 만들어낼 끝없는 미궁이 실험적인 정치를 시궁창으로 몰아넣을지도 모르니까요."

"하긴 내가 다루었던, 또 우리가 다루었던 여러 탐정 놀이에 비하자면 복잡하고 더러운 건 사실이겠지. 그런데……."

"우리, 라고 하셨습니까?"

"그럼. 자네도 탐정이지 않나? 적어도 자네가 살았던, 그걸 뭐라고 해야 할지 모르겠구먼. 나라를 빼앗기고 강제적으로 살았던, 그런 시대였으니 누구나 아팠을 게야. 놀이라고 표현해서 미안하네만, 자네는 그런 상황을 탐정 놀이로 극복해냈던 거고. 물론 틀렸다고 자네는 말하겠지. 정의를 추구하고 죄를 처단하는 순수한 감정에 대해 이야기할지도 모르니까. 무엇보다 자네가 허니레몬티 한 잔으로 '유보'나 '보수'를 적절히 언급해 나를 시험하려 든 것은, 탐정놈들이 잘난 체 우쭐대는 스누핑이나 블러핑 따위 장난에 비하면 훨씬 우아했다네."

"저에 비하자면 선생님은 적절히 저에 대한 과거까지 끌어들여서 거창하고 멋지게 마무리해주셨습니다. 하지만 나라를 잃은 슬픔이란…… 이루 말할 수 없을 정도더군요. 어쨌든 전쟁은 끝나서 천만다행입니다. 저희 역시 조선에 대한 정통성을 부정한다기보다 새로운 이름으로 새롭게 출발하겠다고 합니다. 그렇지만 걱정은 되네요. 나라를 팔아먹는 위정자가 또 생기지 말라는 법은 없으니까요."

"그래서 역사라는 게 중요하지. 우리라고 다르지 않아. 올리버 크롬웰만 해도 그랬지. 나라를 바꿀 수 있었지만 결국 왕정복고를 불러왔으니까. 역사는 절대적인 기준과 가치를 통해 가르치고 배우며 전해주어야 하는 거니까."

목이 말랐다. 홈즈는 허니레몬 티를 꿀꺽 한 모금 마셨다.

"자네는 나를 찾아오면서 왜 뤼팽의 모습을 흉내 낸 것인가? 그건 아마도 자네가 가진 탐정에 대한 성격에 부합하는 모습이어서겠지, 나 홈즈가 아니라? 그래, 자네 이름이 뭔가?"

"유불란입니다."

"뜻이 있는가? 한자를 쓰는 중국과 달리 특유의 글자가 있으면서도 자네들은 이름 하나에도 의미를 둔다고 들었어."

"선생님의 다양하고 깊은 지식에는 따를 수가 없군요. 굳이 해석하자면 살인이 세상을 어지럽혀서는 안 된다, 라는 뜻이랄까요."

"오호라, 타고난 탐정의 이름이구먼."

홈즈는 유불란의 말에 고개를 끄덕였다. 홈즈는 수많은 살인자들의 도전도 받았지만 반대로 탐정들에게도 도전을 받았다. 몇 건의 사건을 해결한 탐정들은 우쭐해져서 홈즈를 찾아온다. 이런 상황일 때는 누군가 반드시 탐정을 부추긴다.

'자네야말로 역사상 최고의 탐정이지 않은가!'

아첨에 우쭐해진 탐정은 홈즈에게 도전하기를 마다하지 않는다. 첫 관문이 스누핑이다. 당신이 오늘은 무엇을 먹었고 어제는 이런 일을 했으며 지금 당신의 기분은 이럴 것이다, 같은. 솔직히 말해 그 어떤 탐정도 홈즈를 만족스럽게 하지 못했다.

홈즈는 그들에게 웃으며 대꾸해준다.

"자네는 나보다 위대한 탐정이 될 거야. 그러니 어서 가서 사건

을 해결하게나. 나와 이렇게 차를 마시며 대단하다고 자랑하기에
는 아직 백여 건의 사건을 더 해결해야 하네. 자네가 보통 몇 개월
만에 사건 하나를 해결하나? 내가 해결한 사건에서 자네가 해결
한 사건을 빼봐. 그럼 자네가 앞으로 얼마나 더 사건을 해결하고
나를 찾아오는 게 나을지……."

이즈음이면 현명한 녀석들은 꽁무니를 뺀다. 반면 어쩌다 얻어
걸린 사건 몇 개를 해결한 무식한 탐정들은 여전히 자랑을 마다
하지 않는다. 이제 당신은 무대 뒤로 밀려난 배우에 지나지 않는
다는 비난도 서슴없이 해댄다. 극도로 피곤해진 홈즈는 보통 이
렇게 말한다.

"가서 내가 그랬다고 전하게나. 자네가 이 홈즈보다 더 위대한
탐정이라는 것을 인정할 테니 사람들에게도 인정해달라고. 됐지
그럼?"

콧방귀를 뀌며 의기양양해서 나간 녀석들치고 사람들에게 인
정받은 탐정은 없었다. 물론 홈즈는 지금도, 또 앞으로도 그럴 것
이라 생각한다.

'홈즈보다 위대한 탐정은 없다.'

세월이 지나며 상황이 변했기 때문이다. 탐정의 시대는 한물갔
다. 특정 사건을 해결하는 일에 대해 홈즈를 뛰어넘을 다른 직업
이 생겨날지 모른다. 그러나 홈즈보다 더 위대한 탐정이 나타날
수 있는 시대는 다시 돌아오지 않을 것이다.

"날카롭게 당하고 싶었습니다. 선배에 대한 존경이라 할까요?

아니라면 여전히 건강한 홈즈 씨를 보고 싶었다고 할까요?"

"그래서 은연중에 이야깃거리를 던졌던 겐가? 나에게서 여러 이야기를 끄집어내려고? 하긴 오랜만에 벌이 아닌 다른 이야기를 한 건 사실이야. 그런데 솔직히 말해 나를 찾아오는 불손한 탐정들에게 지쳤어. 그렇게 말해야 맞겠지. 아마 자네도 파란 눈에 금발의 모습으로 뤼팽의 복장을 하고 왔더라면 본체만체했을 거라네."

"아, 죄송합니다."

유불란은 잠시 생각에 잠겼다. 그의 얼굴에서 복잡한 감정이 내비쳤다. 처음 홈즈가 유불란을 보았을 때는 잠시나마 도전을 위해 찾아온 아시아의 탐정 정도로 여겼다. 그러나 확실히 알겠다.

"그래. 많은 생각을 하며 찾아왔겠지. 내가 그랬지. 자네가 여기까지 왔다는 건 존경 아니면 호기심이었을 거라고. 거기에 하나가 더 있구먼. 적어도 자네는 나를 시험하기 위해서가 아니라 자네를 시험해달라는 목적으로 왔어. 그렇지?"

이번만큼은 홈즈의 말에 유불란이 쉽게 대답하지 않았다.

"솔직히 말씀드려도 되겠습니까?"

한참이나 침묵하던 유불란이 홈즈에게 물었다.

"책을 집필하신다고 들었습니다."

"아!"

홈즈는 깜짝 놀랐다. 한창때에야 홈즈에게 복통만 일어도 런던 끝까지 소문이 났다. 그러나 1946년이 된 지금, 홈즈는 그저 노인에 불과하다. 그런데 책에 대한 소문이 코리아에까지 퍼졌다니 놀라울 따름이었다.

"선생님, 전 그저 순수한 선의와 호기심에서 선생님의 정보를 듣고 있었을 뿐입니다."

"하긴. 내가 어느 일본인 부부에게 편지를 보낸 적이 있기는 했어. 그 일본인 부부라면 입이 무거운 사람들일 텐데, 자네에게까지 알렸다는 건 자네를 상당히 신뢰한다는 뜻이겠구먼그래."

유불란이 살짝 고개를 숙여 홈즈의 말에 수긍했다.

홈즈는 어느 순간 자신을 찾아오는 탐정들에게 신물이 났다. 누구나 탐정이 될 수 있는 시대이니 그만큼 탐정이 평범해져버렸다. 그러나 한참 만에야 깨달았다. 탐정, 경찰, 범죄자에게 지치고 범죄에 신물이 난 사람은 홈즈 자신이었다. 그제야 결론에 도달했다. 나는 늙었고 죽음이 얼마 남지 않았다. 그렇게 결론 내린 이후 홈즈는 무언가를 해야만 한다고 생각했다. 여러 번 고민하고 무엇을 해야 할지 떠올렸다. 그러나 홈즈가 해결한 사건을 책으로 쓰는 것은 왓슨의 몫이었다. 왓슨이 죽을 때까지 행해왔던 일은 그것으로 거룩했다. 배신하고 싶지 않았다.

번뜩 아이디어가 떠오른 것은 어느 날 찾아온 탐정 때문이었다. 그는 가짜 탐정이었다. 코미디언 같은 작자여서 웃으며 돌려보냈다. 무지몽매하고 배려심이라고는 눈곱만치도 없으면서 우쭐대기나 하는 가짜 탐정 말고 진짜 탐정에 대해서 써볼까?

그런데 계속해서 집필을 하려 들수록 한 가지가 홈즈를 괴롭혔다. 지금까지 해결하지 못한 사건들이었다.

"조금 솔직해져볼까?"

홈즈는 대답을 바라지 않고 유불란을 보았다. 홈즈의 말에 유불란은 그와 또렷이 눈을 맞추었다.

"아, 자네에게 한 말은 아니라네. 나 자신에게 한 말이네. 번뜩 '세계의 탐정사전'을 쓰자는 생각이 스쳤지. 적어도 홈즈가 인정하는 탐정이라면 세계의 다른 사람들도 인정하지 않을까?"

"퍽 우수한 생각입니다."

"그렇지?"

홈즈는 기분이 좋아져 유불란을 보며 웃었다.

"그런데 책을 쓰면 쓸수록 사건이 나를 괴롭히더라고. 아주 오래전에 내가 해결하지 못한 사건. 그런데 내가 위대하다고 인정한 탐정인데 그들 역시 자신이 해결하지 못한 사건에서 자유롭지 못하면 어쩌나? 오히려 이 홈즈의 호의를 잘못 해석하고 받아들이지는 않을까! 솔직히 말해 집필은 지지부진하다네. 알파벳 A에서 시작했는데 이제 겨우 L에 이르렀으니까."

"벌써 절반이나 하셨는걸요."

"그렇게 되나?"

유불란이 온화한 미소를 지어 보였다. 고개를 끄덕이는 그에게 홈즈도 미소로 답했다.

그때 문 열리는 소리가 들렸다. 먼로 부인일 것이다.

"선생님, 저녁은……."

들어오던 먼로 부인이 화들짝 놀라며 장바구니를 바닥에 떨어뜨렸다.

"태어나 처음 보는 아시아인이지? 코리아 사람이라네. 유불란
이라고 미스터 유라고 부르게나. 그래, 오늘 저녁은 뭔가?"

홈즈가 유불란을 소개하는 사이, 정중히 일어난 유불란은 홈즈
의 말에 맞추어 먼로 부인에게 인사했다. 제법 보수적인 편인 먼
로 부인도 유불란의 인사가 마음에 들었는지 드레스를 살짝 추스
르며 인사를 건넸다.

"먼로 부인이 자네가 마음에 들었나 보네그려. 저렇게 인사하는
것도 난 처음 보거든."

홈즈가 껄껄 웃었다.

"저녁은 샐러드와 송아지 스테이크예요. 삶은 당근도 곁들일 거
랍니다."

얼굴이 붉어진 먼로 부인이 홈즈와 유불란을 번갈아 보았다.

얼마 지나지 않아 먼로 부인이 식탁에 저녁을 차렸다. 근사한 한
상이었다. 홈즈는 냅킨에 손을 닦으며 저도 모르게 박수를 쳤다.

"선생님이 정말 어린아이 같죠?"

먼로 부인이 유불란 앞으로 스테이크를 가져오며 물었다. 잠시
눈치를 보던 유불란은 웃음으로 대신했다.

"저 친구, 생각보다 수줍음이 많구먼. 먼로 부인이 지금 몇 살이
라고 했지?"

"마흔이 조금 넘었죠."

"유불란, 자네는 몇 살인가?"

"마흔이 조금 못 되었습니다."

"그것 보게나. 딱 어울리는 나이 아닌가. 사람이란 게 그래. 좋은 사람에게 기대고 살아야 한다니까."

"어머나, 선생님께서 하실 말씀은 아닌 것 같아요. 그리고 저는 선생님 말씀처럼 처음 뵙는 아시아인이라 조금 호기심이 동한 것뿐이랍니다."

먼로 부인이 웃으며 대답했다. 그러나 홈즈가 보기에 먼로의 얼굴은 어느 때보다 홍조를 띠었다.

"저 친구, 총각이라니까 그러네. 여기 며칠 머무를지 모르겠지만 둘이 한번 만나봐. 유불란, 자네에게 누구보다 인생에 대한 깊이를 아는 여자를 소개한다면 먼로 부인을 추천하겠네. 남편이 있었는데 전쟁 통에 먼저 갔다네. 혼자 된 지도 꽤 되었지. 오늘 밤에 자다 깼을 때 자네가 없다면……."

"주책이에요, 선생님!"

먼로 부인이 홈즈의 손을 찰싹 때렸다.

홈즈와 유불란, 먼로 부인은 그저 그런 수다를 떨며 저녁을 마쳤다. 먼로 부인이 후식으로 따끈한 코코아 차와 푸딩을 내놓았다. 그러자 홈즈는 또 유불란을 위한 특별식이라며 농담을 건넸다. 다른 날에 비해 30분을 더 머무르고 나서야 먼로 부인은 자리를 떴다.

"괜찮은 여자라네. 곧 좋은 남자가 생기겠지. 자네를 추천하고 싶지만 영국 여인이 아시아인을 남편으로 맞는다는 건 꽤나 용기가 필요할 거야. 그래, 우리가 무슨 이야기를 나누고 있었지?"

"'세계의 탐정사전' 이야기였죠."

"아, 그랬지. 그런데 자네가 왜 탐정사전에 신경을 쓰는 것인가?"

물론 홈즈가 이 질문을 던질 때에는 명백히 유불란의 의도를 파악하고 있었다. 그러나 확신이 필요했다.

"알고 계시리라 봅니다만……."

"그래, 알고 있다네. 다만 자네 입으로 듣고 싶어서 그러네."

"저를 비롯한 아시아의 탐정들이 '세계의 탐정사전'에 수록될 수 있는지 여쭈기 위해 왔습니다."

"그래서 나에게 자네를 시험해달라는 거지?"

"네, 그렇습니다."

"하긴 내가 아시아 탐정에 대해 들었던 거라고는 과거의 인물들뿐이지. 적인걸이나 포청천, 자네 나라의 암행어사 박문수 정도일까?"

박문수라는 말에 유불란이 크게 미소를 지었다.

"하지만 오래되었고 실재 사건에 대해 알 수 없지. 그저 전해지는 이야기뿐이니까. 내가 쓰려는 이야기와는 조금 맞지 않는다네. 엘러리 퀸이나 브라운 신부까지는 아니더라도 최근에 각광받고 있는 필립 말로 정도는 돼야 하지 않겠나? 총을 들고 설치는 말로의 폭력적인 방법은 마음에 들지 않지만 단번에 사건을 해결하는 그의 능력은 대단하단 말이지. 이런 걸 이율배반이라고 해야 할까?"

홈즈는 또 구구절절 이야기를 늘어놓고 말았다. 오른손을 들어 유불란에게 미안하다는 시늉을 했다.

"가만, 이런 건 어떠한가. 내가 자네에게 말했지. '세계의 탐정사전'이 속도가 나지 않는 이유는 내가 해결하지 못한 사건들 때문이라고. 그중 하나를 자네가 해결하는 건 어떤가?"

홈즈의 말에 유불란이 크게 한숨을 내쉬었다.

"아, 물론 최근의 사건도 많네만 어차피 자네와 내가 이야기를 주고받는 거라면 과거의 사건을 복기해보는 것도 나쁘지 않을 거야. 자네야 스코틀랜드 야드에서 뛰기에 부족함이 없지만, 나는 이제 야드에서 뛰기엔 늙지 않았는가."

홈즈가 유불란에게 격의 없이 말했다.

유불란은 홈즈의 저의를 알아차렸는지 벌떡 일어나더니 인사를 했다.

"감사합니다, 선생님. 하지만 여기서 하나 짚고 넘어가야 할 것 같습니다. 선생님을 오늘 만났을 뿐입니다만, 선생님이 개인적인 친분이나 저에 대한 믿음으로 저를 탐정으로 대해주시는 것과 '세계의 탐정사전' 이야기는 별개입니다. 저는 선생님이 쓰시는 '세계의 탐정사전'에 당당히 아시아 탐정들이 포함되어야 한다고 봅니다."

홈즈가 재빨리 유불란의 말을 가로막았다.

"한시라도 내게 인정받고 싶은 게로군. 그렇다 해도 인생과 탐정 놀이는 다르다네. 내가 자네 나이 때라면 벌을 치는 내 모습을 상상하지 못했을 거야. 자네 역시 마찬가지 아닌가. 내가 '세계의 탐정사전'을 쓰지 않았다면 여기에 올 생각을 했을까. ……아니, 이 질문은 틀렸군. 자네 나라가 해방이 되었을 때 어쨌든 왔겠구면. 여하튼 인생과 탐정 놀이는 달라."

"그렇지만……."

홈즈는 유불란에게서 곧은 성품을 느꼈다. 홈즈가 '세계의 탐정사전'에 유불란의 이름을 넣겠다고 한다면, 그는 자격이 없다며 반드시 빼달라고 고집부릴 것이다.

"그래, 그럼 애피타이저부터 시작해볼까?"

"애피타이저라면?"

"자네는 내가 왜 '잭 더 리퍼 사건'에 끼어들지 않았다고 생각하나?"

"잭 더 리퍼라."

"왜 이 이야기를 애피타이저로 꺼냈는지는 알겠지?"

홈즈가 짓궂은 미소를 지었다. 더불어 유불란의 얼굴에 홍조가 떠올랐다. 안도의 기색이 엿보인 것도 사실이었다. 아마도 유불란은 이곳으로 오는 내내 홈즈가 꺼낼 이야기를 상상 속에서 매만졌을 것이다.

유불란이 잭 더 리퍼에 대해 설명했다.

1888년 8월 31일에서 11월 9일 사이 발생한 네 건의 살인사건, 이 중 한 건은 연속살인으로 총 다섯 명의 시체가 발생했다. 살인자가 잭 더 리퍼로 명명된 것은 1888년 9월 27일 센트럴 신문사에 도착한 편지 때문이었다. 편지에는 '잭 더 리퍼'라는 서명이 있었다.

살인자에게 이름이 붙고 구체적인 살인에 대한 형태가 생겨나자 수많은 모방범죄가 뒤따랐다. 영국 역사에서 단 한 번도 벌어진 적 없는 살인 신드롬이었다. 영국이 발칵 뒤집혔고 경찰 역시 마찬가지였다. 해결에 압박을 느낀 경찰은 유례가 없는 사람들을 용의자로 몰았다. 무려 2천 명이 넘는 사람들이 용의선상에 올랐고 구체적인 용의자로 지목된 사람만 3백 명이 넘었다.

"사건이 발생한 상황을 좀 더 구체적으로 이야기해보겠습니다."

유불란이 설명을 이었다. 홈즈는 유불란의 꼼꼼함에 감탄했다. 아무리 유명한 살인사건이라지만 무려 65년이 지난 일이다.

살해된 사람은 하나같이 매춘부였다. 처음으로 살해된 마흔두 살의 매리 앤 니콜스의 시체가 주목을 끈 것은 살해 방법의 참혹함 때문이었다. 매리의 왼쪽 턱이 심하게 멍들었고 목이 두 차례 칼로 깊게 베였다. 사망에 이른 원인이었다. 게다가 그렇게 치명상을 입은 여인을 아랫배에서 가슴 부근까지 칼로 갈라내 장기들이 그대로 드러나 있었다. 사건 발생 장소는 화이트채플 버크 가였다.

9일 뒤인 9월 8일, 헨베리 가에서 또 한 구의 시체가 발견되었다. 애니 채프먼이라는 여인이었다. 애니는 앞서 사망한 매리와 같이 알코올의존증으로 이혼에 이른 경력이 있었고, 생계를 위해 거리로 나선 것까지 데칼코마니처럼 닮았다. 이 사건에서 사람들을 경악하게 한 사실은 살인자가 애니의 자궁을 들어냈다는 것이다.

"살인의 행태가 발전한 것은 범행으로는 세 번째, 살인으로는 세 번째와 네 번째를 거치면서였지요."

"아……."

홈즈도 수없이 복기했던 내용이다. 따라서 유불란의 입에서 새로운 내용이 나올 리는 만무했다. 이율배반적이지만 밤이면 과거를 떠올리는 것 외에 할 일이 없는 노인에게 말벗이 떠들어주는 이야기야말로 소소한 즐거움이 아닐 수 없다. 그것이 살인에 관계된 이야기이라 할지라도 말이다.

세 번째 살인은 9월 30일 런던의 커머셜 로드에 면한 레만 가와 캐논 가 사이에 있는 골목에서 발생했다. 희생자는 엘리자베스 스트라이드였다. 그녀는 목을 긋는 살인 수법만 같았을 뿐 사망한 지 채 몇 분이 지나지 않은 상태였다. 시체를 발견한 사람은 수레를 끌고 가던 마부였다. 그런데 15분 거리에 있는 마이터 광장에서 연이은 시체가 발견되었다. 캐서린 에드우즈로 역시 매춘부였다.

캐서린 에드우즈의 죽음은 두 가지 이유로 커다란 반향을 몰고 왔다. 이전까지 잭 더 리퍼는 명백히 살인과 살인 간의 잠복기를 두었다. 그런데 이번에는 엘리자베스 스트라이드에 이어 단 15분도 지나지 않아 캐서린 에드우즈를 살해했다. 연속살인을 저지른 것이다. 더욱 놀라운 사실은 캐서린 에드우즈의 배를 가른 것도 모자라 창자를 끄집어내고 자궁과 왼쪽 신장을 잘라내 가져갔다는 것이다.

이때부터 살인마 잭, 잭 더 리퍼의 이름은 전 세계에 오르내리게 되었다.

다섯 번째 사건은 49일이 지난 시점에 발견되었다. 11월 9일 점심때가 조금 못 된 시간에 토마스 바이어는 매춘부인 매리 제인 켈리에게 밀린 방세를 받으러 갔다. 방문이 잠겨 있었던 탓에 토마스 바이어는 창문 너머로 방 안을 둘러본다. 순간 이 청년은 차마 말로 형언할 수 없는 충격을 받고 말았다. 피부가 벗겨지고 살점이 파헤쳐지고 가슴과 장기가 잘려나간 메리의 시체를 마주한 것이다.

"세 번째 살인은 필요에 의해 저질렀으나 방해를 받아 네 번째 살인을 저질러야만 했던 상황이라고 볼 수 있습니다. 잭 더 리퍼의 무서움은 살인의 행태가 점점 발전해갔다는 거겠지요. 한때 가설 정도로 여겨졌던 장기이식이 지금에 와서는 실제 연구되었고 곧 수술로 발전할 거라는 이야기가 나오고 있지요. 각막이식은 1905년에 이미 행해졌고요. 그런 면에서 볼 때 많은 이들이 잭 더 리퍼를 선진적인 장기이식 의사가 아니었나 생각하기도 했습니다."

"그랬다네. 나 역시 그렇게 생각했었으니까."

"혹시 범인은 홈즈 선생님 아니었습니까?"

유불란이 홈즈를 바라보았다. 덜컥 홈즈를 놀라게 하기에 충분한 눈빛이었다. 그런데 금세 눈빛이 바뀌며 미소가 떠올랐다.

"그냥 재미있는 농담이었습니다. 사람들이 그러더군요. 만약 선생님이 잭 더 리퍼였다면 과연 런던 경찰들이 잡아낼 수 있었을까 하고 말이죠. 저 역시 생각해보지 않은 것은 아니랍니다."

"하긴. 나 역시 그런 농담을 처음 들은 건 아니라네. 하지만 내가 범인이었다면 아마도 나 스스로 실토하고 말았을 거라네. 범죄를 해결하는 것과 살인을 행하는 것은 다른 일이니까. 그래서 자네는 잭 더 리퍼에 대해서 어떤 결론에 도달했던가? 내가 끼어들지 않았던 이유랄까?"

홈즈가 반대로 유불란을 노려보았다. 유불란은 홈즈의 눈빛을 받자마자 흡, 숨을 내쉰다.

"범인을 잡을 수 없었기 때문이 아니었습니까?"

유불란의 눈빛이 도전적으로 변한다.

"잡을 수 없었다……라."

이번에는 홈즈가 흡, 숨을 내쉬었다. 가슴 한곳을 쿡 쑤시는 듯한 답이었기 때문이다.

"맞아. 유불란, 자네 말이 어떤 의미에서는 맞았다네. 잡으려면 잡을 수 있었을지도 몰라. 하지만……."

"솔직히 저 역시 두 가지 관점에서 범인을 떠올려본 것은 사실입니다."

"두 가지 관점이라…… 그래, 내가 들어보아도 되겠나?"

잭 더 리퍼에 대한 영국 경찰의 범인상 정립은 그야말로 욕이 튀어나오는 수준이었다.

'이십대에서 사십대 백인 남성, 배운 것 없고 가진 것 없는 하층민일 확률이 높다.'

언뜻 보기에는 그럴싸해 보인다. 마구잡이로 여성을 살해하고, 그것도 모자라 배를 가르고 장기를 들어내면 영국 사람들 모두가 공포를 느끼는 것은 당연하다. 하지만 밤거리를 헤매는 매춘부만 노리는, 못 배운 사람이 새벽에 저지르는 범죄다, 라고 공표해버리면 상당수 사람들의 행동반경을 피해간다. 조금이라도 배운 사람이라면 살인자를 깔보게 된다. 특히 매춘부만 공격해대니 평범하게 살아가는 사람들이라면 살인자와 만날 기회는 없다. 우리와 다른 부류의 사람들만 죽는다, 라는 공포와 다른 안도감이 생겨나는 것이다.

어찌 보면 스코틀랜드 야드의 경찰은 비난을 최소화하면서, 장기적으로 이어질지 모르는 잭 더 리퍼의 살인에 대한 공포를 보통 사람들의 세계와는 다른 곳에서 벌어지는 판타지적인 성격으로 바꾸어놓은 것이었다. 그 면에서는 성공이었겠지만 실제 범인을 잡는 것에서는 결국 실패하고 말았다. 상당수 선량한 경찰들을 잘못된 정보에만 매달리게 만들어버렸기 때문이다.

"처음에 저는 잭 더 리퍼가 굉장한 의학지식을 갖춘 수도사일 거라고 생각했습니다. 뭐, 저야 이런 일루미나티라든가 깊은 산속 수도원에서 생활하는 수도사들, 특히 겉으로는 종교를 연구하는 것처럼 보이지만 실제로는 연금술을 연구하는 학자들에 대해 아는 것은 없습니다. 다만 이런 산속의 수도사들도 굉장한 의학지식이 있었던 것은 아닐까 하고 생각했었거든요."

"틀리지는 않다네. 세상과 담을 쌓고 오로지 기도만을 올리며 살아도 그들 역시 사람이니까. 먹고 입고 싸고 병들고 결국에는 죽게 되니까."

"네, 그렇겠지요."

"그럼, 자네들 산속에 있는 스님들처럼 말이네. 스님들도 그렇지 않은가? 그들의 여러 가지 기술적인 것들은 상당한 수준에 이르러 있을걸."

"틀리지는 않습니다."

말해놓고 유불란이 크게 웃었다. 홈즈의 말을 똑같이 되받아친 것이 조금 무안한 모양이었다.

"괜찮아. 난 과거에는 그러지 못했지. 뭐랄까, 여지를 주는 거랄까. 레스트레이드 경감만 해도 그렇잖은가. 그에게 약간의 팁을 주고 뛰어다니게 만들며 사건을 해결하게 했더라면, 그를 바라보는 후대의 시각은 완전히 달라졌을 거라네. 하지만 어떤가. 지금은 그를 일컬어 스코틀랜드 야드의 무능한 관료 정도로 인식해버리니까. 내 잘못이야, 내 잘못."

"아닙니다, 선생님. 그때는 당연히 그래야만 할 때였다고 생각합니다."

"오, 이런. 또 얘기가 옆길로 새버렸군. 그래, 하려던 얘기가……."

"네, 상당한 의학지식이 있는 수도사가 아니었을까 하는 거였죠."

"그런데 그 가설을 폐기한 이유가 뭔가?"

"각막이식이나 장기이식에 관련된 최신 논문들을 읽으면서였습니다."

"자네, 이 사건에 관심을 가진 게 얼마 되지 않았구먼?"

"사실 잭 더 리퍼는 남의 나라 이야기니까요. 남의 나라 사건에 신경을 쓰기에는 저희 나라에서 억울하게 죽어간 사람들이 정말이지 엄청나게 많았답니다. 이루 헤아릴 수 없을 만큼요. 저 역시 살아남은 게 다행일 정도지요."

"아, 그렇구먼. 마음이 아프네. 전쟁도 그렇지만 정복한다는 것은 몇 사람의 광기가 만들어낸 악의 산물일 경우가 대부분이었지. 어찌 그 사나운 고통을 말로 다 하겠는가. 힘들었겠네그려."

홈즈는 순간 포격을 맞고 폐허가 되었던 양봉 시설이 떠올랐다. 불타버려 형체도 알아볼 수 없는 검은 점으로 변한 벌들 하나하나가 사람의 시체였다면, 홈즈의 충격은 이루 말할 수 없었을 것이다.

"그래, 수도사 가설을 폐기한 이유는?"

"사건이 벌어졌던 거리 인근에서 수도원을 찾을 수 없었습니다. 특히 의술이 발달한 수도원을 찾는 것이 불가능했기 때문입니다."

아마 유불란은 이 가설을 폐기하기 위해 영국 런던 거리를 뒤지고 다녔을 것이다.

"내가 하나 첨언해도 되나? 자네가 뒤늦게 사건을 뒤지며 수도원을 떠올린 것은 사건이 발생한 장소들을 이으면 십자 모양이 된다는 사실 때문은 아니었던가?"

"네, 약간 빗나가기는 합니다만 십자 모양으로 이을 수 있었죠."

"아이들 장난 같은 생각이라네. 그래, 어쨌든 수도사에 대한 이야기는 흥미로웠네. 그런데 자네가 '불가능했다'고 결론에 다다른 또 하나의 추리는 무엇이었나?"

"정확히는 잡을 수 없다, 라는 게 맞겠지요. 살인자 잭 더 리퍼가 영원히 영국을 떠나버렸기 때문입니다. 여기서부터는 순전히 저의 가설이기 때문에 더욱 우스울지도 모르겠습니다."

"괜찮네. 이제 밤도 이슥해지는데 나를 웃겨줄 이야기야말로 제대로 된 살인사건이라네."

홈즈가 은유를 담아 말했다.

"아마도 아프리카 어느 부족의 족장 아들쯤으로 하지요. 그를 주인공으로 해야 이야기하기 편할 겁니다. 영국인들은 인도뿐 아니라 아프리카 곳곳까지 정복을 위해 떠났지요. 한번 정복이 이루어지고 그곳에서의 영향력이 안전한 수준에 이르면 이주 작업도 이루어졌습니다. 그 뒤 돈이 될 만한 모든 것들을 싸그리 쓸어옵니다. 물론 이는 영국인에게만 해당되는 것은 아니었지요. 포르투갈, 프랑스, 스페인 할 것 없이 유럽 전역에서 이루어졌으니까요. 이때 매춘부들 역시 일확천금을 노리고 함께 건너갑니다. 그들 중에는 상당한 병을 앓는 이들도 있었습니다."

홈즈는 다시 한 번 이 친구의 배려심에 탄복했다. 굳이 상당한 병이라 에둘러 말하지 않았어도 된다. 누구를 위한 자리도 아니건만 여러 가지에 신경을 쓰는 모양새가 조금은 탐정답지 않았다.

"아프리카의 마을이라면 아마도 매춘부가 걸린 병에 쑥대밭이 되었을 겁니다. 그러한 병에는 무지했을 테니까요. 그 마을 족장의 아들은 선진 문물을 가져온 영국인들에게는 존경심을 품었겠지만, 마을을 쑥대밭으로 만든 여인에게는 증오심을 품었을 겁니다. 앙갚음하려 했을 거고요. 영국인들이 했던 게 정복이었든, 전쟁이었든 간에요."

"그래서 그 족장의 아들이 영국에 왔을 것이고, 아프리카와는 다른 환경에 노출되어 선진 문물을 배웠을 것이다? 다만 영국을 떠나 아프리카로 가기에 앞서 앙갚음을 했을 것이고? 매춘부들에게?"

"이제 다시 돌아오지 않겠죠. 자본주의의 명과 암을 모두 배웠을 거니까요. 제가 그려본 상상이 맞는다는 전제에서지만요."

"그래, 뭐 이미 60년이 넘은 일인데 이렇게 상상하든 저렇게 상상하든 뭐가 달라지겠나. 하지만 많은 아프리카 국가들이 현대사회로 조금 더 나오겠지. 이제 유럽도 세계로 눈을 돌릴 때가 되었으니까. 애피타이저로는 나쁘지 않았네. 게다가 자네의 상상을 잭 더 리퍼 사건에 접목해보면 영국 경찰이 왜 범인을 놓쳤는지에 대해 어느 정도는 설득이 되는구먼. 당시 영국 경찰은…… 그래, 더 말해서 무엇하겠는가."

홈즈는 웃음이 났다. 레스트레이드와 친구가 되지 못한 것은 아마도 이런 마음 때문이었을 것이다. 공권력에 대한 회의와 그에 따른 비난은 언제부터인가 홈즈의 마음에 자리 잡고 있었다. 그러고 보니 유불란이 말한 우스운 이야기라는 말은 틀리지 않았던 것일까. 하지만 마음 한구석에서는 홈즈 자신에 대한 비웃음이 똬리를 틀었다.

1881년은 홈즈에게 역사적인 해였다. 왓슨을 만났으며 여러 연구에 대한 개인의 업적들을 탐정이라는 직업으로 승화시킬 수 있었다.

당시 스물일곱 살의 청년이었던 홈즈는 부잣집 도련님이었다. 그렇다고 영국에서 손꼽힐 정도는 아니었지만 농장을 운영하고 하인을 부릴 정도로 충분히 유복했다. 미국 여행도 다녀왔다. 그가 탐정이나 해볼까, 하며 환상에 부풀어 있었을 때였다. 1880년 미국 여행을 다녀온 뒤 결심을 굳혔다. 베이커 가에 하숙집을 얻고 '주홍색 연구'라는 거창한 이름을 얻은 사건도 해결했을 때였다.

홈즈는 이러한 것들과 반대되게도 1881년에 누구도 가르쳐줄 수 없는 하나를 배우고 말았다. 바로 비겁함이었다.

잭 더 리퍼가 등장한 것도 그해였다. 잭 더 리퍼가 저지른 살인은 홈즈의 이목을 끌었다. 홈즈는 비밀리에 사건 수사를 개시했다. 그런데 처음 보는 유형의 살인자였다. 저토록 아무렇지 않게 사람을 죽이는 살인마는 처음 보았다. 왕이나 정복자가 아니고서야 그렇게 마구잡이로 살인을 저지르는 사람이 과연 있을까? 거의 그자를 쫓았다고 생각했다. 범인으로 지목한 인물도 없지 않았다. 이슥한 밤이었다. 놈을 덮치면 끝난다. 그런데 발이 떨어지지 않았다. 그제야 깨달았다. 나 역시 공포 앞에서는 비겁하다!

'주홍색 연구' 이후 초보 탐정 홈즈는 우쭐해졌다. '불가능한 사건은 없다'와 같은 '영웅주의'에 빠져 있었는지도 모르겠다. 만약 홈즈가 운명처럼 다가왔던 새벽 순간에 공포와 비겁함을 느끼지 않았더라면, 범인의 얼굴은 보았겠지만 그 대가로 홈즈 역시 목숨을 잃었을지도 모른다.

하긴 미래를 어떻게 알 수 있었겠는가. '모른다'와 '안다', 두 가지 명제를 두고 미래를 택하라면 '안다'가 아니라 '모른다'가 정답일 것이다. 당연히 홈즈는 미래를 알지 못했다. 그러나 이후 홈즈는 부단히 그날 밤을 극복하려 애썼다. 살인자가 칼을 들면 대신맞으려고 했고, 총을 들면 함께 총을 들어서라도 제압했다. 돌이켜보면 스물일곱 살에는 극복하지 못할 것 같았던 미래에 결국은비겁함을 넘어설 수 있었다.

"난⋯⋯."

입안에서 말이 우물거렸다.

"선생님, 과거는 과거일 뿐입니다. 그래서 애피타이저인 것 아니겠습니까?"

"그래, 그렇겠지?"

홈즈는 유불란의 말에 작게 미소를 머금었다.

"지난 일은 지난 일이지. 되돌리려 해도 되돌릴 수 없으니까."

홈즈는 식어버린 코코아 차에 입을 댔다. 잠시 살피던 유불란이물을 데웠다. 가방에서 동그랗게 생긴 통을 꺼낸다.

"보성의 녹차입니다. 한번 드셔보십시오."

"차와 함께 사건도 꺼내보지 그러나."

유불란이 차를 따르다 잠시 멈춘다.

"이 사람아, 너무 그렇게 정중하게만 굴지 말게. 어차피 자네도왓슨이 쓴 글을 읽고 나에 대해 알았을 것이 아닌가. 그렇다면 마음 한구석에선 글로만 보던 저 탐정이 진짜인지 가짜인지 하는 의구심과 함께 분명 경쟁 심리도 있었을 게야. 자네가 푼 사건이든,

아니라면 미궁에 빠진 사건이든 이 홈즈를 시험하기 위해 가져왔을 거라고. 어디 풀어놓아 보겠나? 그리고 위스키가 어디 있을 거야. 차에 섞어 마시는 게 생각보다 괜찮더라고."

먼로 부인은 건강을 챙기라며 절대 술을 권하지 않았다. 하지만 오늘 같은 날이 아니라면 언제 위스키를 마시겠는가.

유불란은 홈즈가 시키는 대로 녹차에 위스키를 한 잔 타왔다. 홈즈는 유불란을 향해 잔을 들었다.

"마셔보게나, 가슴이 뜨거워질 걸세.

"뜨거운 위스키는 처음 마셔봅니다."

"하긴 술이라는 게 각 지방의 색깔과 함께 철학과 전통도 가지고 있는 법이니까. 나도 위스키는 잘 마시지 않아. 하지만 가장 거부감이 없는 술이 또 위스키니까."

"아, 술이라고 하니 하나 생각나는 사건이 있기는 합니다."

"술과 관련됐다고? 흥미롭구먼. 한번 얘기해보겠나? 아, 그리고."

홈즈는 녹차가 들어간 찻잔을 유불란에게 슬며시 들어 보였다.

"우리의 결투가 시작된 건가? 영국의 탐정과 조선의 탐정이 사건을 두고 격돌한다! 괜찮은데그래."

"당치도 않습니다. 선생님과 결투라니요. 저는 그저……."

"아, 그만. 자네가 탐정사전에 대해 이야기할 정도라면 그만한 각오는 하고 오지 않았겠나? 자, 결투를 시작하는 거야."

홈즈는 유불란과 살짝 잔을 부딪친 뒤 그를 향해 미소를 지었다. 유불란은 어색해하다 어쩔 수 없다는 듯 차를 입에 댔다. 신호라는 듯 유불란이 이야기를 시작했다.

"조선에서는 술을 만들 때 항아리란 것을 씁니다."

유불란은 항아리의 생김새와 색깔, 재질 및 용도와 특징 등을 설명했다. 다양한 크기에 대해 말했을 때 홈즈가 "진짜?" 하고 되물었다. 와인이나 맥주를 저장하는 용기들은 흔히 나무로 만든다. 그런데 불에서 구운 도기가 족히 2미터나 된다는 설명에는 놀라지 않을 수 없었다. 홈즈가 술을 만드는 방법에 대해 질문했다. 정제된 상태로 빚은 쌀이 발효해 액체 상태가 되면 이를 걸러 항아리에 담는다. 그런 뒤 기름을 먹인 종이와 천, 무명 끈을 이용해 입구를 밀봉한다. 그 후 장인들이 각자의 기술과 노력을 들여 가장 맛있는 때를 찾아낸다. 포도와 몰트가 영롱한 빛깔로 변해가는 것처럼 쌀 역시 그렇게 술이 된다.

"술과 관계된 건가?"

홈즈가 물었다.

"그렇습니다. 영국으로 치자면 맨체스터 정도에서 벌어진 일입니다."

"맨체스터?"

괜스레 홈즈의 목소리가 높아졌다. 금세 감정을 가라앉힌 홈즈가 계속하라 손짓했다.

사건이 발생한 곳은 교통 요충지인 천안 근처의 작은 마을이었다. 40여 가구가 사는 마을에 딱 하나 있는 술도가에서는 술을 담

그는 가을이면 잔치가 벌어진다. 3년 전에 만든 술을 개봉하고 돼지를 잡는다. 편육과 김치를 안주 삼아 마을 어른부터 맛을 본다. 마을 어른은 술맛을 본 뒤 축사를 한다. 남자들은 술판을 벌이며 즐거워한다. 여인들은 대나무 통에 술을 나누어 담는다. 술이 통에 담길 무렵부터는 상인들이 성화를 낸다. 최단 시간에 술을 기다리는 곳으로 배달해야 하기 때문이다.

마을 아낙이 보상이나 부상들과 바람이 났다는 과거 이야기도, 또 어느 집 할아범이 노망이 났다는 이야기도 이날만은 즐거운 안주가 된다. 부지런히 대나무 통에 술을 옮겨 담는 일도, 아침에 시작된 술판도 저녁이면 파한다. 술꾼들은 술에 취해 집으로 돌아가고, 상인들은 술을 팔러 빠져나가서 술도가가 텅텅 빈다. 술 개봉식이 끝나는 것이다. 그러나 밤이 되면 두 번째 잔치가 시작된다. 남은 안주와 개봉한 술은 하루 종일 허리가 휘도록 일한 여인들의 몫이 되는 것이다. 이날만큼은 여인들에게도 하루의 평안이 주어진다.

그날도 여인들이 술도가 별채에서 술판을 벌였다. 그때 누군가 툭 이야기를 꺼냈다.

"벌이 엄마가 사라진 지도 3년이 됐지?"

"벌써 그렇게 됐나?"

저마다 약속이나 한 듯 벌이 엄마에 대해 말한다.

착한 여인이었다. 고약한 남편 밑에서 고생만 했다. 벌이 하나 보고 살았는데 아이가 먼저 가버려서 안됐다. 박복해도 그리 박복한 팔자가 있을까.

"지금도 안 믿겨져. 벌이 엄마가 보상 놈이랑 눈이 맞아서 사라졌다는 게."

"누가 아니래?"

"그런데 저는 안 믿겨요. 벌이 엄마가 보상을 알고 지냈다는 게 말이 되나요? 바람이 나다니. 저도 그렇지만 여기서 술 마시는 형님들 중에 알고 지내는 보상 있어요?"

마을에서는 막내 축에 속하는 달래 엄마가 물었다. 약속이나 한 듯 여인들이 고개를 저었다. 상인을 만나고 가격을 흥정하는 일은 남자들의 몫이다. 게다가 몇 십 년 전에나 있었다는 바람난 부인의 이야기가 회자되는 것도 마을이 있었던 지난 몇 백 년 동안 있을까 말까 한 일이었다.

"벌이 엄마 보고 싶어요. 참 예쁘고 착한 언니였는데……."

술 때문인지 달래 엄마는 쉽게 감상에 젖었다. 벌이 아범이 일찍 죽은 통에 벌이 엄마에게는 보부상들이 자주 재혼 이야기를 건넸다. 그때마다 벌이 엄마는 고개를 내저었다.

"그런데 이상하지. 분명 그날 우리 애 아빠가 그러더라고. 저녁까지 술 담그는 모습을 봤다고."

평소에는 입이 무겁기로 소문난 석이 엄마가 말했다. 달래 엄마는 석이 엄마에게 좀 더 자세히 말해달라고 보챘다.

"이맘때였잖아. 3년 묵은 술독을 열기 전에 술 빚는 일은 미리들 해놓잖아. 빈 독을 씻어서 햇볕에 말리자마자 거기에 담아야 하니까. 벌이 엄마가 사라진 날이 아마 술독에 술을 담기 전날이었지? 그래서 항아리들을 하나하나 날라서 제자리에 뒀었잖아."

누군가가 맞네요, 하고 맞장구를 쳤다.

"술이 떨어졌어요."

과부댁이 말했다.

"그럼 자네가 가서 우리 거 열어."

촌장의 부인이 이야기를 듣다 말한다. 촌장 부인의 말이라면 촌장이 한 말이나 다름없다.

"열어도 될까?"

과부댁이 눈치를 보았다. 어쩔 수 없이 막내인 달래 엄마도 일어났다. 과부댁과 함께 술도가 뒤편에 있는 창고로 향했다.

"우리가 우리 거 열어보는 것도 오랜만이네."

"그런가요? 저는 잘 몰라서."

"보통은 술이 남잖아. 그러니까 오늘 같은 날에는 여자들 몫의 술은 거의 열지 않거든. 그런데 또 여자들이 한꺼번에 모이는 날이 거의 없으니까 흐지부지 넘어가 버리지. 그러다 정작 열려고 보면 마을 남자들이 이미 퍼서 먹어버리고 없거든."

이 마을에는 여신에 관한 전승이 있었다. 애당초 여신이 마을을 만들었고 수호하며 번영하도록 돕는다고 한다. 몇몇 풍습도 전해진다. 모내기를 할 때면 여신을 위해 제사를 지낸다. 술을 빚을 때도 마찬가지인데 항아리 하나를 따로 두어 여신을 위한 술을 마련한다. 이를 여신주라 불렀다. 3년이 지나 술을 개봉할 때도 여신을 위한 술은 남자가 개봉해서는 안 되었다. 해가 진 이후 마을의 아낙들이 술독을 여는 것이 통상적인 절차였다. 그러나 이도 최근에 이르러서는 흐지부지, 몇몇 사람이 합의하면 여신주를 개봉해 마시는 것도 개의치 않게 되었다.

"자, 그럼 독을 한번 열어볼까?"

과부댁이 순간 독을 번쩍 들더니 엄마야, 하며 기겁했다.

"수 수 수, 술독이 비었어. 여신주가 비었다!"

과부댁에 이어 달래 엄마도 낮은 비명을 내질렀다. 아무리 흐지부지해졌다지만 여신주가 비었다는 건 마을의 변고였다. 마을에서 빚은 술은 3년이 지날 때까지 그 누구도 손을 대서는 안 된다. 술이 비었다는 건 술을 만드는 3년의 노고를 망친 것이나 다름없으니 부정을 타도 이런 부정이 없다.

달래 엄마가 아낙들에게 달려갔다. 곧 촌장의 부인이 촌장을 불러왔다.

9시가 다 된 늦은 시간인데도 창고 앞에는 점점 사람들이 늘어났다. 횃불이 대낮처럼 창고를 밝혔다. 술도가의 창고는 세 개였다. 3년째 되는 해에 창고 하나를 비우므로 낮에 비웠던 좌측의 창고 하나를 빼면 가운데와 우측 창고는 단단히 잠기어 있었다.

마을에서는 해괴한 일이라며 웅성거렸다. 그런데 촌장이 못을 박았다.

"오늘 개봉한 술 가운데 이상한 술 있었나?"

촌장의 말에 사람들이 고개를 저었다.

"우리처럼 작은 마을에서 지금까지 술을 팔아올 수 있었던 것은 신뢰 때문이었지. 정확히 3년에 걸쳐, 그 3년 동안 외부의 이물질이나 심지어 사람의 호흡조차도 들어가지 않은 조선 최고의 술을 만들어왔기 때문이네. 내일부터 우리는 3년 뒤에 개봉할 술을 부지런히 만들어야 하네. 괜한 소란으로 명성에 누가 되는 일은 만들지 말도록 하세."

촌장이 마을 사람들을 향해 목소리를 높였다. 그러자 촌장 바로 아래인 석이 아빠가 거들었다.

"그럼요, 암요. 세월이 어떤 세월인데 여신주 없어졌다고 소란을 떨어요? 술을 만들 때 종이와 천, 그 위에 기름종이를 덮고 무명 끈으로 밀봉하는 작업을 잘못했겠지요. 3년 동안에 술이 다 날아간 거야. 이제 그런 이야기는 촌장님 말씀처럼 외부 사람이 알면 안 되는 거니 이쯤에서 그만하지요."

이야기는 그렇게 묻혀버렸다.

"홈즈 선생님도 그러시리라 봅니다만, 저는 저주 따위는 믿지 않습니다. 그런데 마을은 그 뒤로 이유 없이 작황이 좋지 않거나 그 마을만 가뭄이 들었답니다. 심지어 다음 해는 홍수가 나는 등 점점 쇄락의 길을 걸었다는군요. 이를 두고 마을 사람들은 여신주의 저주라고 말했답니다."

유불란이 잠시 이야기를 멈추었다. 목이 말랐는지 차를 벌컥벌컥 들이켰다.

"안타깝네그려. 좋은 술 하나가 사라졌겠어. 저주라는 건 믿는 사람에게는 효력을 발휘하는 법이니까. 그런데 어떻게 해서 이야기가 자네에게까지 전해진 건가? 이야기를 하는 자네의 태도로 보아서는 상당히 과거의 일인 것 같은데."

홈즈가 물었다.

유불란은 대답 대신 홈즈의 잔에 차를 더 따랐다.

"실은 사람들이 잘 알지는 못하지만……."

유불란의 말에 홈즈는 껄껄 웃고 말았다. 홈즈도 그럴 때가 있었다. 내가 알면 영국이 다 안다. 내가 모르면 영국도 모른다.

"자네는 아직 현업의 탐정이라 '사람들'이라는 단어를 쓰는구먼. 그저 이 노인네가 추측해보자면 그게 자네를 탐정으로 이끈 첫 사건이지?"

"네, 선생님. 정확히 맞히셨습니다."

"어차피 간단한 것이 아닌가. 자네가 사람들 운운할 정도로 조선에서 유명한 탐정일 테니 자네가 관여한 사건은 대부분 기사화됐을 거야. 그런데 사람들이 모른다는 건 자네가 유명해지기 이전 사건이거나 자네가 감추려는 사건일 테니까. 나도 탐정이었으니 경험으로 볼 때 첫 사건일 가능성이 높겠지. 자네를 탐정으로 이끈 사건이라고 할까?"

빙그레 웃으며 유불란이 고개를 끄덕였다.

"저에게는 유모가 있었습니다. 저는 어릴 때부터 봐왔던 터라 유모가 집안의 노비인 줄 알았죠. 그런데 그 여인이 바로 달래 엄마였습니다."

　달래 엄마와 과부댁이 텅 빈 여신주 독을 발견한 뒤로 마을은 시름시름 앓는 듯했다. 이듬해에는 감기 한 번 걸리지 않던 촌장의 부인이 세상을 떠났다. 부인이 죽은 뒤로 마을에는 비가 오지 않았다. 논이 바싹 타들어가며 농사를 망쳤다. 다음해는 논에 물을 댈 수 없어 농사를 지레 포기해야 했다. 장정들은 품삯이라도 받으려 이웃마을로 일을 나가거나 보부상을 따라다녔다. 촌장 부인이 죽은 3년 뒤 홍수가 났다. 그때부터 사람들이 하나둘씩 마을을 떠났다. 사람들 입에서 저주라는 말이 나오기 시작한 것도 이즈음이었다. 마을은 촌장 부인이 죽은 지 채 10년도 지나지 않아 폐허가 되어버렸다.

　달래 엄마가 한양으로 올라온 것은 마지막까지 마을을 지키고 나서였다. 달래가 폐병으로 죽자 아이가 묻혀 있는 마을을 떠나기가 망설여졌던 것이다. 그래도 살아야 했기에 생계가 막막했던 달래 엄마는 한양으로 올라왔다. 여러 곳을 전전하며 식모 일을 하게 되었다. 음식 솜씨 좋고 싹싹한 그녀를 눈여겨본 유불란의 외할머니가 그녀를 집으로 들였다. 이후 유불란의 어머니가 결혼을 하며 그녀를 데리고 함께 시댁으로 들어갔다고 들었다.

　유모는 일 년에 한 번 찬바람이 도는 11월이 되면 사흘 정도 지방에 다녀왔다. 유불란은 대학생이 되어서야 유모가 휴가를 가는 이유를 알게 되었다. 무슨 바람이 불었는지는 모른다. 유불란은 이

모나 마찬가지인 유모가 쓸쓸해 보였던 어느 해, 그녀를 따라 휴가를 떠났다. 그곳에서 그 마을의 저주에 관한 이야기를 들었다.

"한 해, 도가에 몇 개의 항아리에 술을 만든 거야?"

유불란이 유모에게 물었다.

"서른 개요, 도련님."

유모가 대답했다.

"가만, 여신주까지 합치면 서른한 개가 만들어지는 건가?"

"3년치 항아리에 여분으로 1년치만큼의 항아리가 더 있었어요."

"그럼 술항아리 수는 모두 백스물네 개가 되는 거지?"

손가락으로 셈을 해보던 유모가 고개를 끄덕였다.

"어쩌지? 나 여신주가 비어버린 수수께끼를 푼 것 같아."

갈대밭에 대고 절을 하는 유모에게 유불란이 말했다.

달래가 죽었을 때는 겨우 일곱 살이어서 묘를 쓰지 않았다. 달래를 묻었다는 언덕에는 조금 늦은 갈대만 무성했다.

"진상을 알고 싶어?"

유불란이 물었다.

"아니, 알고 싶지 않아요. 이제 30년도 더 지난 과거인데 알아서 뭐하겠어요?"

유모가 슬픈 눈으로 고개를 저었다.

유불란은 그날이 떠오르는 듯 우울한 눈으로 홈즈를 바라보았다.

"유모는 어떻게 되었나?"

홈즈가 물었다.

"유모의 고향에 다녀온 몇 년 뒤에 평안하게 눈을 감았습니다. 달래가 묻혀 있는 언덕에 재를 뿌려달라고 해서 그리했습니다."

"재를 뿌리고 난 뒤에 진상은 확인을 했고?"

"아니요. 유모와 한양으로 올라온 다음 날 저는 그 마을로 다시 내려갔습니다. 사건의 진상을 확인하지 않고는 배길 수가 없더라고요."

"하기는…… 그랬겠지. 탐정이란 작자들의 호기심은 장례식장에서도 살인범을 찾아 눈을 번뜩이는 법이지. 여신주는 찾았나?"

"네."

"안타까운 사건이구먼. 사랑이 모든 것을 망쳐버렸어."

"아!"

유불란이 멍하니 입을 벌렸다.

"자네도 준비가 되었나?"

홈즈가 물었다.

유불란은 두 손을 무릎에 가지런히 모으고 고개를 끄덕였다.

홈즈는 서재로 갔다. 서재에는 버리지 못한 과거가 고스란히 모여 있다. 서랍을 열어 신문기사를 모아둔 스크랩을 뒤졌다.

"그래, 이게 좋겠네."

홈즈가 혼잣말을 하며 신문기사 하나를 스크랩에서 빼냈다. 뚜벅뚜벅 거실로 돌아와 유불란에게 신문기사를 건넸다.

"미리 이야기하지만 이 사건을 풀기 위해 난 현장에 가지 않았다네. 파리에서 벌어진 일이라 굳이 가야 할 이유를 느끼지도 못했고. 대신 편지를 건네주었으니까 알아서들 해결했겠지. 자, 이제 내 결투를 받아주게."

홈즈는 이번에도 말을 해놓고는 껄껄 웃었다. 오랜만에 즐거웠다. 그렇지만 신문기사를 받아 든 유불란은 마치 시험지를 받아 든 고등학생처럼 진지해졌다. 남들이 볼 때에야 이런 게 결투냐고 묻겠지만 탐정의 머리는 차가운 이성으로, 탐정의 가슴은 뜨거운 열정으로 가득 차 있을 것이다. 물론 홈즈가 결투를 신청한 이유는 따로 있지만, 사실 결투는 그것이면 족하다.

신문기사의 내용은 이랬다.

[1928년 1월 7일]
파리의 L아파트 12층에 시체가 날아들어

시체는 이틀 전 새벽 2시를 갓 넘은 시각에 아파트 12층 유리창을 뚫고 날아들었다. 다행히 집 안에는 아무도 없었으나 깨진 유리 조각이 1층까지 떨어져 이에 놀란 경비원이 마스터키를 들고 집 안으로 먼저 진입했다. 사태를 확인한 경비원은 재빨리 파리 경찰에 연락을 취했다. 시체는 대략 이틀 전에 죽은 것으로 판명되었다.

파리 근교 해변으로 휴가를 떠났던 집주인 마르셀로 씨가 사건 다음 날인 어제 집으로 긴급히 돌아왔다. 미술상인 마르셀로 씨는 집 안에 있던 미술품 상당수가 가짜로 바뀌었다며 분통을 터뜨렸다.

25층짜리 L아파트에 날아든 시체가 도둑인지 무엇인지, 왜 시체는 이틀 전에 죽은 것인지 등등, 파리 경찰은 희대의 미스터리에 봉착했지만 사건 해결에 대한 어떤 실마리도 찾지 못했다.

[1928년 1월 8일]
파리 경찰, 대대적 탐문 수사에 나서다
파리 경찰은 미술상 마르셀로 씨의 집 주변에 대해 대대적 탐문 수사에 돌입했다. 날씨가 춥고 며칠 내린 눈으로 길이 얼어붙어 주민들은 대부분 집에만 있었다고 답했다. 그러나 13층에 사는 한 노부인의 진술에 의하면, 며칠 동안 새벽마다 아파트 벽에 '쿵' 하고 무언가 부딪치는 소리가 들렸다고 한다.

"신문은 이게 전부입니까? 아…… 이 기사를 읽고 선생님이 파리 경찰에 제보를 하셨겠군요."

"그랬지. 지금이 몇 시인가?"

"자정이 되었습니다."

"벌써 그렇게 되었나? 여독으로 피곤할 터인데 내일 아침을 먹으면서 사건에 대해 답해도 된다네."

"범인은 이미 알아냈습니다. 그런데 제가 생각한 사건의 진상이 정말로 가능한 것인지……."

홈즈는 유불란의 말에 깜짝 놀랐다. 홈즈가 고민했던 것과 똑같은 부분에서 유불란도 고민하는 모양이었다. 홈즈 역시 사건 기사를 접하고 마치 목에 생선 가시가 걸린 듯했다.

"오늘은 그만 자야겠네. 내일도 새벽같이 일어나 벌들을 살펴야 하니까. 아침을 먹은 뒤에 그때 우리가 풀었다고 주장한 사건에 대해 진실을 말해보세나."

홈즈는 유불란을 손님방으로 안내했다. 왓슨을 위해 만들어둔 방이었다. 언제든지 왓슨이 서섹스다운스에 있는 홈즈의 별장을 방문해도 어색하지 않게 하고 싶었다.

왓슨이 떠나간 지도 15년이 넘었다. 오래 산다는 것은 그만큼 많은 것을 비우고 떠나보내야만 하는 숙명이 생겨난다. 숙명으로 인해 가슴은 비워지고 메말라간다. 그럴수록 기억만은 비대해져 메마른 곳 사이사이에 가득 차버린다. 나중에야 채워진 줄 알았던 것들이 결국 떠나간 것들이라는 사실을 깨닫는다. 그리고 비대해진 기억은 더더욱 살을 찌운 괴물이 된다.

괴물이 홈즈를 잡아먹으려 할 때 눈을 떴다. 괴물은 형체도, 심지어 눈이나 코도 없었다. 뭉글뭉글한 밀가루 반죽이 마치 홈즈를 덮어 삼키려는 듯했다. 계단을 내려와 1층으로 왔을 때 부엌에서 웃음소리가 났다. 먼로 부인과 유불란이 이런저런 이야기를 나누며 아침을 준비하고 있었다.

"아침부터 꿀벌보다 부지런하군."

"어머, 선생님. 일찍 일어나셨네요. 빵이랑 딸기잼을 준비했어요. 든든하시라고 양송이 수프도 끓였고요. 로열젤리도 꺼내놨답니다. 아침 드시고 계속 이야기 나누세요."

"금방 세수를 하고 나올 테니."

홈즈는 유불란과 먼로 부인을 향해 손을 흔들었다.

세수를 하고 나오니 먼로 부인이 유불란의 팔을 치며 즐거워하고 있었다.

"그것 보게나. 두 사람 참 잘 통하는데 이번 참에 잘해보는 게 어떤가?"

자리에 앉으며 홈즈가 물었다. 반대로 먼로 부인이 일어섰다. 눈을 흘기는가 싶더니 바깥으로 나가버렸다.

"저 사람 참. 아무리 봐도 유불란, 자네가 마음에 드는 게야. 먼로 부인도 여자였구먼. 허허허."

빵을 먹고 수프를 뜨는 동안 유불란은 별달리 말이 없었다.

"내가 먼저 이야기를 꺼낼까?"

식사를 한다기보다 시간을 재는 것만 같았던 유불란이 홈즈의 말에 고개를 끄덕였다.

"자네가 항아리에 대해 자세히 설명했던 것은 결국 사건 역시 항아리 때문에 해결할 수 있었기 때문이지?"

홈즈가 이야기를 이었다.

사건은 의외로 간단했다. 해마다 서른한 개의 항아리에 술을 담는다. 술을 담고 나면 창고는 3년이 되는 해까지 단단히 문을 걸어 잠그고 밀실로 변한다. 그런데 3년 뒤 술항아리 하나가 비었다. 여신주!

"여신주 항아리를 여자들이 개봉할 수 있었던 건 다른 항아리들에 비해 작았기 때문일 거야. 생각해보면 간단하지. 여자들이 들고 움직일 수 있을 정도의 크기여야 할 테니까. 마을이 생겨나고 나서 쌀로 술을 빚었다면 그리 오래되지 않은 전통일 테지만 비교적 잘 지켜졌겠지. 남자들이 만지는 건 여신주에 부정이 탄다는 걸 의미할 테니 여자들이 손을 대고 바깥까지 옮길 수 있어야 했어. 다시 말하면 힘이 세거나 요령 좋은 남자라면 여신주 항아리를 혼자서도 옮길 수 있었다는 뜻이지. 범인은 촌장이지? 더 정확하게 말하자면 촌장 부부라고 해야 할 테고."

빵을 가지고 깨작거리던 유불란의 눈이 한순간 커졌다.

"그런데 자네가 사건을 해결했다고 말했을 즈음에는 항아리 안에 있던 시체가 3년 전에 사라진 벌이 엄마라는 사실을 증명해낼 수는 없었겠구면."

작은 마을이었다. 옆집에 있는 숟가락 숫자까지 알 수 있을 정도로 주민들 간에 친밀한 마을이었다. 벌이 엄마는 고약한 남편과 지냈다. 박복한 인생이었으니 자신을 여자로 대해주는 남자가 있었다면 쉽게 마음을 열었을지도 모른다.

"밀회관계였던 벌이 엄마와 촌장의 만남이 작은 마을에서 들키지 않기란 쉽지 않았을 게야. 특히 촌장의 부인은 더 일찍 알아챘어. 남자의 외도는 아무리 숨기려 해도 그 부인이 가장 먼저 알아차리는 법이지. 처음에는 마을의 지위나 소문을 생각해서 쉬쉬했을 부인도 관계를 끊으라고 종용했겠지."

촌장은 부인의 성화에도 벌이 엄마와 관계를 끊을 마음이 없었을지 모른다. 술을 항아리에 담고 문을 잠가두는 창고만큼 눈에 띄지 않을 곳도 없다. 그곳에서 밀회를 들켜버린 촌장과 벌이 엄마는 촌장의 부인에게 닦달을 받았을 것이다. 몸싸움이 났을지도 모른다. 밀고 밀리는 가운데 벌이 엄마가 상처를 입고 죽어버렸다면 당분간 숨기기에 가장 좋은 곳도 술을 보관해두는 창고가 된다. 그때 촌장의 부인이 이렇게 말했다면 어찌 되었을까.

당신은 나가요, 내가 알아서 할게요.

촌장은 어떻게 될지 모른 채 그저 두려움에 떨며 술 창고를 나왔을 것이다. 아니, 알았다 해도 어쩔 수 없었을 게 뻔하다.

"여신주를 놓아두는 바닥 바로 아래에 다른 항아리 하나가 있었지? 늘 여벌로 두는 항아리가 있었을 테지만 술도가에 항상 드나들지 않으니 몰랐을 테고. 촌장 부인은 벌이 엄마를 여신주 항아리에 우겨넣었을 게야. 그대로 땅을 파서 항아리 하나만 묻어버리면 끝나니까. 하지만 촌장 부인은 마지막까지 이 사건을 숨길 생각이 없었어. 촌장 부인이 과부댁과 달래 엄마에게 가보라고 한데서 추리해볼 수 있지. 그렇게 남편을 응징하고 싶었을 게야. 아마도 남편인 촌장 역시 여신주 항아리가 비었다는 소리를 들은 순간 사건을 꿰뚫어 보았겠지만 역시 침묵했지. 부인이 죄가 드러나기를 바란 데 반해 촌장은 묻어두고 싶었던 게야. 영원히."

"비어 있는 여신주 항아리는 일종의 착시를 일으켰습니다. 항아리는 있지만 그 속이 비었다! 사람들은 술이 빈 것에만 신경 썼지 벌이 엄마에 대해선 더 이상 떠올리지 않게 되었거든요. 그래서 3년 전에 사라진 벌이 엄마보다 여신주가 사라진 것에만 관심을 두고 저주라는 말까지 서슴없이 꺼내게 된 거죠."

"촌장의 부인은 참 영리한 사람이었군."

"촌장은 매정했고요."

"시간제한이 있는 밀실살인 하나가 완성되었던 셈이네."

"맞습니다. 아무도 살인사건이라고 생각하지 못했기 때문에 술
이 사라진 밀실사건이 되어버렸던 거죠."

유불란은 항아리를 그대로 묻어두었다고 한다. 사건은 파헤쳤
지만 시체를 파헤치는 것은 그가 할 일이 아니었기 때문이다.

"사랑은 모든 것을 가능하게 하지만 또 모든 것에서 눈을 멀게
만들지. 이번 사건은 3년의 유통기한을 가진 쓰레기 같은 사랑이
었네."

홈즈가 씁쓸하게 말했다.

"솔직히 30년도 넘게 지나서 여신주 항아리를 못 찾을 줄 알았
습니다. 하지만 창고가 낡았을 뿐 그대로 있었죠. 왼쪽에 있는 창
고에 가서 방방 뛰었더니 구석 한곳에서 땅이 울리는 듯한 느낌이
들더군요."

유불란은 그때가 떠오르는지 눈썹을 찡그렸다.

"좋은 기억은 아니었겠군."

"네, 그런데 마치 항아리가 제게 말을 거는 듯했습니다. 억울한
일을 풀어달라고, 이 세상에 억울하게 죽은 사람들의 원통함을 해
결해달라고 말하는 듯했습니다."

유불란이 깊은 숨을 내쉬었다.

"그래서 억울함은 많이 풀어주었나?"

"아니요. 무기력하게도, 나라가 없어져서 억울하게 죽어가는 사람만 지켜보고 말았습니다."

유불란이 눈을 감았다. 그에게서 통한의 심정이 느껴졌다.

"자, 그럼 내가 내준 사건은 풀었나? 범인은?"

"미술상인 마르셀로 씨죠? 보험금을 노린 자작극이었고요."

"오호! 정답이네. 그렇다면 사건은 어떻게 해서 벌어진 건가?"

"솔직히 그 부분을 몰라서 시간이 좀 필요했습니다. 아침에 선생님께 확인해보고 싶었던 것도 그것이고요. 파리나 런던의 고층 아파트에는 물건을 올리거나 내릴 수 있는 도르래가 장치되어 있습니까?"

"모든 건물이라고 하기는 그렇지만 대부분 장치가 되어 있을 걸세. L아파트에는 옥상 중앙에 강철로 된 막대기에 삼백육십 도 회전 가능한 도르래가 있었다네."

"우아! 마르셀로 씨, 정말 대담한 사람이군요."

유불란의 말에 홈즈는 슬며시 웃음이 났다. 사건의 진상을 유불란이 꿰뚫었다는 사실을 알 수 있었기 때문이다.

"그냥 저는 고층 건물에서 창문을 닦거나 이사를 한다면 바깥을 통해 물건을 옮길 수 있는 도르래 장치 같은 게 있을 거라고 막연히 생각했을 뿐입니다. 이것을 떠올리는 게 첫 번째 해결의 단서였지요."

"두 번째는?"

"겨울이었습니다."

"겨울이라는 말은?"

"솔직히 말해 파리 경찰이 발표한 시체가 이틀보다 더 지난 것일 수도 있다는 뜻입니다. 한겨울이었지요. 이때라면 어느 곳이든 이사를 하거나 창문을 닦으려 하지 않을 때입니다. 또 거친 겨울바람이 부는 고층 아파트 옥상에 웬만해서는 올라가려 하지도 않았을 거고요."

유불란이 잠시 호흡을 가다듬었다.

"마르셀로 씨는 부랑자나 자신과 원한이 있는 사람 중 한 명을 아파트 옥상으로 데려갔을 겁니다. 그런 뒤 살해해서 옥상에 두었겠지요. 시체야 한겨울 날씨에 얼어버렸을 테니 특별히 걱정할 것도 없었을 거고요. 문제는 어떻게 시체를 자신의 집에 침입한 사람처럼 속이느냐는 거였죠. 마르셀로 씨는 이때 건물 옥상에 있는 도르래를 떠올렸습니다. 여기에 적당한 원심력과 시체의 무게를 감안할 필요가 있었습니다. 연습도 필요했고요. 신문기사에 보면 한 노부인이 며칠 동안 새벽에 쿵, 하는 소리가 났다고 했습니다. 아마 마르셀로 씨는 옷감이나 이불 같은 걸 밧줄에 매달아 연습했을 겁니다. 벽에 난 소리를 노부인만 들었다는 데서 유추할 수 있지요. 그리 크지 않았다는 뜻이니까요. 동쪽 벽에서 시체 크기 정도의 무언가를 도르래에 달아 북쪽 벽으로 회전시키며 미는 겁니다. 자신의 집까지 닿도록 연습에 연습을 거듭하면서요."

"틀리지는 않았네만 자네 말처럼 한다면 시체가 창문을 깰 뿐

도르래에 그대로 매달려 있지 않을까? 시체는 창문을 뚫고 들어 갔다네. 즉 밧줄에서 자유로웠지."

"아."

유불란이 홈즈의 말에 감탄사를 터뜨렸다. 그런데 빙긋 웃는다. 전혀 당황하지 않은 모습이다. 보통 사람이라면 대부분 여기에서 막힌다. 그래서 가설을 폐기하고 다른 가설로 옮겨간다. 이렇게 되는 순간 사건은 진상에서 멀어진다. 해결 불가능한 사건이 되는 것이다. 마르셀로는 그런 면에서 상당히 비상한 남자였다. 파리 경찰의 행동과 생각까지 읽어내려 들었다. 물론 홈즈가 개입하지 않았다면 마르셀로의 실험적인 살인사건은 성공했을지 모른다.

"누에고치가 떠오르더군요. 이불이나 옷감 같은 것으로 실험했 다는 것은 노부인의 집에 부딪치는 것만을 말씀드린 게 아닙니다. 아무리 겨울밤이라지만 바닥에 떨어졌을 때 이목을 끌지 않아야 하니까요. 마르셀로 씨는 회전과 중력, 두 가지를 동시에 이용해 야 했기에 몇 번이나 실험을 했습니다."

"오호."

이번에는 홈즈에게서 감탄사가 나왔다.

"마르셀로 씨는 시체를 밧줄로 여러 번 돌려서 칭칭 감았을 겁 니다. 그런 뒤 동쪽 면에 있는 옥상 난간에서……."

"유불란, 정정해주지. 남쪽 난간이었다네."

"아, 그럼 남쪽 난간에서 동쪽으로 구십 도 회전을 시켰겠군요."

"그렇지."

"계속하겠습니다. 마르셀로 씨는 남쪽 난간에서 시체를 밧줄로 칭칭 감았습니다. 이대로 난간 바깥으로 밀어버린다면 시체는 중력으로 인해 떨어질 테니 밧줄이 계속해서 회전하며 시체를 땅으로 떨어뜨리겠죠. 시체를 밧줄로 감았을 뿐 묶지는 않았으니 밧줄이 끝나는 지점에서 시체는 그대로 땅에 처박히고요. 그런데 마르셀로 씨는 여기에 원심력을 이용했습니다. 밧줄로 감은 시체를 도르래의 원심력을 이용해 연습한 속도대로 밀었을 겁니다. 시체는 밧줄에서 풀리면서도 원심력으로 인해 남쪽과 동쪽을 면한 벽에서 구십 도 꺾이며 회전했겠지요. 대각선으로 회전하며 땅으로 떨어진 시체는, 이불이었다면 부딪치고 말았을 테지만 유리창을 뚫고 들어갔지요. 그즈음에 계산된 길이의 밧줄은 이미 풀어졌을 테고요. 시체가 자신의 집 창문을 정확히 꿰뚫은 것을 확인한 뒤 마르셀로 씨는 휴가지로 다시 돌아가지 않았을까요? 경찰이 부를 때까지 느긋하게 휴가를 즐기다 돌아오면 되니까요. 그런데 문제는……."

"경비원이었지."

"그렇군요. 경비원은 어떻게 된 건가요?"

"하필 이틀 전에 채용된 사람이었네. 노부인이 밤마다 벽에 뭐가 부딪친다고 항의를 한 바람에 밤이면 잠을 자기 바빴던 경비원은 해고되었다네. 새로 온 경비원은 아파트를 관리하는 매니저에게 밤에 잠을 자지 말라는 명령을 단단히 들었고."

"하하, 말도 안 돼."

"말이 안 된다니? 그러면 자네는 말이 되어서 여신주 항아리에 담겨 죽은 벌이 엄마를 찾아낸 건가?"

웃음을 짓던 유불란의 얼굴이 얼음처럼 굳었다. 반대로 홈즈는 크게 웃어버렸다.

두 사람은 식은 수프를 마저 먹고 식사를 마쳤다. 평소라면 먼로 부인이 내왔을 차를 유불란이 내왔다. 그리고 홈즈는, 잠들기 전 결심한 이야기를 유불란에게 꺼내야만 했다.

"어쩌나, 자네에게는 애석한 이야기를 해야만 할 것 같네."

홈즈는 유불란이 차를 한 모금 마시기를 기다렸다 말했다.

"애석한 이야기라뇨?"

"세계의 탐정사전 말이야, 집필을 그만둘까 한다네."

"저 때문입니까?"

"자네 때문? 그래, 어쩌면 자네 때문일지도 모르겠어. 내 나이 정도가 되면 사람들은 가끔 착각에 빠지지. 모든 걸 다 안다는 착각 말이네. 나 역시 그랬던 것 같아. 내가 세계의 탐정사전을 쓰기에는 모르는 탐정이 너무 많다는 사실을 깨달았다네. 자네만 해도 그렇지. 나는 조선에 유불란이라는 탐정이 있는지조차 몰랐으니까."

"그렇다 해도……."

홈즈는 유불란의 말을 재빨리 잘랐다.

"아니야. 결심이 굳었다네. 어쩌면 어제 내가 악몽을 꾼 것도 그래서였을 거야. 늘 해보고자 했던 욕심을 포기하는 대가랄까. 그래도 악몽 정도로 그친 게 다행이지."

홈즈는 후련하게 웃었다. 그동안 어깨에 지고 있던 짐 하나가 사라지는 느낌이었다.

"내가 쓰던 자료를 그대로 넘겨줄 테니 이제부터 자네가 쓰는 게 어떠하겠나?"

"제가 쓰다니요, 당치도 않습니다."

"이러지 말게나. 이제 우리 솔직해지기로 하세. 자네가 어젯밤에 사건을 풀지 못했던 것도 용서하겠네. 하지만 충분히 뛰어난 직관력을 가졌다는 것은 내가 인정하지."

"알고 계셨습니까?"

"그래. 어젯밤에 자네가 한 말은 허세였지. 신문기사를 참조하고 어느 정도 생각을 보태 아는 척하려 했던 것뿐이지. 그렇지만 오늘 자네가 풀어낸 이야기는 정확히 맞았어."

"그럼 결투라고 했던 건……."

"허허허. 이 사람, 너무 꼬치꼬치 따지는구면. 그래, 자네가 유불란이 아닐지 모른다는 생각이 들었을 때부터였지. 하지만 자네는 정중했고 단 한순간도 유불란에게 누가 되는 행동은 하지 않으려 했거든. 그랬을 때 내가 내릴 수 있는 판단이 무엇이었겠나? 자네를 시험하는 결투를 해보는 것이었지."

홈즈는 조금 에둘러 말했다.

"결투라……."

"자네는 멋지게 결투를 이겨냈고."

"비겼겠지요."

"아니지, 탐정이 아닌 자네가 유불란의 역할을 대신했잖은가.

그런데 그 역할을 제대로 해냈으니 자네가 이긴 거지. 그래, 자네의 진짜 이름이 뭔가?"

유불란이 망설였다. 하긴 유불란이면 어떻고 아니면 어떤가. 홈즈는 어차피 그를 유불란으로 기억할 것이다.

"김내성이라고 합니다. 선생님 이야기로 치자면 저는 왓슨에 해당합니다."

"그렇군. 그럼 유불란은?"

"광복이 되기 직전에 사망하고 말았습니다. 군인으로 끌려갔었거든요."

"애석한 일이군. 어쩐지 몇몇 사건 이후로 내게 보고된 유불란의 사건이 없더라고."

"귀찮게 해드렸군요."

"아닐세. 잠들기 전에 찾아봤다네. 일본에 있는 친구가 보내준 자료였는데 유불란의 이야기가 1945년을 기점으로 거의 없었다네. 안타까운 일이야."

홈즈는 잠시 차를 마셨다. 그런 뒤 김내성에게 다시 물었다.

"그래, 김내성. 자네가 유불란의 이야기를 더 쓴다면 이제 몇 개나 남았던가?"

"기껏해야 두세 개 정도가 전부입니다."

"그럼 여기까지 온 이유는? 유불란의 유언인가?"

"글쎄요, 유언이라고 해야 할지. 유불란이 전장으로 떠나기 전에 그러더군요. 혹시라도 세상이 바뀌어 홈즈 선생님을 뵐 날이 있거든 자신의 이름을 꼭 말해달라고요. 세상에서 가장 존경하는 두 명의 탐정 중 한 분이라고요. 아쉽게도 유불란이 전장으로 떠나고 얼마 지나지 않아 사망통지서가 왔습니다. 얼마나 낙심했는지 모릅니다. 그런데 세상이 바뀌었지 뭡니까? 제가 선생님을 만나 뵈러 올 수도 있게 되었고요. 이맘때 선생님께서 '세계의 탐정 사전'을 집필하고 있다는 이야기도 들었거든요. 꼭 찾아뵈서 유불란의 이름을 알려드리고 싶었습니다. 그런데 유불란의 이름을 알려드릴 바에야 선생님을 만나는 동안만이라도 내가 유불란이 되는 건 어떨까 하는 생각이 들었습니다. 나만 잘한다면 선생님은 유불란을 반드시 기억하실 거라 여겼지요."

"좋은 생각이었네. 난 앞으로도 자네를 유불란으로 기억하겠네."

홈즈의 말에 유불란, 아니 김내성의 눈가가 촉촉해졌다. 홈즈는 그를 보며 오히려 유쾌하게 웃었다.

유불란이 아니라는 사실은 처음부터 알았다. 작년 이맘때 한 남자가 방문했다. 아시아인이었다. 전쟁 포로로 영국까지 흘러들었다고 했다. 그는 홈즈의 주선으로 영국인이 되었다. 홈즈는 그를 '미스터 유'라고 부른다. 다만 미스터 유에게 어느 나라 사람이냐고 물었을 때 그는 태국에서 붙잡힌 포로일 뿐이라고 대답했다. 정확하게 말하기는 어려워도 어제 유불란이 왔을 때 반드시 결투가 필요하다고 느꼈다. 홈즈가 코를 납작하게 해주거나, 아니라면 유불란이라 인정하고 설득당할 수 있는 탐정끼리의 결투가! 하기는 새로운 유불란이 조선에서 활동할 텐데 '미스터 유'가 유불란이면 어떻고 아니면 또 어떠한가.

홈즈는 잠시 고민했다. 아시아인 탐정인 미스터 유가 활동하는 맨체스터의 주소가 어디 있을 텐데, 그것을 줄까 하고.

"며칠이나 머물 텐가, 유불란?"

홈즈의 물음에 김내성, 아니 유불란으로 기억할 남자가 잠시 갸우뚱했다.

"사흘 정도 여유가 있습니다."

홈즈는 김내성의 말에 고개를 끄덕였다.

"그래, 혹시 꿀벌 치는 걸 배워볼 생각 없나?"

홈즈는 김내성의 어깨에 팔을 걸치며 문을 열었다. 문을 열자 낮게 떠오른 해가 두 사람을 정면으로 향했다. 어디에선가 벌이 날아가는 소리가 들렸다.

"사흘 동안에 배울 수 있을까요?"

홈즈는 김내성의 물음에 대답하지 않았다. 그저 떠오르는 해와 날아가는 꿀벌의 소리를 즐겼다. 홈즈는 잠시나마 눈을 감고 결투를 끝낸 탐정의 어깨에 기댔다. 그리고 사흘이면 충분하다. 홈즈가 그를 판단할 시간도, 또 맨체스터에서 미스터 유가 방문할 시간도.

셜록의
로맨스

손선영

말을 걸어오는 것은 벌이었다. 그러나 물어도 대답하지 않는 것도 벌이었다.

"녀석들, 오늘도 못 본 체 날아갔다 돌아오는구나. 하긴 그럴 만도 하지, 너희는 나를 무너뜨릴 수 있지만 나는 그리할 수 없으니까."

목소리가 가르랑댄다. 감기 기운이 있는 모양이다. 이제는 감기에도 사소하게 무너진다.

처음 홈즈를 무너뜨린 것은 모리아티였다. 그러나 뒤이어, 그리고 완전히 홈즈를 무너뜨린 것은 개미였다. 사회적이고 규칙적이지만 힘의 논리마저 통용되는 개미들의 세계. 여왕개미를 중심에 두고 일개미와 병정개미로 나뉘어 군락을 이룬 개미를 홈즈는 정의할 수 없었다. 추론할 수 없었고 귀납할 수 없었다. 물론 흰머리 성성한 지금이 아니었다면 병정개미보다 궁궐 호위병에게, 여왕개미보다는 영국 여왕에게 관심을 두었으리라.

그러나 개미는 무언가 극적이지 않았다. 지난했으며 지나치게 반복적이었다. 개미를 살피는 답답함이 목전에 이르렀을 때 홈즈는 벌에게 인후를 쏘였다. 벌은 침을 남겼고 홈즈는 통증을 받았다.

"몹쓸 벌! 개미만도 못한 것 같으니라고."

홈즈가 욕을 해댔다.

"갱년기가 지난 지도 한참일 텐데 너무 불같으세요. 좀 여성스러워져 보세요. 벌들이 무슨 죄가 있겠어요? 선생님이 벌을 막고 꿀을 못 따게 했겠죠."

트럼프카드로 홈즈에게서 벌침을 긁어 빼내던 가정부가 수치스러운 말을 뻔뻔하게 내뱉었다. 그리고는 홈즈에게 소금물을 건넸다. 민간요법이란다.

홈즈는 채 한 모금도 마시지 못하고 뱉어버렸다.

"내가? 내가 벌을 막았다고?"

"그럼요."

가정부가 대차게 고개를 끄덕였다. 여성스러워져야 한다는 건지, 아니면 벌을 막아서 그랬다는 건지 가정부의 말은 부정확했다. 벌보다 못한 망할 가정부 같으니라고. 생각해보니 가정부의 말이 조금은 맞았다. 적어도 홈즈가 느끼기에 그는 여성스러워졌다. 사소한 것 하나에도 욕을 해대는 것을 보면!

가정부는 팩 토라진 표정으로 물컵을 빼앗으며 쏘아붙였다.

"최소한 벌침 정도는 혼자 해결하셔야죠."

한숨이 새 나왔다. 늘 무언가를 해결하고만 살았다. 해결하지 않으면 직성이 풀리지 않았다. 그런데 가정부의 말은 참신했다. 내가 방해물이라니. 홈즈에게는 적어도 30년 가까이 생각해본 적 없던 화두였다. 내가 벌들에게 모리아티와 같은 존재였다고?

왜 내가 벌에게 방해물이 되었지? 의문 하나로 벌을 관찰했다. 단 하루를 보았을 뿐인데 흠뻑 빠지고 말았다. 마치 눈앞에 해결 불가능한 연쇄살인이 벌어진 것 같았다. 아침에 몸통에 하늘색을 표시해둔 벌이 저녁 무렵에 귀환했을 때는 저도 모르게 소리를 내질렀다. 여왕벌 주변에서 도열하는 일벌을 보자 흥분에 겨운 나머지 뜨거운 콧김이 새 나왔다.

홈즈는 벌에게 반했다. 겉으로는 아무렇게나 살아가는 곤충 같지만 속을 들여다보면 벌은 항상 규칙적이었다. 벌의 습성에 대한 연구는 홈즈가 할 수 있는 그 어떤 추론으로도 결론에 다다를 수 없었다. 벌이라. 알 수 없구나. 홈즈는 웃고 말았다. 그리고 혼잣말을 했다. 평생 놀거리를 찾은 것 같아!

벌의 세계는 신세계다. 적어도 그 스스로 은퇴했다고 믿은 뒤 홈즈는 범죄 사건을 잊을 만한 일대 혁명을 벌을 통해 맞았다. 그렇다고 그의 은퇴가 빨랐던 것도 아니다. 홈즈가 기억하는 한 30년을 범죄와 싸웠다. 왓슨은 실질적인 마지막 사건을 멋지게 명명했다. '사자의 갈기The Adventure of the Lion's Mane'라고. 1907년의 일이었다.

"왜 은퇴하셨어요? 아직은 이른 나이 같은데." 처음 양봉을 가르쳐주었던 청년 중 한 명인 제임스가 물었다. 그의 눈은 호기심으로 반짝거렸다.

홈즈에게 은퇴에 관해 물었던 제임스는 사십대 청년이 되었다. 홈즈에게 방해물이라고 말했던 가정부는 관절염이 걸렸다. 딸이 대를 이었다. 십대였던 딸아이도 벌써 이십대 후반이 되었다.

세월은 벌의 날갯짓처럼 하염없이 날아간다. 윙, 윙.

부여잡지 못한 홈즈의 상념을 깨운 것도 벌이었다. 손등을 쏘이고 말았다. 재빨리 응급처치를 끝냈다. 번뜩 돌아온 정신과 벌침의 화학작용은 저녁에 가까웠다는 시간까지 일깨운다. 배가 고픈 걸. 그제야 점심도 굶었다는 사실이 떠올랐다.

"이제 그만 안녕해야겠어."

오늘에 작별을. 홈즈는 벌에게 손짓했다.

지팡이에 의지하며 언덕을 올랐다. 숨이 차오른 홈즈는 지팡이를 단단히 쥐며 멈추었다. 그늘에 있는 수풀 군락을 되돌아보았다. 일몰에 가려진 수풀 사이로 벌은 여전히 못 본 체 날아갔다 돌아온다.

문을 밀며 집 안으로 들어섰다.

"오셨어요, 선생님. 바쁘신가 해서 부르러 가지 않았습니다."

"그래그래. 잘했다, 아가."

식탁으로 향했다. 일부러 눈은 맞추지 않았다. 눈이 마주치면 에일린의 수다가 시작된다. 절반이 넘는 거짓말에 적절한 진실을 섞어서.

"엄마는 잘 계시지?"

"관절염이 더 심해져서 걷기도 힘들어하세요."

"내가 그랬지 않느냐. 어설픈 병원에 가느니 벌침을 맞으러 오라고. 오면서 걷고 벌침을 맞고, 그게 도움이 된단다. 특히 오월과 유월의 벌은 침으로는 더할 나위 없단다."

"어머, 또! 그러니 이웃에서 자꾸 선생님더러 정신이 이상해졌다고 그러는 거예요."

"누구? 샌님같이 생긴 나무꾼 마이클? 아니면 환심을 사려 아첨이나 떠는 바람둥이 케빈 말이냐? 더 할까?"

"아이, 선생님은."

짜증이 났는지 탁자 위로 수프를 내려놓는 소리가 커진다.

세계가 대공황에 빠졌든, 재즈가 대유행을 일으켰든, 세상은 그저 작은 하나에서 시작한다. 여인의 미소, 미소를 닮은 늦봄의 바람, 근면한 땀, 마주하는 눈빛, 꿀벌의 날갯짓과 같은 사소한, 그래서 사라지는 작은 하나.

홈즈는 겉으로 분노해도 속으로 인내할 줄 알게 되었다. 사람을 꿰뚫어 보는 것도 그만하게 되었다. 그저 나이를 먹어서가 아니었다. 죽고 죽이고 쫓고 쫓기는 사이에 홈즈는 성찰의 중요성을 깨달았다. 티베트를 다녀온 것도 그래서였다. 속에만 숨겼던 작은 말들도 입 바깥으로 낼 줄 알게 되었다. 망할! 내뱉고는 껄껄 웃을 줄도 안다. 속으로 말한다. 즐겁구나!

담아만 둔 채 너무 오래 살았다. 티베트의 승려는 잔기술을 부리며 사람을 파악하는 홈즈에게 묵직한 케이오 펀치를 날렸다.

"기쁘면 기쁘다고 말해보세요. 슬프면 슬프다고 말해보세요. 그게 안 된다면 당신은 잘못 살아온 겁니다. 숨길 필요가 없지요. 범죄자가 아닌 바에야."

홈즈는 합장을 하고 고개를 숙이며 변해보기로 다짐했다. 화도 내고 잘 웃고, 속에 담아두지 않는 홈즈로 살아보자.

"그렇다고 삐친 건 아니에요. 그냥 좀 마음이 복잡하다고 할까요?"

에일린이 덧붙인다.

"에일린, 너는 아직 젊고 어려. 네 얼굴이 조금 못났고 다른 여자들보다 엉덩이가 약간 큰 것은 맞아. 그렇다고 네 아름다움이 어디 가지는 않는단다. 여자는 말이다, 저마다의 아름다움이 있어. 높고 낮고 귀하고 천하고 값지고 하찮고, 이런 건 누가 정하는 게 아니란다. 그리고 에일린은 너의 아름다움을 바로 볼 줄 아는 사람에게 눈을 맞추어주면 되는 거야. 굳이 아름다움을 내려놓은 채 바람을 쫓아다니지 마라."

말을 내뱉은 홈즈는 긴 숨을 내쉬었다.

"제 아름다움을 알아주는 사람이라면, 케빈일까요? 아니면 마이클?"

의자를 빼며 에일린이 맞은편에 앉았다.

"솔직히 말해줄까? 아니라면 듣기 좋게 말해줄까?"

에일린은 무어라 결정하지 못한 채 당황했다.

"그럼 말이다, 이렇게 말하마. 케빈도 마이클도 중요한 건 아니란다. 정작 중요한 것은 너의 뜻이란다. 네가 내 나이쯤 되었을 때 얼마만큼 행복해할 수 있을지, 그 정도는 생각해볼 수 있겠지?"

"선생님 나이쯤에요?"

"그럼. 너는 가난한 나무꾼의 아내가 되고 싶은 게냐? 아니면 바람둥이의 아내가 되고 싶은 게냐?"

아! 마치 큰 깨달음을 얻은 것처럼 에일린이 감탄했다.

"저 같은 시골 것도 런던에 갈 수 있을까요?"

"하고 싶은 게 있느냐?"

"글쎄요, 저는 극장에서 일해보고 싶어요."

하긴. 이런 것도 꿈이라면 꿈이겠지. 홈즈는 슬며시 웃음이 났다. 거대하고 높은 것만 꿈이라면 세상에는 패배자들만 득시글거릴 것이다.

"너는 꿈을 이루고 사랑을 쟁취할 자격이 있겠다. 어디 런던에 있는 극장에 소개서라도 써줄까?"

"선생님이 무슨 힘이 있다고요."

에일린이 샐쭉한 표정으로 홈즈와 눈을 맞춘다. 그렇지만 그녀의 눈 속에 이미 꿈이 영글고 있음을 알아차릴 수 있었다. 내년 이맘때면 에일린의 어머니가 관절염이 걸린 다리를 이끌고 다시 일하러 나올지도 모른다.

"그런데 선생님이 가끔 런던 이야기를 꺼내실 때면 꽤나 높은 자리에라도 계셨던 것 같아요. 간간이 집으로 오는 편지들도 그렇고요."

"에일린, 너도 알지만 난 그냥 은퇴한 늙은이일 뿐이야. 아직 정정하다고 생각한다만 언제 죽을지 모르는 게 또 내 나이잖아."

웃으며 에일린을 보았다. 에일린은 부엌에서 데우던 스튜를 재빨리 가져왔다. 에일린도, 또 그녀의 어머니도 스튜 솜씨 하나는 일품이었다. 곧바로 빵과 샐러드를 준비한다.

겉은 딱딱했지만 적어도 이틀 전에는 구웠을 빵을 스튜에 담갔다.

"편지 온 게 있더냐?"

홈즈가 에일린에게 물었다.

에일린이 아, 감탄사를 터뜨리며 서재로 간다. 에일린도, 또 그녀의 어머니도 딱 하나만큼은 기준을 지켰다. 서재 책상 위 오른쪽은 신간 책자, 가운데는 정체불명의 봉투들, 왼쪽은 편지를 두는 것으로. 하지만 다리가 불편해진 뒤로 간혹 홈즈가 물을 때면 에일린은 새로 온 우편물 모두를 부엌 탁자로 가지고 온다.

"자세히 보지는 않았는데 선생님 앞으로 온 우편물은 없었던 것 같아요."

홈즈가 자신을 숨기려 한다는 사실을 에일린도 알고 있었다. 당분간, 아니 스스로 확실하다는 판단이 서기 전까지 홈즈는 몸을 숨기고 싶었다. 모리아티를 꺾었다고 해도 그들의 추종 세력이나 잔존 세력은 언제든 홈즈를 노릴 태세였다. 또한 범죄의 양상도 변했다. 세계대전을 거치며 필요에 의한 범죄보다 재미에 의한 범죄가 늘고 있다. 이런 범죄자는 모리아티만큼 사악하고 위험하다. 홈즈를 찾아내 범죄를 겨루려는 자라면 이 작은 마을을 쑥대밭으로 만들지도 몰랐다.

"신간 책이 여섯 권, 거의 범죄소설이네요. 하루 늦긴 했지만 신문이 열두 부. 그리고 어머, 월터 스콧이 아니라 홈즈 앞으로 온 편지가 있어요."

에일린은 깜짝 놀란 표정으로 홈즈를 보고 있었다. 홈즈도 마찬가지였다. 스튜를 뜨다 만 모습으로 몇 초간 정지했다.

"내 앞으로 온 편지가 있다고?"

숟가락을 내려놓으며 물었다. 아뿔싸! 실수를 하고 말았다. 에일린은 '월터 스콧'이 홈즈의 본명이라고 알고 있었다.

"내 앞으로라니요, 선생님? 'W. S. S. Holmes'라는 이름이 적힌 걸요. 설마 선생님이 홈즈? 그 유명한?"

홈즈는 손을 내밀었다. 편지봉투를 거칠게 거머쥐었다. 저도 모르게 힘이 들어간 탓이었다.

발신인을 살폈다. J. H. Watson! 홈즈는 놀란 나머지 소리를 내질렀다. 조금 늦게 에일린마저 어머, 하고 감탄사를 터뜨렸다.

"선생님이 그렇게 큰소리를 내시는 건……."

"에일린, 오늘은 그만!" 황급히 에일린의 말을 잘랐다. "식탁은 내일 와서 치워도 된단다. 오늘은 그만 돌아가 주겠니? 아, 그리고 이번만큼은 약속을 받아야겠다. 내가 편지를 받고 어쩌니 저쩌니 했다고 떠들 생각일랑은 아예 말아라. 특히 홈즈라는 이름을 입밖으로 내는 날에는 런던에 있는 극장 취직은 없던 일로 하마."

순간 에일린이 두 손을 모으고 간절한 표정이 되었다. 홈즈가 검지를 입에 대고 아무 말도 하지 말라는 표정을 짓자 더욱 안타까운 눈빛으로 변한다. 홈즈는 고개를 끄덕였다.

"내가 반드시 런던으로 보내줄 테니, 오늘 일은 못 들은 걸로 해라. 하지만 경우에 따라 몇 번 심부름을 해야 할지도 모르겠다."

"그러자고 제가 일하는걸요."

에일린이 다시 미소를 띠었다. 홈즈는 얼른 가보라는 손짓을 했다. 에일린이 인사를 하며 모습을 감춘다. 마지막까지 미소를 잃지 않는 걸 보니 당분간은 안심해도 되겠다.

홈즈는 레터 나이프를 찾는 것도 잊은 채 얼른 편지를 뜯었다. 도대체 몇 년 만이던가. 왓슨이 「마자랭의 보석」을 1921년에 약속대로 발표한 이후이니 벌써 8년이 지났다. 왓슨은 그 후로 1년에 한두 편, 오래전 사건을 소설로 썼다. 그런데 재작년인 1927년 「쇼스콤 고택」을 마지막으로 두해 째 소설이 발표되지 않았다.

왓슨을 찾아가 볼까. 수십 번 고민했다. 그러나 좋지 않은 결과를 알게 되는 것에 부담이 느껴졌다. 왓슨의 나이도 일흔일곱이 된다. 당장 숨을 거둔다 해도 이상하지 않은 나이다.

왓슨과 연락이 뜸해진 것은 은퇴를 하면서였다. 당시 왓슨은 세 번째 부인과 행복을 누리고 있었고 퀸앤 거리에 개업한 병원도 상당한 호황이었다. 홈즈는 서섹스다운스 인근 별장으로 이주를 했다. 이즈음 홈즈는 양봉에 열을 올릴 때였다. 하지만 허드슨 부인의 사망으로 홈즈는 세상과 고립되고 말았다. 그때 결심했다. 세상에서 사라지자. 그리고 아버지가 이름마저 본뜨기를 바랐던 소설가 '월터 스콧'의 이름을 빌려 살자.

처음 구입한 별장보다 더욱 깊고 외진 곳에 별장 하나를 더 구입했다. 그런 뒤 사람들에게 월터 스콧으로 자신을 소개했다. 이전까지 극도로 외출을 꺼렸고 이웃과 왕래가 없던 터라 사람들은 홈즈를 월터 스콧으로 믿었다. 적어도 에일린이 홈즈에 대해 묻기 이전까지는.

홈즈는 떨리는 손으로 편지를 읽었다.

친애하는 홈즈!

정말이지 오랜만에 자네에게 편지를 쓰는군. 베이커 가의 하숙집이었다면 아무렇지 않게 달려가 인사를 했을 텐데. 세월은 우리의 여러 가지를, 심지어 추억조차 잡아먹고 말았네그려.

어떻게 지내고 있나?

내가 물었지만 눈에 선하군. 꿀벌과 대화하고 꿀을 추출하고 자연과 더불어 살아가겠지. 하지만 나는 여전히 자네가 은퇴를 결심한 의견에는 동의하지 못하겠네. 홈즈, 자네는 세상 누구보다 뛰어난 사람이 아닌가. 하긴 지금에 와서 이런 이야기를 더 한다고 해봐야 잔소리밖에 되지 않을 테지만 내 마음은 그렇다는 뜻이라네.

지금 이 편지를 읽는 자네는 내가 편지를 보낸 이유에 대해 여러 가지 추측을 펴고 있겠지. 그토록 오랫동안 연락이 없던 친구가 어떻게 홈즈, 자네의 주소를 알아내었는가. 주소를 알고 있었다면 왜 지금껏 연락을 하지 않았는가.

그래, 솔직히 말해야겠지. 자네를 피해가기가 불가능하다는 사실은 내가 더 잘 아니까.

이 편지의 소인이 어디인지를 자네는 먼저 살폈을 거야.

그 대목을 읽은 순간 홈즈는 잠시 편지를 내려놓았다. 말할 수 없을 정도로 기쁜 나머지 그는 몇 가지 작은 사실을 무시했다. 오랜 친구가 편지를 보냈다는데 어느 우체국의 소인인들 무슨 상관이겠는가. 그러나 이 대목에서는 살펴보지 않을 수 없었다. 소인을 찍은 우체국은 미국 뉴욕의 브루클린이었다.

뉴욕의 브루클린이라니. 조금 의아했다. 더불어 편지를 조금 더 살폈다. 지금껏 단 한 번도 글자가 희미해져서 잉크를 보충한 흔적이 없었다. 만년필이라는 뜻이다. 펜으로 잉크를 찍어 썼다면 다섯 문장에서 여덟 문장 정도면 반드시 다시 잉크를 찍어야만 한다. 또한 편지를 쓴 만년필의 펜이 둥글고 굵으며 종이를 거의 긁지 않았다. 처음 보는 펜촉이었다.

가만, 내가 무슨 생각을. 홈즈는 고개를 잘래잘래 저으며 웃었다. 옛 친구의 편지를 마주하고도 탐정일 때의 버릇을 버리지 못했다니.

홈즈는 다시 편지를 들었다.

여기는 미국 브루클린이라네. 자네는 가장 먼저 그랬을 거야. 어떻게 이 친구가 미국에 가 있지? 반면 자네는 조금 화를 냈을지도 몰라. 자네가 조금만 주의를 기울였다면 1920년대 이후 출판된 소설의 인세가 입금되지 않았다는 사실을 알았을 테니까.

이쯤 되면 짐작했을 게야.

홈즈, 난 지금 상당한 곤경에 처했네.

나는 지난 20년 넘는 세월을 정말 열심히 일했어. 상당한 재산도 모았고. 아내와 나는 자연스레 은퇴를 생각하게 되었지. 어디가 좋을까. 홈즈처럼 한적한 농장을 사서 전원생활을 즐기는 것은 어떨까. 아내는 강력히 추천했지만 내가 반대했다네. 나는 이런 분주함을 떠나서는 살 수 없는 사람이니까. 아마 자네가 잘 알 거야, 그렇지 않나!

그래서 나는 미국으로 이민을 결정했다네. 내가 이민을 결정했던 몇 년 전만 해도 미국의 부동산이 상당한 호경기가 될 것으로 내다봤거든.

결론만 말하자면 홈즈, 나는 완전히 알거지 신세가 되었어. 대공황이라는 말이 이토록 나를 무섭고 힘들게 만들 줄은 몰랐네. 깡통 신세가 돼버렸다네. 하루가 멀다 하고 사채업자가 집을 찾아와. 이제 아내는 노이로제에 걸려 식음마저 전폐했어. 솔직히 나 역시 하루하루 끼니를 걱정해야 하는 처지라네.

상황이 이렇게 되니 부탁할 데라고는 자네밖에 없더군. 그래도 지금까지 스코틀랜드 야드에 쌓아놓은 인맥이 있어서인지 어렵기는 했지만 자네의 주소를 알아낼 수 있었다네. 그래서 말인데 홈즈, 부탁 하나 할 수 있을까?

내가 이 난국을 타개할 이야깃거리 하나만 주게나.

완전히 새로운 이야기!

사람들은 이제 홈즈의 천재적인 활약상에는 관심을 두거나 크게 반응하지 않는다네. 하지만 자네가 여자를 싫어하게 된 계기, 또 첫 사랑에 관한 이야기라면 상황은 달라지겠지.

어떤가?

Camford에 다니던 여학생이라고 했던가, 자네의 첫사랑. 그 이 야기를 내게 해줄 수 없겠나?

부디 편지로 답신해주기 바라겠네. 기다리겠어.

                          친애하는 당신의 왓슨으로부터

끙. 홈즈는 신음을 터뜨렸다. 어떤 상황이고 간에 왓슨이 밥까지 굶을 정도라니 충격이 이만저만 아니었다.

홈즈는 편지를 들고 서재로 갔다. 에일린이 정리하지 않은 책 상 위를 깨끗이 정리했다. 그리고 편지를 다시 읽었다. 읽고 또 읽었다.

홈즈는 직감했다. 오늘은 긴 밤이 될 것이다. 그리고 지금껏 하 찮다고만 여겼던 자신의 '캠포드 이야기'가 왓슨에게 도움이 될 수 있다면 기꺼이 이야기해주리라 다짐했다.

펜을 들었다.

친애하는 왓슨에게

단 한 문장을 썼을 뿐인데 깊은 회한이 밀려왔다. 왓슨을 너무 오랫동안 돌보지 않았다. 반대로 왓슨은 홈즈를 꾸준히 돌보았다. 심지어 1927년까지도 약속대로 책을 출간해왔다.

비겁하게도 혼자만 살았군. 비겁하게도. 혼잣말을 했다. 홈즈는 복잡해진 머리를 휘휘 흔들어대며 펜을 든 손에 힘을 주었다. 곧바로 홈즈의 기억은 열일곱 살로 되돌아갔다.

홈즈는 캠포드 고등학교를 다녔다. 성적도 우수했다. 이대로라면 영국 최고 대학인 옥스퍼드나 케임브리지 대학에 입학할 터였다. 하지만 성적이 우수한 학생만 모이는 캠포드에서도 유명 대학에 진학하려면 모임에 가입해야만 했다. 또한 통과의례가 있었다. 반드시 '캠-옥스' 모임에 들어야 할 것, 2학년이 될 때 1킬로미터쯤 떨어진 옥스브리지 여학교 기숙사에 다녀올 것, 두 가지였다.

옥스브리지 여학교는 종교, 학문, 사회 제반 분야에 상당한 인재를 양성하는 진보적인 학교였다. 그래서인지 전통을 중시하고 여성의 사회 진출을 꺼리는 영국에서는 때때로 공격의 대상이 되었다. 진보적인 생각으로 영국의 사회적 기반을 흔들고 전통적 계급과 입헌군주제를 부정하는 따위를 여성이 주장하는 일은 없어야 했다. '캠-옥스'에서 옥스브리지 기숙사에 잠입한다는 것은 진보적인 여성들을 짓밟는다는 의미도 포함되어 있었다.

홈즈가 고등학교 2학년이 된 1871년, 영국은 또 하나의 급변을 맞았다. 노동조합법이 재정될 것이기 때문이었다. 말하자면 술과 땀에 절어 바다에서 굴러먹는 하급층의 권리를 인정한다는 뜻이었다. 홈즈를 비롯한 철없는 아이들은 빅토리아 여왕이 행하는 수많은 개혁 행보에 조소와 힐난을 던졌다.

"이러다 옥스퍼드나 케임브리지에서 여성이 수석 입학하고 수석 졸업하는 사례가 나오겠는걸."

한 녀석의 농담에 몇몇 아이들은 분노마저 드러냈다. 수석 입학과 졸업이라는 말에는 창창하게 달려갈 그들의 미래를 여성들이 막는다는 뜻이 포함되어 있었기 때문이다.

홈즈의 생각은 조금 달랐다. 능력이 우선 아닌가. 무엇보다 세상을 합리적으로 바라보고 사물의 이치를 있는 그대로 볼 줄 아는 순수한 사람이라면 정치가로서도 더할 나위 없을 것이다. 여자 남자 따지는 따위, 그만큼 고루하고 썩은 것도 없지 않은가. 물론 멀대 같은 키에 싱겁기 그지없으며 이제 막 권투를 배워 상대를 탐색하는 법을 습득한 홈즈에게는 적의를 드러내는 친구야말로 무서운 존재였다.

캠-옥스 모임만 해도 그렇다. 평소 성격이라면 가입은커녕 어울릴 생각조차 못했을 것이다. 하지만 성적과 지위, 재산 등을 따져 모임의 인원을 소수로 정해놓는 캠-옥스는 그 자체로 학생들에게 동경의 대상이었다. 과장일지 몰라도 또래에게는 존경의 대상이었다. 까짓거, 참아보는 거다. 될 대로 되겠지. 홈즈는 이런 무

책임한 태도로 캠-옥스를 대했다.

시간이 지나 9월 개강이 다가왔다. 더불어 홈즈에게도 태어나 처음으로 도둑질을 해야만 하는 날이 닥쳤다. 캠-옥스 멤버들은 개강 전 보름 사이를 옥스브리지 여학교를 '터는' 날로 삼고 있었다.

"들었어?"

"뭘?"

달빛이 휘황한 밤이었다. 옥스브리지를 털기에는 좋지 않았다. 홈즈는 하필 별명이 '중학생 꼬마Middles Baby'인 친구와 한 팀이 되었다. 홈즈와 무려 30센티 가까이 키가 차이 나는 브롬웰이었다.

"이즈음이면 옥스브리지 여자애들이 마킹을 해놓는대."

브롬웰은 신이 난 표정으로 말했다.

"마킹이라니?"

"자기 물건을 훔쳐가라고. 걔네들 사이에서도 우리가 자기 물건을 훔쳐가면 좋은 대학에 간다는 미신이 있다더라고. 좋은 직업을 가질 수도 있다나."

"말도 안 돼!"

미래에 대한 어떤 특정도, 또 확신도 없었던 홈즈는 불퉁하게 내뱉었다.

캠-옥스 선배들이 가르쳐준 숲으로 난 길을 20분쯤 걸었다. 마침내 넝쿨에 싸인 여학교 기숙사 담장이 모습을 드러냈다. 브롬웰이 낮은 탄성을 내질렀다. 옥스브리지 문양이 있는 벽돌 담 아래에서 오른쪽으로 열다섯 걸음을 내디뎠다. 벽돌을 지그재그로 빼내면 된다고 선배들이 충고했다. 브롬웰이 열다섯 걸음을 걸은 뒤 벽돌담을 주먹으로 툭툭 내리쳤다.

"여기다."

브롬웰이 벽돌을 빼냈다. 딱 사람 하나가 지나갈 만한 구멍이 만들어졌다. 먼저 들어간 브롬웰이 홈즈를 향해 손짓했다.

홈즈는 선배들의 말을 평면도처럼 떠올리며 걸었다. 자연히 걸음은 조심스럽다. 그에 비해 브롬웰은 두어 걸음 정도 앞장선다. 자연스럽고 멈춤이 없었다. 외진 구석에 있는 도서관을 지나면 생활관 건물이었다. 기숙사가 그다음, 마지막은 학교 건물이다.

기숙사 건물 앞에 다다랐을 때 브롬웰이 뒤돌아보았다.

"여기야, 홈즈. 빗물 홈통 정도는 체육 수업만 잘했어도 타고 오를 수 있겠지?"

브롬웰이 먼저 빗물 홈통을 거머쥐었다. 능숙하게 건물을 오른다. 녀석은 이곳에 와보았던 게 분명했다. 하긴 열일곱 살의 호기심이라면 이불을 뚫고도 남지. 홈즈는 시시껄렁한 농담을 생각하며 브롬웰과 보조를 맞추었다. 빗물 홈통을 움켜쥐고 오르던 브롬웰이 숨을 고르는 게 느껴졌다. 그때 고개를 위로 드는데 번뜩 불빛 같은 게 스쳐갔다.

설마. 홈즈는 빗물 홈통을 다시 내려왔다. 주변을 둘러보았다. 마치 번개처럼 스쳐갔던 것, 잘못 본 것일까? 빠르게 바닥을 살폈다. 눈을 지면에 맞추어 바닥을 훑었다. 그때 부스러기처럼 반짝이는 빛이 보였다. 약간의 녹색을 띤, 그러나 색깔을 정의하기 힘든 반짝이는 무언가가 바닥에 파편처럼 흩어져 있다. 10여 미터쯤 떨어진 곳이었다.

성큼성큼 걸었다. 작은 나뭇가지 주변에서 빛의 파편은 하늘의 별을 반사하듯 바닥에 떨어져 있었다. 잠시 흙바닥에 흩어진 별을 감상했다. 나뭇가지를 자세히 살폈다. 맙소사! 나뭇가지라고 생각했던 것은 화살이었다. 홈즈는 망설이다 땅에 박힌 화살을 뽑았다.

화살의 뒷부분에는 시위도, 앞부분에는 쇠로 된 촉도 없었다. 어린아이들이나 가지고 노는 장난감이나 마찬가지인 화살이었다. 그런데 촉이 있어야 할 화살의 앞부분이 빛났다. 비록 빠르게 빛을 잃어가고는 있었지만 명백히 빛나는 화살이었다.

"뭐야?"

"모르겠어. 그냥 화살이 이렇게 빛나잖아. 이런 발명품은 이전에도, 또 근래에도 들어본 적이 없어."

브롬웰이 화살을 달라 손짓했다. 홈즈는 화살을 건네지 않았다. 적어도 이 전리품은 홈즈의 것이다. 특히 기숙사를 침입하지 않고도 찾아낸 멋들어진 수확물이었다. 화살을 겉옷 안주머니에 넣었다.

"브롬웰, 미안하지만 이건 네게 줄 수 없어. 넌 어서 기숙사로 잠입해."

홈즈는 약간은 매정하게 말한 뒤 화살이 기울어졌던 방향과 각도를 기억해냈다. 땅바닥에 쪼그리고 앉아 고개를 들었다. 화살은 생활관을 가리키고 있었다. 각도로 보았을 때 2층과 3층, 4층을 가로지른다.

"저기였어. 저기 3층, 누군가 있었어."

어느새 뒤에서 함께 각도를 살폈는지 브롬웰이 손가락으로 3층을 가리켰다. 자세히 생활관을 살피니 창문이 열린 곳이 보였다. 달빛이 휘황한 게 도움이 되다니. 세상일은 참 알 수 없다.

홈즈는 귀신에 홀린 듯 기숙사에서 생활관으로 향했다. 브롬웰은 아까와는 반대로 홈즈를 따랐다. 생활관에 다다라 주변을 살폈다. 휘황한 달빛과 어울리지 않는 적막이 홈즈와 브롬웰을 감쌌다.

심호흡을 한 뒤 홈즈는 빗물 홈통을 거머쥐었다. 건물 벽돌 사이에 적절히 발끝을 넣으며 3층으로 올랐다. 빗물 홈통에서 발을 뻗어 난간에 걸쳤다. 10센티미터나 될까 말까 했지만 발을 디디는 데는 무리가 없었다. 곧 왼팔을 뻗어 창틀을 쥐었다. 사뿐히 난간에 안착했다.

창문이 열린 지점까지는 20미터쯤 되었다. 약간은 무리가 아닌가 싶었다. 기숙사는 빗물 홈통 옆으로 계단 창이 나 있다. 확인되지 않은 정보이지만 '기숙사 털기'가 있는 날은 캠-옥스를 지지하는 누군가가 2층 계단 창을 반드시 열어놓는다고 했다. 그에 비해 3층 난간을 타고 전진하는 일은 고역임에 틀림없었다. 창문 하나하나를 확인하며 조금씩 옆으로 나아갔다. 슬쩍 고개를 반대로 돌렸다. 브롬웰은 지레 포기하고 막 홈통에서 땅으로 안착하는 참이었다.

아슬아슬하고 느리기만 하던 시간이 종각에 다다랐다. 홈즈가 열린 창에 도착한 것이다. 재빨리 몸을 안으로 우겨넣었다. 땀이 비 오듯 쏟아졌다.

"자, 긴장을 풀고."

홈즈는 자신에게 기합을 넣었다. 바깥이나 실내나 생활하기에 딱 좋은 날씨였다. 이만큼 땀을 흘린다는 건 무서웠거나 긴장한 탓이다. 무서웠다에 한 표. 혼잣말을 하며 주변을 둘러보았다. 약장이 보이고 십여 개 침대가 나란히 자리해 있었다. 양호실이었다. 곧바로 누군가 있다는 사실도 깨달았다.

홈즈는 숨을 죽이고 자세를 낮추었다. 희미했지만 바닥에 파편처럼 떨어진 빛이 보였다. 손으로 건드리려다 그만두었다. 분명히 이곳에서 화살을 쏘았다. 허리를 숙인 채 몇 발짝 움직였다. 침대 십여 개 중 딱 하나에만 캐노피가 걸려 있었다. 인기척은 그 침대에서 들렸다. 홈즈는 숨소리를 조심스레 살폈다. 일정하고 고른 숨소리였다. 누군가 잠들어 있었다.

슬며시 침대를 감싼 캐노피를 걷었다. 순간 홈즈는 호흡을 멈추고 말았다. 휘황한 달빛이 문제였다. 여인의 얼굴을 저토록 창백하면서도 아름답게 비출 수 있다니. 마르가레테 폰 발데크의 환생이라고 해도 믿을 정도였다.

얼마를 멈춘 채 그녀를 바라보았을까? 홈즈는 어느새 눈을 뜬 그녀가 자신을 빤히 바라보고 있다는 사실조차 의식하지 못했다.

"내일도 올래?"

"내……일?"

"응, 내일."

홈즈는 그제야 소스라치게 놀랐다. 하마터면 비명을 내지를 뻔했다. 캐노피를 걷은 채 그대로 멈추었던 손이 벌벌 떨렸다.

"너 캠포드 학생이지?"

"어? 아마도."

"괜찮아. 여기는 아무도 오지 않아. 아이들이 나를 괴물이라고 놀리거든."

"괴물? 말도 안 돼. 그 아이들은 괴물의 정의를 모르는 게 분명해."

"쿠쿠쿠, 너 정말 우습다. 지나치게 진지하고 유머라고는 찾아볼 수가 없네. 그런데 그게 우스워. 너 이름이 뭐야?"

"홈즈, 셜록 홈즈."

"나는 마르가리타. 내일도 올 거지?"

"그래, 그럴게."

"창문은 닫아주고 계단으로 가. 생활관 문은 언제든 열려 있거든."

마르가리타가 손을 흔들었다. 작고 요염하며 깜찍한 손짓이었다.

홈즈는 마르가리타의 말대로 창문을 닫고 계단으로 내려갔다. 브롬웰은 생활관 구석에 몸을 숨긴 채 그를 기다리고 있었다. 홈즈를 보자마자 냉큼 달려왔다.

"뭔가 찾은 거야?"

"아, 아니. 전혀."

"난 이거. 주웠어."

브롬웰이 내민 것은 옥스브리지 교복 블라우스였다. 내일 아침이면 누군가는 교복을 입지 못한 채 수업을 받아야 할 것이다. 번뜩 생각이 스쳐갔다. 브롬웰이 있던 곳은 생활관이었다. 마르가리타가 있던 양호실을 떠올렸다. 캐노피가 딱 하나만 있던 침대, 마르가리타는 그곳에서 생활하고 있는 게 분명했다. 브롬웰이 주웠다는 교복은 마르가리타의 것일 확률이 높았다.

"빛나는 화살 대 교복이라. 어때? 맞바꿀래?"

홈즈가 브롬웰에게 물었다.

"화살이라면 걸려도 아무 일 없을 테지만 여학교 교복이라면 상황이 달라질걸."

용의주도하게 홈즈가 브롬웰을 압박했다. 잠시 고민하는 듯하던 브롬웰이 블라우스를 내밀었다.

"잠시만."

블라우스를 받아 든 홈즈는 생활관으로 얼른 뛰어 들어갔다. 양호실로 향했다. 블라우스를 캐노피 근처에 놓은 뒤 번개처럼 달려 나왔다.

"됐다."

"됐다니?"

현저하게 어두워졌지만 아직은 빛을 잃지 않은 화살을 신기하게 바라보던 브롬웰이 물었다.

"가자."

"넌 아무것도 없잖아?"

"괜찮아. 까짓거. 없으면 없는 대로. 하지만 무용담이 있잖아."

"그런가?"

브롬웰이 고개를 갸우뚱했다. 홈즈는 중학생 꼬마의 머리를 쓰다듬으며 캠포드로 발길을 돌렸다.

자고 일어났을 때 홈즈는 꿈을 꾼 듯했다. 수업이 끝나는 오후까지도 꿈에 빠져 있는 듯했다. 오후가 되자 캠-옥스 멤버들에게 은밀한 지령이 내려졌다.

'과학실로 모일 것.'

학교는 한바탕 소란에 휩싸여 있었다. 홈즈는 멍하니 마르가리타 생각에만 빠져 주변을 살필 겨를이 없었다. 과학실에 가서야 그는 소란도, 또 소란의 정체도 알게 되었다. 빛나는 화살 때문이었다. 그런데 오후 수업이 끝나며 캠-옥스 멤버들이 화살에 대해 물었다. 어떻게 된 거야? 빛나는 화살이라니? 브롬웰은 수다쟁이였구나. 홈즈가 마르가리타에 대해 브롬웰에게 말하지 않은 것은 정말 현명한 선택이었다.

과학실에 자리를 잡자 곧 3학년 선배들까지 등장했다. 성적에 대한 압박이 상당할 텐데도 빛나는 화살을 보러 온 것이다. 선배들이 자리에 앉자 1학년들이 암막 커튼을 쳤다. 금세 과학실이 어둠에 휩싸였다. 브롬웰은 마치 마술사라도 되는 듯 짠, 하며 화살을 교복 코트 안에서 꺼냈다.

화살은, 그러나 빛나지 않았다.

"야, 홈즈. 너도 봤잖아? 안 그래?"

잠시 홈즈도 고민했다. 하지만 홈즈는 빛나는 화살이라는, 찻잔

속 돌풍에 참여하지 않기로 했다. 그저 차 한 잔을 마시는 시간 정도면 사라질 소동에 불과했다. 브롬웰에게 선배와 후배들의 조소가 쏟아졌다. 3학년 선배들이 급기야 브롬웰을 데리고 어딘가로 사라졌다. 모임도 끝이 났다.

저녁을 먹고 숙제를 끝내고 잠자리에 들 때까지 일 분 일 초 기다리는 것이 힘들었다. 어제와 같은 시간이 되었을 때 홈즈는 기숙사를 탈출했다. 어제처럼 달빛이 밝았다. 발걸음이 가벼웠다. 홈즈는 휘파람을 불고 있었다. 행복하다, 생각하고는 흠칫 놀랐다. 혼자서 숲을 헤치고 걷는 게 행복할 줄은 꿈에도 몰랐다. 마르가리타 때문이다. 마르가리타. 이름을 계속 부르다 의문이 들었다. 내가 마르가리타를 처음 본 순간 무슨 생각을 했더라? 그렇지만 생각은 이내 휘발되었다. 마르가리타의 얼굴이 홈즈에게 들어찼기 때문이다.

옥스브리지에 다다랐다. 어제와 똑같은 일이 반복되었다. 벽돌을 빼내고 조심스레 그림자로 몸을 숨겼다. 생활관에 다다랐을 때 겨우 거친 숨을 몰아쉴 수 있었다.

계단 하나하나 신중하게 밟으며 생활관 3층으로 오를 때였다. 어제와 똑같은, 화살에서 보았던 기묘한 색깔의 빛이 보였다. 빛깔은 활자로 뒤바뀌어 계단을 수놓고 있었다.

'옥상으로 올래?'

기분이 묘했다. 무언가에 홀린 느낌이었다. 그렇지만 뇌를 거치지 않은 본능이 계단을 오르는 발걸음에 가속을 더했다. 생활관 옥상에 다다랐다. 홈즈는 잠시 숨을 골랐다. 어제처럼 비 오듯 땀이 쏟아지지 않아 다행이었다. 문을 밀었다.

옥상 난간에 턱을 기대고 마르가리타가 서 있었다. 약간 도톰한 베이지색 나이트가운을 걸쳤다. 그 아래로 삐져나온 잠옷이 보였다. 홈즈는 숨을 한 번 더 고르고 마르가리타에게 다가갔다.

"안녕, 마르가리타."

"어머. 네가 홈즈구나. 반가워."

조금 위화감이 느껴지는 첫인사였다. 그리고 명백히, 마르가리타의 얼굴에는 생기가 돌았다.

"어제에 비해서……."

"내가 너무 밝다고? 그래. 오늘은 건강하니까. 매일이 어제 같다면 나도 견디지 못할 거야. 어때?"

"아……름다워. 정말이지 아름다워."

홈즈는 솔직하게 말했다. 마르가리타가 손짓했다. 그리고 나란히 서 있고 싶은지 턱을 괸 바로 옆 난간을 살짝 두드린다.

"홈즈는 북극성이 어디인지 알아? 북두칠성은?"

"큰곰자리 꼬리 말이지?"

홈즈가 고개를 끄덕였다. 그리고 능숙하게 국자 모양을 한 북두칠성을 가리켰다.

"저 별 일곱 개에도 수많은 전설이 존재한다며?"

"그렇겠지. 내가 아는 것만 해도……."

홈즈는 마르가리타에게 서양과 동양의 전설 몇 가지를 소개했다. 큰곰과 작은곰, 일곱 효자, 다이아몬드와 중국 당나라 일화 등

아는 것만도 대여섯 가지에 이르렀다.

"일곱 효자 이야기 참 괜찮다. 마치 일곱 난쟁이랑 연결되는 것 같기도 하고."

"그런데 하나 묻고 싶은 게 있어. 계단에 있던……."

"나이트라이트 말이지?"

"나이트……라이트?"

"밤에도 빛이 나니까. 간단하지만 그렇게 이름 붙인 거야. 별건 아냐. 그냥 실험 중에 우연히 알게 된 것일 뿐이야."

"나이트라이트를 상품화한다면 엄청난 돈을 벌지 않을까?"

"어머, 홈즈. 우린 오늘 만났을 뿐인데 네가 그렇게 돈을 밝히는 속물인 줄은 몰랐어."

뾰루퉁한 표정이 된 마르가리타가 휙 돌아서더니 그대로 문을 박차고 나가버렸다. 잠시 어안이 벙벙했다.

내가 지금 뭘 하고 있는 거지?

잠시 후 정신이 돌아왔다. 여전히 무언가에 홀린 듯했다. 어제는 죽어가듯 창백했던, 그래서 홈즈의 마음을 뒤흔들었던 아이가 오늘은 무척이나 밝았다. 종잡을 수 없는 상황, 딱 마녀에게 홀린 느낌이었다.

잠시 기다렸지만 어떤 기척도 없었다. 홈즈는 옥상을 나와 3층 양호실 앞에 섰다. 살짝 손잡이를 돌렸다. 문은 열려 있다. 잠시 고민했다. 그러나 홈즈의 본능이 이번에도 이성을 이겼다. 어느새 마르가리타의 침대에 다가간 홈즈는 살짝 캐노피를 걷었다. 언제 그랬느냐는 듯 마르가리타는 잠들어 있었다.

주변을 둘러보았다. 펜과 종이가 있는지 찾았다. 구석에 책상 하나가 보였다. 책상을 뒤졌다. 곧 홈즈는 종이에 메모했다.

마르가리타,

오늘은 미안했어. 돈에 대한 이야기를 하려던 게 아니라 아이디어에 대한 이야기를 하려던 거였어. 네가 말한 나이트라이트는 심지어 연금술에 비견될 정도로 놀라운 발견이 아닐까? 그렇다면 사업을 해보는 것도 좋을 거야. 차근차근 아이디어를 발전시킨다면…… 이런, 또 돈 얘기로 비칠지 모르겠다. 절대 그런 것은 아니고. 그만큼 나를 매료시킨 아이디어였다는 걸 말하고 싶었어. 정말 놀라워. 내일 다시 올게. 그때 말해줄래? 나이트라이트의 비밀?

홈즈가

몇 번이나 주저하며 글을 마무리했다. 내일 또 오겠다는 말, 그리고 미안한 마음을 담고 싶었다. 마르가리타의 베개 옆에 메모를 놓았다.

홈즈는 지친 마음으로 양호실을 나섰다. 올 때는 그토록 가뿐하고 짧았던 길이 돌아갈 때는 무척이나 험하고 길게만 느껴졌다.

다음 날은 화학 수업이 있는 날이었다. 홈즈가 자신만만해하는 과목이기도 했다. 홈즈는 몬태규 선생님에게 물었다.

"빛을 발하는 물질을 만들 수 있을까요?"

"자연에서는 특이한 현상도 아니지. 자체적으로 빛을 발한다는 건 당장은 규명해낼 수 없을지 몰라도 인과 같은 여러 물질이 차갑고 도도한 빛을 낼 수 있다는 것은 확인되었지. 다만……."

"아니요, 아니요, 선생님. 화학 실험 과정에서 그러한 물질이 발견될 수 있느냐는 거예요. 이제 와서 많은 이들이 인정하지만 연금술은 불가능하다고 하지 않습니까?"

"글쎄다. 이건 조금 과학적으로 접근해야 할 문제인 것 같구나. 화학적인 게 아니라. 빛을 발한다는 건 에너지를 저장하고 있다는 뜻일 게다. 다만 지금까지 인간이 만들어낸 빛은 열을 동반하는 에너지였지."

"불을 말씀하시는 건가요?"

"그렇다. 하지만 차가우면서도 빛만을 간직한 에너지라면, 특히 네가 말한 대로 화학을 통해 그것을 만들어내는 것은 불가능하지 싶은데."

"하지만 화학 실험 과정에서는……."

"그래. 자주 폭발이 일어나지. 하지만 그것은 물질에 관계되는 상호 간의 특성을 파악하지 못했기 때문이잖아. 그건 홈즈 네가 더 잘 알지? 작년에 너는 화학실을 태워먹을 뻔했잖아."

몬태규 선생님의 지적에 홈즈는 고개를 끄덕였다. 특성을 파악하지 못한 채 상상만으로, 또 어림짐작만으로 이루어지는 실험은 대단히 파괴적일 수 있었다. 그러나 그 파괴적인 실험이 새로운 물질을 만들어왔다. 홈즈는 외르스테드가 얻어낸 알루미늄 생성

법을 조금 더 대중화시킬 수 있는 방법에 몰두했다. 물론 화학실이 폭발할 뻔하며 실험은 강제로 중단되었다.

"어쨌든 빛에너지를 저장할 수 있는 물질이라면, 물론 사건이기는 하다만, 나는 가능하다고 생각한다."

몬태규 선생님이 결론을 내렸다. 순간 와, 하며 학생들이 홈즈에게로 시선을 돌렸다. 홈즈는 어깨를 으쓱하는 것으로 화학 수업을 듣는 학생들에게 짧은 의견을 전했다.

수업이 끝나자 브롬웰이 씩씩거리며 홈즈에게 다가왔다.

"비겁했어, 너."

"뭐가?"

"어제만 해도 너는 네가 주운 화살에 대해 인정하지 않았잖아."

"뭐? 빛나는 화살?"

"그래. 내가 선배들에게 얼마나 꾸중을 들었는지 알아?"

"하지만 넌 그걸 네가 획득했다고 말했던 것 같은데. 그건 내가 당연히 모르는 것이지."

순간 브롬웰이 홈즈에게 달려들었다. 30센티미터나 작은 꼬마였지만 녀석의 분노는 맹렬했다. 홈즈는 급작스러운 돌진에 브롬웰과 뒤엉키며 넘어졌다. 홈즈가 브롬웰을 제압하고 일어서기까지는 오래 걸리지 않았다. 무릎으로 브롬웰을 짓눌렀다.

"너는 비겁해. 빛나는 화살은 인정하지 않으면서 화학적으로 그런 물질을 찾으려고 하잖아."

"그게 비겁한 건가?"

"그래. 너는 정직하게 또 진지하게 사람을 대하는 법을 더 배워야 해. 여학교나 어슬렁거리며 여자애들 뒤꽁무니나 따라다니지말고."

순간 홈즈는 분노했다. 저도 모르게 브롬웰을 향해 주먹을 휘둘렀다. 한 번. 두 번. 그리고 셀 수 없이 주먹을 날렸다. 몬태규 선생님에게 빰을 맞을 때까지 홈즈는 의식도 못 한 채 주먹을 휘둘렀다.

"정신 차려, 홈즈!"

따귀를 한 대 더 맞고서야 몸에 잔뜩 들어갔던 힘이 빠졌다.

적어도 홈즈가 생각하기에 브롬웰이 자신의 뒤를 밟았거나, 아니라면 브롬웰 역시 화살의 비밀을 밝히려 어젯밤 옥스브리지로향했던 게 분명하다. 그때 녀석이 홈즈를 본 것이다. 비겁하다는 말이 홈즈를 자극했다. 열일곱 살 소년들에게 비겁하다는 말만큼심장을 자극하는 말이 있을까. 그런데 생각해보니 홈즈는 마르가리타에게 외면당한 어젯밤 일을 브롬웰에게 분풀이한 것이었다.

"미안하다, 브롬웰. 내가 지나쳤어."

홈즈는 브롬웰을 일으켰다. 그렇지만 브롬웰의 얼굴은 더 이상브롬웰이 아니었다. 브롬웰은 재빨리 양호실로 보내졌고 홈즈는교장실에 불려갔다. 브롬웰이 먼저 덤빈 것이 인정되었고, 브롬웰과 홈즈는 서로에게 어떤 처벌도 바라지 않았다. 홈즈는 2주일 근신 처분을 받았다.

그러나 홈즈는 근신 처분을 오히려 달가워했다. 근신은 낮에만해당될 뿐 밤에는 적용되지 않았다. 사감 선생님과 자율학습으로 불편한 하루를 보내야 했다. 그래도 여전히 자신의 방에서 룸메이트와 잠을 잘 수 있고, 밤이면 마르가리타를 만나러 갈 수 있었다.

밤이 되었을 때 홈즈는 잠시 주저했다. 배신이라는 말이 떠올랐기 때문이다.

홈즈는 양호실로 향했다. 기숙사를 몰래 나가야 하는 것은 마찬가지였다. 살짝 노크를 하고 양호실로 들어섰다. 브롬웰은 제대로 떠지지 않는 눈으로 책을 읽고 있었다. 화학 책이었다.

"브롬웰, 괜찮아?"

"당연히 괜찮지 않지. 누가 때렸는데."

말을 해놓고 브롬웰이 웃었다. 홈즈는 브롬웰과 눈을 맞추었다. 그런 뒤 녀석의 손을 잡았다.

"미안해. 그 말 하고 싶었어. 누구를 배신하고 말고는 아니야. 그런데 화학 책을 읽고 있는 걸 보니……."

"진심으로 궁금했거든. 빛나는 화살 말이야."

"나이트라이트라고 하더라."

"나이트라이트?"

"응. 밤에도 빛나니까 그렇게 지었다고."

"뭐야, 그럼. 너 화살을 쏜 여학생을 만났다는 거잖아."

"그렇지. 마르가리타. 이건 너랑 나랑만 아는 거야. 지켜줄 수 있지?"

"그럼. 내가 누구처럼 배신자인가?"

쿡 웃음을 내뱉은 브롬웰이 주먹을 내밀었다. 홈즈도 주먹을 내밀어 서로 마주쳤다.

"그런데 이걸 만들었다고 하더라고?"

브롬웰이 놀란 목소리로 물었다.

"화학 실험 중에 우연히 알게 되었다고 하던데."

"그래서 네가 화학 선생님에게 그런 걸 물었구나. 어쩐지. 그런데 마르가리타 예뻤어?"

"응, 마치……."

그제야 부자연스러웠던 위화감에 대해 깨달았다. 마르가레테 폰 발데크. 그리고 마르가리타. 홈즈가 마르가리타를 본 순간 마르가레테 폰 발데크를 떠올린 것은 백설공주 이야기 때문이었다. 마르가레테 폰 발데크는 백설공주 동화가 실화에서 출발했다는 신빙성을 더해준다. 그런데 홈즈가 보았던 침대 위의 소녀는 자신의 이름이 마르가리타라고 말했다. 그녀는 친구와 선생님, 지인들에게 백설공주, 즉 마르가레테를 닮았다는 이야기를 들었을 것이다. 눈처럼 하얀 백설공주, 창백하기 그지없는 마르가리타. 그녀는 거짓말을 한 것이다.

"왜 그래, 홈즈?"

"그 애는 자신이 창백하다는 사실을 알고 있었어. 그런데 어제는 전혀 그렇게 행동하지 않았거든. 조울증일까? 몸이 아픈 건 확실한 것 같고."

"홈즈. 그냥 말이야, 그 애에 관계된 일, 이렇게 떠들면서 추리해보면 어때, 탐정처럼?"

"탐정?"

"응. 어차피 그 애는 베일에 싸인 인물이잖아."

탐정과 베일에 싸인 인물이라는 두 말이 묘한 호기심을 불러일으켰다. 마르가리타는 왜 거짓으로 이름을 말했을까? 브롬웰의 말처럼 탐정이 되어 그녀의 비밀을 밝히는 것도 재미있겠다는 생각이 들었다. 다만.

"브롬웰. 나, 그 애한테 반했어. 보는 순간 숨이 멎을 뻔했다니까."

한 번 싸웠다는 게 뭔지, 브롬웰에게 시시콜콜 말하게 된다. 눈이 붓고 코도 벌에 쏘인 듯 부풀어오른 브롬웰 역시 아무렇지 않게 진심으로 대한다. 둘은 말하자면, 진짜 친구가 된 것이다.

"오늘도 가는 거야?"

"그러려고."

브롬웰이 다시 한 번 주먹을 내밀었다. 홈즈도 주먹을 내밀었다.

홈즈는 램프를 꺼주고 양호실을 나왔다. 곧장 학교를 벗어났다. 옥스브리지까지 쉬지 않고 뛰었다. 한시라도 빨리 그녀를 보고 싶었다. 이름이야 무엇이라도 좋았다. 생활관 입구에 다다라서야 가쁜 숨을 몰아쉬었다. 양호실에 오를 때는 최대한 의젓하게 걸었다. 마치 그녀가 보고 있기라도 한 듯한 느낌이었다.

양호실 문을 밀고 들어섰다. 캐노피가 있는 침대에 다다랐다. 그런데 인기척이 느껴지지 않았다. 캐노피 자락을 살짝 걷었다. 아무도 없었다. 절망감이 밀려들었다. 그때 편지봉투가 눈에 들었다. 이불 위에 가지런히 놓인 편지봉투. 홈즈는 봉투를 집었다. 겉면에는 '홈즈에게'라고 적혀 있었다.

　편지 고마웠어. 어제는 다녀간 줄 몰랐네. 너무 피곤해 새근새근
잠들어버렸지 뭐야. 그리고 미안해하지 않아도 돼. 그게 무슨 대수
라고. 나이트라이트는 우연히 발견한 것뿐이야. 내가 아니어도 누
군가가 발견했겠지. 이런 여학교에선 흙을 금으로 바꾸는 기술을
발견한다고 해도 금방 묻힐 거야. 그렇잖아. 사람들은 귀족이나 수
완 좋은 사기꾼의 말은 믿어도 한낱 여자의 말은 들으려고 하지 않
지. 난 내 비밀을 그저 내 비밀로만 간직하고 싶거든.
　오늘은 런던에 있는 병원에 가느라 내가 없을 거야. 그저 짐작일
뿐이지만 오늘도 네가 올 거라는 기대감에 이렇게 편지를 놓고 가.
내일도 와줄 거지? 기다릴게. 비밀스러운 친구가 생겼다는 게 얼마
나 마음 설렌 일인지 모를 거야. 그냥 묻고 싶은 게 있는데 혹시 너
여자친구 있니?

　길지도 짧지도 않은 편지였다. 그렇지만 편지는 홈즈를 무척이
나 들뜨게 만들었다. 편지가 아닌 다른 방법으로 마음을 전할 수
있다면 기꺼이 그렇게 했을 것이다. 홈즈는 편지를 품속에 챙겨
넣었다. 그리고 빈 침대를 향해 말했다. 내일 다시 올게.
　조심스레 양호실을 나왔다. 순간 누군가 모퉁이를 돌아 사라지
는 게 보였다. 실루엣일 뿐이지만 마르가리타라고 느꼈다. 홈즈는
계단을 향해 뛰었다. 이번에도 여인의 실루엣이 먼저 계단을 꺾어

돌았다. 익숙하지 않은 계단에다 어둠 속이라 빨리 뛰지 못했다. 그에 반해 여인은 익숙한 걸음으로 계단에서 모습을 감춘다.

생활관 바깥으로 여인이 사라진다. 홈즈 역시 생활관 바깥으로 뛰었다.

"마르가리타! 마르가리타!"

홈즈는 들키는 것도 마다하지 않은 채 그녀를 불렀다. 그녀는 곧장 기숙사로 향했다. 기숙사 문을 열다 살짝 뒤돌아보았다. 비록 얼굴까지 또렷이 보이지는 않았지만 분명히 마르가리타였다. 살짝 고개를 내젓더니 기숙사 안으로 사라졌다.

홈즈 역시 기숙사 앞까지 다다랐다. 그렇지만 차마 여학교 기숙사 문을 밀고 들어갈 엄두는 나지 않았다.

어떻게 된 거지? 도대체 어떻게 된 거야?

홈즈는 여인의 뒷모습을 떠올렸다. 나이트가운은 베이지색이 아니라 검은색이었다. 잘못 보았다 해도 남색이거나 그와 비슷한 색이었다. 기숙사에서 나이트가운을 몇 벌씩 바꿔 입는 여학생이 있을까?

길을 되돌아왔다. 벽돌을 맞춰 끼웠고 브롬웰이 잠든 양호실까지 다다랐다. 잠든 브롬웰을 흔들어 깨웠다. 그런 뒤 방금 전의 일에 대해 설명했다.

"어떻게 생각해?"

"음, 내 생각인데 말이지, 홈즈 너를 가지고 노는 거야."

"하지만……."

"하지만 뭐?"

"그 애는 분명 화학에 관해 말했어. 나이트라이트에 관해서도. 적어도 내가 느끼기에는 일목요연했고. 다만 나를 대하는 게, 그래, 그걸 모르겠어."

"그러니까 너를 가지고 노는 거라니까. 조바심 나게 하고, 들뜨게 만들고, 그래서 하루도 자기를 찾아오지 않으면 안 되게끔 하려고."

"그래서 거짓말을 한다고?"

홈즈는 그녀와 만나면서 납득할 수 없었던 몇 가지가 떠올랐다.

옥상에서 만난 마르가리타는 홈즈를 처음 보는 것처럼 대했다. 그녀의 첫인사부터 그랬다. '어머, 네가 홈즈구나.' 물론 이 만남을 위해 마르가리타는 계단에 나이트라이트로 글을 써놓는 대담함을 보였다. 만약 홈즈가 오지 않았다면 어쩌려고 그랬을까. 그런데 오늘 받은 편지에는 다녀간 줄 몰랐다고 말했다.

"그냥 너에게 혼란을 주려는 거라니까. 그럴수록 네가 조바심을 내잖아. 바로 지금처럼."

"그렇기는 하네."

홈즈는 브롬웰의 말에 수긍했다.

"그런데 런던에 갈 정도라면 많이 아프긴 한가 보다. 우리 학교도 그렇지만 옥스브리지에도 좋은 의사가 상주한다고 들었거든. 특히 옥스브리지 여학생들에게 간호 수업은 필수니까."

"충격적인데. 네 말대로라면 상당히 아프다는 거잖아."

"그렇지. 화학을 잘하는 천재적인 소녀가 병으로 죽어가는 상황이니까."

"그 말은 더 충격적이다야. 이제 그만 자."

홈즈는 퉁퉁 부은 브롬웰의 코를 살짝 건드렸다. 잔뜩 구겨진 얼굴에 몇 개 더 주름이 생겼다.

방으로 돌아와서도 쉽게 잠들 수 없었다. 그런데 낮에 브롬웰이 말한 한 단어가 머릿속을 맴돌았다. 탐정! 그래, 탐정이 되어보는 거다.

창백한 마르가리타, 기분 좋게 달빛을 바라보며 말을 걸던 마르가리타, 고개를 내저으며 기숙사로 들어가던 마르가리타.

홈즈가 그나마 창조적이며 진취적인 단어로 택했던 '탐정'이라는 단어는 마르가리타에 대한 생각에 곧 묻히고 말았다.

눈을 떴을 때는 늦은 아침이었다. 룸메이트인 에이드리안은 홈즈를 깨우지 않았다. 하긴 어차피 근신 중이니. 홈즈는 사감 선생님 방으로 향했다.

"홈즈, 이 시간에 오면 어쩌자는 거야?"

읽던 책을 덮은 사감 선생님이 회중시계를 꺼내 홈즈의 눈앞으로 가져다 댔다. 9시 30분이었다. 사감 선생님은 학교에서 할머니로 불렸다. 그 정도로 많은 나이는 아니었지만 학생들을 대하는 태도가 할머니 같아서였다. 특히 "어이구, 내 새끼들" 하고 궁둥이를 토닥거릴 때는 정말이지 할머니 같았다.

"저기 책상에 앉아서 책을 읽든 기도를 하든 마음대로 하렴."

"그런데 선생님, 무슨 책을 읽고 계세요?"

"오, 이거. 포의 소설이란다."

사감 선생님의 눈이 반짝거렸다. 아뿔싸! 실수를 저질렀다. 그저 미안해서 물어본 것뿐인데. 저런 표정을 지을 때면 사감 선생님은 수다쟁이로 변한다. 상대가 노골적으로 그만하라고 하기 전까지 수다는 계속된다. 가만, 그런데 포라면?

"탐정소설을 읽으시는 건가요?"

"응. 홈즈도 아는구나. 몇 번을 읽어도 그렇게 재미있을 수가 없구나."

"의외인데요."

"왜, 사감 선생님은 『폭풍의 언덕』이나 『제인 에어』 같은 걸 읽는 게 어울린다더냐? 보기보다 고리타분하네, 홈즈."

사감 선생님이 홈즈를 향해 미소 지었다. 하지만 고리타분하다는 말이 묘하게 홈즈를 자극했다.

"선생님, 탐정이란 게 직업으로는 어떨까요?"

"홈즈 너, 말조심해야 한다. 캠포드처럼 귀족과 상류층, 정치인과 학자들을 교육하고 키워내는 곳에서 탐정이라는 하찮은 직업을 입에 올리는 게 말이 된다고 생각하니?"

홈즈는 사감 선생님에게 어깨를 으쓱하는 것으로 반항했다.

"물론 이건 공식적인 말이야. 비공식적인 이야기도 듣고 싶니?"

이번에도 홈즈는 어깨를 으쓱하는 것으로 대신했다.

"솔직히 그렇잖니. 이 학교에서는 모두가 위대한 사람이 되라고

만 가르쳐. 하지만 이 영국의 역사를 통틀어서 위대한 사람이 몇 이나 되겠니? 모두가 위대해야 한다면 평범한 역할은 누가 맡을 까? 그렇지 않아?"

"적어도 제가 이 학교에 들어온 이후로 처음 들어보는 이야기인 건 분명합니다. 저 역시 비공식적으로 매우 신선하게 들리는걸요."

"그러니? 사람들은 그렇지. 적성이라는 게 있고 취미라는 게 있 지. 두 가지가 잘 조화된다면 직업으로도 괜찮을 거야. 비록 이 학 교 학생으로는 평범한 직업일지 모르지만, 억울한 피해자를 위해 범죄자를 잡는 것만큼 위대한 일이 또 있을까?"

"그게 탐정이라는 직업에 대한 선생님의 비공식적인 의견인가 요?"

"글쎄다. 하지만 탐정이라는 직업, 너무 스릴 있는 것 같아. 자, 오늘 홈즈 네가 나에게 왔다고 치자. 넌 늦잠을 잤지? 어젯밤에 분 명 잠을 이루지 못했다는 증거야. 왜일까, 왜 그랬을까? 생각해보 면 빤하지. 넌 캠-옥스 멤버잖아. 그렇다면 학기 직전에, 즉 방학 이 끝나가는 이즈음에 학교에 복귀한 멤버들과 옥스브리지를 털 었을 거야. 그렇지? 분명히 그랬겠지. 아니라면 브롬웰과 또 다투 었든가."

"어라. 반은 맞고 반은 틀렸어요. 옥스브리지는 벌써 털었고요. 브롬웰과 또 다투지는 않았지만 브롬웰과 함께였던 건 맞아요."

"그래? 이 선생님은 탐정이 아니란다. 알지?"

"그럼요."

"하지만 작은 관찰만으로도 그 정도를 추리할 수 있지. 물론 네가 모르게 나는 아침에 브롬웰을 보러 갔었단다. 사감의 일이기도 하니까. 녀석은 조금 전까지도 시체처럼 곯아떨어졌던걸."

사감 선생님의 말에 홈즈는 크게 웃어버렸다. 브롬웰 녀석, 잘난 체는 혼자 다 하더니.

"자, 다시 내가 탐정이라고 치고. 네가 만난 옥스브리지의 여학생이 그 정도로 마음에 드는 거야?"

홈즈는 순간 얼굴이 붉어졌다.

"그렇게 숨기지 않아도 된다. 선생님이 어디 출신인지 몰라?"

"설마?"

"그래. 옥스브리지 출신이란다. 그때나 지금이나 애들은 똑같아. 물건을 훔치는 척하며 여자애들을 살펴보니까. 그렇게 결혼한 사람이 바로 몬태규 씨란다."

"에? 화학 선생님요?"

"그럼. 옥스브리지 여학생들도 이 시기가 되면 늘 대비하고 있거든. 하지만 모든 것을 내가 알려주지는 못해. 네가 탐정이 되든, 옥스브리지 여학생과 연애를 하든, 그런 건 다 네가 결정해야 하는 거란다."

"선생님, 그렇다면 다시 비공식적인 질문으로 돌아와서요. 탐정이 되려면 필요한 게 뭘까요?"

"오호. 이건 정말 진지한 질문이네. 내가 탐정은 아니다만, 포의 소설을 여러 번 읽고 오귀스트 뒤팽에 대해서는 문학적으로 접근해보았단다.”

“그래서요?”

홈즈는 몸을 쑥 내밀어 사감 선생님과 눈을 맞추었다.

“무엇보다 분석하고 관찰하는 능력이 필요하겠지. 그것을 추리와 연결시킬 수 있어야 하고. 특히 제시된 것들을 완벽하게 제외할 수 있는 직관력과 과감한 결단력도 있어야 할 거야. 그러기 위해서는 다양한 방면에서 지식을 쌓아야 할 테고.”

“쉽지 않네요.”

“우리는 사람이잖아. 사람에게 쉬운 일은 어디에도 없단다. 사람이니까.”

묘한 흥분이 홈즈를 건드렸다. 지금껏 그 어떤 선생님도 해주지 않은 이야기였다. 공부해라, 부지런해라, 훌륭한 사람이 되어라, 위대한 사람이 되어라, 그런 이야기만 숱하게 들었다.

홈즈는 사감 선생님에게 캠-옥스의 일을 이야기했다. 양호실과 마르가리타에 대해서도. 무엇보다 자신이 마르가리타에 대해 어떠한 확신을 가지지 못하겠다고 말했다.

“그것참, 나도 이상하구나. 남자를 감질나게 만드는 것도 여자의 재주지만, 그래도 좀 이상하구나.”

사감 선생님이 고개를 갸웃거렸다.

“그래, 이번 건을 잘 해결해보아라. 너의 탐정 자질에 대한 잣대일지도 모르잖니? 그리고 나는 비공식적으로는 너를 응원하겠지만, 공식적으로는…….”

"공식적으로는요?"

"모르는 체하마."

사감 선생님의 말에 홈즈는 탄성을 내질렀다. 든든한 지원군을 얻은 느낌이었다.

홈즈는 점심시간을 이용해 몬태규 선생님을 찾아갔다.

"홈즈, 오늘은 어쩐 일이냐?"

"몇 가지 여쭈고 싶은 게 있어서요."

홈즈는 목소리를 낮추었다.

"선생님의 부인이 되었다는 옥스브리지 여학생에 대한 이야기와 화학 이야기, 두 가지가 있는데."

"옥스브리지 여학생 이야기는 별로 하고 싶지 않구나. 그렇지만 화학 이야기는 내가 조언해줄 수 있을 것 같다만."

홈즈는 콧잔등을 긁으며 어느 이야기를 꺼낼까 고민했다. 하나는 옥스브리지에 관계된 이야기다. 다른 하나는 나이트라이트에 관한 이야기다. 그때 홈즈는 깨달았다. 두 이야기는 다른 이야기가 아니다.

홈즈는 캠-옥스가 옥스브리지를 터는 것과 마르가리타와 나이트라이트에 이르기까지 막힘없이 술술 이야기했다.

"그러니까 홈즈 네가, 너처럼 멀대 같은 샌님이 옥스브리지를 털었다고? 아니, 아니다. 정확히는 털었다기보다 여자애를 만났다는 게 더 맞으려나?"

"그렇죠. 선생님 말씀에 전적으로 동감합니다."

홈즈는 또렷한 몸짓으로 고개를 끄덕였다.

"여전히 캠-옥스 멤버들은 멍청하고 바보들이야."

"네? 그건 동의하지 못하겠는데요."

"야, 이 바보야. 네가 마르가리타를 찾아냈다기보다 홈즈 네가 마르가리타에게 낚였을 거라는 생각은 안 해보니?"

"엇, 그 말씀은?"

"그래. 선생님 부인한테도 들은 이야기지만 이 시기는 옥스브리지도 축제란다. 생각해봐. 폐쇄된 여학교 기숙사야. 그 학교 상당수 학생들은 수녀가 되거나 기도원 같은 곳에 들어가. 평생을 독신으로 살며 성경 연구나 종교적인 삶을 산다고. 가톨릭 시대에도 그랬고, 영국의 정교회가 주가 된 지금에도 그렇지만, 종교를 위한 여인의 성스러운 희생을 최고의 삶이라고 하잖아. 지금도 사람들은 성직자를 더없이 존경하고. 그만큼 아름다운 삶이겠지."

몬태규 선생님의 말에는 약간 가시가 돋쳐 있었다.

"그런데 생각해봐. 영국에서 신분이 낮고 똑똑한 여인들이 할 수 있는 거라고는 실은 그 정도가 다야. 그런데 뭐…… 판단에 따라 다르겠지만, 캠-옥스 멤버들이 옥스브리지를 턴다는 건 미래가 보장된 남학생들이 여학생들을 찾아오는 거라고. 그 녀석들과 어떻게든 맺어진다면 옥스브리지 여학생들은 상류층 부인이 되는 거지."

"맙소사. 그게 말이 된다고 생각하세요?"

"물론 열일곱 살인 홈즈 너에게는 아직 이해되지 않을 수도 있어. 하지만 네 또래 여학생들은 훨씬 성숙하단다."

"말도 안 돼. 그래서 선생님 부인은 독신으로 사는 것보다 선생님과 결혼해 사는 걸 행복해하나요?"

순간 몬태규 선생님이 크게 한숨을 내쉬었다.

"너한테만 말하는 거다만, 선생님 부인은 수녀로 살 걸 그랬다고 매일 푸념한단다. 그건 그렇고, 어제 네 이야기를 듣고 여러 논문과 책을 좀 찾아보았다. 자연에서 금속이 빛을 발하는 사례는 드물다만, 특정 화합물이 빛을 낸 사례가 없지는 않은 모양이야. 이 방법을 찾아낸다면 아마도 네가 몰두했던 알루미늄 생성법만큼이나 큰 호응을 얻을 거야."

"그 말씀은?"

"막대한 돈을 벌게 된다는 뜻이지."

홈즈도, 몬태규 선생님도 나이트라이트를 돈으로 보았다. 반면 마르가리타는 나이트라이트의 상업화에 거부감을 내비쳤다.

저녁 무렵에는 브롬웰과 이야기를 나누었다. 사감 선생님과 몬태규 선생님에 관한 이야기도 있었지만 비공식적인, 즉 개인의 비밀에 관계된 것은 뺐다. 탐정의 입장에서 '의뢰인의 사적인 정보'라고 판단했기 때문이다.

"반드시 마르가리타의 비밀을 밝혀내도록, 탐정 나리."

브롬웰이 시시덕거렸다.

브롬웰에게 인사를 건넨 홈즈는 기숙사로 돌아왔다. 모든 게 조금씩 풀려가는 것 같아 기뻤다. 더구나 얼마 있지 않아 밤이 이슥해진다. 마르가리타에게로 갈 수 있다. 기다리는 시간마저 기뻤다.

시간이 자정을 알릴 때 홈즈는 기숙사를 빠져나왔다. 1킬로미터쯤 되는 거리를 뛰듯이 걸었다. 이제 익숙해진 과정을 반복했다. 벽돌을 빼낸 뒤 담벼락을 기었다. 곧바로 생활관까지 다다랐다. 문을 밀고 2층으로 올랐을 때 바닥에 글씨가 쓰여 있었다.

'옥상이나 양호실, 둘 중 하나를 선택해.'

홈즈는 순간 주저했다. 도대체 이건 무슨 뜻일까? 옥상이나 양호실 중 하나를 택하라니. 망설이는 것도 잠시, 홈즈는 마르가리타의 웃음을 떠올렸다. 옥상에 있던 마르가리타는 천사 같았다. 환하게 웃고 즐거워했으며 홈즈를 반겼다. 홈즈는 성큼성큼 옥상으로 뛰어올랐다.

숨을 고르며 옥상 문을 밀었다. 마르가리타가 이틀 전처럼 턱을 괴고 하늘을 바라보고 있었다.

"왔네."

"응, 왔어."

마르가리타는 그날처럼 베이지색 나이트가운을 잠옷 위에 덧입고 있었다.

"보고 싶었어?"

마르가리타가 활짝 웃으며 물었다.

"응, 보고 싶었어. 지금껏 보아왔던 그 누구보다. 정말이지 한 순간도 보고 싶지 않을 때가 없을 만큼."

"나도 그랬어. 캠포드에서 온 캠-옥스 멤버를 친구로 두는 건데 설레지 않을 리가 없거든."

마르가리타가 그날처럼 난간 한쪽을 두드렸다. 옆으로 오라는 뜻이었다. 홈즈는 기꺼이 그녀 옆으로 다가갔다.

"먼저 너의 이름부터 알고 싶어. 마르가리타라는 이름, 거짓말이란 거 알아."

"어머. 역시 똑똑하네. 어떻게 알았어?"

잠시 망설였다. 망상일지도 모르는 홈즈의 추론이 자꾸만 고개를 들었기 때문이다.

"마르가레테 폰 발데크. 백설공주의 여러 전설 중 가장 신빙성 있는 전설이잖아. 내가 너를 본 순간 가장 먼저 떠올렸을 정도니까."

"그런가?"

마르가리타가 혀를 쏙 내밀었다.

"뭐, 그렇게 다르지도 않아. 내 이름은 마가렛이거든."

"마가렛이라. 마가렛이라. 그런데 하나가 빠졌어."

"하나가 빠졌다니?"

"솔직히 말해야겠어, 마가렛. 정말이지 너는 내 혼을 쏙 빼놓을 정도로 아름다워."

"그러면 됐잖아."

"아니, 아니. 내가 너를 보았을 때 한눈에 빠졌던 것 하나가 확실히 빠져 있어."

"한눈에 빠졌던…… 하나?"

"그래. 창백함."

홈즈는 재빨리 뒤돌아섰다. 성큼 걸어서 옥상 문을 빠져나갔다. 계단을 뛰어 내려갔다. 3층에 있는 양호실 문을 밀었다. 캐노피가 있는 침대 근처에 다다랐다. 갑자기 심장 박동이 빨라졌다. 캐노피를 획 걷었다. 그곳에도 마르가리타가 누워 있었다.

맙소사! 홈즈는 한숨을 내쉬었다. 망할 놈의 상상이 현실이 된 것이다.

"안녕, 홈즈?"

검은색 나이트가운을 입은 마르가리타가 살짝 손을 흔들었다. 하지만 그녀의 목소리는 어느 때보다 침울했다.

"홈즈, 나는 너에게 이별을 고해야만 해."

"아니, 됐어. 그만해."

홈즈는 재빨리 마르가리타의 말을 잘랐다.

"네 이름은 뭐지? 옥상에 있는 마르가리타는 마가렛이라고 하던데. 너는……."

뒤에서 문 열리는 소리가 들렸다.

"뭐야, 옥상에 갔다가 이곳에 온 거구나." 침대에 누웠던 마르가리타가 몸을 일으켰다. "그럼 더 숨길 것도 없겠네. 나는 마사라고 해. 마가렛의 쌍둥이 언니야."

낚였다던 몬태규 선생님의 말이 홈즈의 귓전에서 맴돌았다.

"너희 둘 정말 못돼먹은 쌍둥이구나. 오늘은, 그래, 내가 옥상으로 간다면 마가렛의 남자가 되고, 양호실로 온다면 마사의 남자가 되는 그런 스토리였어? 응? 사람을 이렇게 가지고 논 거야?"

홈즈의 목소리가 격앙되었다.

"나쁘게 생각할 건 없잖아. 마사와 나, 둘 다 홈즈가 마음에 들었다면 어쩔 건데? 그래서 쌍둥이가 서로 홈즈를 양보하기보다 적극적으로 한 남자를 선택했다고 한다면, 그걸 네가 이해해주기만 하면 되잖아. 그러면 우리는 앞으로 행복하게 지낼 수 있는 거잖아!"

마가렛이 뒤에서 목소리를 높였다. 그러다 흐느끼기 시작한다.

무언가 상황이 잘못되었다. 누가 울고, 그것에 반응해 격앙되기에는 무언가가 빠졌다.

"마가렛, 마사. 너희 둘 중 누군가를 선택해야 하는 상황이라면 지금과 같은 게 아니라 나에게 솔직했어야 했어. 사람의 마음이잖아. 그것을 어떻게 강제로 움직이고 선택한단 말이야. 그건, 그건 아닌 것 같아."

"미안해. 그러려던 건 아니었어. 하지만……."

무언가 이야기하려는 마사를 홈즈가 제지했다.

"하나만 물을게. 너희들 어떻게 해서 나이트라이트를 발견하게 된 거야?"

마사는 홈즈를 외면했다. 어쩔 수 없이 홈즈는 몸을 돌려 마가렛을 보았다.

"아버지가 페인트공이야. 우리는 아버지답지 않게 지나치게 똑똑한 딸들이고. 나랑……." 마가렛이 잠시 망설였다. "마사가 아버지에게 도움이 될 도료를 화학적으로 연구했어. 황화아연이 도료로 적합하다는 걸 알고 그것을 연구했던 거고. 그러다 우연히 발견한 거야. 어떤 광석과 마찰을 주거나 했을 때 그런 빛이 발생하더라고."

"황화아연이라."

"홈즈……."

"됐어, 마가렛. 더 이상은 어떤 이야기도 듣고 싶지 않아. 적어도 이 홈즈가 누군가에게 반했다는 그 사실은, 특히 마가렛과 마사 둘 앞에서는 인정할게. 처음이었어. 여자에게 호감을 품은 거. 상상의 날개를 펼쳐 미래를 그려보기도 했어. 그런데 모르겠다. 이만 간다. 앞으로 언제 어느 때 다시 만날지 모르겠지만 행복하기를 바랄게."

홈즈는 두 사람을 외면한 채 양호실을 빠져나왔다.

생활관을 나와 담벼락을 통과하는데 급작스런 통증이 찾아왔다. 처음 느껴보는 통증이었다. 가슴 한곳이 묵지근하게 아팠다. 벽돌을 제자리에 끼워 넣었다. 옥스브리지의 마크가 어두운 달빛에 잠시 모습을 드러냈다 숨었다.

다시는 찾아오지 않겠다, 결심하며 캠포드까지 걸었다. 기숙사로 돌아갈까 하다가 브롬웰에게 향했다. 잠이 든 브롬웰은 심하게 코를 골았다. 슬쩍 녀석을 건드렸다.

"어, 어이 어이 탐정 선생. 어쩐 일이야?"

눈을 비비려던 브롬웰이 화들짝 놀라며 물었다. 그 모습에 홈즈는 살짝 미소를 지었다.

"코, 많이 아파?"

"참을 만해."

"난 여기가 아파."

홈즈는 가슴 부근을 검지로 꾹 눌렀다.

"마르가리타에게 차였구나."

하고 싶은 말이 머릿속을 맴돌았지만 묵묵히 고개를 끄덕였다.

"그래, 네가 언제든 얘기하고 싶을 때 얘기해."

"그래."

홈즈가 주먹을 내밀었다. 브롬웰이 굼뜬 동작으로 주먹을 내밀어 마주쳤다.

기숙사로 돌아왔다. 홈즈는 쌍둥이 여학생을 만난 것이다. 그게 전부였다. 그런데 무언가 분했다. 자꾸만 농락당했다는 기분을 지울 수 없었다. 밤새 눈을 뜬 채 마르가리타에 대해 상상했다. 끝이 났는데 끝이 나지 않은 것만 같은 기분. 아침이 되어서야 홈즈는 그렇게 결론 내릴 수 있었다. 무언가 끝이 나지 않았다, 라고.

그날 이후 홈즈는 황화아연으로 화합물을 만드는 데 몰두했다. 몬태규 선생님이 탐정을 접고 화학자가 될 거냐고 물을 정도였다. 그때마다 변명거리가 없었다. 그래서 솔직히 말했다. 탐정이 되기 위한 과정이라고.

사감 선생님은 화학 실험에 몰두하는 홈즈를 보기 위해 화학실을 방문했다. 가만히 그를 관찰하던 그녀가 한마디 했다.

"무언가 잘못된 거구나. 그렇다고 해서 분노를 화학에 풀 필요는 없단다. 몬태규 선생님한테 물었더니 그러더라. 홈즈는 자기가 가르치기 버거울 정도로 똑똑하다고. 이미 고등학교 화학 수준을 넘어섰다더라. 그런데도 네가 이렇게 목적 없는, 아니 이 말은 틀렸을지 모르겠구나, 어쨌든 이런 실험에 몰두한다는 것은 네가 길을 잃었기 때문이겠지. 찾아내. 그게 네가 할 일이니까."

왜 그랬는지 모르겠다. 홈즈는 사감 선생님의 말에 그날과 같은 통증을 느꼈다.

"선생님, 답답해요. 그리고 여기가 아파요."

홈즈는 가슴을 검지로 쿡 찔렀다.

"열병이야. 사랑은 좋은 것도 주지만 나쁜 것도 준단다. 특히 그게 첫사랑일 때는 더더욱 그렇지."

"그저 몇 번 본 게 전부인데요."

"이런 말을 학생에게 해도 되는지 모르겠다. 그래, 비공식적인 이야기라고 해두자. 여자란 말이다, 하룻밤 사랑으로 평생을 기다리기도 하고 매일 잠자리를 같이 해도 사랑하지 않을 수도 있단다. 여자가 그렇다는 건⋯⋯."

"남자도 그럴 수 있다는 거겠죠. 그저 몇 번 만난 게 전부일지라도 사랑할 수 있다는 거군요."

"그럼."

사감 선생님은 친절한 미소를 담아 고개를 끄덕였다.

"분명히 무언가 빠진 게 있어요. 그걸 모르겠어요."

홈즈는 마르가리타의 이야기를 꺼냈다. 처음 만난 날 그 창백함에 이끌려 마르가레테 폰 발데크를 떠올렸던 것부터 마가렛과 마사의 이야기까지.

사감 선생님은 홈즈의 이야기를 들은 뒤 머리를 쓰다듬었다.

"충격을 받았겠구나. 적어도 처음 만나는 사랑이라면 무난한 게 좋은데. 그래, 적지 않은 충격이었겠다. 배신감도 이만저만이 아니겠고. 두 여자아이가 서로 홈즈를 차지하려 했구나. 그런데 네 이야기에서 하나가 빠진 듯해. 나도 그렇게 느껴지네."

"그게…… 그게 뭘까요?"

"창백함! 너는 마르가리타의 창백함에 반했던 거잖아. 그리고 양호실이야. 브롬웰을 보면 알겠지만 웬만해서는 학생을 양호실에 두지 않아. 그렇다는 건……."

순간 홈즈의 머릿속에 번쩍 천둥이 내려치는 듯했다.

"마가렛과 마사를 다시 만나야만 할 것 같아요. 그러지 않으면 전 평생 후회할지도 모르겠어요."

"알아서 해라. 그렇지만 선은 넘지 마. 마가렛과 마사가 그랬던 것처럼. 오케이?"

홈즈는 고개를 끄덕였다. 선은 넘지 말라는 이야기. 마가렛과 마사는 쉽게 덤벼들었지만 또 쉽게 홈즈를 포기했다. 선을 지킨 것이다.

그날 밤 홈즈는 두 번 다시 가지 않겠다 맹세했던 옥스브리지의 담장을 통과했다. 곧바로 생활관에 있는 양호실로 향했다.

기대와 달리 양호실은 텅 비어 있었다. 황망히 침대를 바라보았다. 혹시나 싶어 베개를 건드려도 보고 이불을 뒤지기도 했다. 메모나 편지 따위는 없었다. 너무 순진했다. 홈즈는 자책했다. 스스로에게도 물었다. 나는 마사를 좋아했나, 마가렛을 좋아했나. 두 질문에 모두 '예스'라고는 대답할 수 없다.

홈즈는 양호실을 나왔다. 생활관을 나오며 3층을 바라보았다. 화살을 날렸던 것, 두 사람이어야 설명이 된다. 마사가 누워 있었을 때 마가렛이 화살을 날렸어야만 상황이 맞아떨어진다. 홈즈가 양호실을 찾아갔을 때 마사를 만났다. 마사는 홈즈에 대해 이러쿵저러쿵 마가렛에게 이야기했을 것이다. 마가렛도 홈즈가 보고 싶어진다. 쌍둥이는 자신들이 발명 또는 발견한 최고의 물건인 나이트라이트로 적절히 홈즈의 주의를 끈다. 옥상에서, 또 선택을 요구했던 그날에도.

담을 기어 나오며 홈즈는 맹세했다. 두 번 다시 이곳에는 오지 않는다.

며칠이 지났다. 오후의 햇살은 느리고 완만하게 화학실 커튼 사이로 스며들었다. 실로 단 며칠 만에 모든 것이 무의미해졌다. 그렇지만 황화아연에 대한 실험만은 그만둘 수 없었다. 막연한 그리움일 수도, 반대로 집착일 수도 있었다.

"홈즈."

언제 다가왔는지 폰태규 선생님이 홈즈의 곁에 있었다.

"언제 오셨어요?"

"3분쯤 전? 놀라울 정도로 실험에 몰두하더구나. 하지만 조심해라. 아직 아연이 위험하다는 논문이 있는지는 모르겠지만 말이다,

독성이 있는 금속들이 상당하단다."

"독성이 있는 금속이라고요?"

홈즈가 물었다. 동시에 마르가리타가 쌍둥이라는 상상을 떠올렸던 순간처럼 머릿속에서 번개가 치는 느낌이 들었다.

"사감 선생님에게 약간의 이야기는 들었다. 네게 반드시 비밀로 해달라고 신신당부를 했지만 도무지 걱정을 멈출 수가 없구나. 그러니……."

"아니에요, 선생님. 선생님께서 제 눈을 밝게 해주셨어요. 바보같이 왜 그 생각은 하지 못했을까요? 그런데 선생님, 혹시 옥스브리지에 비공식적이거나 비밀스러운 루트 말고, 공식적인 루트로 학생에게 메시지를 전할 방법은 없나요?"

"공식적인 루트로 메시지를?"

"네. 마사와 마가렛에게 한시라도 빨리 메시지를 전해야 하거든요."

갑자기 홈즈의 심장이 뛰었다. 마르가리타를 다시 볼 수 있다!

홈즈는 재빨리 메모를 적었다.

　　모든 진실을 알게 되었어. 어디인지 말해줄래?
　　홈즈가

"아니, 이 메모면 된다는 말이냐?"

"네. 마사든 마가렛이든 둘 중 한 사람에게 전해주실 수 있어요?"

"너는 선생님이 왜 이곳에서 화학 교사로 일한다고 생각하니? 선생님 부인이······."

"그 이야기는 안 하기로 하셨던 거 아닌가요?"

"그랬나? 어쨌든 선생님 부인도 그곳에서 교사로 일한단다. 황급히 부인을 만나보고 오지."

약간은 들뜬 발걸음으로 몬태규 선생님이 화학실을 나가는 모습을 지켜보았다. 처음에는 기뻤지만 이내 초조해졌다. 상상이 들어맞지 않기를.

채 20분이 지나지 않아 몬태규 선생님이 나타났다.

"홈즈, 뛰어야겠다. 학교 마차를 빌려 타야겠구나. 너도······ 어서 가서 사감 선생님을 불러오겠니? 교칙은 교칙이니까. 함께 가야 할 것 같다."

홈즈는 뒤도 돌아보지 않았다. 사감 선생님을 데리고 운동장으로 내려왔다.

"세인트 토마스 병원으로 가야 합니다. 사감 선생님도 같이 가주실 거죠?"

"그럼요. 이 이야기는 홈즈 혼자서 만든 게 아니니까요."

사감 선생님은 체구에 비해 날렵한 동작으로 마차에 올랐다.

캠포드에서 세인트 토마스 병원까지는 마차로도 50분은 달려야 했다. 마차 안에는 정적이 감돌았다. 홈즈는 가만히 눈을 감고 마차의 규칙적인 리듬에 몸을 맡겼다. 시간은 쏜살같이 홈즈를 지나쳤다.

"내리자."

마차가 채 서기도 전에 몬태규 선생님이 일어섰다. 홈즈도 달리듯이 마차에서 내렸다.

"뒤따라갈게요."

사감 선생님이 목소리를 높였다.

"중환자실이란다."

몬태규 선생님이 방향을 가리켰다. 홈즈는 사력을 다해 뛰었다.

중환자실 앞에서 문을 밀려는데 경비가 제지했다. 거의 동시에 몬태규 선생님이 뛰어왔다.

"가족의 편지가 있습니다."

몬태규 선생님이 경비에게 메모지를 건넸다. 경비가 잠시 중환자실에 들어갔다 나왔다. 한 남자가 경비와 함께 나온다.

"저는 마르가리타의 아버지입니다."

"따님이 꼭 보고 싶어 할 친구입니다. 마르가리타의 첫사랑이라고 할까요?"

그 순간 마르가리타의 아버지가 무너졌다.

"미안…… 미안합니다. 더 이상 마르가리타를 볼 수가 없어요. 방금 저세상으로 갔습니다."

아버지는 바닥에 주저앉아 흐느끼기 시작했다. 그의 눈물이 바닥에 산산이 부서졌다.

한숨이 났다.

홈즈는 편지를 쓰다 잠시 멈추었다. 마치 어제 일처럼 떠올랐다. 중환자실 복도, 오후의 햇빛, 몬태규 선생님의 표정, 뒤늦게 달려와 복도 벤치에서 하염없이 울던 사감 선생님의 모습까지.

홈즈는 오랫동안 쓴 편지의 마지막을 위해 다시 펜을 들었다.

왓슨, 자네라면 이해할 거라 보네. 세쌍둥이라는 사실을 어떻게 짐작이나 할 수 있었겠나. 그 시절에, 정확히는 내가 탐정이라는 꿈을 꾸지 않았을 때였다고 하는 게 맞겠지, 세쌍둥이를 추리해낸 것만 해도 대단했다고 생각해. 물론 그 뒤로 마사와 마가렛을 만난 적은 없어. 내가 부탁했을 때는 두 사람이 거절했고, 시간이 지나 그들이 만나자고 했을 때는 내가 거절했으니까.

많이 아팠네. 나는 마르가리타의 죽음과 그에 따른 절차를 멀리서만 지켜보아야 했다네.

마르가리타가 그랬다더군. 동양에 있는 사람들은 전생과 윤회를 믿는다고. 혹시라도 다시 태어난다면 반드시 홈즈와 사랑할 거라고. 반드시! 솔직히 이 말을 몬태규 선생님에게 들었을 때는 많이 울었던 것 같아.

마사와 마가렛은 아무래도 마르가리타에 대한 이야기를 해줄 수 없었을 거야. 죽음을 앞둔 소녀가 할 수 있는 말이란 저렇게 감상적인 내용이 전부니까. 몇 번이나 결혼을 한 자네에게는 미안한 이야기지만, 어차피 첫사랑이란 거, 지나가는 바람과 같은 거잖아. 두 소녀는 그것을 더없이 어린 나보다 잘 알았던 게야. 홈즈라는

Kamford의 영민한 학생에게 해줄 수 있는 거라고는 고이고이 첫 사랑을 간직하게 해주는 게 다였을 테니까.

학교를 왜 그만두었느냐고? 가기가 싫었으니까. 배우는 것도 싫었고. 열일곱 그 시절에 죽음을 배웠는데 더 배워야 할 무엇이 남아 있었겠나? 필요에 의해 대학을 간 것은 논외로 하자고.

아마 자네는 여러 생각들을 하겠지. 납을 비롯해 중금속이 가져올 수 있는 위험성과 세쌍둥이가 태어날 확률이라든지. 어디 그뿐이겠나? 지금은 대중화되어 선풍적인 인기를 몰고 온 야광도료만 해도 그렇지. 하지만 라듐과 메소토륨이 위험하지 않다고 누가 증명하겠나. 마르가리타는 선구자였어. 죽음으로 증명하지 않았나. 명백히 야광도료는 위험하다네. 마르가리타의 목숨을 앗아간 건 결코 우연이 아니야.

지금도 연구자들에게 고함을 내지르고 싶네. 라듐의 위험성을 빨리 파악해내라고. 노벨도 그렇지만 퀴리의 연구도 분명 그림자가 있다고 보네. 얼마 전 우리가 겪은 세계대전처럼 강력한 무기는 더 많은 죽음을 불러오는 거니까.

오랜만에 본 자네의 편지에 나도 조금은 감상적으로 변했나 보군. 이렇게 긴 편지를 썼으니 말이네. 그리고 하나의 이야기를 더 하자면 탐정은 태어나는 것이 아니라 만들어지는 거라네. 더불어 탐정이 필요 없는 시대 또한 도래하겠지. 그전에 은퇴한 홈즈라는 명탐정은 축복을 받았다고 생각해.

인세 따위 신경 쓰지 말게. 그리고 자네 말처럼 이 글이 어떤 식으로든 도움이 되길 바라네. 혹시라도 말이네, 돈이 필요하다면 말해주게. 이 따위 글이 돈이 되어 돌아올 때까지 어떻게 기다리겠나. 큰돈은 아니지만 편지와 함께 전신환을 동봉하네. 어떻게든 밥은 굶지 말게.

홈즈가

펜을 내려놓았을 때는 아침이었다.

십여 장에 이르는 편지를 꼼꼼히 다시 읽었다. 그때 에일린이 나타났다.

"어머, 밤새 주무시지 않았나 봐요."

"에일린, 오늘은 몇 가지 심부름을 좀 해줄 수 있겠나?"

"그럼요, 누구 분부라고요."

에일린이 목소리를 낮추었다.

"홈즈 선생님의 분부인데요."

홈즈는 머지않아 소문이 이 마을을 넘어 런던까지 날아가리라는 걸 깨달았다. 그래도 오늘은 에일린을 부려먹을 수밖에 없었다.

편지를 봉투에 넣었다. 에일린에게 전신환으로 1천 달러를 편지에 동봉할 것을 부탁했다. 그리고 덧붙였다.

"편지는 가장 빠른 우편으로 부쳐줘. 에일린, 네가 입이 무거울수록 나와 함께 런던에 가는 날은 가까워질 거야. 그러니……."

"걱정하지 마십시오. 제가 또 입은 무겁잖아요."

에일린은 경례 동작을 해 보이며 해맑게 웃었다.

편지를 부친 뒤로 21일이 지났다. 6월을 넘어 7월이 되었다. 그 사이 홈즈는 몇 가지 조사를 했다. 런던에도 다녀왔으며 에일린을 위해 극장 일자리를 알아보기도 했다. 문구점에도 들러서 꼼꼼하게 만년필을 살폈다. 왓슨이 일했다고만 믿은 퀸앤 거리에 있던 병원은 폐업한 지 오래였다. 정확히 말해 다른 의사가 병원을 인수해 일하고 있었다. 의사는 닥터 왓슨이 미국으로 이주했다고 말했다.

집으로 돌아왔을 때 편지가 도착해 있었다. 왓슨에게서 온 편지였다. 지난 20일 내내 마음이 저렸다. 홈즈는 책상에 앉는 것도 잊은 채 편지를 뜯었다.

홈즈, 홈즈!

자네가 나에게 축복이라는 사실은 굳이 부인하지 않겠네. 자네가 보낸 전신환으로 그럭저럭 당분간은 살아갈 수 있을 듯하네. 새로운 홈즈의 소설도 구상하면서 말이네.

소설 이야기를 꺼냈으니 말인데, 설마 내 말을 따라줄 줄은 몰랐네. 홈즈의 로맨스라니! 오리지널 홈즈 팬이라면 반기지 않을 거야. 생각해봐. 탐정소설을 읽는 사람들이 홈즈의 로맨스 따위에 관심이나 있겠느냐고. 다소 엉뚱해진 자네의 편지를 받고 정말이지 한참을 웃었어. 요즘 들어 웃을 일이 없었던 내게 자네의 편지는 큰 영광이자 즐거움이었거든.

지금도 그렇기는 해. 홈즈라면 나이가 들어도 비상한 머리를 움직이며 사건을 해결하고 있을 거라 생각했단 말이네. 생각해봐. 세계대전의 틈바구니에서 전쟁을 종식시킬 활약을 하고, 영국의 스파이가 된 홈즈가 전 세계를 누비고 있다면!

이만큼 독자들이 즐거워할 이야기가 어디 있겠는가? 물론 다 늙어빠진 우리에게 한계가 있다는 것은 인정하겠네. 그렇지만 어땠나? 과거에도 마찬가지지만 지금도 우리가 써낸 사건은 거짓이 없었잖은가. 하지만 걱정되기는 해. 일흔아홉 살이 된 내가 앞으로도 글을 쓸 수 있을지는 의문이거든.

홈즈, 그래도 자네가 건강하게 잘 있다는 사실에 나는 안도했다네. 어떻게든 살아보겠네. 고마워. 진심이야. 모든 것에서 자네에게 감사한다네.

왓슨으로부터

P.S. 그런데 홈즈, 자네가 왜 Camford를 Kamford라고 표기했는지 물어도 되나?

편지를 다 읽은 홈즈는 불안이 구체화되는 것을 느꼈다. 한시라도 빨리 뉴욕 브루클린으로 가야만 했다.

저녁을 준비하는 에일린에게 물었다.

"에일린, 혹시 나와 함께 뉴욕으로 갈 생각 없나?"

"설마 선생님, 저에게 청혼하시는 건 아니죠? 함께 뉴욕으로 가서 세대를 극복한 사랑을 나누며 살자, 이런 거."

"나는 런던이라면 몰라도 뉴욕의 극장에서 일하는 여직원의 애인은 싫구나."

"이런, 한 방 먹었네요. 그래도 지금처럼 농담하니까 좋잖아요. 요즘 들어서 선생님은 너무 진지했다고요. 저처럼 농담도 하고 실수도 하면서 살아보세요. 그게 사람 사는 거죠."

"그래?"

홈즈는 한결 부드러워진 마음으로 에일린을 바라보았다.

"제가 한심하다는 눈빛이네요. 뭐 됐고요, 결론만 말씀드리자면." 에일린이 꺄악, 고함을 내질렀다. "함께 가고 싶어요. 방이 하나라고 해도 상관없어요. 바닥에서 잘게요, 저는."

"그래도 괜찮겠어, 에일린?"

"그럼요! 저는 케빈과 장작이 잔뜩 쌓여 있는 창고에서도……."

"창고에서?"

그 순간 에일린이 손으로 입을 막았다. 그렇지만 성격답게 금세 천진난만한 얼굴이 되었다.

"데이트했어요, 그냥 데이트. 이상한 상상 하시면 안 돼요."

"그래, 데이트. 나도 그 말 하려고 했단다. 농담도 좀 하고 살라며?"

홈즈가 에일린을 향해 미소를 지었다.

"오호, 선생님께 당했네요. 그런데 뉴욕은 언제 가시려고요?"

"내일 당장."

"내일요? 전 드레스도 없고 뉴욕을 갈 만큼 똑똑하지도 못해요.

그저 선생님만 믿고 가는 건데 거지꼴로 가라고요?"

"일단은 런던에 들를 테니까 그곳에서 자잘한 것은 해결하자고. 어때?"

두 사람은 다음 날 런던으로 향했다. 아메리칸 트레이더 호The American Trader of the American Merchant Line를 급히 예약했다. 배가 떠나기 전까지 홈즈는 에일린에게 어울리는 옷가지와 여행도구들을 구입했다. 다른 이유로 조바심을 내는 홈즈와 달리 에일린은 순수하게 여행에 들떠 있었다.

아메리칸 트레이더 호는 증기선이었다. 급하게 구한 배편이라 그것도 감지덕지였다. 뉴욕까지 9박 10일이 걸리는 대서양 횡단이었다. 홈즈는 모든 여정을 확인한 뒤 몇 번이나 한숨을 내쉬었다. 항공기는 발 빠르게 변하고 있었다. 여객기도 도입되었다. 어떤 식으로든 런던에서 뉴욕을 가로지르는 비행기 편이 있으리라 생각했다. 섣부르기 그지없는 착각이었다. 형인 마이크로프 홈즈가 현역에 있을 때라면 군용 항공기라도 윽박질러 구했을지 모른다. 여든이 넘은 형이 아직은 정정하다지만 괜한 걱정은 끼치기 싫었다. 특히 왓슨의 일이라면 함께 뉴욕으로 가자고 고집을 부렸을 게 빤하다.

배 안에 갇혀 있던 9박 10일 내내 초조했다. 그에 반해 여객선은 어떤 애로도 없이 뉴욕에 도착했다. 1929년 7월 23일이었다.

홈즈는 가장 먼저 서점을 찾았다. 홈즈의 확신대로라면 분명 그 책이라야 했다. 책을 구입하고 출판사를 찾았다. 스톡스 출판사였다. 에일린은 모든 게 낯설고 벙벙한지 그저 홈즈의 뒤만 졸졸 따랐다. 출판사에 들어서서도 마찬가지였다. 경리로 보이는 여직원은 처음 에일린에게 말을 걸었다. 그런데 에일린은 발그레해져 고개만 숙일 뿐이었다.

"사장님을 만나러 왔소만."

홈즈가 여직원에게 말했다.

"죄송하지만 사장님이 바쁘셔서요. 아마도 만나기는 어려우실 겁니다."

"그럼 조금 기다리면 되겠소? 나 역시 한시가 급한 일이라서."

"글쎄요. 아무래도 만나기 어려우실 겁니다. 특히 독자들에게는……."

바로 그때 에일린이 이제껏 숙이고 있던 고개를 번쩍 쳐들고 여직원을 향해 내쏘았다.

"이분이 누구신 줄 알고 그런 홀대를 하시는 거예요?"

에일린은 명백히 상기된 표정이었다. 반면 주먹을 꽉 쥔 손은 부들부들 떨고 있었다. 여직원은 노골적인 에일린의 태도에 흠칫 물러나며 사무실에 있는 남자 직원들을 둘러보았다. 그제야 남자 직원들도 귀찮은 독자가 찾아왔다는 듯이 일어섰다. 개중 어려 보이는 남자가 에일린에게 다가왔다. 철 지난 넥타이에 비해 구두가 반짝였다.

"저기……."

남자의 말을 에일린이 급히 잘랐다.

"이분은 셜록 홈즈 선생님이세요. 일개 사원 따위가 상대할 분이 아니라는 말씀이에요."

"셔, 셜록 홈즈 씨라고요? 몰라뵀습니다, 선생님." 남자는 사무실에 대고 소리쳤다. "셜록 홈즈 선생님이랍니다!"

직원들이 웅성거리며 홈즈에게 다가왔다.

상황을 관망하던 홈즈는 처음에는 난처해졌다고 생각했다. 그렇지만 이내 에일린의 패기에 탄복했다. 나이를 먹은 홈즈는 이제 고함을 내지를 패기가 부족했다.

홈즈는 에일린의 귀에 대고 속삭였다.

"널 데려오길 참 잘했다는 생각이 드는구나."

홈즈의 말에 에일린의 표정이 환하게 밝아졌다. 거의 동시였다. 사장실 문이 열리며 한 남자가 모습을 보였다. 어린 직원이 그를 향해 외쳤다.

"사장님, 셜록 홈즈 선생님이랍니다."

사장이 홈즈에게 달려와 인사했다.

"선생님, 죄송합니다. 혹시 저희 직원들이 무례를 범하지는 않았는지요?"

"그런 건 없었습니다. 그런데 성함이?"

"프레드릭 스톡스입니다. 정말 영광입니다."

"저도 영광입니다. 잠시 이야기 좀 나눌 수 있을까요?"

홈즈는 프레드릭 스톡스와 함께 사장실로 모습을 감추었다.

에일린은 기쁜 표정으로 홈즈의 뒷모습을 바라보았다. 금세 회의실 탁자에는 최고급 커피가 놓였다. 나이 어린 남자 직원은 에일린에게 관심을 보이며 이것저것 묻기 시작했다.

고향은? 남부 서섹스의 작은 마을입니다. 그럼 홈즈 선생님도 거기 사시나요? 그건 저, 비밀이에요. 런던에 있는 극장에 취직하고 싶거든요, 저는. 이름이? 에일린입니다. 와, 뉴욕 아가씨들과 달리 정말 순수해 보입니다. 그런가요? 호호호.

이야기가 식상해질 때쯤 남자가 물었다.

남자친구 있으세요?

에일린은 순간 수많은 동네 남자들을 떠올렸다. 물론 홈즈의 조언대로 차버리기로 한 케빈과 마이클까지도.

없습니다, 라고 대답하려 할 때였다. 홈즈가 사장실에서 모습을 드러냈다. 에일린은 벌떡 일어섰다. 홈즈는 순간 에일린과 남자를 번갈아 보았다. 그런 뒤 남자를 다시 한 번 아래위로 훑었다.

"가자꾸나."

"네, 선생님."

에일린은 미련을 떨치며 일어섰다. 곧바로 스톡스 출판사를 나왔다.

"남자 녀석이 치근거렸지?"

"아니요, 그런 건 아니고요."

"녀석의 구두를 봤니? 넥타이와 슈트는?"

"제가 그런 걸 어떻게 봐요?"

"출판사 봉급이라면 꿈도 꾸지 못할 텐데 녀석은 차가 있어. 구두 뒷굽이 전혀 닳지 않았더구나. 게다가 앞부분 역시 흠집 하나 없었고. 다만 넥타이가."

"너무 구렸죠? 나이에 어울리지 않았어요."

"그래, 녀석은 아직 독립하지 않은 게야. 부모님과 함께 사는 거지. 오늘도 아버지를 모시고 오느라 고생했을 거야. 어젯밤에 술을 꽤 마신 것 같았거든. 더구나 회사에 문제가 생겼을 때 가장 먼저 일어나서 다가왔지? 책임자가 있는데도 말이지. 사장인 스톡스 씨 아들이란다. 진실해 보이더구나. 녀석에게 뉴욕 안내를 맡길까?"

홈즈의 말에 에일린이 고개를 숙였다. 숙여놓고는 땅으로 몇 번 더 고개를 내린다.

"그 남자, 애인이 있을까요?"

"그렇지는 않은 것 같더구나. 너도 옷차림을 보지 않았니? 뭐라고 그랬지? 구리다고? 그래, 내가 보아도 구리더구나. 어젯밤에도 친구들과 모여서 여자 이야기나 하며 잔뜩 술을 들이켰을걸."

"진짜요?"

"아마도. 네가 가서 그 청년을 좀 불러오겠니?"

에일린은 완전히 홍당무가 된 얼굴로 다시 출판사로 갔다.

금세 에일린과 스톡스 주니어가 홈즈 앞에 모습을 드러냈다.

"두 사람 잘 어울려. 아버지가 반대하지 않는다면 내가 두 사람이 함께 다니는 것은 모른 체하겠네. 어떤가?"

"저, 그게……."

"나를 잘 안내하라는 부탁을 받았지? 지금이 11시 10분이니까 브루클린에 있는 공원으로 날 좀 데려다줄 수 있겠나?"

그러더니 홈즈는 스톡스 주니어에게 귓속말을 건넸다. 스톡스 주니어는 홈즈의 말에 재빨리 고개를 끄덕였다.

"그 사람이 없으면 자네가 좀 찾아줄 수도 있겠지?"

"정확하게는 그 사람들입니다."

"그래, 그럴 거라고 생각했네. 하지만 섣부른 추측은 금물이니까."

스톡스 출판사 앞에 주차된 차를 주니어가 가리켰다. 홈즈와 에일린이 뒷좌석에 올랐다. 차는 금세 브루클린에 있는 공원을 향해 달렸다. 홈즈는 그저 눈치를 보기 바쁜 에일린과 스톡스 주니어가 귀여웠다. 마음을 진정해야 하는 상황이 아니었다면 둘의 수다를 듣고 싶었다. 홈즈는 팔짱을 낀 채 눈을 감았다. 마치 마차를 타고 마르가리타를 만나러 세인트 토마스 병원으로 향하는 기분이었다. 그날은 50분이 걸렸다. 오늘은 채 20분이 걸리지 않았다.

"홈즈 선생님, 저기입니다."

스톡스 주니어가 공원 한구석을 가리켰다. 그곳에는 도시락을 펼쳐놓은 두 청년이 치열하게 토론을 나누고 있었다.

"저 청년들인가?"

"네, 저분들입니다."

"고맙네. 부탁하네만 에일린을 데리고 뉴욕 구경을 좀 시켜주겠나? 숙소는 에일린이 알고 있네. 언제 들어와도 상관없지만 이제 나는 밤 11시에는 잠에 빠진다네."

"에일린은 분명 11시 이전에 호텔 방에 있을 겁니다."

"그래? 물론 자네와 함께라도 된다네. 이 늙은이가 보낸 지난 세월에 대한 무용담을 듣고 싶다면 말이지."

"꼭, 꼭 가겠습니다."

스톡스 주니어는 환한 미소로 손바닥까지 마주쳤다. 홈즈가 내리자 에일린과 스톡스 주니어가 인사를 건넸다. 홈즈도 둘을 향해 손을 흔들어주었다.

"뉴욕에는 아는 극장이 없는데 어쩐다?"

홈즈는 혼잣말을 하며 공원으로 들어섰다. 지팡이를 두고 온 게 슬쩍 후회되었다. 그러고 보면 습관이란 참 무섭다. 지팡이도, 또 저 두 남자도. 저들은 하릴없이 매일 이곳에 앉아 살인 이야기에나 열을 올리고 있을 테니 말이다.

홈즈는 두 남자 곁으로 다가갔다. 두 남자는 홈즈가 곁에 다가와 섰지만 알아차리지 못했다. 결국 홈즈가 헛기침을 했다.

"누구신지요?"

벌써 머리가 벗어지기 시작한 남자가 물었다.

"초면이오만, 당신들이 내게 편지를 보냈소?"

홈즈는 품에서 편지를 꺼내 흔들어 보였다. 편지 겉면에는 'J. H. Watson'이라고 적혀 있었다. 두 사람은 편지를 본 순간 벌떡 일어섰다. 그런 뒤 허리를 굽히며 손을 건넸다. 분명 존경의 몸짓이었다. 홈즈는 손을 내미는 대신 만년필 하나를 안주머니에서 꺼냈다. 셰이퍼Sheaffer 만년필이었다.

"특징적인 만년필이더군. 대부분 고가인 만년필에 비해 그리 비

136

싼 가격도 아니면서 굉장히 둥글고 두꺼운 축이던데. 종이를 긁지 않은 이유는 그래서였고. 그런데 글씨는 어떻게 한 건가?"

"저, 이 친구가……." 머리가 벗어지기 시작한 청년이 다른 청년을 가리켰다. "몇 날 며칠을 연습했습니다."

"고생했네그려. 하지만 습관은 무시 못 한다네. 나도 그렇지만 왓슨도 아마 만년필은 사용하지 않을 거야. 사실 내가 확신한 부분은 인세에 대한 부분 때문이었네. 서섹스다운스로 이주한 뒤 한동안 유명세에 시달렸거든. 아무래도 치안이 잘 된 런던보다는 서섹스다운스가 방문자에게는 아무렇지 않게 노출되어 있으니까. 그래서 집을 옮겼어. 집만 옮긴 게 아니라 내가 사용하는 통장을 해지하고 사소한 것에 이르기까지 다른 이름으로 살았거든. 그 이야기를 왓슨에게 하지 않았더라고. 입금하지 않은 게 아니라 입금할 수 없었던 거지. 편지에서는…."

"네, 왓슨 선생님께 들은 내용에 저희가 상상을 좀 더했거든요." 머리가 벗어지지 않은 청년이 보충했다.

"아, 그리고 하나 더. 자네들은 내가 의도적으로 Kamford라고 썼다고 생각하지?"

"네, 그랬습니다. 「기어다니는 남자」에서는 분명 Camford라고 표기되어 있었습니다."

"나도 잊고 있었네. 교수의 이름에 누가 되는 어느 학교도 독자들이 떠올리지 않기를 바랐거든. 그런데 왓슨이 그러더라고. 책 출간 시점에 K가 아닌 C로 바꾸었다고. 그러면 오히려 사람들 사이에서 케임브리지인지 옥스퍼드인지 헷갈려할 거라고. 결과적으로 보자면 왓슨의 예언은 적중한 셈이지."

"아하, 완전히 속았습니다. 저희는 선생님이 실제 왓슨 선생님이 보낸 편지인지 아닌지 시험하려고 의도적으로 쓴 오기라고 생각했거든요."

"그랬구만. 그래, 내 이야기는 어떻던가?"

"말하자면 셜록 홈즈의 프리퀄이라고 해야겠지요. 편지에서 느껴지더군요. 그 뒤로 얼마만큼 노력했을지요. 스누핑을 탐정소설을 좋아하는 사감 선생님에게 배우는 대목은 재미있었습니다."

머리가 벗어지지 않은 청년이 말했다.

"그랬지. 난 충격에 학교를 자퇴까지 해야 했으니까. 죽음에 대한 허무함을 사랑보다 먼저 깨달은 탓에 여자는⋯⋯." 홈즈는 잠시 말을 멈추었다. "그래, 그랬다네. 지금 보다시피."

"어떻게 저희란 걸 아셨습니까? 그리고 여기까지 어떻게 찾아오셨습니까?"

"내가 누구인가. 비록 왕년이라고 해야겠지만 셜록 홈즈라네, 셜록 홈즈. 그리고 자네들은⋯⋯."

벗어지기 시작한 청년이 재빨리 대답하려 했다. "에⋯⋯." 그런데 단박에 홈즈가 검지를 들어 청년의 말을 자른다.

"『로마 모자의 미스터리』를 쓴 엘러리 퀸이지?"

"그렇습니다, 선생님."

두 사람이 다시 한 번 허리를 굽히며 인사했다.

"미국에서 내게 편지를 보낼 정도의, 그래 존경심이라고 해야할까, 그런 작가라면 반 다인을 먼저 꼽을 수 있겠지. 하지만 반 다인은 여러 탐정소설을 읽고 반발했던 사내야. 이토록 극적인 방법을 사용하지는 않았겠지. 더욱이 반 다인은 이제 거물이 되지 않았나?"

홈즈는 두 사람을 향해 윙크를 해 보였다. 두 사람 역시 홈즈를 향해 미소를 지었다.

"반면 자네들은 탐정소설에 대한 숭고한 정신이 있네. 깔보지도 않을뿐더러 첨단에 맞게 발전시키려 하지. 자네들 스스로도 도전하지만 특히 독자에 대한 주의 환기랄까, 아니라면 독자에게 도전장을 던지게 한다고 할까. 하여튼 그 부분에서는 나 역시 크게 감명받았다네. 물론 나에 비해 왓슨은 전혀 다른 감정이었을 거야. 나는 실제 탐정이었지만 왓슨은 글을 쓰는 작가였지 않나. 왓슨이라면 그런 생각도 들었을 거야. 죽기 전에 이 청년이 누구인지 보고 싶다."

홈즈가 두 청년을 번갈아 보았다. 그에 반해 엘러리 퀸, 두 청년은 고민하는 표정으로 바뀌었다.

"그래, 어쩌면 내가 말하는 게 나을지도 모르겠군. 왓슨은 말이야, 탐정소설에 대한 자부심이 상당한 사람이지. 그런데 왓슨이 자네들을 찾아왔다는 건 딱 하나야. 탐정소설에 대한 왓슨의 유지를 받들어 달라는 것! 나나 왓슨이 자네들을 어떻게 찾아왔는지에 대한 설명은 생략하겠네. 자네들도 알고 있을 테니까. 이런 식으로 본명을 묻는 게 미안하네만 머리가 벗어지고 있는 자네가?"

"프레데릭 더네이입니다."

벗어지기 시작한 사내가 정식으로 인사했다.

"그럼 자네는?"

홈즈가 다른 쪽을 가리켰다.

"맨프레드 리입니다. 저와 프레데릭은 사촌간입니다."

"좋은 파트너를 두었구만. 그래, 이만큼 인사했으면 됐으니 왓 슨은 어디 있는가? 그가 자네들을 찾아왔다는 건 심각한 상황이 라는 뜻일 테니까. 그가 그랬을 거야. 홈즈가 만들어낸 탐정의 세 계를 발전시켜 달라고. 그러지 않았나? 그리고 왓슨의 재정 상태 는……."

홈즈의 목소리는 어느새 떨리기 시작했다. 홈즈는 생각했다. 제발 오늘이 마르가리타를 만나러 가던 날과 같은 절망이 되지 않기를.

"혹시나 홈즈 선생님께서 오실지 모른다는 생각에…… 재정 상 태는 저희가 꾸민 겁니다. 편지도 선생님께 몇 번이나 읽어드렸 습니다. 일단 저희와 함께 가시지요." 프레데릭이 일어섰다. "왓슨 선생님은 비밀로 해달라고 했습니다만."

맨프레드 역시 프레데릭을 따라 일어섰다. 맨프레드가 뛰어가 택시를 잡았다. 홈즈는 프레데릭의 부축을 받으며 택시에 올랐다. 택시는 브루클린 병원으로 향했다. 병원에 다다라 엘러리 퀸, 두 사람과 홈즈는 곧장 중환자실로 향했다.

홈즈는 덜컥 겁이 났다. 이번에도 중환자실인가. 문 앞에 이르렀을 때 홈즈는 걸음을 멈추었다.

"어떤 상태인지 물어도 되나?"

"종양입니다. 위와 대장을 덮어버릴 정도로 큰 종양이 생겼어요. 수술은 했지만 의식이⋯⋯."

맨프레드가 벗어지기 시작한 정수리를 손으로 쓸며 말끝을 뭉갰다. 프레데릭이 중환자실 문을 열었다. 공포를 마주하며 홈즈는 병실에 들어섰다.

왓슨은 미동도 없이 눈을 감고 있었다. 프레데릭이 의자를 가져왔다. 홈즈는 침대 곁에 앉았다.

"왓슨, 이 사람아. 과거에 함께 영국을 누비고 다녔는데 이제는 이 침대조차 커 보이네그려."

홈즈는 무엇부터 해야 할지 알 수 없었다. 그런데 이번에도 본능이 먼저 움직였다. 홈즈는 왓슨의 손을 꼭 그러쥐었다.

"왓슨, 나야. 셜록 홈즈. 그래, 자네의 친구인 홈즈가 왔다네. 뭐라고 말 좀 해보게."

홈즈의 눈에는 그렁그렁 눈물이 맺혔다. 그때였다. 왓슨의 손에서 의지가 느껴졌다. 아니, 왓슨이 홈즈에게 쥐인 손을 마주 잡았다. 약하지만 분명 왓슨이 홈즈의 손을 쥐었다.

"그래, 일어나. 이 사람아, 일어나라고. 아직 자네와 내가 해야할 일들이 있다고. 모르겠나, 응?"

그러나 왓슨에게서 더 이상 의지는 느껴지지 않았다.

그날 밤 홈즈는 예약한 호텔로 찾아가지 않았다. 에일린과 스톡스 주니어가 11시가 조금 넘은 시간에 병실로 찾아왔다. 왓슨이 듣기라도 한다는 듯 홈즈와 엘러리 퀸, 에일린과 스톡스 주니어는 떠들썩한 밤을 보냈다. 홈즈는 '주홍색 연구'부터 수십 가지에 이르는 무용담을 이야기했다. 그때마다 왓슨의 손을 꼭 쥐며 눈물이 섞인 웃음을 보였다.

"그래서 어떻게 되었습니까?"

스톡스 주니어가 물었다. 마지막 무용담인 '쇼스콤 고택'을 이야기할 때였다.

"그래서 왓슨이……."

홈즈가 말을 멈추었다. 그는 왓슨의 손을 놓았다. 왓슨을 만난 이후 단 한순간도 놓지 않았던 손이다.

홈즈가 왓슨을 향해 말했다.

"잘 가게, 친구. 지금껏 고생했네."

셜록 홈즈의 증명

홍성호

팀장의 성난 얼굴이 머릿속을 맴돌았다. 평소 팀원들에게 싫은 소리 한마디 하지 않던 사람이었다. 하지만 오늘은 달랐다. 사무실에 들어오자마자 결제받으러 가져갔던 보고서를 책상 위로 사정없이 내팽개쳤다. 입에서는 욕지거리가 튀어나왔다. 2주밖에 안 남았다. 뛰어! 그가 팀원들에게 소리쳤다. 상부의 불호령에는 기한까지 달려 있었다. 그야말로 비상이었다.

나는 바로 자리에서 일어나 사무실을 나왔다. 팀장의 말대로 무조건 뛰어야 한다. 무엇이든 물어 와야 했다. 10년 된 소나타의 시동을 걸었다.

흔하지 않은 살인 방화가 관내에서 두 달 사이 두 건이나 일어났다. 더군다나 두 사건은 모두 같은 동네에서 발생했다. 주민의 신고로 화재 현장에 소방차가 출동했다. 빌라 맨 위층에서 난 불을 진압하고 현장으로 들어간 소방관들은 불에 탄 시체를 발견했다. 시체는 불을 피하기 위한 어떤 움직임도 없었던 것처럼 거실에 반듯이 누워 있었다. 곧 출동한 경찰 과학수사팀이 현장을 감식한 결과, 피해자는 화재 발생 이전에 이미 사망한 것으로 추정했다. 피해자의 목과 가슴에서 여러 개의 자상을 발견했기 때문이다.

이후 국립과학수사연구원의 부검 결과와 현장 감식 결과 등을 종합해 범인이 피해자를 칼로 여러 차례 찔러 살해한 후 휘발유를 뿌려 불을 지른 것으로 결론 내렸다.

사건 현장은 가구의 모든 문과 서랍이 열려 있었고 옷가지들이 어지럽게 흩어져 있었다. 현관문은 디지털 도어록이 아닌 열쇠로 돌리는 구식 잠금 장치였는데, 문이 잠겨 있어 소방관이 강제로 열고 진입했다. 대신 베란다 창문은 활짝 열려 있었다. 범인이 건물 외벽 가스관을 타고 베란다로 들어와 범행을 저지르고 다시 베란다로 빠져나간 것으로 보였다.

사람을 살해한 것뿐만 아니라 방화를 한 것에 대해서는 두 가지 추정이 있었다. 그중 하나는 강도가 단순히 증거 인멸을 위해 현장에 불을 질렀다는 추정이었다. 하지만 강도라면 시간을 들여서 방화까지 하고 도망갈 필요가 있는가 하는 점에 의문부호가 붙었다. 아무리 살인까지 한 강도라도 시체 옆에서 밥도 먹고 잠도 자는 사이코패스가 아닌 이상 금품을 챙겨 빨리 현장을 떠나는 게 보통일 것이다.

또 다른 추정은 평소 원한관계에 있던 범인이 강도로 위장해 피해자를 살해하고 복수심에 의해 불을 질러 시체를 훼손했다는 추정이었다. 과거 사례를 보면 지독한 원한에 의해 칼로 사람을 찌르고 불을 질러 시체를 훼손하는 일은 종종 있었다.

수사팀에서는 두 번째 추정에 무게를 두었다. 현장에서 살인에 사용된 칼은 발견되지 않았지만, 휘발유를 담아온 듯한 불에 녹은 페트병이 발견되었다. 불을 지르기 위해 미리 준비를 해왔다는 강력한 증거였다.

이런 과거 사례와 증거를 바탕으로 원한관계에 의한 살인을 강도로 위장하기 위해 방화한 것으로 추정하고 바로 피해자 주변 인물을 중심으로 수사를 시작했다. 피해자는 삼십대 중반 미혼의 평범한 회사원이었는데 사건이 일어난 빌라에서 혼자 살고 있었다. 성격은 무난한 편으로 회사나 가족들과 별다른 문제는 없어 보였다.

처음에는 채권 채무와 같은 원한관계를 중심으로 수사하면 쉽게 범인을 잡을 수 있으리라 생각했다. 그러나 평범한 회사원이었던 피해자의 주변에서 살인 방화를 저지를 정도로 큰 원한을 품은 사람은 찾을 수 없었다. 다만 피해자의 재무 상태가 좋지 않았다. 한도 1억 원인 마이너스 통장이 한도를 꽉 채운 지 한참이 되었고, 피해자가 사설 도박에 빠져 있었던 것으로 조사됐다.

범인을 찾지 못한 채 하루하루가 지나가고 어느덧 사건이 발생한 지 두 달쯤 되었을 무렵, 인접 빌라에서 또 다른 살인 방화 사건이 일어났다. 더군다나 피해자는 한 명이 아닌 두 명. 첫 번째 사건도 언론에서 비중 있게 다루었지만, 두 번째 사건은 첫 번째 사건과 비교할 수 없을 만큼 모든 매체의 폭발적인 관심을 끌었다. 언론은 사건 발생 지역의 인접성과 수법의 동일성을 근거로 사이코패스에 의한 연쇄살인 쪽으로 가닥을 잡고 기사를 썼다. 이런 기사에는 엄청난 수의 댓글이 달렸다. 사건을 사전에 예방하지 못한 경찰의 부주의와 아직까지 범인을 검거하지 못한 무능을 성토하고 조롱하는 내용이 대부분이었다.

이런 예상치 않은 상황 전개에 경찰서는 폭격을 맞은 듯 발칵 뒤집혔고, 경찰서장 이하 간부들의 눈은 매섭게 변했다. 간부들이 이런 터인데 그 밑의 팀장과 형사들의 상태는 말로 따로 설명할 필요가 없었다. 모두 잠이 모자라 눈에 핏발이 섰고, 조그만 실수에도 예민하게 반응해 크게 화를 내는 일이 빈번해졌다. 평소 탄탄했다고 생각했던 팀워크에도 서서히 금이 가는 느낌이었다.

간부들은 매일 아침 서장실에서 열리는 회의 시간에 서장의 눈을 똑바로 쳐다보지 못했다. 모두 같은 생각이었다. 왜 하필이면 이 시점에!

3주 후면 경무관 승진 대상자를 선정해서 발표한다. 이번 승진 인사에서 우리 경찰서장도 강력한 경무관 승진 후보자 중 한 사람이다. 경무관 승진 때는 고시 출신, 경찰대 출신, 간부후보생 출신, 순경 출신들이 항상 각축을 벌이는데 우리 경찰서장은 고시 출신으로 경찰 내 고시 출신들이 밀어주는 유력한 승진 후보자였다.

하지만 지금은 유력한 승진 후보자가 아니다. 이번 사건이 연달아 터지고 아직 범인을 검거하지 못했기 때문이다. 이번 사건이 없었다면 고시 출신 경무관 쿼터로 손쉽게 태극무궁화 계급장을 어깨에 달았겠지만, 이제는 상황이 급변했다. 고시 출신이 아닌

다른 출신 라인들이 우리 서장의 무능을 문제 삼아 전부 들고일어
날 것이다. 자신들과 다른 출신을 한 사람이라도 낙마시키면 자신
들의 진영에 한 자리가 더 떨어질 수도 있기 때문이다. 자신과 같
은 라인의 사람을 요직에 심으려는 것은 예나 지금이나 똑같다.
승진을 위한 인사위원회가 열리기 전까지 이번 사건의 범인을 검
거하지 못하면 우리 서장은 나락으로 떨어진다.

오늘 팀장의 성난 얼굴을 보고 불현듯 일 년 전쯤 노원경찰서에
서 근무하는 동기가 술자리에서 한 이야기가 생각났다. 관내에 유
명한 '사립탐정'(우리나라는 민간조사원, 즉 사립탐정 관련 법률이 아
직 국회를 통과하지 못했다는 것을 동기도 분명히 알고 있었지만 꼭 사립
탐정이라는 단어를 썼다)이 있어 자칫 미제가 될 만한 어려운 사건
이 있으면 그를 찾아가 조언을 듣거나 함께 현장을 방문하고, 그
가 주변 인물들을 만날 수 있도록 편의를 제공한다는 이야기였다.
그 사립탐정의 활약으로 관내에서 일어난 두 건의 살인사건과 한
건의 실종사건을 해결했는데, 모두 사건을 의뢰한 지 일주일 만에
범인을 검거하고 실종자를 찾았다고 덧붙였다.

우리 팀도 2주 안에 범인을 검거하라는 특명을 받았다. 시간이
없다. 비범한 능력을 지닌 사립탐정이라는 존재에 대해 의구심이
들었지만, 지금은 이것저것 가릴 때가 아니다. 대한민국 경찰이
민간인에게 사건을 의뢰한다는 것은 치욕적인 일이다. 하지만 이
번 단 한 번만이다.

나는 지금 사립탐정을 만나러 가고 있다.

중계동 은행 사거리에서 청암중고등학교 쪽으로 좌회전하자마자 우측에 동기가 얘기한 특이한 빌딩이 보였다. 8층짜리 빌딩으로 1층에는 맥도날드와 약국이 있었다. 1층만 보면 여느 평범한 빌딩과 다름없지만 2층부터는 동기의 말대로 특이했다. 중계동 은행 사거리에 있는 빌딩이라는 걸 알려주듯이 층마다 학원 간판이 걸려 있었는데 잘못 본 게 아닐까 해서 몇 번 다시 확인했다. '홈즈 수학' '홈즈 국어 논술' '홈즈 어학원' '홈즈 역사 논술 클리닉' '홈즈 유학원' '홈즈 복싱교실'. 온통 홈즈로 도배되어 있었다!

엘리베이터를 타고 8층으로 올라갔다. 엘리베이터 문이 열리자 은은한 아로마 향과 함께 처음 보지만 왠지 익숙한 그림이 보였다. 유리문에 붙어 있는 실루엣 그림이었다. 헌팅캡에 파이프담배를 물고 있는 매부리코의 남자 얼굴. 여기도 셜록 홈즈다. 그림 밑에는 '셜록 홈즈 범죄연구소'라고 쓰여 있었다.

벨을 누르자 바로 인터폰으로 문이 열려 있으니 들어오라는 남자 목소리가 들렸다. 문을 열고 들어가니 사무실이 아니라 마치 인테리어가 잘 된 커피숍에 온 것 같은 느낌이었다. 한쪽 벽에는 대형서점 베스트셀러 진열대 같은 메탈 소재의 책꽂이에 책들이 빼곡히 꽂혀 있었다. 맞은편 창가에는 테이블과 의자가 있었는데 커피머신과 토스터기가 테이블에 놓여 있었다. 아마 휴식시간에 밖을 바라보며 커피와 간식을 먹는 용도일 것이다.

사무실 안쪽으로 넓은 원목책상이 있고 한 남자가 앉아 있었다. 책상 위에 있는 작은 향로에서 연기가 새어 나왔는데 아로마 향의 진원지였다. 향로에서 새어 나온 아로마 향 연기는 마치 남자를 감싸듯 주위를 맴돌다가 천장으로 올라갔다.

"어서 오시죠. 반갑습니다. 거기 의자에 앉으시죠."

코가 높고 얼굴형이 날카롭게 빠진 서른 중반의 남자는 나를 위아래로 잠시 훑어보더니 의자에 앉으라고 했다. 의자에 앉자 명패가 눈에 들어왔다. 명패에는 이렇게 쓰여 있었다.

범죄학박사 법학박사 교육학박사 · 셜록 홈즈

"아! 제가 과시욕이 있어서 그렇게 주저리주저리 써놓은 건 아닙니다. 우리나라 사람들은 학벌이나 배경을 따지는 경향이 있지요. 거기에 보조를 맞추느라 저의 학위들을 써놓은 것입니다. 그런 명패가 있으면 공신력이 있어 보이는 효과도 있고요. 한 가지 더 말씀드리자면 셜록 홈즈는 제 영어 이름입니다. 장난스럽게 쓰는 건 아니고요. 영국 유학 때 영국 친구들이 지어준 이름입니다. 저를 홈즈라고 부르면 됩니다."

내 눈이 명패에 잠깐 고정되어 있었던 걸 보았는지 남자는 묻지도 않는데 명패에 대해 설명해주었다. 그의 중저음 목소리에 담긴 설명은 설득력이 있었다. 눈앞의 남자가, 21세기에 셜록 홈즈가 그것도 한국에 현존해 있다는 황당한 이야기를 하고 있는데도 왠지 모를 매력이 느껴졌다.

"홈즈……."

나도 모르게 그의 이름을 되뇌었다.

"담당 형사님께서 여기까지 오신 걸 보니 아직 범인은 오리무중인가 보군요. 시간이 별로 없을 텐데 사건에 대해서 자세히 말씀 해주시죠."

"어? 어떻게 그걸?"

홈즈는 이미 나의 신분과 방문 목적을 알고 있었다. 혹시 노원 경찰서의 동기가 미리 연락이라도 한 것일까. 하지만 그럴 리가 없다. 일 년 전의 술자리 이후 서로 바빠서 전화 통화도 해본 적이 없었다.

"하하, 전혀 어렵지 않은 일입니다. 사무실을 들어서자마자 이곳 저곳 살피는 당신의 날카로운 눈빛이 많은 것을 말해주었습니다."

홈즈의 입가에 미소가 걸렸다.

"당신같이 낯선 곳에서 날카로운 눈으로 이것저것 관찰하는 습 관을 지닌 사람은 대개 형사 아니면 범죄자죠. 형사는 사건 현장 을 세밀히 살피게 됩니다. 조그만 단서라도 찾기 위해서죠. 또 용 의선상에 있는 사람이나 주변 사람들을 만나 이야기할 때 그들의 태도와 표정을 관찰합니다. 그들의 말 속에서 거짓과 진실을 가려 내려면 그 내용과 더불어 말할 때의 태도와 표정도 중요하니까요. 그런 습관이 몸에 배어서 형사들은 항상 사물과 사람을 관찰하는 눈을 가지게 됩니다. 범죄자들 역시 항상 주변을 두리번거리죠. 특히 낯선 장소에서는 불안감이 가중되어 주변을 더욱 살피게 됩 니다. 현시점에서 자신의 도주로를 머리에 그려본다든지 주변에 자신을 이상한 눈초리로 쳐다보는 자가 있는지도 체크해야 하죠. 건물이라면 경비원의 위치, CCTV 위치, 비상구 출입문의 개폐 여부도 필히 확인해야 합니다. 형사인 당신도 잘 아실 테지만, 아이러니하게도 타인에게 위험한 범죄를 저지르는 자일수록 자신의 안전을 최우선으로 하지요."

홈즈는 턱을 쓰다듬으며 나와 눈을 마주쳤다. 갑작스럽게 그가 나를 쏘아봐서 당황스러웠지만 그 눈빛을 피하지는 않았다. 아마 나와 기 싸움을 하려는 듯했다. 사람이나 동물이나 수컷들이 처음 만나면 으레 거쳐야 하는 통과의례가 아닐까.

"그렇습니다. 그런 눈빛이 형사의 눈빛이죠. 하하하."

방금까지 나를 쏘아보던 눈은 사라지고 눈웃음을 치듯 홈즈의 눈가가 휘어졌다. 기 싸움을 걸어온 줄 알고 눈에 잔뜩 힘을 주고 대거리를 했던 나도 슬며시 힘을 풀고 억지 미소를 띠우며 따라 웃었다.

"제가 방금 형사와 범죄자는 항상 사물과 사람을 살피는 눈을 가졌다고 말씀드렸죠. 그런데 두 눈빛에는 큰 차이점이 있습니다. 범죄자들은 주변을 면밀히 살피되 자신의 눈빛을 타인에게 들키는 걸 피하려고 합니다. 이건 본능이죠. 자신의 음침하고 저열한 목적을 숨기기 위해서입니다. 반면에 형사의 눈은 당신이 지금 나를 쏘아보는 듯한 눈입니다. 주변을 관찰하다가 어떤 사람과 눈을 마주치더라도 절대 피하지 않죠. 오히려 계속 쳐다볼 겁니다. 주변을 살피는 목적이 당당하기 때문이죠. 범인 검거와 시민의 안전을 확보하기 위해 최일선에서 활동하고 있다는 자부심이 그것입니다."

홈즈의 말은 모두 수긍이 갈 만한 이야기였다. 범죄학, 법학, 교육학을 전공하고 박사학위를 받았다고 하니 그의 말대로 이야기에 전문가적 공신력도 있어 보였다. 하지만 눈빛만 보고 나의 직업을 맞혔다고 하니 뭔가 찜찜했다. 그의 설명도 어떻게 보면 직관적이고 관념적인 이야기일 수 있다. 무당이나 점쟁이 같다고 할까. 생각이 거기까지 미치니 이 사무실을 감싸고 있는 아로마 향도 제사나 영결식 때 태우는 향 냄새처럼 느껴졌다.

"제 얘기가 자의적인 해석이라고 생각하실 수도 있겠네요."

홈즈가 고개를 끄덕이며 말했다.

정말 무서운 사람이다. 내 생각을 꿰뚫어 보는 듯하다.

"제가 당신의 눈빛만으로 당신의 직업과 여기를 찾아온 목적을 맞힌 건 아닙니다. 여러 가지를 조합해서 내린 결론이죠. 사실 형사라는 걸 안 건 당신이 차고 있는 손목시계가 가장 중요한 단서가 되었죠. 태극무궁화 네 개가 다이얼판에 박혀 있는 시계 말입니다."

나도 모르게 왼쪽 손목을 쭉 뻗어 시계를 확인했다.

"아까 당신이 사무실에 들어오면서 이것저것 관찰할 때 나도 당신을 자세히 관찰했습니다. 태극무궁화 네 개가 달린 계급장은 경찰청장만이 달 수 있죠. 그 시계는 경찰청장이 표창을 수여할 때 부상으로 주는 시계입니다. 당신이 그 시계를 차고 있으니 당연히 경찰일 수밖에요. 물론 표창을 받은 가족한테서 건네받아 차고 다닐 수도 있다는 추리도 가능합니다. 하지만 그런 추리는 기계적인 추리일 뿐입니다. 부상으로 주는 시계는 대량 주문하는 싸구려죠. 의미는 있지만 디자인이나 기능 면에선 많이 떨어지는 시계입니다. 나이를 추측해보니 삼십대 중후반 같은데 그 나이의 남자들은 굳이 그런 싸구려 시계를 얻어서 차고 다니지 않죠. 시계는 남자들이 꽤 신경 써서 고르는 액세서리 중 하나니까요. 그럼에도 그런 싸구려를 차고 다닌다면 필히 이유가 있을 겁니다. 따라서 그 시계는 수훈을 세운 당신 자신이 표창을 받으며 부상으로 받은 것이라는 결론에 다다르게 됩니다."

나는 쓴웃음을 지으며 다시 한 번 시계를 들여다봤다. 다이얼판에 박힌 네 개의 태극무궁화 계급장이 도드라져 보였다.

"당신의 신분에 대한 추리과정을 설명했으니 저에 대해서도 조금 소개해드리겠습니다. 궁금하시죠?"

나는 망설임 없이 고개를 끄덕였다.

"왜 그랬는지 모르겠지만 저는 어려서부터 범죄를 저지르는 인간에 대해 관심이 많았습니다. 추리소설도 좋아했고요. 그런 이유로 전공도 석사과정부터는 범죄학을 선택하고 영국으로 유학을 갔죠. 귀국하고 대학 강단에 서거나 경찰에 입문하지는 않았지만, 범죄와 인간에 대한 연구는 계속해왔습니다. 인터넷 기사를 검색해서 각종 범죄사건 중 미스터리한 사건들을 스크랩해두는 게 제 중요한 일과 중 하나이기도 하고요.

가끔 저와 같이 일하는 왓슨의 아버지 덕에 직접 사건 현장도 가보고 형사들에게 조언을 해주기도 합니다. 신문에는 모두 경찰이 해결한 것으로 보도됐지만, 제가 귀국한 이후 해결한 강력사건이 아마 20여 건은 될 겁니다. 도움을 주는 왓슨의 아버지와 경찰에 누를 끼치지 않기 위해 사건 해결은 모두 경찰이 한 걸로 했죠. 저는 오로지 지적 호기심을 충족하고 제 자신을 증명하기 위해 추리를 하고 사건을 해결할 뿐입니다. 아! 이 빌딩이 있는 중계동의 관할 경찰서인 노원경찰서 사건도 세 건이나 해결했군요. 사건을 해결하니 경찰서장님이 저걸 주시더군요."

홈즈가 손가락으로 가리키는 벽을 보니 액자가 걸려 있었다. 노원경찰서장 명의의 감사장이었다.

"최근에 저의 관심을 끄는 사건이 하나 있습니다. 바로 당신이 속해 있는 중랑경찰서 관내에서 벌어진 두 건의 살인 방화 사건이죠. 지금 언론에서는 사이코패스에 의한 연쇄살인으로 가닥을 잡고 기사를 쓰고 있는데, 나는 기자들이 쓴 기사만 보고도 두 사건이 연쇄살인이 아니라는 걸 알아차릴 수 있었습니다.

오랜만에 저의 지적 호기심을 불러일으키는 사건이라 당신이 오지 않더라도 왓슨의 아버지에게 부탁해서 사건 현장과 증거물들을 보려고 했습니다. 그런데 마침 당신이 찾아온 겁니다. 경찰 시계를 차고, 며칠간 집에 들어가지 못한 듯 부스스한 머리에 꾀죄죄한 사파리 점퍼를 입고, 핏발이 선 초조한 눈으로 나타난 당신은 영락없는 중랑경찰서의 형사였습니다.

지금 서울에서 저를 찾을 만한 미제 사건은 언론의 집중 포화를 맞고 있는 두 건의 살인 방화 사건밖에 없죠. 그러니 경찰이 저를 찾는다면 당연히 그 사건의 관할 경찰서 형사일 것입니다. 아마 당신의 경찰서는 지금 분위기가 엉망일 겁니다. 경찰서장이 경무관 승진 심사 대상자일 텐데요. 지금 언론의 관심을 받고 있는 두 건의 사건을 질질 끌고 있으니 수사 라인에 있는 모든 분들은 잠도 오지 않을 겁니다. 제가 알기로는 앞으로 2, 3주 후면 승진을 위한 인사위원회가 열릴 텐데요. 그러니 더더욱 이 사건을 빨리 해결해야 하겠죠."

"어떻게 우리 경찰 내부 사정을 잘 아시는 거죠?"

"왓슨의 아버지는 지금 경기지방경찰청장입니다. 사건 외에도 경찰에 관한 이런저런 이야기를 많이 해주시죠. 이런 말을 제 입으로 하기는 좀 그렇지만, 왓슨 아버지가 저를 상당히 신뢰하십니다. 처음에는 민간인이 무슨 사건 해결이냐고 하시더니, 제가 미제 사건을 해결하자 저의 능력에 반하신 거죠. 그 바람에 어깨에 무궁화를 하나 더 달아 지방청장으로 영전하신 겁니다."

홈즈의 말을 듣고 나자 민간인에게 사건을 의뢰하는 것에 대한 자괴감은 말끔히 사라졌다. 내가 아닌 다른 경찰들도 이미 도움을 많이 받았다는 점이 자괴감을 상쇄시킨 것 같다.

"그런데 어떻게 신문기사만 보고 두 사건이 연쇄살인이 아니라는 걸 안다는 거죠?"

"드디어 사건 이야기군요."

홈즈가 기쁜 표정으로 손을 만지작거리며 말했다.

"두 사건의 신문기사를 자세히 살펴보면, 첫 번째 사건의 불에 탄 시체에서 여러 개의 '자상'이 발견되었다고 쓰여 있습니다. 즉, 피해자는 범인으로부터 칼에 '찔린' 겁니다. 하지만 두 번째 사건의 불에 탄 시체는 목에 '베인' 상처가 발견되었다고 쓰여 있습니다. 범인이 칼을 사용한 방법이 다르죠. 첫 번째는 찌르고, 두 번째는 베었다는 말입니다.

기사의 이 부분만 주의 깊게 비교해봐도 두 사건은 전혀 다른 사람이 저질렀다는 결론에 다다릅니다. 아무리 칼을 다루는 데 능수능란한 사람이라도 살인을 하는 극단의 순간에는 본능적으로 피해자를 공격하게 되어 있습니다. 30센티미터 내외의 회칼로 피해자의 반격을 허용하지 않는 강력한 공격을 하려면 보통은 칼을 힘껏 움켜쥐고 배나 옆구리, 혹은 목을 찌르죠. 그런데 두 번째 사건은 특이하게도 목을 베어서 살해했더군요.

그렇다면 한 명의 범인이 전혀 다른 방법으로 두 사람을 죽였다? 아닙니다. 첫 번째 사건과 두 번째 사건의 범인은 별개의 인물이며, 첫 번째 사건보다는 두 번째 사건의 범인이 더욱 치밀하게 범행을 준비했습니다. 아직 확신은 없지만 두 번째 사건은 첫 번째 사건에서 영감을 받아 모방한 사건이라고 생각해볼 여지가 있습니다. 사람을 죽이고 시체를 불태우기까지 하는 경우는 그리 많지 않으니까요. 그렇다면 두 번째 사건은 첫 번째 사건과 연관성이 있는 것처럼 보이기 위해 방화를 한 것으로 볼 수 있습니다. 이를 종합해보면 첫 번째 사건과 두 번째 사건은 범행 동기, 수법, 범인이 전혀 다르며, 두 번째 사건은 첫 번째 사건의 모방 사건이다,

이 정도로 정리할 수 있을 것 같습니다."

홈즈의 추리는 경찰의 생각과 일치했다. 언론이 이번 두 사건을 제멋대로 연쇄살인으로 몰고 가는 것과 다르게 우리 수사팀은 두 사건을 별개의 사건으로 추정하고 수사를 진행하고 있었다. 그렇게 추정하게 된 가장 큰 이유는 방금 홈즈가 말한 대로 범인이 칼로 피해자를 공격한 방법이 달랐기 때문이다. 사람을 칼로 공격할 때는 상대에게 큰 상처를 입힐 수 있도록 자신에게 가장 익숙하고 자신 있는 자세로 공격하게 된다. 대부분은 찌르는 형태로 공격하는데, 사무라이가 아닌 이상 공격 형태는 범행 때마다 쉽게 바꿀 수 있는 게 아니다.

나는 신문기사만 보고 우리와 같은 결론에 다다른 홈즈의 추리에 속으로 경탄했지만, 내색하지 않고 홈즈가 모르는 수사 정보를 풀어놓았다.

"두 건의 살인 방화 사건은 동일인이 저질렀다고 보기에는 다른 점이 많습니다. 우선 홈즈 씨가 방금 말했듯이 범인이 피해자를 칼로 공격한 방법이 다릅니다. 첫 번째 사건에 사용된 칼은 현장에서 발견하지 못했는데, 두 번째 사건에 사용된 칼은 현장에서 발견했죠. 그 칼은 30센티미터 길이의 예리한 회칼이었습니다. 그 칼의 길이와 너비를 첫 번째 사건 피해자의 부검 시 작성한 보고서와 비교해보았는데 일치하지 않았습니다. 첫 번째 사건 피해자의 자상은 15센티미터 내외 길이의 비교적 짧은 칼, 이를테면 과도 같은 것으로 여러 번 찔린 상처였죠.

또한 첫 번째 사건 현장은 범인이 금품을 뒤졌던 것처럼 장롱과 서랍장 문이 모두 열려 있었고 옷가지가 들쑤셔져 있었습니다. 그런데 우스운 건 정작 식탁 위에 있던 피해자의 값비싼 시계와 지갑은 가져가지 않았다는 거죠. 그것만 봐도 이 사건은 강도가 살인 방화를 한 것처럼 꾸민 거라고 추정해볼 수 있습니다.

두 번째 사건 현장도 첫 번째와 마찬가지로 집을 뒤진 것처럼 모든 서랍장 문이 열려 있고, 책과 옷가지들이 어지러이 널려 있었습니다. 하지만 첫 번째와는 다르게 집 안에 있던 금품이 모조리 없어졌습니다. 피해자 중 한 명은 그 집에 놀러 왔던 손님이었는데 그 사람의 지갑도 사라져 있었습니다. 죽은 사람의 소지품까지 뒤져서 깨끗이 털어간 거죠.

이뿐만이 아닙니다. 사실 두 번째 사건의 피해자 중 한 명인 그 집 세입자의 직접적인 사망 원인은 과다출혈도, 연기에 의한 질식도 아니었죠. 두개골 골절이었습니다. 목에 상처를 입고 몸에 불이 붙은 채로 4층 집 베란다에서 추락한 것이죠. 현재까지는 범인을 피해 뛰어내린 건지, 범인이 밀친 건지는 알 수 없습니다."

"오호, 역시 연쇄살인이 아닌 게 확실하군."

홈즈는 혼잣말처럼 중얼거리며 고개를 몇 번 끄덕였다.

"어서 나가시죠. 빨리 현장을 보고 싶군요."

홈즈가 의자에서 벌떡 일어나 체크 무늬가 있는 브라운색 코트를 입었다. 나는 재촉하는 홈즈를 따라 자리에서 일어났다.

첫 번째 사건이 일어난 빌라 입구에 도착하자 홈즈는 출입문 주변을 잠깐 살피더니 자신이 경찰이라도 되는 듯 나를 앞질러 계단을 올랐다. 맨 위층까지 오르니 불에 그을린 현관과 아직까지 제거하지 않은 노란색 폴리스라인이 나타났다. 문 앞에 선 홈즈가 갑자기 몸을 돌려 나를 바라봤다.

"제가 사회성이 조금 부족한 편이라 대인관계가 원활하지 않은 면이 있습니다. 그 점은 양해해주시면 좋겠네요."

뜬금없는 말에 딱히 대답할 게 마땅치 않았던 나는 어색하게 고개만 끄덕였다.

"제가 아직까지 형사님의 존함을 묻지 않았네요. 존함이?"

그렇다. 보통은 인사와 함께 명함을 건네는 게 순서인데 여태 홈즈의 추리를 듣고 사건 이야기를 하느라 내 소개를 하지 못했다.

"황성광 형사입니다."

"앞으론 황 형사님이라고 부르겠습니다."

"편하실 대로."

"황 형사님, 부탁이 하나 있습니다."

"뭐지요?"

"이 사건을 해결할 때까지 지금 제 곁에 없는 왓슨 역할을 해주시죠."

"왓슨?"

"네, 아까 사무실에서 말씀드린 제 파트너 말입니다. 영국 유학 시절 만난 유학생 후배인데 꽤 명석한 친구죠. 제가 범죄연구소를 연 이후 계속 같이 일했는데, 재작년부터인가 아버지의 성화로 로

스쿨에 다니고 있습니다. 내년 1월에 변호사 시험을 봐야 해서 잠시 고시원에 들어가 있죠. 왓슨의 아버지는 아들이 경찰보다는 검사나 판사가 되길 원하십니다. 하하. 어쨌든 당분간은 황 형사님이 제 곁에서 왓슨 역할을 해주시는 겁니다."

"……뭐, 그렇게 하죠."

엉겁결에 홈즈의 제안을 수락했다.

"그럼 들어갑시다!"

홈즈가 흥분한 목소리로 폴리스라인을 제치고 현관문을 열었다. 문을 여는 그의 손을 보니 언제 준비해왔는지 라텍스 장갑을 끼고 있었다. 불에 타고 검게 그을린 거실이 눈에 들어왔다. 현관에 들어서자마자 홈즈의 눈이 날카로워졌다. 입을 꽉 다물고 이곳저곳을 면밀히 살폈다.

집은 현관에 들어서면 주방과 거실이 왼쪽에 있고, 화장실을 사이에 두고 방 두 개가 오른쪽에 나란히 배치된 구조였다. 시체가 발견된 곳은 거실이었고, 다행스럽게도 신고가 빨리 되어 불은 크게 번지지 않았다. 많이 탄 곳은 주방과 거실 쪽이었다. 장롱과 서랍장이 활짝 열려 있는 두 개의 방은 문만 조금 타고 연기 그을음이 약간 엉겨붙어 있는 정도였다.

홈즈는 시체가 발견된 거실과 주방의 식탁을 조심스럽게 살펴본 다음 방으로 들어갔다. 큰방에는 장롱과 침대가 있었고 키보드와 모니터만 덜렁 남아 있는 책상이 있었다. 홈즈는 몸을 기울여 책상을 살폈다. 잠시 책상 위를 살피던 그가 갑자기 몸을 돌려 콘

센트 쪽을 바라봤다. 콘센트에는 4구짜리 멀티탭과 스탠드 조명 플러그가 연결되어 있었고, 4구 멀티탭에는 모니터 플러그와 스마트폰 충전선이 꽂혀 있었다. 홈즈는 몸을 쪼그리고 앉아 두 개의 선을 살피고는 금세 일어났다.

"아이폰을 썼군."

혼자 중얼거리며 작은 방에 들어간 홈즈는 서랍장과 행거를 잠시 살피다가 벽에 걸린 액자 사진을 유심히 보았다. 수영장에서 삼각 팬티만 입은 채 배에 힘을 잔뜩 주고는 손가락으로 복근을 가리키고 있는 남자의 사진. 피해자였다. 홈즈는 손으로 자신의 턱을 쓰다듬으며 한쪽 눈을 찡그렸다.

"잘생긴 얼굴이군. 복근도 일품이고 말이야."

의아했다. 잘생겼다고 말하면서도 홈즈는 마음에 들지 않은 표정이었다.

"아니, 홈즈 씨. 잘생겼다면서 표정이 왜 그러세요?"

나는 사진 속 피해자의 얼굴을 다시 한 번 바라보며 물었다.

"사람들이 좋아할 만한 얼굴이긴 합니다만, 아랫입술이 윗입술을 덮고 있고, 눈썹이 얇은 게 믿음이 가는 얼굴은 아니군요. 아이고, 이렇게 말하면 피해자에 대한 예의가 아니겠네요. 취소하겠습니다."

"관상이나 역학도 공부하신 건가요?"

홈즈는 당황한 표정으로 손을 저었다.

"아닙니다. 그냥 사진을 보고 받은 제 느낌을 말한 겁니다. 가끔 사람이나 사물을 마주하다 보면 어떤 직관이 생길 때가 있습니다. 이런 건 과학적 추론과정을 거친 결과물이 아니기 때문에 범죄 사건을 대하는 탐정에게는 피해야 할 사고 방법이죠."

"그런데 오랫동안 형사생활을 하신 선배님들을 보면 방금 말씀하신 직관이라는 것도 무시하지 못하겠더군요."

"인정합니다. 형사들이 말하는 촉이 다른 말로 하면 직관이겠죠. 형사들의 직관과 범죄 해결의 상관관계를 연구해보면 재밌겠군요."

홈즈가 팔짱을 끼며 다시 진지한 표정을 지었다.

"책상 위 피해자의 데스크톱 컴퓨터 본체가 없던데, 당연히 본체는 경찰이 수거했겠죠?"

"네, 그렇습니다. 요즘 수사의 기본이죠. 특히 살인사건의 피의자나 피해자의 최근 행적을 알 수 있는 건 컴퓨터나 스마트폰만한 게 없죠."

"데스크톱 컴퓨터에서 뭐 나온 게 있나요?"

"특별한 건 없습니다. 사양이 낮은 컴퓨터라 별로 사용을 안 했던 거 같아요. 인터넷 사용도 마찬가지입니다. 요즘은 인터넷 정도야 편하게 침대에 누워서 스마트폰으로 하는 시절이니까요."

"그럼 스마트폰에서는 단서가 될 만한 게 나온 게 있나요?"

"전화통화 내역, 메일, 카톡을 다 뒤져봤는데 특별히 의심 갈 만한 건 없었습니다. 피해자가 평범한 회사원이라서 행동반경도 넓지 않았고, 만나는 사람도 대부분 회사 테두리 안에서 관련된 사람들이었습니다."

"그럼 노트북은 조사해봤나요?"

"노트북이요?"

"왜 피해자가 데스크톱 컴퓨터만 썼을 거라 생각했나요?"

"그거야 뭐…… 현장에 들어왔을 때 책상 위에 데스크톱만 있었으니 그것만 수거한 거겠죠."

"책상 위를 잘 살펴보면 먼지가 많이 앉아 있지요. 청소를 잘 안하는 독신 남성의 집에서는 흔한 일이죠. 그런데 쪼그리고 앉아 각도를 조금만 달리해서 보면 먼지가 없는 부분을 발견할 수 있습니다. 책상 위에서 먼지가 없는 부분은 두 군데였습니다. 한 군데는 수거해갔다는 데스크톱 본체가 있던 자리, 또 한 군데는 울트라 사이즈 노트북이 딱 들어갈 만한 크기의 공간이더군요.

또 멀티탭을 확인해보니 4구 멀티탭에 두 개의 삽입구가 남아있더군요. 두 개의 삽입구를 자세히 살펴보니 거기에도 먼지가 없었습니다. 항상 플러그를 꽂아두었기 때문이겠죠. 그중 하나에는 데스크톱 본체에서 나온 플러그가 꽂혀 있었을 거라 쉽게 추측할 수 있습니다. 그렇다면 다른 하나에는 어떤 플러그가 항상 꽂혀 있었을까요. 방금 말씀드린 울트라 사이즈 노트북에서 나온 플러그입니다."

"만약에 책상 위에 노트북이 있었던 게 사실이라면 범인은 노트북을 훔치려고 사람을 죽이고 불을 질렀다는 겁니까?"

"정확히는 노트북이 아니라 노트북에 들어 있는 무언가 때문이겠죠."

"그럼 홈즈 씨는 그 노트북에 뭐가 들어 있다고 생각하시는 거죠?"

"아직 거기까진 저도 모르겠습니다. 앞으로 점차 드러나겠죠."

홈즈가 손가락으로 거실 쪽을 가리켰다.

"마지막으로 범인의 도주로를 확인해볼까요?"

방을 나간 홈즈는 주방과 거실을 지나 베란다로 나갔다. 베란다 난간에 기대어 아래를 잠시 내려다보고는 다시 몸을 돌려 현관으로 갔다. 현관에 설치된 구식 자물쇠를 확인하더니 턱을 문지르며 생각에 빠졌다.

"범인은 어디로 들어와서 어디로 나갔을까요?"

"당연히 베란다 외벽에 노출된 가스관을 타고 올라왔다가 범행을 마치고 다시 가스관을 타고 내려갔죠. 소방관이 출동했을 때 현관문은 잠겨 있었습니다. 이 집 현관문은 구식 잠금 장치로 되어 있어서 범인이 현관문을 열고 나가면 자동으로 잠기지 않습니다. 문을 잠그려면 반드시 문밖에서 열쇠로 잠가야 하죠. 하지만 열쇠는 피해자의 시계와 지갑과 함께 식탁 위에서 발견되었습니다."

"화재 신고는 언제 된 거죠?"

"24시 20분경입니다."

"범행 후에는 흥분되고 경황이 없었을 겁니다. 그런 경우엔 빠르게 범행 현장을 이탈하고자 하는 게 본능이죠. 바로 현관문만 열면 달아날 수 있습니다."

홈즈가 현관문을 열면서 밖으로 나가는 시늉을 했다.

"그런데 범인은 그렇게 하지 않았어요. 24시 20분경이면 아직 잠들지 않은 사람들이 많았을 텐데 왜 굳이 노출의 위험성이 많은 외벽을 타고 현장을 이탈했을까요? 아까 빌라 입구를 들어오면서 살펴봤는데 CCTV는 설치돼 있지 않더군요. 범행을 저지르기 위해서 범인은 최소한 한 번 정도는 이곳을 사전답사했을 텐데 CCTV가 없다는 것 정도는 파악하지 않았을까요? 제가 범인이라면 현관으로 편하게 걸어나갔을 겁니다."

홈즈의 말에는 일리가 있었다. 사건이 일어난 빌라는 낡고 오래되어 그 흔한 CCTV가 설치되어 있지 않았다. 빌라가 자리한 동네도 낙후된 지역이라 빌라로 통하는 골목길 역시 CCTV가 없었다. 하지만 홈즈의 말은 어디까지나 추정일 뿐이었다. 현관을 통해 나갔다는 확실한 증거가 없는 것이다.

"경찰에서 그런 건 생각 안 해보셨나요?"

"어떤 걸 말씀이죠?"

"범인이 열쇠를 가지고 있었다는 추정 말이에요."

나는 머릿속에 그동안의 수사 진행 내용을 떠올렸다. 우리 팀에서 열쇠에 대한 이야기는 한 번도 거론되지 않았다. 홈즈의 추리가 누구도 생각하지 못한 기발한 것은 아니었다. 형사라면 한 번쯤 떠올릴 수 있는 흔한 추정이다. 면식범에 의한 소행. 피해자와 친분이 있는 면식범이 평소 가지고 있던 열쇠로 문을 열고 들어와 피해자를 살해하고 방화했을 거라는 추정은 쉽게 할 수 있다. 그런데 왜 열쇠가 거론되지 않았을까?

"아!"

나도 모르게 소리를 높였다.

"범인이 열쇠를 갖고 있었을 거라는 추정이 수사팀에서 나오지 않은 건 사실입니다. 거기에는 이유가 있었습니다. 보통 자신의 집 열쇠를 타인에게 줄 때는 가족 혹은 연인 사이인 경우가 대부분이죠. 그런데 피해자 가족은 모두 지방에 거주하고 있었고, 피해자는 미혼인데 회사 사람들 얘기로는 아직 사귀는 사람이 없었습니다. 열쇠를 줄 만한 사람이 없었다는 거죠.

더 중요한 사실은 사건 당일 23시경 이 집에서 남자들의 고성과 쿵쿵거리는 소음이 들렸다는 겁니다. 옆집에 사는 여대생이 진술한 내용이죠. 그 여대생이 119에 화재 신고도 했는데 자신이 들은 건 분명히 남자들이 싸우는 소리였답니다. 그런 사실을 바탕으로 우리는 범인이 당연히 남자라고 생각했죠. 친한 친구라도 남자끼리 집 열쇠를 공유하는 경우는 거의 없잖아요. 아마 형사들에게 그런 생각이 자연스럽게 박혀 있어서 범인이 열쇠로 현관문을 열고 들어왔다는 추정은 거론 자체가 안 된 것 같습니다."

"그렇긴 하군요. 저도 왓슨에게 사무실 열쇠는 주었지만, 제가 사는 집 열쇠는 주지 않았죠. 아무리 친해도 남자에게 자기 집 열쇠를 주는 경우는 드물다고 생각하는 게 맞겠네요."

홈즈가 뒷짐을 지더니 고개를 끄덕였다.

"열쇠 문제는 나중에 더 생각해보기로 하지요. 시간이 없으니

두 번째 사건 현장으로 가볼까요."

홈즈는 말이 끝나자마자 빠르게 계단을 내려갔다.

두 번째 사건 현장은 첫 번째 사건 현장에서 걸어서 겨우 10분밖에 걸리지 않았다. 두 번째 사건이 발생하자마자 현장을 찾은 우리 팀은 안도의 한숨을 쉬었다. 첫 번째 사건과 달리 빌라 1층 현관에 CCTV가 있고, 주변 편의점에도 외부로 향한 CCTV가 설치되어 있어서 범인의 몽타주라도 얻을 수 있을 거라 예상했다.

하지만 예상과는 달리 CCTV에는 수상한 사람의 흔적이 없었다. 불과 한 시간 뒤 자신에게 닥칠 엄청난 불운을 예상치 못한 피해자의 모습만 담겨 있었다. 사건 신고가 되기 한 시간 전, 트레이닝복 차림의 피해자가 종량제 쓰레기봉투를 들고 여유롭게 현관을 나서는 모습이 기록되어 있었다. 현관 CCTV에서 멀어진 피해자는 주변 편의점 CCTV에 한 번 더 나오는데 쓰레기 수거 장소에 쓰레기봉투를 버리는 모습이 포착됐다.

이어 피해자는 고개를 돌려 주변을 살피더니 곧장 빌라 현관으로 들어갔다. 그의 생전 마지막 모습이었다.

"여기는 아주 많이 탔군요. 옆집까지 불이 번지지 않은 게 다행이네요."

방 하나와 거실로 이루어진 사건 현장에 들어선 홈즈가 얼굴을 찌푸리며 말했다.

두 번째 사건은 범인이 작정하고 불을 질러 집을 전소시키려 한 의도가 다분히 보였다. 불길은 거실 중앙에서 시작됐는데 거실 천장에는 좁은 집에 어울리지 않는 큰 실링팬이 달려 있었다. 실링팬 날개 네 개는 연기에 검게 그을려 있었다. 거실 바닥에는 타다 만 이불과 옷가지, 책들이 어지럽게 엉켜 있었다. 한 구의 시체는 거실 이불 위에서 발견되었고, 다른 한 구는 1층 화단에서 발견되었다. 불을 붙인 것으로 추정되는 지포 라이터는 베란다에서 발견되었다.

"이 집을 완전히 태우고 싶었나 보군요. 불에 잘 탈 만한 것들을 거실에 즐비하게 늘어놓았으니 말이죠. 범인이 뭔가 맺힌 게 많은가 봅니다."

냄새가 지독한지 홈즈가 몸을 일으키며 손가락으로 코를 문질렀다.

"이 집 주인은 여기서 떨어진 거죠?"

"네. 아랫집 아주머니가 밤늦게 식당 일을 마치고 와서 더러워진 옷을 베란다의 세탁기에 넣으려는데, 큰 불덩이 하나가 떨어지면서 쿵 소리가 나더랍니다. 그래서 밖을 내다봤더니 몸에 불이 붙은 사람이 화단에 머리를 처박고 있더래요. 아주머니는 믿기지 않는 장면을 목격하고 아연실색해서 바로 112에 신고했죠."

"112?"

"네. 이 아주머니는 112에 신고했습니다. 그땐 윗집에 불이 났다는 걸 인지하지 못했던 것 같습니다. 전화를 해서 사람이 죽었다고만 계속 외쳤다고 하는군요. 119 신고는 신고 5분 만에 출동한 지구대 경찰이 했습니다."

홈즈가 베란다 밖으로 몸을 빼고 건물 외벽을 쳐다봤다.

"경찰은 이 외벽에 설치된 가스관을 타고 범인이 도주한 걸로 보는 겁니까?"

"지금으로서는……."

사실 수사팀에서도 이 부분에 대해 논란이 많았다. 빌라 입구 CCTV를 검색했는데 사건 발생 직후 건물을 빠져나간 사람은 전혀 없었다. 결국 논리적으로는 첫 번째 사건과 마찬가지로 가스관을 타고 도주한 것으로 추정하는 게 정상이었다. 목격자가 화단으로 추락하는 피해자를 우연히 포착하고 신고한 시간이 바로 범인의 현장 이탈 시점이 되는 것이다. 목격자는 112에 전화해 정확히 3분간 통화했다. 통화하는 동안에는 베란다 쪽을 바라보지 않았으니 누군가 위에서 가스관을 타고 내려가는 모습을 목격하지 못했다.

목격자는 통화를 마치고 다시 베란다로 몸을 내밀고 상황을 지켜봤다고 하니, 피해자 추락 직후 범인이 목격자의 눈을 피해 가스관을 타고 내려갈 수 있는 시간은 고작 3분이었다. 3분 안에 4층에서 가스관을 타고 내려갈 수 있느냐가 관건이었다. 이에 대해서 책상머리에 앉아 서로의 의견을 교환하는 건 의미 없는 일이었다. 현장 검증을 하기로 했다. 대역은 지금은 손을 씻었지만 한때 가스관을 타고 12층까지 올라가 빈집을 털었던 그야말로 그 바닥의 일인자가 맡았다.

우리의 요청을 받은 그 남자는 우쭐한 모습으로 4층에서부터 가스관을 타고 내려왔다. 우리는 놀랄 수밖에 없었다. 그가 내려오는 데 걸린 시간은 불과 2분. 수사팀에서는 검증 결과를 받아들여야 했다. 범인은 피해자 추락 직후 가스관을 타고 건물을 빠져나와 도주한 것으로 잠정 결론지었다. 하지만 팀원들은 여전히 찜찜한 기분을 떨치지 못했다.

"이야기를 들어보니 전혀 불가능하지는 않군요."

홈즈는 내 이야기에 동의하는 듯 말하면서도 고개는 갸웃거렸다.

"여기서는 흉기로 쓰인 칼이 발견되었죠?"

"네, 30센티미터 길이의 회칼입니다."

"사건 직후의 현장 사진이나 증거물들을 지금 볼 수 있을까요?"

나는 스마트폰을 꺼내 사진 갤러리를 활성화시켜 홈즈에게 건넸다. 갤러리에는 이번 사건의 현장 사진, 부검 사진, 중요 증거물 사진들이 저장되어 있었다. 홈즈는 손가락으로 사진들을 하나씩 확대하면서 꼼꼼히 봤다.

사건에 사용된 것으로 추정되는 칼 사진을 확대하며 홈즈가 물었다.

"이 칼에서 지문은 발견됐나요?"

"남아 있지 않았습니다. 칼날에서 피해자 송종호와 김남섭의 혈흔이 검출되었죠. 장갑을 낀 범인이 그 칼로 두 명을 살해했다는 사실만 확인한 셈입니다."

범인은 잔인한 놈이었다. 현장에서 발견한 칼을 감식한 결과, 한 자루의 칼로 두 명의 성인 남자를 살해했다는 결론에 다다랐다.

거실에서 발견된 시체는 목이 크게 절개된 상처가 발견됐는데 목을 '그었다'는 표현보다는 목을 '자르다 말았다'는 표현이 더 어울릴 정도로 잔혹했다. 국립과학수사연구원의 부검 결과에 의하면 거실에서 발견된 김남섭은 범인이 뒤에서 목을 베었을 것으로 추정했다. 그런 큰 상처는 앞에서 칼을 수평으로 휘둘렀을 때 생길 수 있는 게 아니었다. 범인이 칼날을 자신의 몸 안쪽으로 오도록 쥐고 피해자 뒤에서 피해자의 얼굴을 잡고 칼의 방향과 반대로 돌리면서 손목에 최대한 힘을 주어 목을 그었을 때 생길 수 있는 상처였다.

반면 추락사한 송종호의 부검 결과는 정반대였다. 직접적 사망원인은 추락에 의한 두개골 골절이었다. 목 경동맥 부분에 칼로 베인 자국도 있었지만 상처는 그리 깊지 않았다. 다시 말하자면 불이 붙은 채로 추락하지 않았다면 목의 상처로는 사망에 이르지 않았을 거라는 이야기였다. 손등에도 칼에 베인 상처가 있었는데 국립과학수사연구원에서는 방어흔으로 추정했다. 누군가로부터 불시에 공격을 받자 손으로 막다가 생긴 상처라는 것이다.

"부검 결과대로라면 거실에서 발견된 김남섭이 먼저 뒤에서 불시에 공격을 당했고, 뒤이어 송종호가 공격을 받아 피하다가 추락한 거군요."

나에게 부검 결과에 대해 설명을 들은 홈즈가 손으로 목을 쓰다듬으면서 말했다.

"피해자 둘은 어떤 사이였지요?"

"둘 다 시나리오 작가인데 절친한 친구였습니다."

홈즈가 거실 한쪽 벽면에 흉물스럽게 서 있는 불탄 책장을 물끄러미 바라봤다.

"흠……."

팔짱을 끼고 고개를 숙인 그가 생각을 하는 듯 가만히 서 있다가 베란다 쪽으로 뒷걸음질했다. 베란다에서 말없이 거실 바닥과 천장을 바라보며 다시 골몰하는 모습으로 한동안 서 있더니 바닥에 널브러진 타다 만 책들을 일일이 들춰봤다.

"두 번째 사건은 한 가지 의문점만 해소한다면 의외로 쉽게 풀리겠군요."

"어떤 의문점 말이죠?"

"칼에서 어떻게 지문이 발견되지 않았나 하는 의문 말입니다."

"그거야 침입한 범인이 장갑을 끼고 있었겠죠. 그건 상식 아닐까요?"

홈즈가 고개를 천천히 젓더니 천장을 바라보며 까치발로 거실을 서성였다. 잠시 후 그는 바닥에 있는 타다 만 책을 발끝으로 톡톡 차기도 하고 몇 권을 쌓아보기도 했다. 그러다가 갑자기 무언가를 찾는 듯 싱크대와 수납장 문을 열었다.

"집이 작으니 물건을 찾는 게 쉽다는 이점이 있군."

홈즈는 혼잣말과 함께 뜻 모를 미소를 지었다.

"찾을 게 있으면 도와드리겠습니다."

"아뇨. 벌써 찾은 것 같군요. 그런데 추락사한 송종호의 신장은 어느 정도죠?"

싱크대에서 열기에 녹아버린 주방용 랩을 꺼내 들고 홈즈가 물었다.

"175센티미터입니다."

홈즈가 내 대답에 고개를 끄덕였다.

"난 지금 사무실로 들어가 실험을 해볼 게 있으니 황 형사님도 이제 경찰서로 들어가시죠. 일단은 팀장님께만 슬쩍 말씀드리면 되겠습니다. 두 번째 사건은 곧 해결될 거라고요."

홈즈가 웃는 얼굴로 현관문을 열고 나갔다. 눈앞에서 홈즈가 사라지자 나는 정신이 멍해졌다. 무언가에 홀린 것 같은 느낌. 몇 시간 동안 그와 이야기하고 사건 현장을 둘러보면서 사건이 곧 해결될 것 같은 묘한 기대감이 생겨났다. 하지만 되짚어보면 아직 수사에 도움이 될 만한 새로운 단서를 발견한 건 아니었다. 경찰서로 들어가 팀장에게 보고할 게 걱정됐다. 팀장의 말대로 뭐라도 물어 가야 하는데 특별히 보고할 만한 게 없었다.

"아 참!"

팀장의 얼굴이 아른거릴 때 홈즈가 되돌아왔다.

"황 형사님이 해주실 일이 있는데요, 두 번째 사건 희생자들의 주변 인물을 좀 만나봤으면 합니다."

"뭐, 그거야 어렵지 않죠."

"그리고 저 바닥에 널브러진 불에 탄 책들!"

"네?"

"그 책들을 수거해서 책 제목을 저에게 알려주세요. 책이 불에 심하게 타긴 했는데 모조리 재가 된 건 아니니까, 책장을 넘기면서 내용을 좀 읽어보고 인터넷에서 검색해보면 어떤 책인지 알 수 있을 거예요. 스무 권밖에 안 되니 형사분들이 분담하면 시간도 얼마 안 걸릴 겁니다."

홈즈가 명령 같은 말을 남기고 다시 사라졌다.

상계동 17평 임대 아파트의 좁은 거실에 뽀로로가 새겨진 아동용 책상을 가운데 두고 셋이 둘러앉았다. 책상 위에는 믹스커피가 담긴 각양각색의 컵 세 개가 어색하게 놓여 있었다. 여자가 홈즈와 나에게 커피를 마시라고 권했다. 커피를 한 모금 마신 홈즈가 여자에게 물었다.

"둘은 학교 친구였나요?"

"아니에요. 시나리오 창작 학원에서 만난 친구죠."

조그만 목소리로 대답한 여자는 추락사한 송종호의 동생이었다. 옅은 화장에 머리를 고무줄로 동여맨 차분한 분위기의 그녀는 누구한테 싫은 소리라곤 못 할 것 같은 착한 얼굴이었다.

"둘은 항상 붙어 다녔어요. 친구가 된 지 5년도 넘었을 거예요. 시나리오 작업도 같이 하고, 일이 없을 땐 아르바이트도 같이 했죠. 제가 오빠한테 전화할 때마다 항상 옆에 남섭 오빠가 있다고 그랬어요. 누구든 그렇겠지만 오빠는 자기와 마음이 맞는 사람에게는 정말 잘해줬어요. 그래서 남섭 오빠를 많이 챙겨줬죠. 오빠가 유명하지 않은 작가라 돈을 많이 벌진 못했지만, 돈이 생기면 남섭 오빠에게 술도 사고 창작에 필요한 책도 사주고 했어요. 오빠는 내성적이라 사람을 잘 사귀지 못했는데 남섭 오빠와는 잘 맞는 것 같았어요. 저도 남섭 오빠를 몇 번 만난 적 있는데 상당히 활달하신 분이었어요."

"지금 이야기를 들어보니 동생분과 돌아가신 오빠께서는 자주 연락을 하셨나 봐요."

홈즈가 커피잔을 손으로 감싼 채 말했다.

"네. 주변에서 요즘 보기 힘든 남매지간이라고 말했죠. 오빠가 친구만큼이나 저도 많이 챙겨줬어요. 저에겐 평생 자상한 오빠였죠. 제가 초등학교 때, 오빠가 중학교 때 부모님이 이혼하셨어요. 엄마와 함께 살았는데 늘 경제적으로 궁핍했죠. 그런데 제가 고3 때 엄마가 암으로 돌아가셔서 졸지에 오빠가 가장이 됐어요. 그때 다니던 대학교도 자퇴했어요. 당장 생활비도 없는데 대학교 등록금은 사치나 마찬가지였으니까요."

"고생 많이 하셨겠네요. 오빠가 이번 사고를 당하지 않았더라면 동생 곁에서 계속 힘이 되어주었을 텐데. 제가 꼭 범인을 잡도록 하겠습니다. 그게 억울하게 돌아가신 오빠와, 동생분을 위해서 저희 경찰이 해야 할 일이지요. 반드시 체포하겠습니다."

나도 모르게 여자에게 다짐을 했다.

"네, 감사합니다."

여자가 고개를 살짝 숙이고 대답했다.

피해자 가족사는 수사하면서 처음 듣는 이야기였다. 사건 발생 후 처음 여동생을 만났을 때는 피해자의 친구관계나 금전관계와 같은 의례적인 이야기만 나누었다. 피해자와 여동생의 순탄치 않은 가족사를 들으니 범인을 꼭 체포해야겠다는 의지가 솟구쳤다.

"혹시 최근에 오빠에게서 김남섭 씨와 다투었다는 이야기를 들어본 적은 없나요?"

홈즈가 조심스럽게 물었다. 여자가 고개를 들며 눈을 동그랗게 떴다.

"아니요. 전혀요. 그럴 리가요."

"혹시나 해서 물어본 겁니다."

나는 머쓱한 표정으로 여자의 눈을 피하는 홈즈를 쳐다봤다. 홈즈가 내 쪽으로 고개를 돌렸다. 눈이 마주쳤다. 홈즈가 눈에 힘을 주며 고개를 한 번 끄덕였다. 그 순간 홈즈의 생각을 읽을 수 있었다. 왜 그가 피해자의 동생에게 그런 질문을 했는지.

우리가 지금은 파악할 수 없는 어떤 갈등으로 인해 둘 사이 우정에 금이 가고, 그 갈등이 증폭되어 살인이라는 극단으로 치달은 것이다. 원한에 의한 살인. 그렇다면 범인은 외부에서 침입한 게 아니다. 범인은 둘 중에 하나다. 그리고 범인은 친구를 살해한 후 자살한 것이다.

하지만 해결되지 않는 게 있다. 지문. 칼에는 지문이 없다. 누구든 스스로 자신의 목을 그었다면 반드시 칼 손잡이에 지문을 남길 수밖에 없다. 자신의 목을 그은 후 피가 철철 흐르고 있는데 초

인적인 힘으로 칼 손잡이를 수건으로 깨끗이 닦고, 이어서 자신의 몸에 불을 붙여 자살한다는 가정은 있을 수 없다. 장갑을 끼고 칼로 자신의 목을 그었다는 가정도 불가능하다. 집에서는 장갑이 발견되지 않았기 때문이다.

이번에는 홈즈의 생각이 틀린 것 같다.

"결혼은 상당히 일찍 하셨나 봐요. 아직 이십대인 것 같은데 아이가 벌써 초등학생이군요. 혹시 스무 살에 바로 결혼을?"

홈즈가 분위기를 전환하려는지 화제를 돌렸다.

"에이, 이십대는 너무하셨네요. 전 벌써 서른 살 넘은 지가 꽤 됐는데요."

"이래서 여자 나이는 얼굴만 봐서 모르는 거군요."

여자의 얼굴에 살짝 미소가 스쳐 지나갔다. 오빠의 죽음에 관한 무거운 이야기를 하고 있었지만, 실제 나이보다 젊어 보인다는 말에 기분이 좋은 걸 숨길 수 없나 보다.

"어쨌든 그렇게 봐주시니 고맙습니다. 그런데 제 아이가 초등학생인 건 어떻게 아셨죠?"

"저기요."

홈즈가 손가락으로 벽에 붙어 있는 사진을 가리켰다. 엄마를 쏙 빼닮은 귀여운 여자아이가 글러브를 끼고 아빠와 캐치볼을 하는 모습이었다.

"아, 학교 운동장에서 아빠와 공놀이하는 사진이에요. 지금은 아이가 아파서 밖에 나가지도 못하지만, 예전에는 야구를 좋아하는 아빠와 자주 공놀이를 했어요."

"아이가 어디 아픈가요?"

"백혈병이에요. 남편과 같이 병원에 있습니다."

여자의 목소리가 낮게 깔렸다.

"아, 그렇군요."

홈즈는 예상치 못한 대답에 말을 잇지 못했다. 어색함을 모면해 보려고 내가 한마디 거들었다.

"남편께서 직장 일도 바쁘실 텐데 따님 간병으로 애쓰시는군요."

"아니에요. 남편도 택배 일을 하다가 몸이 좋지 않아 쉬는 중이에요. 어차피 일도 못 하는데 잘됐다고 생각하고 있어요. 아이도 아빠가 하루 종일 곁에 있으니 좋아하고요."

"아, 네."

나도 홈즈와 마찬가지로 말을 잇지 못했다.

홈즈와 나는 말없이 고개만 숙이고 서둘러 집을 나섰다.

나는 수락산역 쪽으로 차를 돌렸다. 다음 약속 장소인 혜화동과는 반대 방향이었다. 혜화동에서 피해자들의 동료 작가를 만나기로 했는데 여동생과의 이야기가 예상보다 일찍 끝나 30분가량 여유가 생겼다. 홈즈가 시간도 때울 겸 마침 근처에 자신이 자주 들러 도움을 받는 곳이 있다며 구경을 시켜주겠다고 했다.

피해자의 여동생이 사는 임대 아파트 단지를 나와 동일로를 타고 의정부 쪽으로 직진하다가 수락산역을 조금 못 미쳐 우회전했다. 수락산 먹거리 거리였다. 이때부터 홈즈의 안내에 따라 좁은 도로를 타고 올라가다 샛길로 빠지자 곧장 비포장도로가 나왔다. 산길 같은 비포장도로를 잠시 오르니 도로 끝에 낡은 2층 주택이 서 있었다. 빨간 벽돌로 지어진 집은 족히 삼사십 년은 되어 보였다.

홈즈가 먼저 차에서 내렸다. 나도 곧 홈즈의 뒤를 따라 걸었다. 집 대문 앞을 보니 작은 간판이 걸려 있었다. 나는 눈을 크게 뜨고 몇 번이나 간판의 글자를 확인했다. '거북바위 굿당.' 과학적 추론 운운하던 홈즈가 자주 들러 도움을 받는다는 곳이 무속신앙을 행하는 곳이라니.

"왜 그렇게 간판을 노려보고 있습니까? 어서 들어오세요."

홈즈가 말했다. 나는 황당했지만 재촉하는 홈즈를 따라 대문 안으로 들어갈 수밖에 없었다. 홈즈는 제 집처럼 현관문을 자연스럽게 열고 인사했다. 정면에 보이는 거실에는 여러 신들이 그려진 큼지막한 무속화가 걸려 있고, 그 밑에는 제단이 차려져 있었다.

"안녕하세요? 저 홈즈 왔습니다."

"아이고, 우리 홈즈 박사님 오셨네. 오랜만이야. 요즘 왜 이리 뜸했어? 우리 보살님께서 박사님 걱정을 많이 하시던데."

파마머리에 개량한복을 입은 오십대 중반의 여자가 홈즈를 반갑게 맞았다. 홈즈의 말대로 그는 여기를 자주 들르는 모양이었다.

"그런데 이렇게 불쑥 오면 어떡해. 전화라도 하고 오지. 보살님이 오늘 약속이 있어서 나가셨어."

"원래 오늘 저녁에 노원역 롯데백화점 식당가에서 만나기로 했는데요. 저녁에 급한 일정이 생겨 못 뵐 것 같아 근처에 온 김에 잠시 들른 거예요. 전해드릴 것도 있고요.”

“아이고, 근데 뒤에 계신 분은 누구지? 그 왓슨이라는 친구분인
가? 저번에 왔던?”

“아닙니다. 왓슨은 지금 공부 중이라 고시원에 있어요. 이분은
경찰입니다. 황성광 형사라고 하지요.”

홈즈가 나의 손을 이끌어 여자 앞에 세웠다.

“아이고, 서글서글하게 아주 잘생겼네. 근데 눈매가 매서운 게
천생 형사야. 반가워요. 만날 범인들 잡느라고 돌아다니고, 고생
이 많죠?”

“열심히 돌아다니긴 하는데 아직은 빈 그물입니다.”

여자의 인사에 나는 홈즈를 바라보며 대답했다.

“아니야. 그물에 고기가 잔뜩 걸려들 거야. 내가 보기엔 금세 범
인도 잡고 승진도 할 상이거든. 어쨌든 바쁘더라도 건강관리하면
서 다니시고, 틈틈이 부모님께 연락도 드리고, 처자식도 잘 돌봐
요. 그리고 만일 집에 자꾸 안 좋은 일이 생긴다거나 축원할 일이
있으면 여기를 찾아와. 굿 한판 벌이면 다 잘 풀리니까 말이야.”

“잘 나가시다가 갑자기 또 영업을 하세요. 이러시면 제가 무슨
호객 행위나 하려고 형사님을 모시고 온 것 같잖아요.”

“영업은 무슨 영업. 좋은 말 해주는 거지. 만사가 안 풀릴 때는
굿이 최고야. 그럼, 그럼.”

홈즈는 나에게 이만 가자는 눈짓을 했다.

“그럼, 이거나 전해주세요. 이것 때문에 저녁에 만나기로 했던

거예요."

홈즈가 손에 든 가방에서 하얀색 봉투를 꺼내 여자에게 건넸다. 은행 명과 로고가 찍힌 봉투는 꽤 두툼했다. 홈즈는 여자에게 인사를 하고 몸을 돌렸다.

"조금 전에 여자분께 드린 게 돈이죠?"

나는 조수석 문을 열고 차에 탄 홈즈에게 물었다.

"맞아요. 형사님은 봉투에 돈이 얼마나 들었을 거라고 생각하십니까?"

나는 홈즈가 돈을 건네던 순간에 본 봉투의 두께를 가늠해봤다. 한 손에 꽉 잡히는 10센티미터 정도의 두께였다.

"그 정도 두께라면 만 원권 백 장 묶음으로 열 다발이죠. 천만 원. 제 눈썰미도 만만치 않습니다."

"역시! 두께로 대략적인 금액을 파악했군요. 맞습니다. 그런데 틀린 것도 있네요. 백 장 묶음 열 다발은 맞는데, 전제되는 지폐가 틀렸습니다. 그 지폐는 5만 원권입니다. 그러니까 5천만 원이죠."

"5천만 원!"

나의 일 년 연봉을 넘는 액수였다.

"무슨 돈인가요?"

"굿값입니다."

"굿값이 무슨 5천만 원이나?"

"형사님은 형사님의 연봉과 비교했겠지만 대기업 회장님 댁에서 5천만 원은 우스운 금액일 수도 있죠. 이 금액은 지금 와병 중인 대기업 회장님 댁에서 굿을 한 값입니다. 여기 보살님께서 연세 때문에 지금은 은퇴하신 거나 마찬가지지만, 예전부터 굿당을 찾던 회장님 댁 사모님의 특별한 부탁으로 직접 굿판을 벌이신 겁니다. 굿값은 굿을 의뢰하는 분들의 경제 사정을 감안해 대략 천만 원에서 5천만 원 사이에서 책정하는데, 예전에 한창 일하실 때는 한 달 동안 하루도 쉬지 않고 굿을 한 적도 있다고 하더군요. 어마어마한 금액을 벌었다는 거죠.”

“정말 대단하군요. 그런데 홈즈 씨가 왜 그 돈을 가지고 있었던 거죠?”

“여기 보살님의 회계 담당이지요. 돈 관리는 제가 해드리고 있습니다.”

“도대체 무슨 관계이기에 돈 관리를 홈즈 씨에게 일임한 거죠?”

“아주 특별한 관계죠.”

홈즈가 의미를 알 수 없는 미소와 함께 대답했다.

“제 사무실 빌딩에서 2층부터 7층까지 ‘홈즈’라는 이름을 건 다양한 종류의 학원들을 보셨을 겁니다.”

“깜짝 놀랐죠. 건물이 통째로 홈즈로 도배되어 있으니까요.”

“그 학원들은 단지 제 이름만 사용하고 있는 게 아닙니다. 실제로 제가 운영하고 있죠. 제가 여섯 개 학원의 원장입니다.”

“네? 여섯 개 모두 홈즈 씨 소유라고요?”

무슨 의미가 있어 간판을 통일했을 거라는 생각은 해봤지만, 모든 학원을 홈즈 자신이 운영하고 있을 줄은 전혀 예상하지 못했다. 홈즈란 사람은 알아갈수록 더욱 알 수 없는 사람이었다.

이어진 홈즈의 말은 나를 더욱 놀라게 했다.

"네, 모두 제가 운영하고 있죠. 그런데 제 사무실과 학원들이 입주해 있는 빌딩 자체는 여기 보살님 소유입니다."

"네? 계속 제가 놀랄 말만 골라서 하는 것 같군요."

"저는 종종 과학적 추론과 직관 사이에서 고민합니다. 범죄 수사에 있어서 과학적 추론과 직관은 결론이 같을 수 있습니다. 탐정은 편안한 안락의자에 앉아 증거에 의한 논리적 추론으로 범인을 지목하고, 형사는 직관에 의해 범인을 지목했는데, 지목한 범인이 동일할 수 있다는 말입니다. 하지만 직관만으로는 범인을 법정에 세워 유죄 선고를 받게 할 수 없죠. 판사가 피고인에게 유죄 선고를 하려면 증거에 의해 범죄 사실이 합리적 의심의 여지가 없을 정도로 증명되었다는 확신이 있어야 합니다. 따라서 직관은 형사사법 절차에서 전혀 끼어들 틈이 없습니다.

이런 걸 잘 알면서도 저는 항상 과학적 추론과 직관 사이에서 방황합니다. 사실 저는 범죄 현장을 잠시 보기만 해도 범죄가 어떤 방식으로 실행됐는지 머릿속에 그려지는 경우가 많습니다. 어제 방문한 두 번째 사건 현장에 갔을 때도 마찬가지였습니다. 사물을 한순간에 통찰하고 그것을 입증하기 위해 증거를 찾을 뿐이죠. 연역적 추리방식과 일맥상통한다고 말할 수 있을 겁니다. 먼저 증거를 수집하고 그 증거를 인과관계에 따라 조합하여 범죄를 재구성하고 그를 바탕으로 범인을 특정하는 귀납적 방법과는 반대죠."

"학생이 어떻게 공부하든 서울대만 가면 성공 아닌가요? 마찬가지로 연역적이든 귀납적이든 그게 무슨 상관입니까? 범인만 잡으면 되지요. 그런 고민 때문에 그 당집을 자주 찾으시는 건가요?"

"그건 아닙니다. 저의 탁월한 직관력이 혹시 무속에서 말하는 영감이 아닌가 하는 불안감 때문이죠. 그래서 가끔 찾아가서 제 자신을 시험해보는 겁니다."

나는 고개를 절레절레 저을 수밖에 없었다.

"도무지 무슨 말을 하는지 알아들을 수가 없군요."

"황 형사님은 쉽게 이해하지 못하는 게 당연합니다. 저 자신도 아직 앙금처럼 남아 있는 의문을 깨끗이 떨쳐버리지 못했으니까요."

"홈즈 씨! 방금 말씀 중에 두 번째 사건 현장에서도 범죄의 방식이 머릿속에 그려졌다고 했던 거 같은데, 그럼 범인도 알 수 있는 겁니까? 알고 있다면 얼른 알려주시죠. 저는 그리 시간이 많은 사람이 아닙니다."

"침착하세요. 황 형사님과 팀원들에게 사건을 해결할 시간이 얼마 남지 않은 건 잘 알고 있습니다. 그런데 어제 제가 부여한 임무는 완수했나요?"

"어떤 거 말이죠?"

"불에 타다 만 책들의 제목을 파악해달라고 했을 텐데요."

"네, 홈즈 씨가 말한 대로 파악했습니다. 총 스무 권이더군요."

나는 차가 신호에 걸려 정차 중일 때 스마트폰으로, 책 제목들을 조사한 후배에게 받은 이메일을 홈즈에게 전달했다. 이메일을 확인한 홈즈는 스마트폰으로 인터넷 서점에 들어가 책 제목들을 검색해 어떤 숫자를 메모했다. 스무 권의 책을 일일이 다 검색한 다음 계산기로 메모한 숫자들의 합계를 내더니 빙그레 웃었다.

"지금 뭘 한 겁니까?"

"방금 살해 방법과 범인을 확정했습니다."

"네? 누가 어떻게 죽인 건가요?"

"그런데 아직 완벽하지 않습니다. 동기를 밝혀내지 못했거든요. 조금만 참으시죠. 곧 종착역에 도착할 겁니다."

연인끼리 밀당하듯이 쉽게 결론을 말해주지 않는 홈즈가 얄밉기도 했지만, 곧 사건의 전모가 밝혀질 거라는 말에 기대를 걸 수밖에 없었다.

커피숍에 들어가자마자 아는 얼굴이 보였다. 허리까지 오는 긴 머리의 청년이 나를 보고 손을 흔든다. 사건 직후 만났던 피해자들의 후배였다. 그는 피해자들과 한때 공동으로 시나리오 작업을 할 정도로 친한 사이였다. 그의 옆에 낯선 얼굴의 여자도 있었다. 커트 머리를 한 이십대 중반의 여자는 산책을 나온 듯 화장기 없는 얼굴에 편하게 보이는 하얀색 패딩을 걸치고 있었다.

"황 형사님, 시나리오 쓰는 후배를 같이 데리고 왔어요. 괜찮으시죠? 이 친구가 지금 범죄물 시나리오를 쓰고 있는데 실제 형사를 좀 보고 싶다고 해서 황 형사님께 말씀도 드리지 않고 불렀어요. 얘도 죽은 형들을 잘 알아요. 혹시 도움이 될 수도 있고 해서요."

"오히려 더 잘됐습니다. 피해자들 주변 분들의 이야기를 많이

들을수록 좋지요. 저도 오늘 사전에 말씀드리지 않은 한 분을 모시고 왔습니다. 홈즈 씨입니다."

나는 손바닥을 펴서 홈즈를 소개했다.

"홈즈? 셜록 홈즈 말입니까?"

긴 머리의 청년이 몸을 쭉 빼며 나와 홈즈를 번갈아 봤다.

"네. 이분의 영어 이름입니다. 현재 범죄연구소를 운영하고 있고, 이번 사건 해결을 위해 우리와 협력하고 계십니다. 참고로 말씀드리자면 이분은 범죄학, 교육학, 법학 박사 학위가 있습니다."

"오, 대단한 스펙이네요. 캐릭터도 제대로 잡았고요."

옆에 앉은 커트 머리 여자가 눈을 크게 뜨며 홈즈를 바라봤다.

"이번 사건을 해결하지 못해서 이분을 섭외한 거군요. 기대돼요."

여자는 정말 기대가 큰지 침을 꼴딱 삼키며 홈즈에게서 눈을 떼지 않았다.

"이번 사건의 범인은 누군가요? 시나리오 작가 두 명을 죽인 살인마 말이에요. 홈즈라는 이름만 들어도 금방 사건이 해결될 것 같네요. 느낌이 아주 좋아요."

그때 홈즈가 자리에서 일어나 우리의 커피 메뉴를 묻더니 카운터로 가서 주문을 했다.

"저런 분의 도움을 받으시는 걸 보니 사건이 잘 안 풀리나 봐요. 저를 다시 보자고 하신 것도 그렇고요."

이 청년을 처음 만났을 때도 수사에 도움될 만한 이야기는 듣지 못했다. 최근에 피해자 둘이 공통으로 원한을 살 만한 일이 있었느

나는 물음에 그런 일은 결코 없었다고 자신 있게 대답했다. 청년의 대답은 사실이었다. 가족과 친지들의 진술을 들어봐도 두 사람을 죽음으로 몰고 갈 만한 공통적인 원한은 찾기 힘들었다. 일 년에 천만 원도 벌지 못하는 가난한 시나리오 작가들에게 누가 큰 원한을 품겠는가. 오늘 이들과의 만남도 크게 기대하는 건 아니다. 다만 홈즈가 만나고 싶어 하니 불러낸 것뿐이다.

"모두 돌아가신 송종호, 김남섭 씨와는 친하게 지냈나요?"

카운터에서 돌아온 홈즈가 커피를 주문한 대로 나눠주며 물었다.

"그럼요. 저 같은 경우는 죽은 두 형과 공동작업한 시나리오를 공모전에 응모하기도 했어요. 두 형 모두 실력이 대단했지요. 아이디어도 넘쳤고요."

"맞아요. 이 바닥에서 알아주는 작가들이었어요. 비록 돈은 많이 벌지 못했지만요."

남자의 대답에 여자가 맞장구를 쳤다.

"홈즈 씨는 이번 사건의 범인이 누구라고 생각하세요? 연쇄살인마? 아니면 단순 강도? 그것도 아니면 원한에 의한 살인? 그런데 원한에 의한 살인은 아닐 거예요. 두 분이 누구한테 원한을 살 만한 분들은 아니었거든요."

여자가 홈즈를 빤히 쳐다보며 말했다.

"아닙니다."

홈즈가 단호한 어투로 말했다.

"원한에 의한 살인이었습니다."

"원한이요?"

여자가 놀란 눈으로 되물었다.

"두 번째 사건은 제 예상대로 모방범죄였습니다. 목에 상처를 입고 몸에 불이 붙은 채 베란다에서 추락한 송종호 씨가 범인이 죠. 친구인 김남섭 씨를 뒤에서 불시에 공격해 살해하고 자신도 죽음을 맞이한 겁니다. 자살이죠."

"에이, 설마요. 종호 오빠가 무슨 이유로…… 홈즈 씨가 헛다리 짚으신 거예요."

나는 홈즈가 외부 침입자가 아니라 둘 중 하나에 의한 살해로 추정하고 있다는 걸 이미 눈치채고 있었다. 조금 전 송종호의 동 생을 만났을 때 그가 친구 간에 갈등이 있었는지를 물어봤기 때문 이다. 하지만 그는 실수했다. 사건 현장에서 발견한 칼에는 지금 범인으로 지목한 송종호의 지문 따위는 찍혀 있지 않았다.

"홈즈 씨, 범인이 자신의 목을 칼로 베고 스스로 몸에 불을 붙인 후 베란다에서 뛰어내렸다는 이야깁니까? 칼에서 누구의 지문도 발견되지 않았다고 분명히 말씀드렸을 텐데요."

나는 홈즈가 사람들 앞에서 망신당할 것 같아 그의 말을 가로막 았다.

"황 형사님의 말이 맞습니다. 하지만 칼에서 지문이 발견되지 않 은 점이 오히려 저에게 확신을 주었죠. 자신의 범행 동기를 숨기려 는 범인의 필사적 의지가 엿보였거든요. 기껏 지갑을 훔치기 위해 서 성인 남자를 둘이나 살해하고 방화까지 하는 강도가 있을까요?

그건 어디까지나 첫 번째 사건에 이번 사건을 연관시키려고 한 설정일 뿐입니다. 전 어제 실험을 통해 범인이 칼에 지문을 남기지 않은 방법을 밝혀냈죠."

"그 방법이 뭡니까?"

나의 물음에 홈즈가 스마트폰을 꺼냈다. 동영상 하나를 선택해 재생시켰다. 곧 화면에 천장에서 맹렬히 돌아가는 실링팬이 모습을 드러냈다. 화면에 갑자기 남자의 손이 나타났다. 손에 당근이 들려 있었다. 그 손이 실링팬 쪽으로 다가가더니 돌고 있는 팬 끄트머리에 당근을 댔다. 순식간에 당근이 반 토막 나버렸다. 실링팬의 회전력에 의해 잘린 것이다. 나도 모르게 앗, 하고 소리를 질렀다.

곧이어 고기 덩어리를 든 남자의 손이 나타났다. 고기는 껍질까지 붙어 있는 돼지고기였다. 꽤 두툼하고 길이가 30센티미터쯤 되었다. 동영상 화면이 돌고 있는 실링팬에 고정됐다. 촬영하고 있는 스마트폰을 어느 곳에 세워둔 것 같았다. 화면 안에 홈즈가 불쑥 나타났다. 홈즈는 두 손으로 고기 덩어리를 양쪽으로 늘이듯이 힘주어 잡고 실링팬으로 다가갔다. 실링팬 밑에서 홈즈가 잠깐 화면에서 사라졌다가 다시 나타났다. 홈즈의 키가 더 커졌다. 화면에는 잡히지 않지만 밑에 무언가를 딛고 선 것이었다.

손이 축축해졌다. 맞은편에 앉은 두 사람도 동영상 속 홈즈의 행동을 아무 말 없이 뚫어지게 쳐다보고 있었다. 드디어 홈즈가 손으로 쥔 고기를 돌고 있는 실링팬 끄트머리에 댔다. 긴장되는 순간이었다.

하지만 아까와 같은 일은 벌어지지 않았다. 고기 덩어리는 당근처럼 말끔히 잘리지 않았다. 홈즈는 고기 덩어리를 화면에 바짝 가져다 댔다. 고기가 약 5센티미터 길이로 절개되었을 뿐이다.

화면이 다시 움직였다. 홈즈가 스마트폰을 들고 실링팬 밑을 찍고 있었다. 책이 쌓여 있었다. 아까 홈즈의 키가 불쑥 커진 비밀이었다. 쌓아둔 책을 딛고 서 있었던 것이다.

화면이 스위치 쪽으로 움직였다. 실링팬 스위치를 껐다. 실링팬은 점점 회전력을 잃었다. 실링팬이 거의 멈췄을 무렵 팬에 부착된 날카로운 칼이 눈에 들어왔다. 실링팬이 완전히 멈추고 화면에는 칼이 클로즈업되었다. 실링팬 날개 끄트머리에 칼날이 비쭉 튀어나와 있었다. 나무로 된 칼 손잡이는 실링팬 날개에 단단히 고정되어 있었는데 둘을 고정시킨 물건은 다름 아닌 랩이었다.

"사건 현장의 천장 높이는 210센티미터. 추락사한 송종호의 키는 175센티미터. 실링팬의 날개는 천장으로부터 15센티미터 밑에 있습니다. 송종호의 얼굴 길이를 30센티미터로 상정했을 때 실링팬에 목을 갖다 대려면 약 50센티미터의 높이가 부족하죠. 부족한 높이를 보충하려면 발을 디딜 게 있어야 합니다. 보통은 의자를 생각하겠죠. 하지만 이 친구는 사소한 거 하나도 신경을 썼습니다. 경찰이 의심할 만한 어떠한 여지도 남기지 않으려고 노력했습니다. 실링팬 밑에 의자가 놓여 있었다면 경찰이 한 번쯤은 의자의 용도를 의심해볼 수도 있거든요. 이 친구는 그 대안으로 책을 선택한 겁니다. 거실 바닥에 타다 남은 책들의 리스트를 여기 있는 황 형사님께서 만들어주셨죠. 저는 그 리스트를 바탕으로 인터넷 서점에 들어가 책의 두께를 모두 파악했습니다. 스무 권의 책 두께를 모두 합해보니 55센티미터였습니다. 딛고 올라가 실링팬에 달린 칼날에 목을 대기 딱 알맞은 높이죠."

"아!"

나도 모르게 소리를 냈다. 홈즈의 추리는 논리정연했다. 더군다나 실험을 통해 실현 가능성까지 검증했다. 홈즈가 나를 슬쩍 바라보더니 말을 이었다.

"하지만 지금 본 것과 같이 실링팬의 회전력으로는 사람에게 고통을 주는 상처를 만들 수는 있지만, 치명상을 줄 수는 없습니다. 이 점을 본인이 사전에 몰랐을까요? 아닙니다. 본인은 알고 있었습니다. 그렇기 때문에 투신을 한 겁니다.

이 친구의 손에는 방어흔이 남아 있죠. 실링팬에 묶인 칼에 목이 베였을 때 반사적으로 자신의 목을 보호하려다 난 상처일 겁니다. 자살을 결심했으면서도 자신을 보호하고 고통을 회피하고자 하는 것은 본능이죠. 자살하는 사람의 대부분은 고통 없이 단시간에 죽길 바랍니다. 물론 이 친구도 예외일 수 없죠. 타살로 꾸미려고 스스로 목에 상처를 내기로 결심했지만, 치명상이 될 수 없다는 걸 알았기에 단시간에 죽을 다른 방법을 찾았습니다. 그래서 베란다에서 투신을 한 거죠.

그렇다면 고통을 피한다면서 왜 자신의 몸에 불을 붙였을까, 라는 의문이 생기는 건 당연합니다. 이 친구가 그런 선택을 한 건 다이유가 있었죠. 실링팬에 랩으로 고정시킨 칼을 분리해야 합니다. 그 방법으로 불을 떠올린 거죠. 불을 붙인 것으로 추정되는 지포라이터가 베란다에서 발견됐습니다. 자신의 몸에 불을 붙이고 뛰어내림과 동시에 집 안은 불길이 치솟았죠. 미리 뿌려둔 휘발유 때문이었습니다. 이 불길로 인해 랩은 순식간에 타버렸고, 랩으로 고정되어 있던 칼은 자연히 바닥으로 떨어졌죠.

이 친구는 자살 방법과 타살로 위장하는 방법을 치밀하게 연구했습니다. 거기에 인근에서 일어난 살인 방화와 연관시킴으로써 경찰이 자살 의혹을 가지고 수사에 접근하지 못하도록 했죠. 아주 눈물겨운 노력이었습니다."

우리에게 자신의 추리과정을 설명하는 홈즈의 눈빛은 확신에 차 있었다. 하지만 곧 의문이 찾아왔다. 굳이 이런 방법을 써가면서까지 자살한 이유는 무엇일까?

"홈즈 씨의 추리는 설득력이 있다고 생각합니다. 하지만 그 친구가 왜 그런 트릭까지 사용하면서 어렵게 자살을 했을까요? 저는 그 부분이 이해되지 않습니다."

나의 물음에 홈즈가 의아하다는 듯이 고개를 갸웃했다.

"아니, 황 형사님이 그 이유를 정말 모른다는 말입니까? 이건 기본 중에 기본이라서 아예 말씀을 안 드린 건데요."

"정말 몰라서 묻는 겁니다."

"그렇군요."

홈즈가 입을 약간 내밀며 고개를 끄덕였다.

"이 친구는 보험금 때문에 그런 방법을 선택했습니다. 자살 보험금 면책기간 때문이죠. 아마 보험에 가입한 지 얼마 되지 않았을 겁니다. 이 사건을 처음부터 친구를 살해하고 자살한 것으로 추정하지 못했기 때문에 사망자의 보험 가입 여부와 수익자에 대한 조사도 하지 않았죠?"

"네, 아직은……."

나는 작은 목소리로 대답하며 테이블 밑으로 손을 집어넣고 후배에게 카톡을 보냈다. 보험 가입 여부를 급히 파악해보라는 내용이었다.

"제 말이 맞을 겁니다."

홈즈가 테이블 밑으로 들어간 내 손을 보더니 웃으며 말했다.

"홈즈 씨가 말씀하신 방법으로 종호 오빠가 자살했다고 치더라도 종호 오빠가 남섭 오빠를 왜 죽인 거죠? 둘은 정말 친했다고요!"

홈즈의 말을 심각한 표정으로 듣고 있던 여자가 몸을 쭉 펴고 손까지 흔들며 말했다.

"왜 죽였는지는 저도 궁금합니다. 증거가 동기까지는 설명해주지 않죠. 물론 죽은 두 친구가 평소 친하게 지냈다는 건 잘 알고 있습니다. 하지만 그 친구들은 비극적으로 결별했습니다. 제가 방금 동영상을 보여드린 이유는 이번 사건이 우발적이거나 충동적으로 이루어지지 않았다는 걸 설명해드리기 위해서였습니다. 분명히 둘 사이엔 뭔가 있었습니다! 그렇지 않고서는 친구를 이렇게 잔인하게 살해할 수 없죠. 최근에 둘 사이에 평소와는 다른 행동이나 말이 있었다면 사소한 거라도 말씀해주시면 좋겠습니다."

나란히 앉은 시나리오 작가들은 아무 말 없이 눈만 깜박거리고 있었다. 홈즈도 무슨 생각을 하는지 아무 말이 없었다. 무거운 침묵이 계속될 때 눈치 없이 카톡 알림음이 울렸다. 내 스마트폰이었다. 나는 급히 스마트폰을 진동으로 전환하며 카톡을 확인했다. 후배의 답장이었다. 베란다에서 추락사한 송종호, 사건 발생 얼마 전 5억 원 보장의 생명보험 가입. 수익자는 여동생.

"홈즈 씨의 말이 맞았습니다. 이번 사건으로 송종호 씨의 여동생은 5억의 보험금을 수령하게 되는군요."

내가 카톡으로 받은 내용을 말해주자 홈즈가 담담한 표정으로 고개를 끄덕였다. 반면 두 시나리오 작가의 눈에는 동요의 빛이 역력했다. 살인에 이은 자살이 아니라고 믿고 싶었는데 홈즈의 예측대로 하나씩 맞아 들어가는 걸 확인하고 놀란 눈치였다. 나 역시 홈즈의 능력에 새삼 놀랐다.

"홈즈 씨, 이런 것도 평소와는 다른 행동일까요?"

여자 시나리오 작가가 말했다. 우리의 시선은 그녀에게 쏠렸다.

"3개월 전에 공동 작업실에서, 남섭 오빠가 한국저작권위원회 홈페이지에서 저작권을 등록하는 걸 우연히 봤어요. 시나리오 한 편에 대한 저작권이었는데 제목을 보니 남섭 오빠와 종호 오빠가 몇 개월 동안 공들여 썼다는 그 시나리오였어요. 우리에게는 제목이랑 엄청난 반전이 있는 내용이라고만 얘기했었죠. 그걸 저작권 등록을 하고 있더라고요.

　우리 시나리오 작가들 사이에는 암묵적인 규칙이 있어요. 아무리 친한 사이라도 자신이 구상 중이거나 집필 중인 작품의 세부적인 내용은 술자리에서도 절대 말하지 않아요. 아이디어 도용과 표절 문제 때문이죠. 아이디어는 저작권법상 보호를 받지 못하기 때문에 어디서 들건 먼저 작품에 써서 발표하면 그만이죠. 실제로 그런 사례도 많고요. 친하게 지내다가 그런 도용과 표절 문제로 의절하는 작가들이 생각보다 많아요.

　그런데 그날 남섭 오빠는 그 시나리오를 종호 오빠와 공동저작이 아니라 단독저작으로 등록하고 있더라고요. 저는 좀 의아했어요. 분명히 둘이 함께 썼다고 했는데 말이죠. 저는 혹시나 하는 생각에 남섭 오빠한테 물었어요. 그걸 왜 단독저작물로 등록하냐고요. 그러자 오빠의 얼굴이 상기되면서 잠시 어물거리다 대답하더군요. 공동저작이 아닌 단독저작으로 등록하기로 종호 오빠랑 합의했다고요.

　그 말을 듣고 저는 역시 대단한 친구들이라고 생각했지만 뭔가 찜찜한 기분을 떨칠 수가 없었어요. 남섭 오빠를 못 믿어서라기보다는 주변에서 하도 남의 작품을 훔치는 이야기를 많이 들었던 터였거든요. 결국 한 달쯤 후 그날 제가 목격한 일을 몰래 종호 오빠에게 이야기했어요. 공동으로 창작한 시나리오를 남섭 오빠에게 양도한 게 맞는지 물었죠. 그러자 종호 오빠가 담담한 표정으로 말했어요. 본인이 그 시나리오에 대한 모든 권리를 남섭 오빠한테 양도한 게 맞고, 그것 말고도 여러 편의 시나리오를 양도했다고요. 그것들도 모두 남섭 오빠 이름으로 저작권 등록이 되어 있을 거라고 했어요. 그때 정말 감동받았어요. 자기가 쓴 작품은 자식과 같아서 남에게 주기가 쉽지 않거든요. 저는 그날 종호 오빠와 남섭 오빠가 정말 절친한 사이라는 걸 다시 한 번 깨달았어요. 하지만 지금 홈즈 씨한테서 종호 오빠가 남섭 오빠를 살해하고 자살했다는 소리를 들으니 그날 일이 예사롭지 않게 다가오네요."

여자 시나리오 작가의 말이 끝나자 남자 시나리오 작가도 뭔가 생각나는지 자신의 긴 머리를 쓰다듬으며 말했다.

"아, 그러고 보니 저도 남섭이 형한테 지나가는 소리로 들은 거 같아요. 종호 형이 급하게 돈이 필요하다며 자기한테 작품을 팔았다고 했어요."

"흠."

홈즈가 커피를 한 모금 마시고 미간을 찌푸리며 자리에서 일어났다.

"오늘 말씀 고맙습니다. 저희는 이만 가봐야겠습니다."

"저희가 도움이 되었는지 모르겠네요."

여자 시나리오 작가도 자리에서 일어나며 홈즈에게 인사했다.

커피숍을 나서자 벌써 혜화동 거리가 어슴푸레해졌다. 갑자기 추워진 날씨 탓에 얇은 외투를 입은 사람들은 어깨를 움츠리고 다녔다. 거리 곳곳에 손을 잡고 걸어가는 연인들이 눈에 띄었다. 젊은 연인들은 추운 날씨에도 뭐가 그렇게 좋은지 다들 환하게 웃는 얼굴이었다. 차를 세워둔 공용 주차장에 도착할 무렵 홈즈가 우리 옆을 스쳐 지나가는 연인들을 물끄러미 바라봤다.

"홈즈 씨, 뭘 그렇게 쳐다보십니까? 무슨 문제라도?"

그러자 홈즈가 심각한 표정으로 되물었다.

"황 형사님, 이 거리를 행복한 표정으로 걷고 있는 커플 중 몇 커플이나 결혼에 성공할까요?"

"갑자기 그건 왜?"

"이 세상에서 정말 알 수 없는 건 사람의 마음이겠지요. 사람의 마음이란 건 하루에도 몇 번씩 변할 겁니다. 아침에는 예쁘게 보였던 사람이 오후에는 추하게 보일 수도 있고요. 사랑이 미움으로 변하는 경우도 많습니다. 저는 제가 사건을 추리하는 데는 일가견이 있다고 생각하지만, 사람의 마음을 파악하는 건 정말 어렵다고 느낍니다. 이렇게 사람의 마음을 쉽게 읽을 수 없는 걸 보면 저에게 영감이 있는 건 아닌 것 같은데."

나는 아무런 대꾸도 하지 않았다. 홈즈의 말에 어설프게 끼어들었다가는 직관이니 논리적 추론이니 하는 머리 아픈 이야기를 들어야 하니까 말이다.

"홈즈 씨, 어디로 가십니까? 모셔다 드릴까요?"

"아, 저는 오늘 강남역에서 송년회가 있습니다. 전철을 타고 가면 됩니다. 황 형사님 먼저 들어가시죠."

"저는 경찰서에 들어가서 아까 홈즈 씨가 재구성한 두 번째 사건에 대해서 팀장님께 일단 보고드릴 겁니다. 저는 홈즈 씨의 추리가 정확하다고 생각하지만, 윗분들 생각은 다를 수가 있으니까요. 다 좋은데 동기 부분이 정확히 설명되지 않아 어떻게 생각하실지 모르겠습니다."

"맞습니다. 아직은 완벽하지 않지요."

홈즈와 작별 인사를 할 때 사파리 점퍼 안주머니에서 진동이 느껴졌다. 스마트폰을 꺼내 화면을 확인했다. 팀장이었다. 통화 버튼을 누르자 팀장의 짜증 섞인 목소리가 튀어나왔다. 첫 번째 사건과 관련한 지시사항이었다.

"오늘도 집에는 못 들어가시는 건가요?"

통화가 끝나자 홈즈가 내 얼굴을 살피며 물었다.

"네, 팀장님 지시사항이 있어서요. 첫 번째 사건 피해자의 회사에 들러 오늘 새벽에 일어난 절도사건을 조사하라고 하는군요."

"절도사건?"

"네, 오늘 새벽에 그 회사 청소 아주머니가 죽은 피해자의 책상을 뒤지고 있는 수상한 남자를 발견했답니다. 모자를 눌러쓰고 마스크를 착용한 남자가 아주머니 인기척에 놀라 줄행랑을 쳤고요. 회사에선 그냥 넘어가려다가 수상한 자가 어떻게 회사에 침입했는지를 모니터링했는데, 그 남자가 죽은 피해자의 사원증을 가지고 회사에 출입한 사실을 발견하고 아무래도 그냥 넘어가기가 꺼림칙해서 경찰에 연락했답니다."

나는 차 키를 꺼내려고 바지 주머니에 손을 집어넣었다. 그런데 키가 잡히지 않았다. 입고 있는 사파리와 바지의 모든 주머니를 뒤졌다. 없었다. 아마도 커피숍에 앉아 있을 때 주머니에서 빠진 것 같았다.

"차 키가 없군요."

"네, 커피숍에서 흘린 것 같아요. 홈즈 씨 먼저 들어가세요. 전 커피숍에 다시 가서 키를 찾아봐야겠어요."

"아!"

짧은 순간 홈즈의 눈이 빛났다.

"황 형사님, 어서 가시죠. 커피숍에 흘린 키를 누가 가져가면 낭패니까요. 그럼 저도 이만."

홈즈는 말을 마치자마자 전철역으로 뛰어갔다.

창밖으로 길 건너 맞은편 빌딩이 또렷하게 보였다. 층마다 불이 켜진 빌딩은 내부가 환하게 보였는데 8시가 넘었는데도 마치 일과 시간처럼 일하는 사람들이 많았다. 이 회사도 마찬가지였다. 첫 번째 사건 피해자의 사무실에 들어오니 여러 사람이 야근을 하고 있었다. 하지만 모두 열심히 일하는 건 아니었다. 인터넷 검색을 하거나 메신저로 대화 중이거나 이런저런 딴짓을 하는 사람들이 눈에 많이 띄었다. 상사의 눈치를 보느라 퇴근도 못 하고 억지로 앉아 있는 것이었다.

"예상치 못한 사건이라 아직 인원 보충이 되지 않았습니다. 이 책상의 새로운 주인은 다음 달쯤에나 보충될 겁니다. 이렇게 책상을 완전히 망가뜨려 놨으니 교체해야겠군요."

나를 안내한 이 회사 보안팀장이 망가진 책상 위에 손을 올리며 말했다. 부서진 책상의 옆 책상에는 휴직 중이라는 팻말이 세워져 있었다. 침입자는 죽은 피해자의 책상만 노리고 온 것인지 옆 책상은 전혀 건드린 흔적도 없었다.

"이 책상에 죽은 피해자의 물건이 들어 있었다는 거죠?"

"네, 그렇습니다. 아직 사건이 종결된 것도 아니고, 사람이 죽었다고 야박하게 바로 소지품을 빼버리는 것도 도리가 아닌 거 같아 그냥 놔두었다고 합니다."

"책상에 중요한 서류나 귀중품 같은 게 있었을까요?"

보안팀장이 고개를 갸웃했다.

"글쎄요. 같이 일하는 동료들 이야기로는 서랍이 잠긴 상태라 뭐가 들어 있었는지는 정확히 알 수 없었답니다. 아마 중요한 건 없었을 겁니다. 요즘은 대부분 전자 문서라 중요한 서류를 따로 책상 서랍에 보관할 일은 없고, 귀중품을 굳이 회사에다 보관하는 사람도 드무니까요."

쇠지레로 힘을 가해 억지로 연 책상 서랍은 완전히 망가져 있었다. 서랍에는 업무와는 상관없는 치약, 칫솔, 담배와 같은 개인 물품만 들어 있었다.

"혹시 CCTV에는 절도 용의자가 이 서랍에서 무엇을 꺼내 갔는지 찍혔나요?"

"사무실 내부 CCTV가 24시간 돌아가긴 하는데 새벽 시간이라 어두워서 실루엣 정도만 찍혔습니다. 다만 회사 출입구에서 출입

시스템에 사원증을 대고 들어오고 나가는 모습은 정확히 찍혔죠. 하지만 야구모자를 깊게 눌러쓰고 마스크를 한 상태라서 얼굴 식별은 하지 못했습니다.”

“그 외에 특이한 건 없었나요?”

“없었습니다. 아!”

보안팀장이 무언가 생각났는지 한쪽 입꼬리를 올렸다.

“그놈은 추신수 선수를 무척 좋아하는 것 같습니다. 텍사스 레인저스 야구모자와 점퍼 차림이었거든요.”

야구모자는 CCTV에 찍히는 걸 피하기 위한 범죄자들의 단골 메뉴였다. 보안팀장의 표정을 보니 더 이상의 단서는 없는 것 같았다. 아직 저녁도 못 먹은 터라 허기가 졌다. 하루 종일 돌아다녔더니 다리에 힘도 풀리는 것 같았다. 빨리 마무리 짓고 경찰서로 들어가기로 마음먹었다.

“마지막으로 하나만 묻겠습니다. 침입자가 사원증을 어떻게 입수했다고 생각하십니까?”

“글쎄요. 피해자가 사망한 날 회사를 나선 기록이 마지막이고, 오늘 그놈이 그걸 이용해서 들어온 거니까 피해자가 회사 밖에서 분실한 걸 우연히 주워서 이용했다고 추정할 뿐입니다. 사원증은 일인에 하나밖에 발급되지 않으니까요.”

지금으로서는 보안팀장의 말대로 침입자가 피해자의 신분증을 주워서 들어왔다고 추정할 수밖에 없었다. 하지만.

침입자는 어떻게 피해자의 자리를 알았으며, 왜 피해자의 책상만 부수고 무언가를 찾았을까? 우연의 일치일까? 아니면 살인사건과 관련된 의도된 행동일까?

나의 생각은 그리 길게 이어지지 못했다. 사파리 안에서 진동이 느껴졌기 때문이다. 홈즈였다. 지금 송년회 자리에 있을 그였다.

"송년회면 다른 분들과 함께일 텐데 이렇게 전화하셔도 괜찮나요?"

"지금 나 혼자입니다. 송년회는 가지 않았죠. 여긴 첫 번째 사건 현장입니다."

"왜 사건 현장에?"

"아까 헤어질 때 황 형사님 덕분에 깨달은 게 있어서요. 피해자 회사에서는 뭐 알아낸 게 있습니까?"

"아니요. 뭔가 개운치 않은 느낌이긴 하지만, 아까 홈즈 씨한테 말씀드린 것 외에 추가로 알아낸 건 없습니다. 지금 그냥 경찰서로 들어가서 두 번째 사건에 대해 팀장님께 보고하려고요."

"오늘 새벽 회사에 침입한 사람은 첫 번째 사건의 피해자를 살해한 범인입니다."

"네?"

"사건 현장으로 오시죠. 집을 한번 다시 수색해야겠습니다. 화재로 전기가 끊겨 사건 현장이 깜깜하니 랜턴을 챙겨 오셔야겠네요. 기다리고 있겠습니다."

전화가 끊겼다. 홈즈는 이런 식이었다. 자신의 할 말만 하고 나의 대답은 듣지도 않았다.

나는 피해자 회사에서 나와 홈즈가 말한 사건 현장으로 가지 않았다. 근처 대형 마트에서 랜턴을 사서 바로 갈까도 생각했지만, 경찰서에 가면 고성능 랜턴이 있는데 쓸데없이 돈을 쓸 필요가 없었다. 먼저 경찰서에 들어가서 간략하게나마 팀장에게 두 번째 사건에 대해 보고한 후 랜턴을 가지고 홈즈를 찾아 사건 현장으로 가기로 결정했다.

경찰서에 도착해서 곧바로 팀장을 찾았다. 팀장도 나를 기다린 눈치였다. 그런데 두 번째 사건에 대한 나의 보고를 들은 팀장은 살해 동기 부분을 좀 더 보강해서 보고서를 작성하라고 말했다. 그러니까 아직 윗선에는 보고하지 않겠다는 이야기였다. 살해 방법과 자살에 이른 경위는 홈즈의 설명대로 팀장을 이해시켰으나, 자살과 살인 동기를 설명하는 부분에 이르러서는 팀장이 마뜩잖은 표정을 지었다.

나는 랜턴을 챙겨 차에 올랐다. 경찰서에서도 팀장에게 보고하느라 식사를 하지 못했다. 먹은 거라고는 보고 전에 급히 마신 물 한 잔뿐이었다. 운전을 하는데 위에서 신물이 넘어왔다. 홈즈와 수색을 마치고 늦은 저녁식사를 할 수밖에 없을 것 같다.

사건 현장 근처 이면도로에 차를 세웠다. 빌라로 걸어가며 홈즈가 아까 나에게 한 말을 되새겨봤다. 내가 그에게 무엇을 깨닫게 했다는 건가. 송년회까지 포기하고 사건 현장을 다시 찾았다는 건 그곳에 뭔가 있다는 것이다. 그는 지금 사건 현장에서 무엇을 찾으려고 하는 것일까. 하지만 홈즈는 아까 통화 중에 오늘 피해자의 회사에 침입한 자가 첫 번째 사건의 범인이라고 말했다. 그렇다면 사건 현장 재수색보다 침입자의 뒤를 쫓는 게 더 현명한 방법이 아닐까. 도무지 홈즈의 생각을 알 수가 없다.

이런저런 생각을 하며 사건 현장에 도착했다. 노란색 폴리스라인과 화재 현장 특유의 매캐한 냄새는 여전했다. 현장은 깜깜했다. 현관에서 홈즈를 불렀다. 대답이 없었다. 다시 한 번 홈즈의 이름을 불렀다. 아무런 인기척도 없었다. 기다리다가 가버린 것 같다. 랜턴을 켰다. 집 안을 이곳저곳 비춰봤다. 아무도 없었다. 방문이 닫혀 있었다. 쪼그리고 앉아 관찰하며 깊은 생각에 빠져 있는 홈즈의 모습이 그려졌다.

랜턴을 손에 쥔 채 방문을 열었다. 그가 있었다. 그를 향해 랜턴을 비췄다. 그가 무대 위에서 하이라이트 조명을 받은 주인공처럼 한순간에 눈에 들어왔다. 하지만!

홈즈가 아니었다.

짧은 순간, 텍사스 레인저스 야구모자와 낯선 남자의 얼굴이 눈에 들어왔다. 곧 눈앞이 하얘지며 눈에서 불꽃이 튀었다.

얼마나 지났을까, 익숙한 음성과 함께 누군가 내 어깨를 흔드는 느낌이 들었다.

"황 형사님, 괜찮은 건가요?"

눈을 뜨니 랜턴으로 나를 비추고 있는 한 남자가 어슴푸레 보였다. 남자가 랜턴으로 자신을 비췄다. 홈즈였다.

"홈즈 씨."

안도감에 그의 이름을 부르며 나는 몸을 일으켰다. 턱에 통증이 느껴졌다. 턱을 기습적으로 강타당하고 바로 쓰러진 것이다. 텍사스 레인저스 모자가 떠올랐다. 그렇다! 회사에 침입한 그놈과 동일인이다.

"어떻게 된 겁니까? 황 형사님이 너무 늦어 근처 홈플러스에 가서 랜턴을 사왔습니다. 제가 자리를 비운 사이 무슨 일이 있었던 거죠?"

"홈즈 씨가 범인이라고 말했던 회사 침입자에게 당했습니다."

나는 텍사스 레인저스 야구모자를 쓴 남자에게 기습을 당한 이야기를 했다.

"역시, 그놈은 아직도 못 찾은 거야."

홈즈가 웃는 얼굴로 말했다. 턱을 찌르는 듯한 통증이 다시 찾아왔다.

"홈즈 씨, 제가 그놈한테 턱을 얻어맞고 아파하는데 그 웃는 얼굴은 뭡니까?"

"아, 죄송합니다."

홈즈가 사과한다는 듯이 고개를 한 번 깊이 숙였다.

"범인이 원하는 물건을 아직 찾지 못했고, 그것이 그만큼 중요한 물건이라는 걸 다시 한 번 확인했다는 생각에 그만 형사님을 앞에 두고 웃고 말았네요."

"그럼 홈즈 씨가 전화로 그놈이 범인이라고 말한 건, 원하는 물건을 아직 손에 넣지 못한 그놈이 피해자의 회사에 다시 침입했다는 추리 때문이군요."

"네, 그렇습니다. 혜화동에서 형사님이 첫 번째 사건 피해자의 회사에 침입자가 있었다는 팀장님 전화를 받고 나서 차 키를 찾으러 다시 커피숍에 갔죠. 그때 깨달았습니다. 침입자의 정체를 말이죠."

"피해자를 살해하고 가져간 노트북에도 원하는 게 들어 있지 않았군요. 그래서 피해자의 회사를 찾아가 책상을 뒤진 거군요."

홈즈가 고개를 끄덕였다.

"침입자가 찾는 건 USB 같은 조그만 이동식 저장 장치일 겁니다. 결국 찾는 게 파일 같으니까요. 피해자가 자신의 노트북에 저장하지 않았다면 USB에 저장해서 자기만 아는 곳에 몰래 보관했을 거예요."

"그런데 자기만 아는 공간이 어디일까요? 범인은 피해자의 회사에서도 집에서도 그걸 찾지 못했잖아요."

"그래서 이렇게 황 형사님을 부른 겁니다. 이 집을 다시 한 번 수색해보지요."

홈즈와 나는 랜턴에 의지해 집을 샅샅이 뒤졌다. 다시 한 번 온 집을 수색하는 건 그리 오래 걸리지 않았다. 독신 남성의 단출한 살림살이 덕분이었다. 홈즈가 말한 USB 같은 건 없었다.

"홈즈 씨, 이 집에는 없는 게 확실합니다."

"그렇군요."

홈즈가 실망하는 표정으로 힘없이 대답했다.

"여기서 멈출 순 없습니다. 피해자의 회사를 다시 한 번 가보죠."

"아뇨. 거긴 가볼 필요가 없습니다. 피해자의 개인 물건이라고는 부서진 책상밖에 없으니까요."

"그래도 한번 가보죠, 형사님. 우리가 모르는 공간이 있을 겁니다. 제가 직접 보고 싶기도 하고요."

배도 고프고 몸도 피곤해서 피해자의 회사에 다시 간다는 게 내키지 않았지만 홈즈가 물러설 것 같지 않았다. 홈즈를 따라 빌라 계단을 내려갔다.

보안팀장이 또 우리를 맞이했다. 처음 방문 때와는 달리 직원들이 모두 퇴근하고 사무실 불도 꺼져 있었다.

"다시 책상을 보고 싶다고요?"

"네."

홈즈가 짧게 대답했다. 보안팀장이 피곤한지 별말 없이 우리를 피해자의 책상으로 안내했다. 홈즈가 책상 서랍을 열어 들어 있는 물건을 모두 다시 확인했다. 보안팀장은 팔짱을 낀 채 아무 표정 없이 홈즈를 바라봤다. 나도 옆에서 그냥 서 있기만 했다. 홈즈가 고개를 좌우로 저었다.

"분명히 범인은 원하는 걸 손에 넣지 못했는데……."

홈즈가 아쉽다는 듯이 혀를 찼다.

"직원들이 혼자 쓰는 공간은 책상뿐인가요?"

홈즈가 보안팀장에게 물었다.

"그렇습니다. 회사는 일하는 곳이니까 개인이 홀로 쓸 수 있는 공간은 책상밖에 없다고 봐야죠."

나는 실망한 홈즈의 팔을 잡아끌었다.

"홈즈 씨, 이제 그만 포기하고 나가시죠. 여기 보안팀장님도 피곤하실 텐데요. 벌써 12시입니다. 저는 저녁도 못 먹었어요. 어디 가서 뜨끈한 국밥 한 그릇 먹고 빨리 샤워하고 싶습니다. 온몸에 힘이 다 빠졌어요."

홈즈는 아무 대답도 없었다.

"아, 아직 식사도 못 하셨군요. 저희 보안관제 센터로 가시죠. 그렇지 않아도 야간 근무자와 함께 먹으려고 야식을 시켜놓았습니다. 저희 때문에 식사도 못 하고 고생하시는 두 분을 위해 설렁탕도 특대 사이즈로 추가 주문하겠습니다. 20분 안에 배달될 겁니다. 피곤하실 테니 기다리는 동안 지하에 있는 직원용 피트니스 클럽에 가서 샤워를 하세요. 뜨거운 물에 샤워하고 나면 기분이 상쾌해질 겁니다. 직원들이 모두 퇴근했으니 부담 없이 사용하세요. 샤워장에 수건도 있습니다. 몸으로 뛰는 분들은 잘 먹고 잘 쉬어야 합니다. 그렇게 하시죠."

보안팀장의 뜻하지 않은 권유에 나는 솔깃했다.

"어서 가시죠."

보안팀장은 내 눈치를 파악했는지 홈즈의 대답을 듣지도 않고 우리를 지하 피트니스 클럽으로 앞장서서 안내했다. 피트니스 클럽은 규모가 상당히 컸다. 러닝머신과 다양한 헬스기구들이 세팅되어 있었다. 샤워실은 안쪽에 있었는데 대형 물놀이 파크 사우나

처럼 깨끗이 관리되고 있었다. 나는 사파리 점퍼를 시작으로 옷을
차례로 벗었다.

　옆에 서 있는 홈즈는 옷을 벗을 생각이 없는지 사물함만 바라봤
다. 곧 홈즈의 얼굴이 환해졌다.

　"여기 사물함은 잠금 장치가 되어 있네요."

　"네."

　보안팀장이 대답했다.

　"개인 이름표가 부착돼 있는 걸 보니, 개인별로 하나씩 사물함
을 쓰는 건가요?"

　"그렇습니다. 원하는 사람에게 하나씩 할당해주지요. 회장님이
직원 복리후생에 꽤 신경 쓰는 편이라 이런 것들은 아주 잘되어
있습니다."

　"살해된 피해자도 개인 사물함을 사용했나요?"

　"네. 피트니스 클럽을 자주 이용했습니다. 젊은 사람인데 몸 관
리를 철저히 했죠. 실제로 몸도 아주 좋았습니다."

　"그 사물함 어디 있습니까?"

　사물함을 찾는 보안팀장의 뒤를 홈즈가 따라갔다.

　"여깁니다."

　보안팀장이 사물함 하나를 가리켰다.

　"열어주시죠."

　홈즈가 진중한 얼굴로 말했다. 보안팀장이 바로 관제 센터로 전
화해 마스터키를 가져오라고 지시했다. 직원은 몇 분도 되지 않아

마스터키를 가져와서 사물함을 열었다. 사물함이 열리자마자 홈즈가 미친 듯이 그 안의 물건들을 끄집어냈다. 사물함에서 나온 건 속옷 몇 벌, 운동복, 손목보호대, 담배, 라이터가 전부였다.

홈즈는 범인이 찾는 물건이 여기 있다고 생각한 것이다. 하지만 틀렸다. 홈즈가 말한 파일을 저장할 만한 USB는 없었다.

그때 홈즈가 라이터를 집었다. 라이터를 유심히 바라보던 그가 부싯돌이 달린 부분을 손으로 잡아 뺐다.

"이거야!"

홈즈가 소리쳤다.

부싯돌 부분을 뺀 자리에 마이크로 메모리카드가 보였다. 라이터는 밑부분에 렌즈가 달린 몰래카메라였다. 라이터 모양의 카메라로 동영상을 찍으면 바로 마이크로 메모리카드에 저장되는 것 같았다.

"컴퓨터가 있는 곳으로 갑시다."

홈즈가 보안팀장에게 말했다.

홈즈는 보안관제 센터에 있는 컴퓨터에 카드 리더기를 연결하고 메모리카드를 삽입했다. 몇 초가 지나자 메모리카드 안에 폴더 한 개가 보였다. 폴더 이름은 '저금통장'이었다. 그 폴더를 클릭하니 안에는 동영상 파일이 있었다. 동영상 파일 이름은 '500만원'부터 '2천만원'까지 모두 금액이었다. 먼저 '500만원'을 클릭하여 실행했다. 나와 보안팀장은 홈즈의 어깨 너머로 모니터를 뚫어지게 쳐다봤다.

모니터에 실오라기 하나 걸치지 않은 채 침대에 누워 있는 여자가 나타났다. 잠시 후 벌거벗은 남성의 뒷모습이 나타나더니 바로 여자를 덮쳤다. 한동안 남녀의 적나라한 성행위 장면이 계속됐다. 이윽고 모든 것이 끝났다. 남자가 처음 모니터에 나타났던 방향으로 뒷걸음질해 화면 밖으로 사라졌다. 부자연스러운 동작이 아마도 카메라에 자신의 얼굴이 잡히는 걸 피하기 위한 의도적인 행동으로 보였다. 곧 여자도 몸을 일으켰다. 여자는 카메라의 존재를 모르는지 벌거벗은 채로 카메라 쪽으로 걸어왔다. 카메라가 설치된 곳에 거울이라도 있는지 얼굴을 들이대며 헝클어진 머리를 손으로 쓸어내렸다. 그때 보안팀장이 소리쳤다.

"저 여자는 휴직 중인 우리 회사 직원이에요. 죽은 피해자의 옆자리에 있는 직원이죠."

홈즈와 나는 고개를 돌려 서로 바라봤다. 홈즈가 먼저 고개를 좌우로 저었다.

조그마한 여자아이가 침대에서 새근거리며 자고 있었다. 옆에 있는 간이침대에는 아이 아빠가 구부정하게 몸을 말고 모로 누워 있었다. 나는 자고 있는 그의 어깨를 살짝 흔들었다. 그가 눈을 껌벅이며 일어났다. 나는 그의 얼굴을 똑바로 쳐다봤다. 야구모자를 눌러쓴 남자였다. 나의 얼굴을 확인한 그의 눈이 동그래졌다.

"누구세요?"

나는 조용히 신분증을 꺼내 보여줬다. 신분증을 확인한 그는 자신의 머리를 부여잡으며 고개를 숙였다. 나는 그의 어깨를 다시 흔들며 병실 밖으로 나가자고 손짓했다. 그가 말없이 나를 따랐다.

병실 밖에서 기다리고 있던 후배 두 명이 그에게 다가갔다. 미란다 고지와 함께 수갑을 채웠다. 그는 반항하지 않았다.

"동영상 때문에 그랬습니까?"

잠시 머뭇거리던 그가 네, 하고 나지막이 대답했다.

"경찰에 신고하지 그랬어요."

"처음부터 죽일 생각은 없었습니다. 몸에 휘발유를 뿌리고 겁을 줘서 동영상만 수거해가려고 했습니다."

"피해자가 협박했군요."

"협박뿐만이 아닙니다. 실제로 돈도 많이 뜯어갔습니다. 아니, 제 와이프가 아무도 모르게 가져다 바친 거죠. 아주 집요하고 악랄한 놈이었습니다. 동영상을 삭제해줄 것처럼 와이프를 달래가며 돈을 조금씩 늘려 갈취하고, 몸도 갈취했습니다. 그놈은 제 와이프의 모든 걸 빼앗았죠."

그의 눈은 어느새 분노로 가득 차 있었다. 나는 그의 어깨를 다독였다.

"일단 경찰서로 들어가시죠."

"제 아이는……."

"여기에 저와 이분이 남아 있을 겁니다."

나는 홈즈를 가리키며 말했다.

"집에 있는 아이 엄마한테 연락을 드렸습니다. 곧 도착할 겁니다. 부인께 물어볼 것도 있고요."

홈즈가 말했다.

"제 와이프는 아무 잘못이 없습니다."

나는 그의 눈을 바라보며 고개를 끄덕였다.

19층 병동 휴게실에서 내려다본 텅 빈 도로에는 캡에 불이 켜진 택시 한 대가 쏜살같이 내달리고 있었다. 벽에 걸린 시계를 확인하니 3시였다. 홈즈가 자판기에서 캔커피를 뽑아 나에게 건넸다. 커피를 한 모금 마셨다. 역시 새벽 시간과 캔커피는 어울리지 않았다. 달콤함보다는 씁쓸한 맛이 혀를 더욱 자극했다.

씁쓸한 입안을 헹구려고 생수를 마실 때 기다리던 아이 엄마가 나타났다. 화장기가 하나도 없는 얼굴이 하얗게 질려 있었다. 나와 그녀는 응접 테이블을 사이에 두고 마주 앉았다. 홈즈가 그녀에게 캔커피를 권했다. 그녀가 고개를 저었다. 홈즈는 캔커피를 그냥 테이블에 올려놓고 내 옆에 조용히 앉았다. 나는 회사 사물함에서 동영상을 찾은 사실과 남편을 체포한 경위를 설명했다.

"드디어 찾았군요. 제발 아무도 모르게 폐기해주세요. 제발."

그녀의 눈에 눈물이 고였다.

"이제 우리 남편은 어떻게 되는 거죠?"

"글쎄요. 사람을 살해하고 방화까지 했으니 법원에서 좋게 봐줄 리 없을 겁니다. 중형이 선고되겠지요."

"이게 모두 그놈 때문이에요!"

"좀 자세히 이야기해주시죠. 동영상과 살인에 대해서 말이에요."

무릎 위에 올린 그녀의 손이 부르르 떨렸다.

"그놈과 헬스 동호회에서 활동을 같이 했어요. 처음에 그놈이 가입을 권유했죠. 제 바로 옆에서 일하기도 했고, 평소에 붙임성도 있는 편이라 친하게 지냈거든요. 저도 몸 관리가 필요한 터라 덜컥 가입했어요. 그 후 몇 달 활동을 같이 하다가 어느 날 운동 후 둘이서 고깃집에서 술을 마시게 됐어요."

그녀가 한 번 숨을 들이쉬고 말을 이었다.

"그날 분위기는 정말 좋았어요. 지금 와서 생각해보면 의도적으로 내 비위를 살살 맞춰주었던 거 같아요. 그날 삼겹살과 함께 소주를 마신 후 호프집으로 2차를 갔어요. 2차는 또다시 포장마차 3차로 이어졌지요. 그리고 정신을 차리고 눈을 떠보니…… 낯선 침대에 그놈과 함께 누워 있었지요. 완전한 제 실수였어요.

그 후 우리는 며칠간 서먹하게 지냈어요. 그러다가 어느 날 그놈이 술 한잔하자고 하더군요. 저도 서로 정리할 게 있을 것 같아 그러자고 했어요. 그날은 술을 별로 마시지 않았어요. 그놈도 지난번엔 자기가 술을 많이 마셔 실수한 것 같다고 하더군요. 이미 지난 일을 어떻게 되돌리겠어요. 저도 물론 실수한 부분이 있으니까요.

제가 서로 실수한 일은 아무도 모르게 묻어두자고 했죠. 그러자 그놈이 제의를 하더군요. 실수라도 어차피 하룻밤을 함께한 사이인데 딱 한 번만 더 함께하자고요. 저는 바로 거절했어요. 그날 일은 실수이고, 더 이상 그런 관계를 이어가기 싫다고 말이죠. 그러자 그놈의 낯빛이 한순간에 바뀌더니 먼저 자리를 박차고 나갔어요.

다음 날이었어요. 옆에 있던 그놈이 업무 시간에 웃는 얼굴로 내 컴퓨터에 갑자기 USB를 꽂았죠. 주위를 살피더니 동영상 하나를 실행하더군요. 그걸 본 저는 심장이 멎는 줄 알았습니다. 정신을 잃은 제가 나체로 그놈 집 침대에 누워 있는 장면을 찍었더군요.

그날 저는 그놈과 함께 술자리를 할 수밖에 없었어요. 요구사항을 말하더군요. 그놈의 요구사항은 저번과 똑같았습니다. 한 번 더 같이 자자는 거였죠. 요구를 들어주면 그 동영상을 즉시 지우겠다는 다짐도 했고요. 저는 갈등했습니다. 그놈의 요구를 들어줘야 할지, 아니면 경찰에 신고해야 할지를요.

하지만 갈등은 그리 오래가지 않았습니다. 그놈의 요구를 그냥 들어주기로 했습니다. 집과 회사에 알려지지 않게 조용히 끝내는 게 제 신상에 좋을 것 같다는 판단이었죠. 조심하지 않고 그놈과 필름이 끊길 정도로 술을 마신 내 탓도 했습니다. 그놈의 집을 따라가기 전 그놈에게 신신당부했죠. 이번이 정말 마지막이고 관계 전에 저번에 찍어둔 동영상을 삭제할 것을 말입니다. 그놈도 반드시 그러겠다고 했습니다. 그놈의 집에 따라간 저는 그놈이 노트북에 USB를 꽂고 동영상 파일을 삭제하는 걸 확인하고 약속대로 그놈과 관계를 했습니다."

"아니, 바보같이 그걸 믿었단 말입니까? 파일이야 다른 곳에 복사해서 저장해둘 수도 있는 거잖아요!"

나는 말을 뱉어놓고 스스로 민망해졌다. 바보란 표현이 적절치 않았다. 나는 그녀의 눈치를 살폈다. 다행히 그녀의 표정에 변화가 없었다.

"형사님 말씀이 맞아요. 저는 바보 같은 짓을 한 거죠."

그녀가 쓸쓸하게 웃었다.

"다음 날 그놈이 자신의 스마트폰을 나에게 건넸습니다. 스마트폰에는 동영상이 재생되고 있었는데 제가 또 벌거벗은 채로 나오고 있더군요. 그날 관계한 장면도 몰래 찍은 거였어요. 그러고는 비웃음과 함께 말하더군요. 어제 삭제한 동영상도 실은 다른 곳에 복사해서 저장해두었다고요."

살해된 피해자는 사설 스포츠 도박의 늪에 빠져 있었다. 마이너스 대출통장은 이미 한도가 다 되었고, 살고 있는 다세대 주택의 월세도 제때 납부하지 못하고 있었다. 그에게는 어떤 탈출구가 필요했다. 그리고 그 탈출구로 선택된 게 그녀였다.

남자는 교묘했다. 때로는 달래고 때로는 윽박지르면서 그녀와 성관계를 하고 돈을 뜯어냈다. 가정이 있는 그녀는 아무에게도 자신의 상황을 알릴 수 없었고, 경찰에 신고할 수도 없었다. 경찰에 신고하는 순간 자신의 화목한 가정이 산산조각 나리라 생각했다.

남자는 처음에는 500만 원, 시간이 조금 지나서는 천만 원, 거의 막바지에 이르러서는 2천만 원 단위로 그녀에게 돈을 뜯어냈다. 남자는 협박할 때는 어떤 흔적도 남기지 않았다. 그녀에게 전화도 카톡도 메신저도 하지 않았다. 옆에 있는 그녀에게 조용히 돈이 필요하다, 너의 몸이 필요하다, 라고 말했다. 돈도 온라인 송금이 아니고 자기 집에서 직접 받았는데 오로지 현금으로만 받았다. 만약 나중에 여자가 신고했을 때를 대비해서 증거를 남기지 않기 위해서였다.

"저에게 자기 집 열쇠를 주더군요. 그놈은 그 열쇠를 언제든지 자기를 찾아와도 된다는 사랑의 징표이자 프리패스라고 말했습니다. 하지만 저에겐 지옥으로 가는 열쇠였죠. 그놈이 지정하는 날, 그 열쇠로 스스로 그놈 집 현관을 열고 들어가 돈을 건네기도 하고, 제 몸을 주기도 했죠."

"그런데 그 사실을 어떻게 남편이 알게 된 거죠?"

"우리 아이가 백혈병 진단을 받았습니다. 이것저것 돈이 많이 필요했죠. 택배기사인 남편은 벌이가 변변치 못했습니다. 게다가 지금 시아버지도 치매로 요양원에 계세요. 거기에도 매월 돈을 대야 하는 처지라 맞벌이인데도 항상 돈에 허덕였죠. 믿을 구석은 제가 가지고 있는 한도 1억 원짜리 마이너스 통장뿐이었습니다. 하지만 그 통장은 이미 한도가 다 찼죠. 모두 그놈이 뜯어간 거죠. 남편은 내 마이너스 통장에 돈이 없다는 걸 알고 난 후 저를 의심한 것 같아요. 가끔 나가서 몇 시간 동안 연락이 안 될 때도 있고 하니까요. 그래서 저의 뒤를 밟았습니다. 제가 그놈 집 현관을 열쇠로 열고 들어가는 것까지 목격했더군요.

저는 더 이상 숨길 수 없어서 남편 앞에 모두 사실대로 털어놓았어요. 벌벌 떨면서 말이죠. 분노한 남편이 저를 두들겨 패거나 죽이기라도 할까 봐 두려웠죠. 하지만 남편은 오히려 저를 껴안아 주었습니다. 남편의 숨소리는 거칠었지만 진정 저를 걱정하고 아끼고 사랑하는 느낌이 들었죠. 남편은 말없이 모든 걸 용서해주었습니다."

"그렇군요. 그래서 남편이 그 남자를 살해한 거군요."

"아니에요. 남편은 그놈을 죽일 생각이 전혀 없었어요. 제가 그놈 집 열쇠를 남편에게 주었죠. 남편은 그놈을 찾아가 단지 겁만 주고 지금까지 찍어둔 동영상 파일을 모두 삭제할 생각이었어요. 그놈이 파일을 모두 삭제만 해준다면 갈취당한 돈은 전부 포기하려고 했죠. 하지만 그놈은 전혀 반성하는 기미를 보이지 않았어요. 휘발유를 뒤집어쓴 상태에서도 자신을 계속 위협하면 나중에 동영상들을 음란 사이트에 유포시킬 거라고 제 남편을 도리어 협박했죠. 결국 남편은 더 이상 참지 못하고…… 가져간 칼로 그만……."

"그렇게 된 거군요."

계획에 없이 사람을 죽이고 만 그녀의 남편은 당황했다. 졸지에 살인자가 되어버렸다. 어떻게든 믿기지 않는 상황을 마무리 지어야 했다. 시체를 내려다보며 한동안 묘안을 짜냈다. 한 가지 떠오르는 생각이 있었다. 강도. 급하게 피해자가 강도를 당한 것처럼 현장을 꾸미고 불을 지른 후 현관문으로 빠져나와 열쇠로 문을 잠갔다.

"남편은 뜻하지 않게 사람을 죽이고 무척 당황했어요. 그놈 집에서 노트북만 달랑 들고 나왔죠. 동영상이 당연히 거기에 저장되어 있을 줄 알았습니다. 하지만 동영상은 노트북에 없었죠. 엎친

데 덮친 격으로 살인에 불까지 지른 바람에 사건은 언론의 주목을 받았습니다. 경찰에게 동영상이 발견된다면 저의 신원이 밝혀지는 건 시간 문제였죠. 동영상을 빨리 찾아야 했습니다. 남편은 몰래 사건 현장을 찾았어요. 다시 집 안을 뒤졌지만 허탕이었죠. 그래도 나름 소득은 있었습니다. 그놈의 사원증을 정장 재킷 속주머니에서 찾았죠. 마지막으로 회사에 있는 그놈 책상을 찾아보기로 했습니다. 하지만 거기에도 동영상은 없었죠. 거기서 포기했으면 좋았을 텐데…… 회사에서도 동영상을 찾지 못하자 미련하게도 또다시 그놈의 집을 들렀다고 하더군요. 회사 피트니스 클럽 사물함에서 찾으셨다고요? 그 동영상만 발견되지 않았다면."

"죄송하지만 한 가지 더 확인하고 싶은 게 있는데요."

홈즈가 그녀에게 말했다.

"뭐지요?"

"오빠의 죽음으로 동생분에게 보험금이 지급된다는 사실을 알고 계셨습니까?"

그녀가 눈을 가늘게 뜨고 홈즈를 바라봤다.

"네, 최근에 알았어요. 그런데 오빠 사건이 이번 사건하고 무슨 연관이라도 있다는 건가요?"

"알고 계시지 않았나요?"

"뭘 말이죠?"

"오빠가 친구를 죽이고 자살했다는 사실 말입니다."

"아니요. 그럴 리가요."

그녀가 단호하게 말했다.

홈즈가 스마트폰으로 동영상을 재생했다. 그가 실링팬으로 실험한 장면을 찍은 동영상이었다. 동영상을 본 그녀는 아무런 표정도 없었다.

"이게 뭔가요?"

"자살을 타살로 꾸미기 위한 처절한 몸부림이라고 할까요. 오빠가 자살한 걸로 밝혀지면 동생에게 보험금 지급이 되지 않으니 오빠의 죽음은 반드시 타살이어야 했습니다."

홈즈는 그녀에게 오빠가 최근 생명보험에 가입한 사실과 보험사의 자살면책 기간에 대해 설명했다. 또, 친구를 살해하고 자살한 오빠의 구체적인 실행 방법을 스마트폰을 다시 보여주며 설명했다.

"오빠는 친구를 살해했습니다. 그런데 동생이 보험금을 받게 하려면 자기만 죽어도 충분한데 굳이 친구까지 저세상으로 끌고 간 이유를 모르겠군요. 분명히 그 둘 사이에는 무슨 일이 있었던 겁니다. 우린 그걸 모르겠어요. 사람의 속마음까지 알 수는 없으니까요. 동생께서 알고 있는 걸 솔직하게 얘기해줄래요? 평소 오빠와 자주 연락하며 의좋게 지낸 남매였잖아요. 오빠가 이런저런 이야기를 했을 텐데요. 어차피 지금 상황으로는 동생께서 오빠의 사망보험금을 지급받기는 어려울 거예요. 경찰에서 오빠의 죽음을 자살로 확정하면 보험사에서 보험금 지급을 거절할 테니까요."

"저는 아는 게 없어요."

그녀의 냉랭한 대답에 홈즈가 한숨을 쉬었다.

"그렇게 소극적으로 진술을 거부하는 것만으로 오빠를 보호할 수 있다고 생각하면 큰 오산입니다. 이번 사건은 경찰에서도 언론에서도 큰 관심을 두고 있습니다. 동생께서 입을 다물어버리면 오빠는 보험금을 노리고 자살하면서 죄 없는 친구까지 살해해 강도짓으로 위장한 사이코패스 같은 범죄자로 언론에 소개될 겁니다. 조금이나마 오빠를 돕고 싶다면 오빠가 친구를 살해한 이유에 대해서 아는 대로 얘기해주세요."

그녀가 테이블에 있는 캔커피를 들었다. 뚜껑을 따고 커피를 한 모금 마시더니 입술을 잘근 깨물었다.

"오빠도 암환자였어요. 폐암 말기였죠."

"오빠도 말입니까?"

"네. 평소 글을 쓰면서 담배를 많이 피웠죠. 언젠가부터 가슴이 답답한 증상이 계속돼서 동네 병원을 찾았는데 엑스레이에서 이상 소견이 나왔어요. 결국 종합병원에서 CT와 MRI를 찍고 몇 가지 검사를 한 결과 폐암으로 확진받았어요."

"폐암인 것과 친구를 살해한 것에 무슨 연관이 있는지 이해되지 않는데요."

"오빠는 그 친구, 남섭 오빠에게 자기가 폐암이라는 걸 말했어요. 생이 얼마 남지 않았다고요. 울면서 말이죠. 죽기 전에 막대하게 들어갈 병원비가 걱정된다고도 했고요. 돈 없는 사람들은 죽을 때도 돈 걱정을 해야 하는 세상이니까요.

오빠는 여명이 6개월 남짓밖에 안 된다는 의사의 말을 듣고 주변을 정리했죠. 일단은 자신이 창작한 작품들을 정리했어요. 남섭 오빠와 공동창작한 작품들도 그 대상이었죠. 오빠는 뜨는 작가는 아니었지만, 쓸 만한 작품은 많이 가지고 있었어요. 그걸 어떻게 활용해서 돈으로 만들까 고민했죠. 하지만 실제 영화가 되기까지는 오래 걸리기 때문에 바로 돈으로 바꿀 수는 없었죠. 그래서 오빠는 하나의 방법을 생각했어요. 바로 저작권 등록이죠. 그것이 저한테 확실하게 저작권을 물려줄 수 있는 방법이라고 생각했나 봐요.

오빠는 한국저작권위원회에 자신의 시나리오를 등록하기로 했어요. 남섭 오빠와 공동창작한 시나리오도 공동저작으로 등록하려고 했죠. 그래야 오빠가 나중에 죽더라도 저에게 저작권이 상속되고, 사후에 생길지 모를 저작권 분쟁을 확실히 예방할 수 있으니까요. 남섭 오빠에게 이런 상황을 설명하고 저작권 등록에 대한 양해를 받으려고 했어요. 그런데 남섭 오빠가 저작권 등록에 미온적인 태도를 보였죠. 굳이 돈을 들여가면서 저작권 등록까지 하려고 하느냐, 네가 죽더라도 시나리오를 통해 번 돈의 절반은 동생에게 배분하겠다고 말했답니다.

하지만 오빠는 불안했어요. 영화판에서 아이디어 도용과 표절 사례를 수없이 봐왔기 때문이죠. 생이 얼마 남지 않은 오빠는 남섭 오빠의 동의 없이 저작권 등록을 하기로 결정했어요. 공동창작이니 지분을 남섭 오빠와 2분의 1씩 나눠 일단 등록을 하고, 등록 후에 남섭 오빠에게 사후 동의를 받기로 했죠.

문제는 거기서 불거졌어요. 한국저작권위원회로부터 저작권 등록 신청이 반려되었죠. 같은 저작물이 이미 등록되었다는 이유였어요. 오빠는 몹시 흥분했어요. 이미 등록된 저작물은 오빠와 남섭 오빠가 공동창작한 시나리오와 똑같은 작품이었는데 저작권자는 남섭 오빠 단독으로 되어 있었죠. 공동창작한 시나리오를 남섭 오빠가 모조리 단독으로 몰래 등록해버린 거였습니다.

오빠는 남섭 오빠에게 따져 물었어요. 남섭 오빠의 대답은 명료했어요. 미안하지만 공동창작에서 자신이 기여한 부분이 크니 그랬다는 거였습니다. 하지만 실상은 달랐어요. 스릴러, 추리물을 즐겨 쓰던 오빠는 대부분의 캐릭터와 트릭이나 반전 부분을 만들었고, 남섭 오빠는 대사나 배경의 묘사 부분을 맡았거든요. 다른 장르는 모르겠지만, 스릴러나 추리물은 선 굵은 캐릭터와 반전이 시나리오의 가장 핵심이라고 볼 수 있거든요. 남섭 오빠가 시한부인 오빠의 작품을 자기 것으로 가로채기 위한 억지일 뿐이었어요.

오빠는 격분해 법률사무소를 찾았어요. 본인의 권리를 되찾기 위해서 말이죠. 하지만 묘안은 없었습니다. 민형사상으로 대응을 하려면 시간이 많이 소요됐어요. 특히 아직 발생하지도 않은 손해를 가지고 민사소송을 해서 남섭 오빠로부터 돈을 받을 수는 없는 노릇이었죠. 오빠는 절망했습니다. 결과적으로 죽어서 저에게 남겨줄 게 하나도 없는 상황이 되어버린 거죠.

오빠는 자신의 예정된 죽음보다 믿었던 친구의 배신에 더욱 절망했어요. 하지만 오빠가 할 수 있는 건 아무것도 없었습니다. 그래서 새로운 방법을 모색했죠. 현실을 인정하기로 한 겁니다. 공동창작한 작품뿐만 아니라 자기 혼자 쓴 작품까지 모두 남섭 오빠에게 양도하기로 했지요. 다만 얼마라도 돈을 만들 수 있는 방법은 그것밖에 없다고 생각한 겁니다. 모든 작품을 양도한 대가로 남섭 오빠한테 500만 원을 받았어요. 그리고 그 돈을 저에게 건넸죠. 오빠의 마지막 선물이라면서, 딸아이 병원비에 보태라고 하면서요."

그녀가 숨을 몰아쉬었다. 이내 얼굴이 빨갛게 달아올랐다. 그녀가 거친 숨소리로 말을 이었다.

"남편이 그놈 집에 불을 지를 때 손과 팔뚝에 화상을 입었죠. 그 때문에 택배 일도 못 하고 통원 치료를 받으며 집에서 쉬게 되었습니다. 오빠는 시한부 선고를 받은 후 우리 집을 자주 찾았어요. 평소 저와 마찬가지로 제 남편과도 친형제처럼 허물없이 지냈죠. 오빠와 남편은 제가 아이와 병원에 있는 동안 서로 많은 이야기를 나눴어요. 그러다가 어느 날 남편이 자신의 살인을 고백했습니다. 자신이 저지른 사건이 계속 언론에 나오니까 불안하고 괴로웠던 마음을 친형제 같은 형님에게 토로한 거죠. 남편은 갑작스럽게 저지른 살인 방화라 뒤처리가 미숙했고, 심지어 가지고 있던 열쇠로 문을 잠그고 현장을 빠져나왔다고 했습니다. 지금 당장에라도 경찰이 들이닥쳐 자신이 체포될까 두렵고, 자신이 감옥에 들어가게 되면 우리의 생계와 딸의 병원비가 걱정된다며 눈물을 흘렸죠.

남편 이야기를 들은 오빠는 어쩐 일인지 자수를 권하지 않았어요. 그냥 묵묵히 듣고 나서는 남편에게 현장 상황과 범행 방법에 대해 꼬치꼬치 캐물었습니다. 그런 일이 있은 지 3주 만에 뜬금없이 오빠가 그놈 집이 있는 동네로 이사를 했습니다. 원래 살던 집의 계약기간이 일 년도 넘게 남았는데 말이죠. 그때는 오빠가 이사한 이유를 몰랐는데 오빠가 이사한 지 일주일 만에 죽고 언론에 두 사건이 사이코패스에 의한 연쇄살인으로 다뤄지는 걸 보고 오빠가 급하게 이사한 이유를 깨달았습니다. 오빠는 자신이 첫 번째 사건과 비슷한 방법으로 죽음으로써 남편의 사건을 사이코패스가 벌인 무작위 살인사건으로 몰고 가려고 했던 거예요."

홈즈가 그녀의 말을 이해했다는 듯 손으로 턱을 쓰다듬으며 고개를 끄덕였다.

"작품을 읽어보진 않았지만 오빠는 정말 훌륭한 시나리오 작가였을 거라는 생각이 드는군요. 경찰의 관심을 미치광이에 의한 연쇄살인으로 돌려 동생의 남편에게 수사망이 좁혀오는 걸 막겠다는 전략이었군요. 여동생이 죽은 피해자와 온라인 금전 거래라든지 이동통신이나 메신저로 연락을 취하지 않았다는 점을 이용한 것 같아요. 동영상 파일만 발견되지 않는다면 경찰이 여동생과 피해자의 연결고리를 전혀 알 수 없고, 여동생의 존재를 모른다면 남편이 경찰의 수사망에 걸릴 확률은 매우 낮죠."

홈즈가 허리를 곧게 펴며 말했다.

"하지만 오빠는 잘못된 선택을 했군요. 어떤 이유에서든 살인은 범죄 행위니까요."

급보가 전해졌다. 서장이 드디어 경무관으로 승진한다는 것이었다. 아직 경찰 내부 통신망에는 인사발령문이 뜨지 않았지만, 인사위원회 담당 직원이 전화로 미리 통보해주었다. 이 소식은 경찰서에 삽시간에 퍼졌고 얼마 전까지 초상집과 다름없던 경찰서는 잔칫집 분위기로 바뀌었다.

모두 홈즈 덕분이었다. 언론의 관심을 받던 두 건의 살인사건을 말끔히 해결한 홈즈는 바로 이선으로 물러났다. 사건 해결은 경찰이 한 것으로 기자들에게 브리핑했고, 경찰청장도 미궁에 빠질 뻔한 사건을 해결해 경찰의 위상을 높인 우리 서장과 수사팀의 노고를 치하했다.

나도 홈즈 덕분에 조만간 일계급 특진을 할 것 같다. 홈즈가 우리 서장을 만나 약속을 받아낸 덕분이었다. 홈즈는 서장에게 사건해결에 자신만큼 나의 공로도 컸으니 경무관으로 승진하면 나의 일계급 특진을 상부에 추천해달라고 말했다.

내부 통신망에 인사발령문이 뜰 무렵 서장이 나를 친히 불렀다. 서장은 내가 이번 사건 해결에 중추적 역할을 했으니 경찰청에 표창과 일계급 특진을 상신하겠다고 말했다. 그러고는 자신의 재킷 안주머니에서 두툼한 봉투를 꺼냈다. 홈즈에게는 공식적으로 해줄 게 없으니 이렇게라도 챙겨주고 싶다며 봉투를 나에게 건넸다. 서장은 웃으며 홈즈와 함께 실컷 즐기라며 엄지를 추켜세웠다. 부임 후 내가 본 가장 행복한 서장의 표정이었다.

홈즈가 지배하는 건물이 눈에 들어왔다. 엘리베이터를 타고 홈

즈의 사무실로 올라갔다. 안주머니를 확인했다. 서장이 준 봉투에
는 500만 원이 들어 있었다. 정말 하룻밤 실컷 즐길 수 있는 돈이
었다. 그러고 보니 홈즈를 만나서 술 한잔해본 적이 없었다. 오로
지 사건에 대해 이야기하고 현장을 돌아다녔을 뿐이다. 오늘은 홈
즈와 인간적인 이야기를 나눠보고 싶었다.

홈즈에게 미리 연락은 하지 않았다. 특별히 사건이 없으면 사무
실을 지키고 있을 것이다. 엘리베이터가 8층에 서자 익숙한 아로
마 향기가 코를 자극했다. 사무실 문을 조용히 열었다. 홈즈가 나
를 보고 의자에 앉은 채로 손을 흔들었다. 홈즈의 맞은편에는 한
여자가 앉아 있었다. 사건을 상담하고 있던 모양이었다.

홈즈가 책상으로 다가오라고 손짓했다. 몇 걸음 앞으로 나아가
자 뒷모습만 보였던 여자가 몸을 돌려 나를 쳐다봤다. 나는 깜짝
놀랐다.

송종호의 여동생이었다. 그녀가 나에게 인사를 했다.

홈즈가 그녀에게 눈짓을 했다. 홈즈의 눈빛이 닿는 곳을 좇아가
보니 책상 위에 봉투가 하나 있었다. 그녀는 주저했다.

"제가 지속적으로 추진할 사업의 일환입니다. 부담 갖지 마세요."

그녀가 봉투를 집었다.

"감사합니다."

그녀가 인사와 함께 사무실을 나갔다.

"홈즈 씨, 어떻게 저 여자가 여기를 찾아왔죠?"

"그건 황 형사님이 챙겨온 돈으로 술 한잔하면서 이야기하지요.

오늘은 술이 당기는군요."

"아니, 돈 챙겨온 걸 어떻게?"

"하하하, 여기."

홈즈가 손가락으로 가리킨 모니터에는 방금 나간 여자가 엘리베이터 안에 서 있는 CCTV 화면이 떠 있었다.

"형사님이 아까 엘리베이터를 타자마자 안주머니에 있는 돈 봉투를 확인하더군요. 오늘 얼마나 비싸고 맛있는 걸 사주시려는지 기대가 되는군요. 어서 나가죠."

"오늘은 제가 확실히 모시도록 하겠습니다."

나는 엘리베이터를 타고 내려가며 오늘 홈즈와 함께할 일정을 떠올려 보았다. 근사한 일식집에서 1차를 하고, 2차는 젊고 늘씬한 아가씨들이 있는 룸살롱으로 가는 게 홈즈를 위한 최고의 코스가 아닐까 생각했다. 술과 여자에 취해 흐트러진 홈즈의 모습도 구경할 수 있으리라는 기대도 포함된 코스였다. 이미 예약도 해두었다.

빌딩 앞에서 택시를 잡았다. 홈즈와 나는 나란히 뒷자리에 앉았다.

"관세청 사거리로 갑시다."

내가 택시기사에게 말하자 홈즈가 나를 바라보며 슬쩍 입꼬리를 올리며 말했다.

"잠깐! 기사님, 가까운 노원역으로 가주시죠."

택시기사가 노원역 쪽으로 방향을 틀자 홈즈가 다시 입을 열었다.

"황 형사님이 어떤 생각을 하는지 대충 알겠네요. 거기는 다음 기회에 가기로 하고, 오늘은 제 가게로 가시죠."

셜로키언. 노원구청 옆 빌딩 지하에 있는 바였다. 이국적이고 고풍스러운 분위기로 꾸민 바 안에는 셜록 홈즈의 헌팅캡과 망토 달린 코트를 입은 남자 몇 명이 술을 마시고 있었다.

"제가 운영하는 바입니다. 셜록 홈즈를 좋아하는 사람들이 모이는 곳이죠. 우리는 저쪽으로 가죠."

홈즈가 안쪽 자리로 안내했다. 벽난로와 장식장이 있는 응접실이었다. 바닥에는 카펫이 깔려 있고, 응접 테이블을 사이에 두고 안락의자 두 개가 마주 놓여 있었다.

"앉으시죠. 거기는 왓슨의 자리입니다."

홈즈가 의자에 앉으며 나에게 반대편 의자에 앉으라고 말했다. 곧 가정부 차림의 종업원이 발렌타인 30년산과 얼음통을 가지고 왔다. 홈즈는 온더록을 만들어 나에게 건넸다.

"사실 이곳은 영국에 있는 셜록 홈즈 박물관을 벤치마킹한 겁니다."

홈즈의 말을 듣고 주위를 다시 둘러봤다. 그러고 보니 정말 19세기 영국에 와 있는 느낌이었다.

"저는 사건을 추리하면서 늘 제 자신을 증명하려고 노력합니다."

"어떤 증명 말입니까?"

"나에겐 어떤 영감도 없다는 걸 증명하고 싶습니다. 저는 오로지 과학적 추론으로만 사건을 해결해야 하는 탐정이니까요."

홈즈는 또 이상한 이야기로 빠져들고 있었다.

"때론 직관과 영감의 차이를 구분할 수 없어 고민할 때도 있었지만, 저는 이번 두 사건을 해결하고 자신감을 얻었습니다. 저는 사람의 마음을 읽을 수 없다는 확신이 생겼죠. 사람의 과거나 미래도 읽을 수 없습니다. 제가 사람의 마음을 읽을 수 있었다면 송종호 씨 여동생을 만나 이야기를 나눴을 때 두 사건의 연관성과 동기를 파악했을 겁니다. 하지만 저는 그렇게 하지 못했습니다. 저는 오로지 사건 현장에 뿌려진 단서를 바탕으로 추론과 통찰을 통해 범행 수법과 범인을 지목했을 뿐이죠."

홈즈는 의자의 팔걸이를 어루만지며 말을 계속했다.

"이 의자는 영국의 셜록 홈즈 박물관에 있는 의자와 똑같은 의자입니다. 제가 특별히 주문했죠."

"어떤 의미라도 있는 의자인가요?"

"네. 저에게 어떤 존재가 들어왔던 의자입니다."

"어떤 존재?"

"유학 시절 한국 유학생 몇 명과 함께 셜록 홈즈 박물관에 간 적이 있습니다. 박물관 2층에서 저는 셜록 홈즈 거실에 있는 의자에 앉아 있었죠. 잠시 앉아서 사진도 찍고, 파이프 담배를 피우는 척도 했습니다. 그런데 거기서 그때껏 경험해보지 못한 미묘한 느낌이 온몸에 전해졌죠. 저는 몹시 당황했습니다."

"어떤 느낌이었죠?"

"누군가가 내 몸속에 들어오는 느낌!"

"아!"

"그날 이후로 저에겐 세밀한 관찰력과 통찰력이 생겼죠."

"셜록 홈즈가 당신에게 빙의된 거군요!"

"아닙니다. 제게 들어온 건 소설 속 인물인 셜록 홈즈가 아니라 실존 인물인 조셉 벨 교수였습니다."

"조셉 벨 교수?"

"홈즈를 창조한 아서 코난 도일의 에든버러 대학 시절 은사입니다. 당대 최고 법의학자이기도 하고요. 예리한 관찰력을 가진 홈즈 캐릭터는 조셉 벨 교수에게서 차용한 것입니다. 심지어 홈즈의 외모와 복장도 그의 모습을 옮겨온 것이죠."

"그럼 홈즈 씨의 비범한 능력이 결국은 조셉 벨 교수로부터 연유하는 것이군요."

"그렇습니다. 하지만 그게 방금 황 형사님이 말씀하신 빙의는 아닙니다. 신내림 같은 것이죠. 물론 모두 비과학의 영역이지만요."

나는 이제야 깨달았다. 과학적 영역에 있어야 할 홈즈가 비과학의 영역을 기웃거리는 이유를 말이다.

"그래서 홈즈 씨가 당집을 찾아 자신의 정체성에 대해 조언을 얻는 거군요. 이제야 알겠습니다."

"맞습니다. 과학과 샤머니즘은 전혀 어울리지 않는 조합이지요. 하지만 저희 어머니도 저에게 들어온 게 신인지 아닌지 확신이 없으십니다."

"어머니?"

"네, 저번에 갔던 거북바위 당집 보살님이 제 어머니입니다."

나는 깜짝 놀라 들고 있던 온더락 잔을 떨어뜨릴 뻔했다.

"영국에 있을 때 제게 생긴 현상이 신내림과 비슷한 현상이지만, 정확히 신내림과 일치한다고도 할 수 없습니다. 저에겐 어머니처럼 과학으로 설명할 수 없는 신묘한 능력은 없습니다. 사람만 보고 과거를 읽어낸다거나 미래를 내다볼 수 있는 능력까지 제게 생긴 건 아니니까요. 그런 이유로 전 항상 과학과 비과학의 경계선에 어중간하게 서 있는 제 자신을 탐구하고 있습니다. 결국 과학의 영역에 있는 인간이라는 걸 스스로 증명하고 싶은 게 제 개인적 목표고요."

말을 마친 홈즈는 온더락 잔에 담긴 위스키를 입에 털어 넣었다.

"홈즈 씨, 당신은 처음 만났을 때부터 지금까지 계속 나를 놀라게 하고 있군요. 홈즈 씨가 그런 믿기지 않는 경험을 하긴 했지만, 이번 사건을 홈즈 씨가 해결하게 된 것은 세밀한 관찰과 실험, 빈틈없는 과학적 추론 때문입니다. 홈즈 씨는 스스로 탐정임을 증명한 거죠."

홈즈가 만족한 표정으로 온더락 잔에 위스키를 가득 부었다.

"현직 경찰에게 그런 소리를 들으니 매우 기분이 좋습니다. 오늘 황 형사님과 취할 때까지 마시고 싶군요. 오늘 술값은 황 형사님이 챙겨오신 돈으로 계산해주었으면 좋겠습니다."

"그럼요. 그렇지 않아도 홈즈 씨를 특별히 대접하라는 서장님의 특명이 있었습니다."

"하하하! 좋습니다. 제가 운영하는 가게이긴 하지만 오늘은 에누리 없이 정확히 계산해야겠군요. 여기서 얻는 수익은 앞으로 범죄 피해자에 대한 지원금으로 전액 기부할 생각입니다."

"홈즈 씨다운 생각이군요. 아주 좋습니다."

"홈즈를 사랑하는 사람들이 모이는 '셜로키언' 수익금으로 범죄 피해자를 지원한다고 생각하니 벌써부터 설레는군요. 이미 1호 수혜자를 선정했습니다. 엄밀히 말하자면 범죄 피해자는 아니지만요."

"그 수혜자가 누구입니까?"

"아까 제 사무실에서 본 송종호의 여동생입니다. 그녀의 오빠는 지금 저세상에 있고, 남편은 구치소에 있죠. 아이는 아시다시피 병원에 있고요. 그 아이의 백혈병이 완치될 때까지 그녀를 돕기로 했습니다."

"아!"

"오늘 우리 둘이 먹는 것 가지고는 매상이 별로 오르지 않을 것 같은데, 다른 형사님들도 좀 부르시죠. 오늘 마음먹고 매상 좀 올려야겠네요. 형사님들이 술을 이만저만 드시는 게 아니잖아요. 하하하."

홈즈가 장난스러운 표정을 지으며 온더락 잔을 높이 들었다. 나는 그와 잔을 부딪치면서 앞으로 홈즈와의 인연이 계속되리라는 예감이 들었다. 형사생활을 하면서 처음으로 느끼는 기분 좋은 예감이었다.

그날 술자리는 늦은 밤까지 이어졌다.

합정동
셜록 홈즈

김재희

홈즈는 요즘 들어서 강박증이 더욱 심해진 것 같다. 담배를 끊어서인지는 몰라도 사무실에서 하루 종일 왔다 갔다 하며 손톱에 조그만 거스러미가 나도 얼른 잡아 뜯어 피를 보기도 했다. 2주 전 사기사건의 범인을 찾아달라는 일 말고는 근래에 의뢰받은 사건이 전혀 없었다.

홈즈는 사건을 의뢰받는 휴대폰과 이메일을 수시로 확인해가며 초조해했다. 초조감과 함께 무료함을 느끼면서도 사무실 밖으로 한 발자국도 나가지 않았다. 밖에 나가지 않아도 되는 것이, 내가 인터넷으로 식료품을 주문하기도 하고 필요한 것들을 직접 사다 주기 때문이었다.

홈즈는 복층 구조의 오피스텔 2층 침실에서 잠을 자거나 휴식을 취하고 1층 사무실에서 업무를 보았는데, 일이 없는 중에도 2층에 올라가는 일 없이 온종일 1층에 머물며 안절부절못하기 일쑤였다. 밤에 잠은 제대로 자는지 걱정되었다. 요즘따라 셔츠의 열린 단추 사이로 살짝 보이는 쇄골도 더욱 도드라져 보였다. 검은색 모직 팬츠 밖으로 보이는 발목은 더욱더 얇아졌다. 한마디로 홈즈는 신경쇠약인 셈이었다. 게다가 가뜩이나 뾰족한 턱선은 더욱 날렵해졌다. 길게 내려온 앞머리를 손으로 쥐어뜯으면서 괴로워하는 그의 모습은 보기에 안쓰러웠다.

나는 홈즈의 긴장감을 달래주기 위해 노력하다가도 지치면 슬그머니 그의 오피스텔을 나와 집으로 돌아갔다. 그래봤자 열 발자국도 안 될 위치에 있는 나의 사무실 겸 집으로 말이다.

합정역 2번 출구에 위치한 베이커 오피스텔 B동, 2201B가 홈즈의 탐정사무실이고, 그 옆 2202B가 내가 설립한 왓슨 민간법의학 연구소이다. 사무실은 22층에 위치하여 땅에서 들리는 소음에서는 해방되었지만, 가끔 남자 혼자 사는 옆집에 여자가 찾아왔을 때가 문제였다. 발소리, 말소리, 심지어 변기 물 내리는 소리와 샤워하는 소리, 민망한 소리까지 다 들려 정신을 산만하게 만들었다. 홈즈는 이런 종류의 소음에 진저리를 쳤는데, 그럴 때마다 음악을 더 크게 틀어댔다. 홈즈가 요즘 들어서 주로 듣는 것은 클럽 뮤직이었다. 각종 기계음이 쉴 사이 없이 반복적으로 들리는 EDMElectronic Dance Music 음악에 맞춰 바이올린을 연주하면서 리듬을 타는 그의 몸짓은 좋은 구경거리를 넘어서 기괴한 광경이었다. 방금 전 나는 그가 휴대폰으로 EDM 음악을 검색하는 것을 슬쩍 보고는 얼른 그의 사무실을 빠져나온 터였다.

"후우."

나는 내 사무실에 앉아서 비로소 아이패드로 자이언티의 음악을 틀었다. 잔잔한 음색의 느릿한 곡을 가만히 듣고 있으니 심신이 이완되었다. 점심 먹은 게 언제였더라, 배고픔이 느껴졌다. 스웨터 위에 코르덴 재킷을 걸치고 나갈 채비를 했다. 홈즈는 배고픔도 잊고 혼자만의 세계에 빠져 자학과 자기비판과 초조함 때문에 차마 밖으로 나오지 못할 테니 혼자서 조용히 먹고 오는 게 나았다. 게다가 그곳에 가서 도전해봐야 할 것이 있었다.

베이커 오피스텔이 위치한 대로변에서 뒷골목으로 내려가면 자그마한 카페며 음식점들이 즐비하다. 1인 가구를 겨냥한 카레집이 내가 최근에 발견한 맛집이다. 나는 여느 때처럼 '호시 카레집'에 들어가 메뉴판을 보지도 않고 주문했다.

"카레 우동 고수 맛 주세요. 대파는 빼고 구운 마늘만 올려주세요."

머리에 하얀 수건을 동여맨 알바생이 주문을 받고 가자 나는 테이블 옆에 세워진 인공 나무를 올려다보았다. 나무에는 수백 장의 폴라로이드 미니 사진들이 주렁주렁 걸려 있었다. 이곳 호시 카레집 메뉴 중에서 가장 매운 맛에 도전해 성공한 사람들의 사진을 걸어둔 것인데, 이 사진들은 도전 의식을 불러일으켰다.

카레 맛은 초보-중간-고수-지존-초지존의 다섯 단계 맛으로 되어 있는데, 나는 '중간'부터 시작하여 현재 '고수' 단계의 카레를 다섯 번 넘게 먹었다. 인터넷으로 찾아보니 '지존' 맛이 보통 맵고 독한 게 아니어서 주문하기를 주저하고 있는 참이다. '지존'을 넘어서 '초지존'의 극한 매운 맛을 남김없이 다 먹어야 인공 나무에 사진을 찍어서 걸어준다. 나는 초지존에 도전해보는 것을 올해의 목표로 삼았는데 연말까지는 한 달여밖에 남지 않았다. 그런 마당에 지존 맛은커녕 아직 고수 단계도 쉽게 넘어가지 못하고 있었다. 나무에 걸린 사진들을 보니 홍대와 합정동을 기반으로 활동하는 타투이스트나 그래피티 아티스트, 힙합 래퍼 등 젊은 아티스트들의 모습이 돋보였다. 워낙에 젊은 문화가 향유되는 거리라 이곳에 똬리를 튼 홈즈와 나는 그들의 스트리트 패션에 많이 적응되어서 점차 캐주얼한 옷을 입게 되었다. 아티스트들과 나이 차도 얼마 나지 않는 데다 그들의 옷은 일단 활동하기에 편했고, 이 동네에 자연스럽게 묻혀 들어가는 것이 좋았다. 홈즈는 최근에 인터넷으로 해외 직구 스트리트 브랜드를 구입해 착용하는 일에 재미를 붙인 것도 같았다.

카레 우동이 나와서 손을 대려는 찰나, 휴대폰이 울렸다.

"왓슨, 의뢰인이 왔네. 어서 사무실로 와줘. 부탁이야."

나는 먹으려던 음식을 포장하여 얼른 베이커 오피스텔로 돌아갔다. 22층에 도착해 내 사무실에 카레 포장 봉투를 두고 나왔다. 바로 옆 홈즈의 사무실 앞에서 비밀번호를 누르고 현관문을 열었다. 수백 권의 책이 빽빽이 꽂힌 서가 앞 안락의자에 앉은 홈즈와 그를 마주해 앉은 여자의 뒷모습이 보였다.

여자가 얼른 일어나 인사를 했다.

"안녕하세요?"

연갈색 슬랙스 정장에 검은 구두를 신은 그녀는 이목구비가 뚜렷하고 단정한 얼굴로 신뢰감과 안정감이 느껴지는 인상이었다. 그녀가 앉은 의자 뒤로 모카색 알파카 롱코트가 걸쳐져 있었다. 의자 옆 바닥에는 베이지색 숄더백이 놓여 있었다. 숄더백은 열려 있고 두텁게 겹쳐진 하얀색 프린트 용지가 들어 있었다. 무척 세련된 차림새에 어깨까지 닿아 부드럽게 굽이치는 웨이브 머리가 제법 잘 어울렸다. 나이는 삼십대 중반쯤 되었을까, 단아한 미인이지만 얼굴에는 걱정이 어려 있었다. 그녀 앞에 마주 앉은 홈즈는 어느새 모직 재킷 차림으로 손님을 대하고 있었다.

"안녕하세요, 존 왓슨이라고 합니다. 이 옆에 있는 왓슨 민간법의학 연구소 소장입니다."

내가 인사를 건네자 여자도 자리에서 일어나 고개를 숙여 보였다.

"저는 최안나라고 합니다."

그녀가 다시 자리에 앉자 홈즈는 확신에 찬 목소리로 말했다.

"출판사와 관련하여 일하시는 분이죠? 직급은 아마도 이사 이상 되겠고, 경영진 자리에 오르셨지만 실무도 맡고 있고, 결혼은 하지 않으셨군요. 나이는 서른셋 정도, 베스트셀러를 만들어낸 적도 있고, 특히 장르소설 분야에서 히트작을 내셨군요."

최안나가 깜짝 놀라서 홈즈를 쳐다보았다.

"어, 어떻게 아셨죠?"

"숄더백에 슬쩍 나와 있는 A3지가 교정지라는 것은 출판 관련 일을 해본 사람이라면 알게 마련이죠. 그렇다면 출판사 직원일까 추리를 해보았는데, 출판사 직원들 의상은 보통 캐주얼하더군요. 그래서 경영진이 아닐까 유추됩니다. 입고 계신 정장이 고급스럽고 클래식한 것으로 보아 직급은 이사 이상 될 것 같고요. 그리고 잘 정돈된 헤어스타일, 깨끗한 구두에 네일아트로 다듬은 손톱을 보아서 살림을 하는 여성이 아닌 독신으로 추정했습니다."

최안나는 얼굴에 희미한 미소를 지으며 고개를 끄덕였다.

"거의 다 맞혔는데 나이가 틀렸어요. 그보다는 더 들었죠."

홈즈는 알 듯 모를 듯한 미소를 띠었다.

"그런데 어떻게 제가 장르소설에서 베스트셀러를 낸 줄 아셨죠?"

최안나가 이어서 물어보았다.

"작년에 나온 저의 책『셜록 홈즈의 탐정수첩』이 꽤 많이 팔렸거든요."

내가 홈즈 대신 대답해주었다.

"왓슨이 쓴 책은 장르소설 분야에서 꽤 오랫동안 베스트셀러 자리에 있더군요. 전 아마도 그 책을 보고 최안나 씨가 찾아왔을 거라고 생각합니다."

"네, 맞아요. 제가 낸 히가시노 게이고 책과 순위가 엇비슷했죠. 그래서 구입해서 읽어보았어요. 의사 선생님께서 글솜씨가 상당하던데요."

최안나가 빙그레 웃으면서 나를 보았다.

"왓슨 씨의 책을 읽은 것은 작년이지만, 여기까지 올 결심을 하게 된 것은 일주일 전이었어요."

잠깐 미소를 띠었던 최안나의 얼굴에 다시 두려움과 근심이 깔렸다.

"일주일 전에 파주출판단지에 있는 저희 안나스 출판사 사옥에서 사건이 일어났어요."

최안나는 충격에 질렸는지 잠깐 말을 잇지 못했다. 홈즈는 직접 내린 커피를 권하면서 말문이 터지기를 기다렸다.

"죄송해요. 너무나 충격적인 사건이라서요. 먼저 회사 역사를 말씀드릴게요. 안나스 출판사는 제가 설립했지만 투자자가 따로 계세요. 남권호 회장님이라고 다른 출판사를 운영하시던 분인데, 출판사를 정리한 돈을 제게 투자해서 제가 5년 전에 안나스 출판사를 세우고 대표 자리에 올랐습니다. 남 회장님은 투자 지분으로 회장님 자리에 앉으시고요. 그리고 회장님 자제분인 남두익 씨가 제 밑에 부사장으로 있죠. 이건 출판사 세울 때부터 약속했던 거고요. 하여간 안나스 출판사는 5년 동안 장르소설로 10여 종이 넘는 베스트셀러를 냈고, 그럭저럭 출판계에서 인정받는 출판사가 됐어요. 그런데 한 달 전부터 남 회장님이 경영권 관련하여 참견하시면서 제게 대표직에서 물러나라고 압박하기 시작했어요. 최근에 낸 몇몇 책이 판매가 부진한 데다, 제가 담당한 한 작가가 스티븐 킹 소설을 표절했다는 의심을 사서 말들이 좀 있었죠. 아무래도 저는 이런 문제가 일주일 전에 일어난 사건과 관련이 있는 것만 같아요."

홈즈는 고개를 끄덕이면서 최안나를 날카로운 눈빛으로 보았다. 홈즈가 사건에 대하여 빨려들어갈 듯이 몰입할 때는 항상 저런 표정이 되었다.

"알겠습니다. 이제 일주일 전 사건에 대해 말씀해주시지요."

최안나는 과거를 더듬는 듯 천천히 떨리는 목소리로 말을 이었다.

"수요일이었어요. 저는 일산에 살면서 파주출판단지까지 자가용으로 통근하는데, 안개가 짙게 꼈던 그날 아침은 출근하면서부터 기분이 영 이상하더라고요. 제가 촉이라고 할까, 그런 본능적인 감각이 발달한 게 있어요. 그래서 어떤 책들은 출간을 준비하면서부터 잘될 거라는 막연한 감이 오기도 하지요. 그런 책들은 대부분 베스트셀러가 되고요. 저희 출판사는 출판단지 초입에 있는 응칠교 사거리를 지나서 갈대로 둘러싸인 샛강을 따라 다산교 사거리를 지나면 왼편에 위치해 있어요. 저는 보통 7시쯤 직원들보다 먼저 출근하는데 그날 아침은 주차장에 차를 대놓고 사무실에 들어가기가 싫더라고요. 그날따라 동네가 평소보다 조용해 보이고 으스스한 느낌이 들었어요. 하지만 그 시간에 문 연 커피숍도 없으니 일단 사무실에 들어가기로 마음먹었죠. 사옥은 4층 건물로, 1층에는 영업팀 사무실과 물류창고가 있고, 2층에는 편집팀 사무실, 3층에는 회장님과 저와 부사장님 사무실이 있고, 4층은 휴게실과 자료실로 이루어져 있어요. 그리고 1, 2, 3, 4층 중앙부가 뚫려 있고 채광창이 높다랗게 위치한 구조여서 계단을 올라가면서 1, 2, 3층을 모두 내려다볼 수 있어요. 저는 계단으로 3층 사무

246

실에 가서 가방을 두고는 커피 한 잔을 내리고 와서 원고를 보기 시작했어요. 그런데 얼마 지나지 않아 갑자기 우당탕탕 하고 엄청 큰 소리가 났죠. 깜짝 놀라 사무실 문을 열고 나가 봤어요."

홈즈는 가만히 듣고 있다가 최안나가 잠시 말을 쉬고 커피를 마시는 중에 질문을 던졌다.

"경비원이 그 시간에 사무실 근처에 있었습니까?"

"아뇨. 그 시간엔 경비원이 없었어요. 회장님이 출판단지에는 도둑이 들지 않으니 경비 절감 차원에서 야간 경비를 없애고 주간 경비원 한 명만 두자고 하도 주장하셔서, 그렇게 한 지 6개월이 지났어요. 이런 식으로 회장님이 경영에 간섭하시는 게 한계를 넘은 점도 있지만…… 후우."

최안나는 잠시 한숨을 쉬고는 말을 이었다.

"어쨌든 문을 열고 나가서 둘러보니 2층 계단참에 높다랗게 쌓여 있던 책 더미가 흐트러져 있더군요. 그 책들이 넘어지면서 소리가 났나 보다 하고 저는 일단 책들을 대강 정리했어요. 그런 다음 주변을 둘러보는데 1층 물류창고 앞에 직원 하나가 쓰러져 있는 걸 발견한 거예요."

최안나는 두 손이 떨리는지 간신히 손을 맞잡고 침을 삼켰다.

"그 직원은 저희 출판사 막내 편집자인 강민호 군이었어요. 올해 스물여덟 살로, 계약직으로 입사한 지 6개월이 넘었죠. 꼼꼼하고 조용한 성격이고 성실해요. 제가 알기로는 조만간 출간될 책에 잘못 인쇄된 부분이 있어서 그 부분에 스티커 작업을 하느라 혼자서 며칠 야근을 한다고 들었어요. 당장 서점에 깔릴 2천여 권은 인쇄소에서 작업하지만, 홍보용이나 작가에게 보낼 몇 백 권은 강민호 군이 스티커를 붙이기로 했나 봐요. 책에 저자의 출신 대학 명이 잘못 기재됐는데, 그게 강민호 군이 제대로 확인하지 못한 책임이 있어서 직접 작업하기로 했다고 부사장님한테 들었거든요. 그런데 적당히 야근하고 퇴근했어야 할 강민호 군이 1층 물류창고 앞에 엎드린 채로 쓰러져 있는 거예요. 저는 부랴부랴 계단으로 내려가서 강민호 군을 흔들어 깨웠어요. 하지만 의식이 없는 것 같아서 곧 119에 신고했죠."

최안나의 목소리가 떨렸다. 내가 그녀의 빈 잔에 커피를 더 따라주려 하자 그녀가 고개를 저었다.

"밤에 잠을 못 잘 것 같아서 카페인 섭취를 줄이려고요. 수면 장애가 있어요."

"그렇다면 출근 시에는 못 본 강민호 군을 그때 우당탕 소리가 난 후에 발견한 거군요."

"네, 맞아요. 분명 출근할 때는 못 봤어요. 하지만 제가 평소처럼 건물 입구 계단으로 올라가면서 반대편 물류창고 쪽은 특별히 눈여겨 보지 않아서 강민호 군이 쓰러져 있는 걸 몰랐던 건지도 모르겠어요."

"계속 말씀하시죠."

홈즈가 재촉했다.

"119 구조대가 와서 강민호 군의 사망을 확인하고, 부검의가 사망 선고를 내리고, 경찰이 출동했어요. 그때가 8시쯤으로, 그제야 직원들과 회장님이 출근했고, 강민호 군의 사망이 기정사실화되었죠. 부검의의 소견에 따라 4층에서 떨어진 것으로 보고 실족사로 잠정 판명했는데, 3일 후 국립과학수사연구원 부검에서도 실족으로 인한 사망으로 판단했어요. 과학수사팀이 증거를 수집했지만 자살한 흔적을 특별히 발견하지 못해서 단순사고사로 처리했죠."

"그렇다면 강민호 군을 발견하기 전에 들었다는 우당탕 소리는 실제로 무슨 소리였습니까?"

최안나가 얼굴이 하얗게 질리면서 떨리는 목소리로 답했다.

"그게 저도 형사님께, 분명히 그런 소리를 들었고 그런 연유로 강민호 군의 시신을 발견했다고 얘기했어요. 그런데 부검 보고서에 사망 시간이 자정 이후부터 새벽 4시경으로 추정돼 있어서, 그 소리는 2층 계단참에 있던 책 더미가 무너진 소리라고 결론 내렸어요. 저도 그랬는가 싶기도 하고요."

"야간 경비원이 없다고 하셨는데, 그렇다면 밤에는 출판사 건물 문이 잠겨 있습니까?"

최안나는 고개를 끄덕였다.

"네, 직원들 아이디카드로만 출입이 가능하지, 밖에서 들어올 수도 나갈 수도 없어요. 모든 출입은 정문에서 아이디카드를 찍어야만 하죠."

"그렇다면 외부인은 어떻게 들어가죠?"

"외부 손님은 정문 앞에서 직원에게 전화하거나 드나드는 직원이 있으면 안내받고 같이 들어갈 수 있어요."

"강민호 군의 아이디카드는 어디에서 발견되었죠?"

"주머니에 들어 있었어요. 그것이 외부인의 침입은 없었다는 판단에 결정적 증거가 되었죠. 직원들 중에도 아이디카드를 잃어버린 사람이 아무도 없었고요."

"그렇다면 혹시 창문은 열려 있지 않았나요?"

"창문도 아이디카드로 야간 경비를 해제해야 열리는 시스템이에요. 경비원을 한 명 줄이고 나서는 아침에 직원 아이디카드로 경비를 해제해야 문과 창문이 열려요."

"그날 아침에 들어가시면서 정문을 열어두었습니까?"

"네, 환기를 시키려고 정문과 계단 가에 있는 1층 창문을 열고 제 사무실로 올라갔어요."

"이 사건에 대해선 아직은 정확한 핵심을 모르겠군요. 저에게 무슨 의뢰를 하시러 온 겁니까?"

홈즈가 정곡을 찌르자 최안나는 단호한 눈빛으로 그를 바라보았다.

"지금 강민호 군의 유족들이 과로로 인한 실족사로 판단하여 산업재해 보상금을 청구했고 재판을 시작하려 합니다. 그런데 남 회장님은 이 사건을 제 과실로 몰아서 저를 해임하고, 남두익 부사장을 제 자리에 앉히려고 혈안이 되었어요. 계속 이것저것 과실을 물어서 저를 몰아내려던 중에 결정적인 사고가 나니 더욱 피치를 올리시는 거죠. 저는 이대로 물러날 수 없어요. 안나스 출판사는 제 전신입니다. 안나스를 세우고 5년간 혼신을 바쳐 지금 이 자리까지 끌고 왔어요. 제 출판 경력 15년 세월에 불명예스럽게 퇴진할 수도 없고, 한마디로 안나스는 저와 동일한 존재입니다. 이렇게 물러날 수는 없……."

최안나는 말끝을 흐리더니 끝내 눈물을 보이며 약간 울먹였다. 외유내강 철의 여인이 끝내 인내심이 무너져 내린 것 같아서 보고 있는 나도 불편했다. 누구 앞에서도 어디에서도 흘리지 않았을 눈물이 결국 터져 나온 것처럼 보였다.

"힘내십시오."

홈즈는 간단한 말과 함께 손수건을 건넸다. 최안나는 울음을 가까스로 참아내면서 내가 건네는 물을 받아 목을 축였다.

"죄송합니다. 이런 모습을 보여서."

"이제 결정적인 질문을 드리죠. 제 생각엔 아마도 그게 없어서 저를 찾아오신 것 같은데, CCTV 보안 카메라는 확인해보셨어요?"

최안나는 한숨을 쉬었다.

"그게, 회장님이 야간 경비원을 없애고 경비업체를 바꾸는 과정에서 시스템을 교체했는데, 결정적으로 새로운 CCTV로 교체하는 과정에서 일어난 사고라서 자료 화면이 없어요. 유족들이 분노하고 있는 것도 그것이고요."

"네, 잘 알겠습니다. 괜찮으시다면 저희가 출판사를 방문하고 싶은데, 내일 오후에 찾아가 봐도 괜찮을까요?"

"네, 회장님뿐 아니라 전 직원이 영업팀을 제외하고는 내근직이라서 자리에 있고, 저도 내일 오후에는 약속이 없습니다. 전화주시고 오세요."

최안나는 정중한 인사와 함께 사무실을 나갔다.

최안나의 뒷모습을 보는 홈즈의 얼굴에 오랜만에 활기가 올랐다. 홈즈는 나를 보고 입가에 밝은 미소를 띠고 물었다.

"그나저나 카레 가게에는 언제부터 들락거린 거야?"

"응? 어떻게 알았나?"

"추리도 필요치 않아. 인도 카레 냄새는 옷에 들러붙게 마련이거든. 포장해왔으니 같이 먹세나."

"내가 먹고 왔을지 모르잖아? 어떻게 포장해왔다고 확신하지?"

"뻔하지. 자네가 내 사무실을 나간 뒤 내가 호출해서 돌아오기까지 21분밖에 안 걸렸는데, 엘리베이터로 왔다 갔다 하는 시간만도 기다리는 시간까지 하면 7, 8분은 족히 걸리는데 언제 먹고 들어오겠나? 포장해왔겠지."

나는 웃으면서 사무실을 나가 포장해온 카레를 들고 다시 돌아왔다. 홈즈는 휴대폰으로 음악을 틀면서 내가 꺼내 놓은 카레를 플라스틱 숟가락으로 맛보았다.

"좀 맵군."

"고수 맛이라서 그래."

홈즈의 휴대폰에서 자이언티의 〈꺼내 먹어요〉가 흘러나왔다.

"어? 노래 취향이 바뀌었는데?"

"자네 좋아하는 곡도 좀 틀어주려고. 벽에 귀를 기울이지 않아도 자네가 무슨 음악 듣는지 다 들리니 자네 취향도 파악 좀 해뒀지. 오랜만에 의뢰인이 찾아와서 기분이 무척 좋아."

"홈즈, 최안나 씨 나이는 왜 틀린 거야? 나도 삼십대 중반 이상으로 봤는데."

"그거야 립서비스지. 오랜만에 손님이 와서 나도 하나쯤은 틀려서라도 좋은 기분을 주고 싶었네, 의뢰인에게. 그나저나 자네 의사 친구 통해서 강민호 부검 보고서를 구해볼 수 있었으면 좋겠는데. 힘들겠으면 내가 마포서 레스트레이드 경감 통해서 알아볼 수도 있고 말이야."

"아니, 내가 한번 구해볼게. 국과수에 의대 동기 녀석이 있어. 외부로 유출 안 시킨다면 어쩌면 가능할지도 모르지."

"첫째 문제는 강민호가 죽은 시간에 또 다른 사람이 있었느냐가 관건이고, 두 번째는 사망 원인이 실족사라지만 좀 더 확인해봐야 할 것들이 있지."

다음 날 오후 나는 소매 부분이 검은색 가죽으로 덧대어진 스타디움 점퍼를 걸치고 주차장에서 오랜만에 BMW 미니 JCW를 꺼냈다. 평소 합정역에서 전철을 타고 외출하는 경우가 많아서 운전하는 날이 드물었다. 주차장으로 나온 홈즈는 구스가 얇게 패딩된 옅은 블루 컬러의 모직 재킷에 핏이 잘 맞는 바지를 입고 있었다.

홈즈는 보조석에 올라타면서 만족스런 미소를 지었다.

"자네가 운전하는 차에 탈 때마다 감격스러워."

홈즈는 운전면허증이 있었지만 장롱면허로 과거에 큰 사고를 몇 번 겪고는 운전을 중단하였다.

하얀색 미니 JCW는 미니 시리즈 중에 가장 속도가 빠르고, 200마력 이상의 엔진과 제로백(전력질주 시 정지 상태에서 시속 100킬로미터 속도에 달하는 시간)은 6.5초 걸리는, 크기는 작으나 성능은 끝내주는 녀석이었다. 합정역에서 양화로를 따라서 강변북로를 타고 이동해서 파주로 가는 고속화도로인 자유로에 올라탔다.

홈즈가 뜬금없이 질문을 던졌다.

"저쪽 반대차선 넘어서 한강가로 민간인 통제구역이 조성돼 있잖아? 가끔 말이지, 저 갈대밭에 누군가 숨어 있지 않을까 싶어."

"홈즈, 그거야 탈북하는 사람이 있을 수도 있고, 반대로 월북하는 사람이 있을 수도 있지 않은가?"

"그렇다면 시신은? 만약에 사람을 죽이고 시신을 감추기 위해 민간인 통제구역에 유기한다면? 그건 어떻게 되는 거지? 정식적인 경찰 수사를 받는다고 생각하겠지만, 너무 민감한 구역이니까 자살이나 아니면 월북하려다 길을 잃고 저체온사했다, 라는 식의 형식적인 수사 결과로 끝나지 않을까?"

"아니, 그건 한강도 마찬가지야. 한강에 시신을 유기해놓았다고 치자. 겉으로 보기에는 타살의 흔적이 전혀 없어. 부검을 해도 수면제 성분만 나오지 독극물은 나오지 않아. 그렇다면 수면제를 먹고 죽으려던 사람이 효과가 없자 한강물에 뛰어들었다 식의 수사 결과가 나오지 않을까? 사실 그 사람은 채무자를 찾아갔다가 빚에 쫓긴 채무자가 술에 타서 건넨 수면제를 먹고 한강에 버려진 것은 아닐까?"

홈즈와 나는 이런 식의 범죄 관련 대화를 나누면서 자유로를 달리다가 파주출판단지로 접어들었다. 내비게이션에 안나스 출판사를 입력해놓아서 찾는 게 어렵지 않았다. 옹칠교, 다산교 사거리를 지나서 왼편에 위치해 있었다. 4층의 낮은 건물로 회색 콘크리트 벽으로 마감한 외장재가 돋보였다. 유명 건축가가 설계한 건물이라고 어디선가 들은 것 같다. 정문 앞에 최안나가 나와서 기다리고 있었다. 나는 홈즈와 함께 차를 내려 가볍게 인사했다.

"어서들 오세요."

최안나가 아이디카드를 대고서 정문을 열었다. 안으로 들어가려는데 창가 쪽에 붙은 개집에서 커다란 개 한 마리가 나와 컹컹 짖었다.

깜짝 놀라 건물 안으로 얼른 들어갔다.

"놀라셨죠? 남 회장님이 자택에서 기르던 진돗개인데, 사건이 있고 나서 경비를 하라고 여기에 데려다 놓으셨죠. 아직도 CCTV는 설치되지 않은 상태고요. 이리로 오세요."

1층에 들어가자 책들이 곳곳에 쌓인 물류창고가 건너편에 보였고, 사무실 몇몇이 문이 열린 채 보였다.

"바로 이곳이 강민호 군이 발견되었던 그대로 현장을 보존한 곳입니다."

물류창고 앞, 책들이 가득 쌓인 곳에 강민호가 쓰러져 있던 자리가 하얀색 스프레이로 그려져 있었다. 그 주변에는 노란색 폴리스라인 테이프가 쳐져 있었다. 강민호는 엎드려서 두 팔을 아래로 내리고 다리가 꺾인 채로 발견된 것처럼 보였다.

"과학수사팀에서 증거물 채취를 다 끝낸 상태인 거죠?"

"네, 부검에서도 실족사로 판단하고 있죠. 특히 도난당한 아이디카드도 없어서 밤에 외부인은 들어올 수 없는 상황에, 강민호 군 혼자서 일하고 있었다는 게 결정적 이유였죠. 그리고 자살이나 타살의 흔적도 없고요."

"최 대표님이 일하고 있을 때 들었다는 우당탕 소리는 정말 책이 무너지면서 난 소리 같으세요?"

"잘 모르겠어요. 사실 그 책들은 대형 비닐 포장재로 잘 덮어두었던 건데 왜 무너졌는지 모르겠어요. 물류창고가 꽉 차서 잠깐 재고 책들을 그렇게 보관해두었던 거예요."

홈즈가 눈을 빛내며 물었다.

"그렇다면 그 비닐 포장재는 흩어진 책들과 같이 널브러져 있었나요?"

"아뇨, 그 비닐은 보이지 않았어요."

"좋습니다. 이제 2층으로 올라가 보죠."

2층에는 편집팀들이 근무하는 사무실이 있었다. 최안나가 계단참에서 책들이 흐트러져 있던 공간을 가리켰다. 지금은 책들을 다른 곳으로 치웠다고 한다. 홈즈는 유심히 이곳저곳 살펴보면서 다녔다. 안쪽 사무실로 들어간 최안나는 책상 하나를 가리키면서 씁쓸하게 말했다.

"여기가 강민호 군 자리였어요. 지금은 유족분들이 개인 물품을 거의 다 가져가셨죠."

책상은 비어 있었지만 데스크톱 컴퓨터와 자그마한 선인장 화분, 머그컵, 필통 등은 남아 있었다.

"마음이 아프죠. 제 밑의 직원에게 이런 참혹한 일이 일어나다니…… 단순사고사라기엔 너무 미심쩍어요. 어쩌면 강민호 군이 억울한 죽음을 당했을지도 모르잖아요. 그 진실을 밝혀내는 게 직원에 대한 제 책임이라고 생각해요."

최안나는 강민호의 자리를 벗어나 다시 복도로 나가 계단으로 올라섰다.

3층에는 회장, 대표, 부사장의 사무실이 있었다. 최안나가 자신의 사무실로 안내하는데, 옆 사무실에서 키 크고 날씬하고 멀쑥하게 생긴 남자가 나와 인사했다.

"안녕하세요, 홈즈 씨가 오신다기에 설레고 있었습니다."

서른 살 정도 되었을까, 하얀 옥스퍼드 셔츠에 갈색 모직 바지를 입은 잘생긴 남자가 명함을 건넸다. '부사장 남두익'이라고 명함에 박혀 있었다. 최안나는 다소 어색한 표정으로 남두익과 홈즈를 번갈아 보았다.

"『셜록 홈즈의 탐정수첩』 잘 보았습니다. 이렇게 저자분을 만나봬서 반갑습니다."

"아, 그건 제 동료 왓슨 박사가 저자입니다."

"아, 왓슨 선생님, 반갑습니다."

나는 남두익의 얼굴을 살펴보았다. 젊고 잘생긴 부잣집 도련님 이상의 능력 있는 실무 경영진 느낌은 전혀 들지 않았다. 혈연관계라는 이유만으로 최안나가 5년간 죽을힘을 다해서 키워온 회사를 넘겨주는 것은 정말 부당하다는 생각도 들었다.

"부사장님, 죄송하지만 홈즈 씨는 사건을 조사하러 오신 거라서요. 나중에 시간을 다시 만들도록 할게요."

"네, 괜찮아요. 저는."

최안나는 남두익이 사무실로 다시 들어가는 것을 보고 있다가 홈즈와 나를 4층으로 안내하였다. 4층에는 휴게실과 여러 자료들이 비치된 서가가 있었다.

"여기가 바로 강민호 군이 떨어진 장소로 추정되는 곳입니다."

최안나는 휴게실 바로 앞 난간 앞에 서서 아래를 내려다보며 말했다.

"지문이나 미세섬유 등의 증거물은 모두 수집한 게 맞죠?"

"네, 지문을 떴는데 강민호 군 것은 안 나오고, 편집팀 최 대리와 김 과장 지문만 나왔죠. 두 분은 확실하게 알리바이가 증명되어서 의심은 사지 않았고요. 그날이 아니라도 언제든 난간을 잡아 지문이 묻을 수가 있잖아요."

홈즈는 주머니에서 루페를 꺼내 난간 손잡이를 확대해 살펴보았다. 그러고 나서 최안나를 보았다.

"족적은 없었나요? 난간에요. 왓슨, 나 좀 잡아줘."

홈즈는 한 손으로 내 손을 붙들고 다른 손으로 난간을 붙잡더니 두 발로 난간을 딛고 일어섰다.

"위험해! 조심하게나."

말린다고 들을 홈즈가 아니었기에 그의 손과 다리를 잡아주며 버티는 수밖에 없었다.

"이런 식으로 손바닥을 대고 구둣발을 올려놓았다면 분명히 자살이고 지문과 족적이 남을 수밖에 없어요."

최안나는 홈즈의 도발적인 행동에도 당황하지 않고 다가와 두 손으로 난간을 붙들고 담담하게 말했다.

"그게 저, 그래서 더욱 난간에 기대어 쉬다가 뒤로 넘어가며 이렇게 실족사한 것이 아니냐고 하던데요."

최안나는 등을 난간에 기대어 비스듬히 다리를 앞으로 뻗었다.

"이렇게 뒤로 기대어 있다가 피곤해서 잠깐 정신을 잃은 중에 그대로 등 뒤로 넘어가서 떨어졌다는 거예요."

최안나는 피곤하여 정신을 잃는 연기를 실감 나게 해 보였다. 정말 무슨 일이든 한번 시작하면 끝장을 낼 정도의 집요함이 엿보였다. 홈즈는 난간에서 내려와 한 번 더 난간과 주변을 살펴보고는 휴게실로 향하였다. 휴게실에는 세 개의 원형 테이블과 주변에 놓인 의자들, 그리고 뒤쪽의 커피 머신과 대형 냉장고가 눈에 띄었다. 냉장고 옆으로는 밀고 닫는 이중 서가가 설치돼 있고 책들이 빽빽이 꽂혀 있었다. 냉장고에는 편의점에서 팔 만한 각종 캔 음료가 들어 있었다.

"웰치스 꺼내 마셔도 되나요?"

내 물음에 최안나가 음료수를 꺼내주면서 빙그레 웃었다.

"그럼요, 이 냉장고를 보고 탐내시는 손님들이 많아요. 회장님은 쓸데없이 돈 낭비한다고 없애자고 하지만요."

"여기서 며칠 지내도 음료수 꺼내 먹으면서 그럭저럭 살 만하겠는데요."

"저도 밤샘 작업 할 때 이 음료수로 대충 당분 보충하면서 일하기도 했어요. 하지만 여기 출판단지가 밤에 웬만큼 썰렁한 데라야 말이죠. 한번은 여기 휴게실에서 새벽 4시에 출판단지 풍경을 내려다본 적이 있어요. 혹시 〈나는 전설이다〉 영화 보셨나요? 거기에 나오는 좀비가 습격한 텅 빈 도시, 그것하고 야경이 똑같았어요. 가로등 두서너 개, 그리고 사람 한 명 없는 빈 도시…… 그 압도적인 광경에 처음에는 넋을 잃고, 두 번째는 아름답다고 하지만, 세 번째에는 꼭 칼퇴근해야겠다는 마음이 들죠."

최안나는 그렇게 말하고 커피를 한 잔 내려 마셨다.

"이제는 커피도 그냥 마셔요, 어차피 안 마셔도 잠이 안 와요. 이 사건 해결하기 전에는 숙면은 힘들겠죠."

홈즈는 냉장고에서 매실 음료를 꺼내 마시면서 질문을 던졌다.

"혹시 냉장고 손잡이에서도 지문을 채취했나요?"

"아뇨. 그렇게까지는 안 한 것 같아요. 사고 현장 주변 위주로 채취했죠."

"사고 이후에 냉장고에 몇 명의 직원이 손을 댄 것 같습니까?"

"일주일이 넘었는데, 아마도 수십 명의 지문이 묻어 있겠죠."

"그렇군요."

홈즈는 고개를 끄덕였다.

"나 같으면 냉장고에서 지문을 채취해보려고 했을 텐데 말이죠."

음료수를 다 마시고 최안나와 현장을 한 번 더 둘러본 후에 홈즈는 제안을 하나 하였다.

"2층 계단참에 책을 그때와 비슷하게 쌓아두고 비닐을 제거해서 책들이 쓰러질 때 나는 소리를 들어보고 싶군요. 가능할지요?"

최안나는 창고 직원을 불러서 계단참에 책들을 쌓고 비닐로 덮어놓게 했다. 그리고 홈즈가 시킨 대로 3층 사무실에 들어가 있다가 홈즈가 휴대폰으로 지시하면 귀를 기울이며 대기하기로 했다.

홈즈는 대형 비닐을 손으로 잡아끌면서 외쳤다.

"지금이야, 문자를 보내!"

나는 즉시 '쓰러집니다' 문자를 보냈다.

홈즈가 비닐을 제거하자 책들이 우루루 넘어지면서 소리가 났다. 잠시 후 최안나가 계단을 내려왔다.

"어때요? 사건 때 들은 소리와 비슷합니까?"

최안나는 고개를 저었다.

"아, 아뇨. 잘 들리지 않았어요. 그때는 우당탕 소리가 정말 크게 들렸는데요."

홈즈는 두 번 더 실험해보았지만 최안나의 반응이 여전하자 고개를 끄덕이면서 잠시 생각에 잠겼다.

실험을 마치고 홈즈와 나는 안나스 출판사를 나섰다. 주차장에서 차를 빼는데 홈즈가 제안했다.

"여기 파주에서 하루 묵고 가지. 근처에 지지향이란 게스트하우스가 있던데, 오전에 예약해뒀어. 그리고 최안나 대표에게서 여벌의 아이디카드를 받았으니 밤에 현장에 다시 가보자구. 대표가 허락한 일이야."

범죄 현장에 대한 홈즈의 집착은 놀라웠다. 과학수사팀이 아니니 훼손되지 않은 사건 초기 현장에서 증거물을 수집할 수도 없지만, 현장이 주는 느낌과 분위기, 그리고 그곳 특유의 범죄 냄새를 맡아볼 수 있다면서 현장에서 추리에 몰입하기를 즐겨 했다. 나로서는 〈나는 전설이다〉의 유령 도시를 본다는 데에 약간의 호기심이 있었다.

지지향 게스트하우스는 파주출판단지 초입의 아시아 출판문화정보센터와 붙어 있었다. 404호에 체크인하여 방에 들어가 보았다. 보통의 호텔이나 게스트하우스와는 다르게 TV가 없고, 책상과 책들이 꽂힌 책장이 있었다.

나는 노트북 컴퓨터를 켜고 인터넷에 들어가 보았다. 어제 부탁한, 강민호의 부검에 따른 간단한 사인 소견이 적힌 서류가 이메일로 와 있었다.

"홈즈, 여기 부검 관련 소견을 보게. 부검 보고서는 공문서니까 함부로 보낼 수 없고, 담당 부검의의 소견서만 있네만 그래도 사인을 알아볼 수는 있어."

소견에서는 사망 추정 시각이 자정에서 새벽 4시 사이라고 했다. 이는 부검의가 시반이나 근육 경직도에서 판단한 것과 직장 온도를 바탕으로 헨스겐 표에 의해 추정한 시각이라고 나와 있었다.

사망 원인은 외부 손상에 의한 광범한 후두부 급성 경막하출혈로, 땅에 부딪쳤을 때 생긴 뇌진탕에 의해 출혈이 있었을 것으로 추정됐다. 위장 속 음식물의 독극물 반응은 음성이었고, 수면제나 기타 약 성분이 검출되지 않은 것으로 보아 단순추락사로 판명되었다. 그리고 팔과 다리에 추락으로 인한 타박상과 골절 상흔이 있었다.

"부검 소견에 의하면 타살로 인한 흔적이 없고, 독극물이나 수면 약물이 없기 때문에 실수에 의한 추락사로 판단한 것은 타당하다고 생각되네, 홈즈."

나는 민간법의학 연구소 소장으로서 전문가적 의견을 말했다.

"난 마포서 레스트레이드 경감에게 문의해봤는데, 파주경찰서에선 일단 타살 흔적이 없어서 실족에 의한 사고사로 수사 종결한다고 들었네. 하지만 말이야, 최 대표가 우당탕탕 하는 큰 소리를 들었다는 것이 석연치 않아. 책들이 넘어지면서 그렇게 큰 소리가 났을까? 실험에 의하면 전혀 그렇지 않았잖아."

"그렇다면 홈즈, 그 시각에 추락사를 했다는 것은 부검의 소견과 정면으로 대치하잖아."

"그러니까 좀 더 조사해본 다음에 결론을 내리자는 거지. 아무래도 현장을 좀 더 살펴봐야만 타당한 결론을 내릴 수 있을 거야."

밤이 오기를 기다리는 수밖에 없었다. 파주 게스트하우스에서 밤이 될 때까지 시간을 보냈다. 서가에 꽂혀 있는 책들을 읽고, 근처 식당에서 간단히 저녁식사를 했다. 저녁 느지막이 침대에 누워 잠깐 휴식을 취하기도 했다. 어느덧 밤 12시가 되었다. 내가 먼저 일어나서 창밖을 내다보았다. 파주출판단지는 최안나의 말 그대로 유령 도시가 되어 있었다. 거리에 사람이 보이지 않았다. 고적한 길을 비추는 점멸하는 가로등 몇 뿐, 산을 뒤로한 어둠 속에 인적 없는 도시가 오롯이 자리해 있었다. 나는 홈즈와 함께 게스트하우스를 나섰다. 손에는 가벼운 손전등과 휴대폰 등을 들었다. 가로등 불빛이 안내하는 대로 갈대가 무성한 샛강을 따라 난 길을 걸어서 안나스 출판사로 향했다. 하얀 갈대 머리 아래로 언뜻언뜻 보이는 검은 습지가 괴물이라도 튀어나올 듯 괴기스러웠다. 게다가 보안의 이유로 4층 이하의 낮은 건물들이 띄엄띄엄 지어진 출판단지는 유난히 고요하고 음산했다. 낮에는 외국의 어느 한적한 교외처럼 보였던 곳이 아무도 없는 이 밤에는 그렇게 괴괴해 보일 수 없었다. 겨울 밤바람의 추위가 모직 바지 속을 파고들었다. 내복을 입어야 했나 하는 생각이 들 만큼 11월의 밤바람은 매서웠다.

안나스 출판사에 도착해 정문에 아이디카드를 댄 순간 진돗개가 요란하게 짖어댔다. 아뿔싸, 개가 지키고 있다는 걸 깜박했다.

"이크. 홈즈, 어서 들어가자구."

"걱정 마. 저 개는 목줄에 단단하게 매여 있다는 걸 아까 확인해 뒀어."

경비를 해제하고 문을 열어 들어가기까지 몇 초간 개 짖는 소리가 그렇게 두려울 수 없었다. 어릴 때 개에게 물려본 적이 있어서 더욱 그랬다.

"일단 쓰러져 있었던 자리부터 확인하세나."

홈즈는 폴리스라인이 쳐져 있는 1층 현장에 성큼성큼 걸어가 강민호가 쓰러져 있었던 자리에 몸을 대고 누워 보았다.

"4층에서 등 쪽으로 떨어졌다면 한 번은 뒤집어지면서 이렇게 머리가 창고 쪽을 향하고 넘어졌겠지. 그런데 엎드린 자세로 발견 됐다면 후두부 쪽 경막하출혈이 아니라 전두부 쪽 손상으로 인한 두개골 골절로 경막상출혈이 더 사인에 근접하지 않은가? 그런데 왜 엎드린 채로 추락사했는데 후두부 쪽 출혈이 있었다는 거지?"

"그건 의사로서 내 소견을 말해본다면, 분명히 물리적 외상 손상과 상처 그리고 사인의 인과관계는 그런 게 맞겠지. 하지만 추락에 의해 머리 전체가 흔들리고 심한 타박상을 입고, 두개골 골절에 혈관이 파괴되어 출혈이 있었다면, 꼭 뒤가 부딪쳤다고 후두부가 손상되고 앞이 부딪쳤다고 전두부가 손상되지는 않아. 머리 전체가 흔들리고 골절되면 어느 쪽에서든 대량 출혈이 생길 수 있지. 그래서 그 기준만으로는 정확하게 따질 수 없어."

"왓슨, 그렇다면 최안나 대표는 어째서 강민호가 추락할 때 비명 소리는 듣지 못했지?"

"그거야 만약 과로로 정신을 잃은 상태에서 실족했다면 충분히 가능한 현상이지."

"그렇지만 아직도 미심쩍은 부분이 있어. 그것이 명쾌하게 해결되지 못한다면, 이 사건의 정확한 진실은 드러나지 않고 사건에 가려지게 될 거야. 일단 강민호 군의 컴퓨터를 열어보자구."

홈즈와 나는 2층 사무실로 올라갔다. 홈즈가 강민호의 책상에 앉아 컴퓨터를 켰다. 다행히 비밀번호는 해제되어 있었다.

"열어본 페이지 목록을 검색해보자고."

홈즈는 인터넷 익스플로러로 들어가서 오른쪽 상단의 즐겨찾기를 클릭해 열어봤던 페이지를 확인했다. 최근에는 컴퓨터가 사용되지 않아서 일주일간의 목록은 없었다. 일주일 전의 목록부터 뒤져보니 포털사이트의 출판 관련 카페나 블로그, 편집 디자인 관련 자료 사이트, 개인 SNS 사이트 등이 나왔다.

"아마 SNS 정도는 이미 다른 형사들이 의례적으로 방문해서 뒤져봤을 거야. 꼼꼼하고 조용한 강민호의 성격으로 봐서 요란하게 이것저것 올려놓지도 않았을 거고."

홈즈의 말대로 트위터나 페이스북에는 친구들과의 안부 인사 정도나 올라와 있었고, 최근에 출간한 책들이 소개돼 있었다.

"스물여덟 살 혈기왕성한 청년이 이렇게 건전한 사이트만 방문했다는 게 좀 그렇지 않나? 밤에는 혼자 야근도 했다는데."

"그럼 홈즈, 음란물 사이트라도 나와야 옳은 것인가?"

"아니, 그래도 인간이란 말이지. 잠깐 일을 쉴 때는 심심하고 지루하고, 혼자 있는 게 갑갑하고 그렇단 말이지. 그 시간에는 누구나 취미로 좋아하는 아이돌을 검색해볼 수도 있고, SNS를 타고 다

266

니면서 남들 관심사를 몰래 들여다보기도 하고, 인터넷 쇼핑몰을 구경할 수도 있지. 근데 강민호 군은 그런 자기 속내를 보여주는 개인 사이트가 너무 없단 말이지.”

“그럼 말이야, 이 사이트는 어때? 이거 주간파 사이트 아니야?”

‘주간파’는 ‘주간 파퓰러’를 줄인 말로, 주간에 인기 있는 게시물을 전면에 띄워서 조회 수를 높이는 게 목적인 사이트이다. 극우 성향의 이삼십대 남자들이 주요 회원으로, 정치와 유머, 게임에 관련된 글을 커뮤니티 회원들이 올리는 구조로 되어 있다. 한 연예인이 게시물 중에서 자신과 음란물과의 합성 사진을 발견하고는 명예훼손으로 회원들을 고소하면서 주간파가 사회에 널리 알려졌는데 나도 호기심에 몇 번 들어가 보았다.

“한번 열어보지.”

열어본 페이지 목록에 있는 주간파 사이트를 열어보니 자유게시판 게시글이 열려 있고 여러 회원들이 올린 댓글이 보였다.

층간 소음으로 옆방 자식 죽여버리고 싶다
룰루랄라

2015. 10. 20. 11:20 pm
http://www.jukanpa.co.kr/70238246

안녕, 여러분. 난 지금 너무 힘들어. 고시원에 살고 있는데, 솔직히 옆방 녀석 소음이 장난이 아냐. 층간 소음은 아니지, 옆방 소음이라고나 할까. 녀석은 일단 여자를 너무 많이 데려와. 그리고 뭔 짓을 하는지 여자가 비명을 질러대는 게 미칠 것만 같아. 어디 싸고 조용한 방 없을까? 나 옆방 녀석 죽이고 옮겨갈라고 하는데 말이지.

댓글

눈팅쾌걸 : 옆방 녀석 죽이고 구치소 가는 건 어때? 거긴 너무 시끄러우려나?

    ↳ **알바짱** : 말이 너무 심하잖아. 그나저나 고시원 빼서 다른 데 갈 데도 없을 것 같고. 그냥 귀마개 하나 사고, 정 그러면 니 방에서 음란물 더 크게 틀어놓으면 안 되려나? 성악을 배워서 고래고래 소리 지르거나.

층간소음작살나 : 층간 소음은 정말 안 당해보면 모른다. 사람을 차츰차츰 야금야금 죽이는 게 그거야. 완전 미쳐 돌아갈 것 같단 말이지. 옆방 따서 몰래 카메라 설치해놓고 야동 찍은 다음에 협박하는 건 어때? 조용히 안 하면 인터넷에 풀어버린다고.

    ↳ **미친놈아그만둬** : 놀고 있네. 그렇게 한다면 무단주거침입죄에, 음란물동영상 불법 촬영 및 유포 관련하여 협박죄에 걸리고, 상대방 여성이 미성년이라면 아동청소년보호법, 일명 아청법에 걸려 넌 전자발찌 차고, 옆방엔 성범죄자 알림 고지서가 날아든다고. 그러다 큰일 나.

        ↳ **경찰1** : 이분 최소 경험자 내지는 경찰? 고시 준비생?

에디터글쟁이 : 그러지 말고 파주에 있는 우리 회사로 와서 자라. 내가 요새 야근을 좀 하는데 밤에는 개미 새끼 한 마리 없어. 여기서 먹고 자도 누가 터치할 사람 없다고. 4층 휴게실에서 음료수 먹으며 꿀잠 가능. 찾아와볼 수 있겠어?

"잠깐만! 이건 분명 강민호가 작성한 글 같은데?"

홈즈가 파주에 있는 회사로 와서 자라고 하는 댓글을 가리켰다.

"닉네임이 '에디터글쟁이'라는 것도 그렇고, 파주에 있는 회사에서 야근한다는 것도. 그렇다면 강민호가 작성한 게 맞잖아?"

"그런 추정이 강하게 드네. 그렇다면 이 '룰루랄라'라는 사람은 에디터글쟁이 강민호와 연락하여 이 출판사를 방문했을까?"

"여기 에디터글쟁이가 남긴 jpg 파일을 봐봐. 충분히 찾아올 수 있잖아."

에디터글쟁이는 댓글 아래에 안나스 출판사 외관 사진을 하나 남겼다. 구글에서 파주 출판사를 검색하다 보면 이 사진을 찾을 수 있고, 사진을 비교해본다면 누구나 이게 안나스 출판사라는 것을 알 수 있을 것이다.

"난 충분히 이 사건의 진상을 알 수 있을 것 같은데."

홈즈는 갑자기 몸을 돌려 사무실을 나가서 계단으로 향했다. 나도 조용히 따라갔다. 홈즈는 계단으로 올라가서 3층을 지나쳐 4층 휴게실로 갔다. 휴게실 문을 조심스레 열고 안으로 들어가 불을 밝혔다. 나는 문 앞을 지키고 있었다. 갑자기 투탁 하는 소리가 들렸다. 나는 소스라치게 놀랐다. 대형 냉장고 뒤쪽에서 난 소리 같았다.

"이제 그만 나와! 더 이상 숨어 있지 말고!"

냉장고 옆 서가 쪽에서 갑자기 누군가 우당탕 소리를 내며 뛰쳐나왔다. 덩치가 큰 남자였다. 체중이 거의 백 킬로그램은 넘어 보였고, 짧은 스포츠형 머리에 안경을 끼고 있었다. 남자는 와아, 고함을 지르며 홈즈를 밀쳐 넘어뜨렸다. 홈즈가 뒤로 넘어졌고, 남자는 휴게실 문을 나가서 계단을 뛰어 내려갔다.

"어서 잡아!"

나는 홈즈를 일으키고 같이 달려나갔다. 1층으로 내려가서 정문을 확인해보았다. 문이 방금 전에 해제되었다는 시그널이 계기판에 떠 있었다. 남자는 분명 아이디카드를 가지고 있는 것이다.

홈즈는 아이디카드로 문을 열고 밤의 파주 거리로 달려나갔다. 사람 한 명 없는 한적한 곳에 오로지 달빛과 가로등 불빛 그리고 안개가 있을 뿐, 남자의 자취는 보이지 않았다. 자욱한 안개가 습지에서 올라와 시야를 가로막았다.

"자네, 차를 어디에다 뒀지?"

"기억 안 나? 게스트하우스 주차장에 파킹했잖아."

"아하, 그렇지. 어서 가자고!"

홈즈와 나는 게스트하우스를 향해 뛰었다. 점멸하는 가로등을 지나서 미친 듯이 뛰고 또 뛰었다. 그 남자가 개인적인 차량이 없이 파주에 들어왔다면 마땅히 빠져나갈 곳이 없을 것이다. 게스트하우스 근처 인공 연못에 도착하자 구토기가 올라왔다. 무리하게 뛴 탓이었다. 등을 굽히고 잠깐 숨을 고르며 저만치 오는 홈즈를 기다리고 있는데 뒤에서 갑자기 누군가 나타나 나를 밀쳤다. 나는 그만 연못으로 등을 둥그렇게 만 채 빠지고 말았다.

풍덩 소리와 함께 얼굴 위로 물이 차올랐다. 깊게 몸이 들어갔다. 이 연못이 이렇게 깊었단 말인가.

"홈즈! 홈즈! 살려줘!"

머릿속에 그동안 봐왔던 익사체의 모습이 섬광처럼 떠올랐다. 얼굴과 몸이 부풀어서 누구인지 알아볼 수도 없는 상태, 손과 발이 쭈글쭈글해지면서 몸에 이끼가 끼고 더 이상 사람이라고 볼 수 없는 지경에 이른다. 나는 정신을 차리려 애썼다. 물을 흡입하여 죽는 일반적 익사 외에 비전형적 익사라는 게 있다. 인두부와 후두로 들어간 물이 신경말단부를 자극하여 심장이 반사적으로 정지하는 것이다. 어쩌면 정신을 잃고 쇼크사로 갈 수도 있다. 건성 익사라는 것이다. 나는 그렇게 죽을 수는 없다고 생각하며 법의학적 지식을 총동원하여 희미해져가는 의식을 붙들었다. 어느 순간 누군가 내 머리카락과 등덜미를 잡아채서 올리는 느낌이 들었다. 그 뒤로는 기억이 없다.

"왓슨, 괜찮은가? 정신이 돌아오나?"

누군가 나의 뺨을 때리고 있었다. 눈을 희미하게 떴다. 하얀 잔상들이 가득하였다. 뿌연 시야를 애써 흩어내고 눈을 크게 떴다. 병원이었다.

"홈즈, 여기가 어딘가?"

"일산 동국대병원일세. 일단 물에서 건져내 인공호흡을 했고, 자네 차를 내가 운전해서 여기까지 왔네."

"운전? 싫어하잖아."

"119 오기를 기다리는 것보다 낫잖아. 자아, 여기 자네 열쇠."

홈즈는 자동차 키를 내게 건넸다. 저체온을 방지하기 위해 여러 가지 처치를 했고, 폐 관련 합병증을 우려해 응급실에서 이것저것 검사를 진행했다고 한다. 오전 10시가 넘은 시간이었다. 퇴원 수속을 밟고 홈즈와 병원을 나섰다.

"범인을 쫓아가야 했잖아."

"자네를 놔두고? 이건 엄밀히 살인 미수야. 용서할 수 없어!"

홈즈는 눈빛으로 강건한 의지를 보여주었다.

홈즈가 운전을 해서 함께 게스트하우스로 돌아왔다. 나는 침대에 누워 휴식을 취했다. 홈즈는 휴대폰으로 어디론가 전화를 걸었다.

"어떻게 되어가고 있는 건가?"

"주간파에 흔적을 남긴 녀석이 이 게시글 하나만 올렸을 리 없어. 어딘가에 분명히 자신의 인적 정보를 남겨놓았다고. 마포서 레스트레이드에게 대충 설명하고 신원정보를 얻을 수 있는지 물어봤는데, 영장이 나오려면 하루이틀 걸리고, 게다가 실족사로 수사 종결된 마당에 영장을 얻어낼 근거도 없다는 거야. 주간파 사이트에 회원정보를 요구해도 개인신용정보보호법이 강화돼서 얻어낼 방법이 없고 말이야. 결국은 내가 원하는 정보를 얻기 위해서 외주를 줘야 한단 말이지."

"외주라니?"

이때 게스트하우스 벨이 울렸다. 홈즈는 문을 열어주었다. 노랗게 염색한 머리에 헤드폰을 쓰고, 작은 체구에 힙합 스타일의 오버사이즈 점퍼와 통 넓은 바지를 입은 열예닐곱 살 남자아이가 들어왔다. 녀석은 검을 씹으면서 등에 멘 백팩을 바닥에 내려놓고 헤드폰을 벗었다.

"어디서 작업하면 되죠?"

"저기 노트북은 어떨까?"

남자아이는 코웃음을 쳤다.

"장비는 제 걸로 할게요."

나는 기억을 더듬었다. 분명 남자아이의 이름은 영재였다. 학교는 관두고 언더 힙합씬에서 길거리 래퍼로 활동하면서, 컴퓨터 해커로 아르바이트를 하고 있는 아이였다. 홈즈와는 사이버 사건 관련하여 일을 같이 한 경험이 있었다. 영재는 백팩에서 노트북을 꺼내 책상에 올려놓고 선을 연결하고 부팅을 시켰다. 이미 여러 번 이런 일을 해본 듯 그 동작이 무척이나 신속하고 자연스러웠다.

"스트리트 힙합 옷들하고 조던 나이키 운동화가 여간 비싸야죠. 이러고 먹고살아요."

영재는 주간파 사이트를 열고 홈즈가 찾아준 게시글을 읽었다.

"그러니까 에디터글쟁이라는 사람은 지금 죽었고, 사건과 관련된 룰루랄라의 자취를 찾아서 인적 사항을 알아내면 된다는 거죠? 이거 완전히 현피인데요? 게임하다가 열 받으면 직접 만나서 한 판 뜨거든요. 그거랑 비슷해요. 룰루랄라 이름으로 검색해보니 주로 밤 10시부터 새벽 사이에 활동하네요. 그런데 이 사람 게시글 중에 이런 게 있어요. 자기가 사는 고시원이 정문에 쓰레기 투기도 심하고 더럽고 서비스가 너무 안 좋다고. 이 사진 좀 보세요."

룰루랄라가 올린 사진에는 고시원 정문과 고시원 공용부엌 사진 등이 나와 있었다. 강민호와 댓글을 주고받기 일주일 전쯤에 올린 사진이었다.

"이 사진으로 고시원 위치를 대략 추정해볼게요."

영재는 고시원 정문을 찍은 사진을 확대하였다. 그리고 뒤에 보이는 상호 등을 크게 확대해서 보여주었다.

"수라한식 반찬 가게가 보이고, 속초물오징어 횟집이 보이네요. 한번 포털에서 검색해볼까요?"

영재는 두 가게의 이름을 포털사이트에서 검색했다. 상호가 뜨고, 전화번호와 지도가 나왔다.

"강동구 성내동 130번지 성내시장에 있는 가게들이고 그 옆으로 '우리고시원'이 나오네요. 여기가 룰루랄라가 살았던 고시원인가 봐요. 이 사람 신원을 좀 더 알아보려면 비용이 추가되는데 하실래요?"

영재가 제안하였다. 홈즈는 고개를 끄덕였다.

"인터넷 카페나 디씨갤러리, 각종 포털사이트와 SNS 등에 아이디 넣어보고, 혹은 대충 비슷한 아이디도 검색해보고 그러면 조금 시간이 걸려요. 운 좋으면 휴대폰 번호나 SNS 계정과 실 거주지, 블로그도 알아낼 수 있고요. 근데 저 햄버거 좀 먹을 수 있나요? 배가 너무 고파서요. 여기 오느라 광역버스 타고 난리도 아니었어요."

"홈즈, 내가 알아볼게."

나는 게스트하우스 카운터로 전화를 걸었다. 그런데 룸서비스는 어렵다고 했다. 햄버거를 사오려면 근처 아울렛까지 차를 몰고 가야 했다.

"왓슨, 내가 나가서 요깃거리를 좀 사올게."

20여 분 후 홈즈가 두 손 가득 햄버거를 비롯한 음식을 사왔다. 영재는 햄버거로 끼니를 때우고 다시 작업에 열중했다.

두 시간 후 영재는 헤드폰을 다시 쓰면서 홈즈에게 화면을 보여주었다.

"자아, 여기요. 중고나라 카페에서 남자 화장품을 주문한 주문서에 휴대폰 번호 나와 있죠. 010-4323-11XX이에요. 그리고 최근에 롤게임 카페에서 활동하며 댓글을 달았어요. 또, SNS에 비슷한 아이디로 천호동 로데오 거리에서 커피숍에 가고 팥빙수집에 가고 피시방에 갔다고 써놨어요. 아무래도 거처는 강동구 성내동이나 천호동일 확률이 높네요. 그리고 신기한 게 열흘 동안은 파주에 있었나 봐요. 트위터나 페이스북 타임라인을 보니까 파주 아울렛과, 출판단지 내 카페나 서점 내부 사진을 올려놓은 게 있고, 그러네요."

"얼굴 정면을 찍은 사진은 없나?"

영재는 고개를 저었다.

"손만 나와서 커피 잔을 붙들고 있는 식으로 사진을 찍었어요. 외모에 자신이 없나 보죠, 뭐. 손은 굉장히 통통한데요."

홈즈는 확신에 가득 차서 고개를 끄덕였다. 룰루랄라는 안나스 출판사에 숨어서 생활하면서 강민호와 불의의 사고로 얽히게 된 것이었다. 홈즈는 영재에게 비용을 지불하고 돌려보냈다.

"일단 연고도 없는 곳에 갈 리는 드물고, 파주출판단지는 벗어났을 테고, 강동구 천호동 부근에 가서 알아봐야겠어. 여기 영재가 천호동 로데오 거리와 성내동 고시원을 찾아냈으니까 거기서부터 시작하고, 휴대폰으로 전화를 걸어봐도 되는 시점에서 전화를 걸어야겠지.”

　신기하게도 영재를 통해서 룰루랄라가 살았던 곳, 다니는 곳, 게다가 휴대폰 번호도 얻어낼 수 있었다.

　내가 운전을 하고 홈즈가 조수석에 타서 차를 출발했다. 자유로를 빠져나가서 강변북로로 접어들어 강동구 성내동 우리고시원에 가볼 참이었다. 도로가 그다지 붐비지 않아서 한 시간 내에 도착하였다. 성내시장 안에 있는 우리고시원을 찾아서 1층에 위치한 사무실로 들어가 총무를 찾았다.

　“룰루랄라 님이요? 그렇게 말씀하시면 도통 모르겠는데요. 성함 모르세요?”

　“인상착의가 100킬로그램 이상 나갈 정도로 덩치 큰 청년이고, 나이는 많아봐야 서른 살 안 넘었을 것 같고, 머리가 짧은 스포츠형에 안경을 끼고 있어요.”

　“짐작 가는 분이 있기는 한데요. 그분 11월 되기 전에 퇴실했어요. 짐도 다 빼갔고요. 어휴, 옆방에서 소음 심하다고 얼마나 항의했는데요. 고시원 문 앞에 버려진 쓰레기도 더럽다고 불평하고, 하여간에 이런 데 살면서 바라는 건 얼마나 많았는데요.”

　“이름이 어떻게 됩니까?”

　고시원 총무가 확인해준 이름은 민우기였고, 휴대폰 번호는 영재가 알아낸 번호와 동일했다.

　“민우기가 룰루랄라라는 것은 확신할 수 없지만 그래도 인상착의는 거의 흡사해.”

우리고시원을 나와서 홈즈가 휴대폰을 꺼내 전화를 걸었다. 영재가 알려준 룰루랄라의 전화번호로 건 것이다. 사용자가 사정에 의해 당분간 휴대폰 사용을 중지했다는 안내 음성이 흘러나왔다.

"아무래도 로데오 거리 쪽으로 가봐야겠어. 커피숍이나 팥빙수 집은 스쳐가는 곳이니까, 자주 가볼 수 있는 데는 피시방이 적당할 거야."

나는 홈즈의 단언에 고개를 끄덕였다. 차에 올라서 로데오 거리로 향하였다. 차를 의류 쇼핑몰 주차장에 대고서 지하 1층으로 향하는 계단으로 내려갔다. 쇼핑몰 지하에 위치한 피시방에는 남학생들이 가득했다. 대부분 게임에 열중해 있었고, 벽에는 금연 스티커가 붙어 있었다.

카운터로 가자 작은 키에 뿔테 안경을 낀 사십대 정도의 남자가 자리에서 일어나 맞이하였다.

"어서 오세요."

"여기 드나드는 남자를 한 명 찾고 있는데요."

"네? 경찰이세요?"

"사건으로 조사하려고 합니다."

홈즈는 경찰이냐고 묻는 질문에는 즉답을 피하고, 늘 사건을 조사 중이라고 대답했다. 그러면 신분증을 보여주지 않아도 으레 긴장해서 답을 해주는 이들이 꽤 있었다.

"주간파 사이트에서 닉네임은 룰루랄라를 쓰고, 아마 게임할 때도 그와 비슷한 닉네임을 사용할 겁니다. 본명은 민우기라고 합니다."

"룰루랄라요? 글쎄요, 닉네임으로 찾으면 못 찾아요. 본명도 마찬가지고요. 누가 이런 데서 이름을 밝히고 다녀요? 저도 매번 돈만 받았다 뿐이지 손님들 이름은 몰라요. 그냥 돌아들 가세요. 저 곤란하게 하지 마시고요."

이때 옆에서 라면과 과자를 박스에서 꺼내 진열하고 있던 아르바이트 학생이 말했다.

"저, 그 형 알 거 같아요. 우기 형이라고, 덩치 되게 크고 안경 꼈는데 그렇지 않아요? 여기 단골이었는데."

출판사에서 도망을 치고 나를 물에 밀어넣었던 사람과 인상착의가 흡사하였다.

"맞단다. 그 사람 지금 어디에 있는지 알 수 있을까? 여기에 또 왔니?"

홈즈가 집요하게 물었다.

"네. 어젯밤에 와서 게임하다 갔어요. 사장님 모르세요? 뚱땡이 형 말이에요. 왜 덩치 이따만 하고, 한번 오면 컵라면 네 개씩 먹는 형이요."

"아, 걔? 근데 왜요? 최근 한 보름은 넘게 안 오지 싶었는데, 어제는 간만에 왔다 갔어요. 앞으로 다시 못 올지도 모른다고 하던데요."

"어디로 간다고 하던가요?"

주인은 고개를 갸웃하였다.

"내가 묻지도 않았는데 돈을 계산하면서 대뜸 인사하고는 자기를 못 찾는 곳으로 간대요. 그게 뭐라더라? 다시 돌아가서 지낼 만한 데가 있는데 설마 거기 다시 돌아오리라고 생각하겠느냐고 뭐, 그러면서 잘 지내시라고 인사하고 가던데요."

홈즈의 눈빛이 비상하게 빛났다.

"설마 거기 다시 돌아오리라고 생각하겠느냐고 그랬다고요?"

"네, 맞아요. 저도 옆에서 들었어요."

아르바이트생이 말했다.

"잘 알겠습니다."

홈즈는 주차장으로 가는 발걸음을 서둘렀다.

"어서 가세, 왓슨."

"왜 짐작이 가는 곳이 있나?"

"출판사로 가야 해. 거기서 실마리가 나올 거야."

홈즈는 어서 파주출판단지로 가자고 재촉하였다. 내비게이션에 목적지를 찍고서 열심히 액셀러레이터를 밟았다. 다행히 강변북로에 차들이 많지 않아서 최대한 빠른 속도로 달릴 수 있었다.

안나스 출판사 앞에서 최안나를 호출하여 우리는 건물 안으로 들어갔다. 홈즈는 최안나의 사무실로 가서 둘만의 면담을 가졌다. 면담 후 홈즈가 나오자 우리는 함께 4층 휴게실로 올라갔다.

"최 대표와 무슨 말을 나눈 거야?"

홈즈는 알 듯 모를 듯 빙긋 웃어 보였다.

"지금 알면 재미없지. 어차피 오늘 밤 여기서 야근을 하게 될 거야. 그때는 모든 게 밝혀질 거야. 멧돼지를 잡으려면 덫을 놓아야 되거든."

"멧돼지라니?"

"이따 보면 알아."

휴게실에 남두익이 환하게 웃으면서 들어왔다.

"아니, 다시 방문해주셨네요. 정말 고생이 많으십니다, 홈즈 씨."

남두익은 커피 머신에서 커피를 내려서 건네주었다.

"어떻게 사건 조사에 진척이 좀 있습니까?"

나는 홈즈와 남두익을 번갈아 보았다. 어떻게 대답해야 할까 고민이 되었다.

"부사장님은 어떻게 생각하시죠? 정말 실족사로 수사가 종결된 것이 맞는 걸까요?"

홈즈는 날카로운 눈으로 남두익을 보면서 직접적인 질문을 던졌다. 남두익은 어깨를 들어올리는 제스처를 취하면서 피식 웃었다.

"모르겠어요. 그거야 형사님들이나 전문가이신 홈즈 씨와 왓슨 선생님이 더 잘 아시겠죠. 제가 감히 알겠어요?"

홈즈는 흥미롭다는 듯이 남두익을 쳐다보면서 물어보았다.

"그런가요? 강민호 군에 대해서 평소 어떻게 생각하셨는지 여쭤봐도 될까요?"

"강민호 씨는 참 그래요, 답답하죠. 왜 인쇄 잘못된 부분에 스티커를 붙이다가 사고를 당한 걸까요? 누가 그렇게 책에 코 박고 읽나요? 대충 틀린 거 있어도 넘어가는 거지."

나는 출판사 부사장이 저렇게 말을 한다는 데 의아함을 느꼈다. 인쇄 사고라는 것은 출판사에서 큰 과실에 해당하지 않는가.

"그런 사소한 것에 목숨 걸다 그렇게 된 거 아니냐고요. 후후."

남두익의 말은 묘하게 피해자에게 모든 과실을 떠밀고 있었다. 회사 임원으로서 안타깝다거나 일을 하다가 사고를 당해 조금이나마 미안하다는 생각은 추호도 없어 보였다.

"그건 그렇고 왓슨 선생님, 저희하고 작업 하나 하시죠. 『셜록홈즈의 탐정수첩』 후속편을 저와 함께 작업해보시면 어떻겠습니까?"

"네? 그건 좀…… 이 사건을 마무리한 다음에 말씀을 나누시는 게 어떨지."

"뭣하시면 『왓슨의 탐정수첩』으로 새롭게 나가는 것도 좋구요. 이전 출판사와 판권 문제가 걸려 있다면요."

그의 변덕스러움과 갑작스러움에 당황하는 나와 달리 홈즈는 남두익의 행동을 흥미롭게 지켜보고 있었다. 이때 휴게실에 딱딱거리는 소리가 들려왔다. 허리가 굽은 노인이 지팡이를 짚고 들어섰다. 팔순은 넘어 보였고, 마른 체구에 헐렁한 양복을 걸치고 중절모를 쓰고 있었다. 뒤에서 직원 두 명이 보필하듯이 들어온 것으로 보아 중요한 인물임에 틀림없었다.

"회장님."

남두익은 얼른 일어나 정색을 하고 인사를 꾸벅 하였다. 남두익의 아버지, 출판사의 실질적 주인인 남권호 회장이었다. 나는 홈즈와 함께 일어나 인사를 하였다.

"쯔쯔, 직원 하나 사고 난 것으로 이리 큰 난리를 피우고, 조용히 마무리 지어도 모자랄 판국에 말이야! 유족들이 나한테까지 전화하질 않나. 다들 일처리를 어떻게 하는 거야!"

남권호는 꼬부라진 체구에 걸맞지 않게 쩌렁쩌렁하게 고함을 질렀다. 듣는 사람들이 오금이 저릴 정도였다.

"아버지, 고정하세요."

남두익이 얼른 다가가서 온화한 미소를 지으며 남권호를 달랬다. 하지만 미소 뒤에 꾹 깨문 입술이 인상적으로 눈에 들어왔다.

"이놈의 자식아, 네가 제일 문제야. 에에, 쓸모없는 녀석. 네가 네 자리 꿰차고 제대로 들어앉았으면 저렇게 암탉이 설치겠냐? 네가 못나서 이 모양 아냐, 이 모양!"

남두익은 순간 피가 나지는 않을까 싶을 정도로 입술을 깨물었다가 풀면서 미소를 지었다.

"제가 앞으로 더 열심히 해서 성과 보여드릴게요. 고정하세요, 회장님. 혈압 오르고 건강에 안 좋습니다."

남권호는 남두익을 한 번 보고는 조금은 누그러진 표정으로 고개를 끄덕였다.

"최안나 대표를 포함해서 이제 싹 물갈이해버려야지. 책임의식과 경영관리 능력이 제로야, 제로! 에이, 쯔쯔."

회장이 직원들과 함께 나가자 남두익은 굳은 얼굴로 얼른 홈즈의 옆자리로 돌아왔다.

"회장님이 저러셔도 마음은 따뜻하신 분입니다."

의례적인 말인 듯 무표정하게 말하는 남두익이 인상적으로 보였다.

"나이 차이가 꽤 나 보이는군요."

홈즈의 말에 남두익은 헤헤 웃었다.

"아, 모르셨어요? 저 서자예요. 회장님이 이혼하시고 저희 어머니와 결혼해서 저를 낳으셨죠. 그래서 나이 차가 꽤 나요. 어릴 때부터 장남인 이복형을 더 사랑하셨죠. 더 혼내기도 하셨지만요. 차별이 있었어요. 물론 형이 저보다 공부를 훨씬 잘하기도 했고요."

남두익은 왜 이런 말을 하는 걸까? 잠시 그의 속내가 궁금했다.

"그래서 저를 그렇게 미워하시는가 하다가도 그래도 저는 형처럼은 되지 않았어요."

"네? 무슨 말씀이죠?"

"이복형은 아버지의 저 꼰대같이 구는 괴팍함에 질려서 아예 미국으로 이민을 가버렸죠. 모든 재산 포기하고요. 의절하고 지낸다고요. 그래서 이제 장남은 저라고 하시죠. 두 분 표정을 보니 최안나 대표가 말하지 않았나 봐요? 비밀이랄 것도 없고요, 저기 직원들 제 속사정 다 알아요."

남두익은 잠시 불쌍해 보이는 표정과 눈빛을 보이다가 씩 웃으면서 털어내는 듯한 손짓을 해보였다.

"후후, 근데요. 이제 저마저 남 회장님을 아버지 대접 안 해드리고 외면하면 누가 저 노인네를 상대해주고 곁에 있어주겠어요. 그냥저냥 살아요. 후후."

　순간적으로 남두익이 어떤 사람인지 분간이 안 되었다. 멀쑥하고 사람 좋아 보이는 호감형 얼굴에 비리비리한 체구는 샌님처럼 보였지만, 그 안에 든 집안의 아픔이나 가족 간의 불화를 이야기할 때에는 세상 달관한 사람처럼 보이기도 했다. 하지만 모든 걸 단숨에 정리하고 낯선 사람한테 털어놓는 그 대범함에는 약간 서늘한 기운도 느껴졌다. 그는 대체 어떤 사람일까 사뭇 호기심이 들었다.

　남두익은 내가 그런 복합적인 감정을 느끼고 있다는 걸 대번에 눈치채고는 말을 돌렸다.

　"어두운 이야기는 이제 그만, 더욱 복잡하게 하니까요. 그나저나 사건은 정말 단순한 실족사 아닌가요? 일단 밖에서 외부인이 침입한 흔적이 전혀 없잖아요."

　그는 홈즈와 내가 조사한 내막을 알고 저러는 것일까, 아니면 백지처럼 하나도 모르고 저러는 것일까?

　"아직 결론 난 것이 없습니다. 나중에 결과가 밝혀지면 말씀드리죠."

　"네네, 알겠습니다. 그럼 그때까지 저도 입 꾹 다물고 궁금해도 참아볼게요."

　씩 웃는 남두익은 이상하게 차갑고 섬짓한 느낌을 주었다. 그 느낌 때문에 잘생긴 얼굴이 가려지면서 비호감으로 다가왔다.

　안나스 출판사의 모든 직원이 퇴근을 하였다. 홈즈는 나와 함께 출판사를 나가서 게스트하우스에서 대기했다. 그리고 밤 10시 경에 최안나가 준 아이디카드를 들고서 다시 출판사로 향했다. 두 번째 출판단지의 밤이라 그런지 그렇게 무섭지 않았다. 으스스하기보다는 적막감과 고적함이 돋보이는 밤이었다. 구름이 달빛조차 가려버려서 점멸하는 가로등 불빛에 의존해 출판사 건물들을 지나쳐 안나스에 도착했다.

정문 안으로 들어가자 홈즈가 나에게 1층에서 대기하라고 말했다.

"문을 지키고 있어. 창문은 최 대표가 자기 카드를 대지 않으면 안 열리게 경비회사에 전화해 설정하고 갔으니까. 정문만이 이 건물을 나갈 수 있는 유일한 통로야."

홈즈는 주머니에서 연막탄을 꺼냈다. 아까 게스트하우스에 들어가기 전에 파주 교하동에 위치한 대형마트에서 라이터와 함께 사둔 것이었다. 바퀴벌레를 잡는 연막살충제 네 개로, 홈즈는 각 층마다 하나씩 불을 붙여서 던졌다.

사무실, 창고 할 것 없이 온갖 공간에 연기가 가득한 가운데 나는 홈즈가 준비해둔 방독면을 썼다. 낮에 최안나에게서 회사 비치용 방독면을 얻어둔 것이라 하였다. 새삼 홈즈의 용의주도함에 놀랐다. 홈즈도 어느덧 방독면을 쓰고서 4층에 연막탄을 던진 후 계단을 걸어 내려왔다. 뒤이어 화재경보기가 울렸다. 삐이, 삐이, 하는 요란한 소음과 함께 "화재경보가 발생했습니다. 대피해주십시오"라는 방송이 흘러나왔다. 그리고 출판사 바깥쪽에서는 경광등을 켜고 사이렌 소리와 함께 달려오는 경찰차 두 대가 보였다. 이미 홈즈가 파주경찰서에 연락을 해두었다. 이제 멧돼지가 미끼를 물기만 하면 되었다. 홈즈는 1층 정문 곁에 서 있는 나에게 손전등을 주었다. 뿌연 연기 속에서 홈즈는 매서운 눈빛으로 연기 속을 뚫어져라 쳐다보고 있었다.

"화재경보가 발생했습니다. 대피해주십시오." 안내방송이 다섯 번째 나오자 1층 물류창고 뒤쪽에서 덩치 큰 남자가 티셔츠를 벗은 맨몸에 파카 하나만 걸친 채 달려 나왔다. 남자는 셔츠로 입을 가린 채 겁에 질려서 문을 찾아 헤맸다.

홈즈는 이때야, 하는 신호를 오른손을 번쩍 들어서 보냈다. 나는 남자의 뒤를 덮치고 홈즈는 덩치의 앞을 가격하면서 바닥에 쓰러뜨렸다. 거의 동시에 정문이 바깥에서 열리면서 경찰들과 최안나가 들어왔다. 최안나는 창문을 여는 모드로 해제하여 창문과 문을 열어 환기시켰다. 경찰들은 덩치 큰 남자에게 수갑을 채우고, 홈즈와 함께 밖으로 나왔다. 진돗개가 짖어대는 가운데 정문 앞에서 홈즈가 심문을 했다.

"민우기 맞지? 강민호 군 사망에 관련되어 있는 거 맞지?"

홈즈가 민우기를 몰아세웠으나 그는 입을 꾹 다물었다. 그렇게 묵비권을 행사하는 민우기를 보다 못한 경찰이 조심스레 말했다.

"홈즈 씨, 이 사람이 회사에 불법 침입하여 일단 입건은 하겠지만, 아까 전화로 말씀하신 살인에 관련되었다는 증거는 없잖습니까?"

경찰이 홈즈에게 체포영장이 없다면서 구금은 힘들겠다는 의사를 밝혔다.

"증거물은 회사 내에 있습니다."

홈즈는 최안나와 함께 회사 곳곳을 수색했다. 두 사람 뒤에서는 수갑을 찬 민우기가 침묵한 채로 나와 경찰들과 함께 따라다녔다. 홈즈는 4층 휴게실 대형 냉장고 옆의 이중 서가에서 대형 비닐을 찾아냈다.

"이게 바로 계단의 책 더미를 덮어두었던 비닐이 맞는지 대표님이 확인해주시죠."

"맞아요. 근데 이게 왜 창고 부근이 아닌 4층 서가 구석에서 나왔는지 모르겠네요."

홈즈는 비닐을 경찰에게 증거물로 제출하였다.

"이 비닐에서 민우기의 지문이 나올 것이고, 강민호의 땀이나 머리카락이 발견될지 모릅니다. 거기에서 DNA를 추출하여 강민호 군의 DNA와 비교해보십시오. 그리고 강민호가 입었던 옷과 동일한 미세섬유가 나오는지 과학수사팀에 검토를 맡겨주십시오."

민우기는 홈즈가 하는 양을 지켜보다가 낙담하면서 뒤로 나자빠져 바닥에 털썩 주저앉았다. 그리고 아이처럼 울음을 터뜨리며 말했다.

"내가 강민호 죽이지 않았어요. 그냥 말싸움하다가 몸이 좀 부딪쳤는데 혼자 바닥에 털썩 쓰러지더니 죽어 있더라구요. 나도 그렇게 사람이 쉽게 죽는 줄 몰랐어요!"

경찰이 홈즈를 향해 물었다.

"홈즈 씨, 어떻게 된 일인지 설명을 해주시죠?"

"저도 처음에는 단지 가설뿐이었습니다. 하지만 점점 증거가 쌓여 이 민우기 군을 찾아내게 되었죠. 결국 추리가 완벽하게 들어맞아서 강민호 군이 불의의 일로 죽고 그 후 실족사로 위장되었다는 것을 알아냈습니다.

정황은 이렇습니다. 여기 계시는 최 대표님이 강민호 군이 죽은 날 오전 7시에 출근해 일을 하다가 우당탕 하는 소리를 듣습니다. 곧 사무실 밖으로 나와서 1층에 쓰러져 있는 강민호 군을 발견하고 119에 신고합니다. 조사 결과 강민호 군은 자정에서 새벽 4시 사이에 죽은 걸로 추정됐습니다. 그런데 최 대표님은 의아해했죠. 아침에 본인이 들은 소리는 무엇인가 하고 말입니다. 그래서 추측한 것이 2층 계단참에 있던 책들이 무너지면서 난 소린가 보다고 생각했고, 자신이 출근할 때 강민호 군이 쓰러져 있는 것을 알아채지 못했나 보다고 착각하게 됩니다. 하지만 아무래도 이상하죠. 제 생각에는 최 대표님이 출근한 이후에 강민호 군이 어딘가에서 떨어져서 우당탕 소리가 난 게 거의 확실하다고 봅니다.

제 추리는 이렇습니다. 강민호 군은 사망 추정 시각에 출판사 건물 내에서 머리에 중상을 입고 죽었습니다. 그때 함께 있었던 민우기 군은 어쩔 줄 모른 채 강민호 군의 시체를 4층 휴게실에 방치해둡니다. 그러다 아침 7시에 최 대표가 출근하자 그제야 강민호 군의 죽음을 실족사로 위장하려 합니다. 그런데 강민호 군의 옷이나 몸을 만지면 지문이나 DNA가 남을 수 있기에 급한 대로 2층 계단참에서 책 더미에 씌워진 대형 비닐을 가지고 옵니다. 그때 비닐이 벗겨지면서 책들이 무너지죠. 아마도 소리는 났지만 최 대표에게 그 소리는 잘 들리지 않았을 것입니다.

민우기 군은 비닐로 강민호 군의 시체를 감싸고 그것을 4층 난간에서 1층으로 떨어뜨립니다. 물론 시체만 떨어뜨리고 자신의 지문이 남은 비닐은 그대로 붙잡아서 회수해 올리죠. 시체가 떨어지며 우당탕 소리가 났고, 그 소리를 들은 최 대표가 사무실에서 나옵니다. 그 시점에 민우기 군은 다시 4층 휴게실에 몸을 감추죠. 민우기 군은 사건 발생 며칠 전부터 낮에는 파주 거리를 돌아다니고 밤에는 이 건물에 숨어 지냈습니다. 그래서 휴게실 옆 이중 서가나 창고 안의 숨을 만한 공간을 잘 알고 있었습니다. 그날 아침 119와 경찰이 와서 사건을 조사하는 동안에도 민우기 군은 아마 이중 서가 사이에 숨어 있었을 겁니다."

그때 민우기가 홈즈의 의견에 반박하였다.

"아뇨, 사람들이 정신없이 1층의 강민호한테 몰려 있는 사이에 저는 건물을 빠져나가 아울렛에 가서 배회하고 다녔습니다. 밤에 다시 출판사로 돌아왔고요. 갈 데가 없었어요."

홈즈는 고개를 끄덕였다.

"좋습니다. 그 후 민우기 군은 오갈 데 없이 며칠 방황하다 사건이 실족사로 처리됐다는 소식을 인터넷 뉴스를 통해 알게 됩니다. 그래서 조금 안심하고 다시 출판사로 돌아옵니다. 어차피 서울에는 갈 데도 없었지요. 고시원 방도 뺐고, 게다가 이제는 밤에 방해되었던 강민호도 없습니다. 자기 세상이 된 거죠."

홈즈의 강경한 어조에 민우기가 큰 소리로 반박하였다.

"아녜요, 아녜요. 왜 강민호가 방해꾼이에요? 처음에 내가 밤에 출판사로 찾아오자 민호가 조금 당황하긴 했지만, 내가 주간파에서 에디터글쟁이의 댓글을 보고 왔다니까 잘 왔다고 반겨주었어요. 혼자서 잔업하는 데 무섭지 않겠다고도 했고요."

민우기는 침통한 얼굴로 눈물을 흘렸다. 안경을 벗고 두 손으로 눈물을 훔쳤다. 큰 덩치가 무색해지는 순간이었다.

"그런데 그게…… 처음에는 서로 동갑이고 얘기도 잘 통하고 주간파 죽돌이고 해서 분위기가 좋았어요. 저는 직원들이 출근하면 휴게실 냉장고 뒤편이나 그 옆의 이중 서가에 숨어 있기도 했고, 낮에는 파주 거리를 돌아다녔어요. 아니면 물류창고에서 시간을 때우기도 했죠. 직원들이 퇴근하면 휴게실에서 음료수를 꺼내 먹으면서 놀았는데, 민호와 이런저런 이야기도 나누고 걔가 하는 일을 돕기도 했어요. 그렇게 며칠이 지났는데 갈수록 그 녀석과 안 맞는 부분이 있는 거예요. 제 트위터나 페이스북을 보고는 계집애 같다고, 뚱남의 된장녀 코스프레라고 놀리는 거예요. 저는 주간파를 하지만 그래도 가끔 맛있는 음식을 먹거나 하면 재미 삼아 후기를 올리곤 하거든요. 근데 민호 녀석이 그런 건 계집애들이나 하는 거라면서 사람을 매도하는데……."

민우기는 또 아이처럼 엉엉 울었다. 큰 체구로 강민호를 밀어붙여서 죽음에 이르게 하고, 게다가 비닐로 시체를 감싸서 바닥에 떨어뜨림으로써 지문을 의도적으로 감춘 음흉한 마음의 소유자인지 의심스러울 정도였다.

"결정적으로…… 결정적인 게 바로 삼색 깃발 치킨이었어요. 바나나 맛, 멜론 맛, 포도 맛의 치킨을 제가 맛있다고 SNS에 올려놓은 게 있는데, 그걸 본 민호가 저보고 거짓말쟁이라느니, 개또라이라느니, 상품이나 타먹는 거지 블로거라느니, 말도 안 되는 욕을 하더라구요. 그러다 몸싸움이 벌어졌는데, 몇 번 제가 밀쳐낸 게 그만 녀석이 바닥에 넘어져 머리를 부딪친 거예요. 정말 사고였어요! 사고였다구요!"

육박전으로 싸울 생각은 정말 없었을지도 모른다. 부검 보고서에 따르면 강민호가 누군가의 공격을 방어했던 흔적은 없었다. 그만큼 민우기의 거대한 체구에 밀려서 작정하고 싸워보기도 전에 머리를 바닥에 부딪쳐 뇌출혈이 생겼을지 모른다. 하지만 중요한 것은 사고 당시 피해자를 살리려고 노력하기보다는 그대로 방치했다가, 실족 사고사로 위장하기 위해 지문도 남기지 않고 4층에서 떨어뜨렸다는 것이다. 그 불순한 의도가 범죄의 결정적 핵심을 차지했다. 민우기는 과실치사와 함께 유기치사죄가 적용되어 가중처벌을 받을 것이다. 더 나아가서는 범죄 현장을 조작했기 때문에 정말로 과실치사인지, 아니면 고의적인 살인인지 기소와 재판을 통해 엄밀한 검증을 받을 것이다. 강민호가 쓰러졌을 당시 누군가에게 도움을 청해 적절한 조치만 취했어도 민우기가 살인죄에 연루되는 일은 없었을 것이다.

홈즈는 민우기를 파주경찰서에 넘겼다. 민우기는 자백과 홈즈가 제시한 증거에 의해 긴급 체포되었고 추후 구속영장 실질심사에 들어갈 예정이었다. 민우기는 수갑을 찬 채 경찰 차량에 오르기 전에 거칠게 홈즈를 찾으면서 소리를 질렀다.

"홈즈 씨! 홈즈 씨! 할 말이 있어요!"

홈즈와 나는 급히 민우기에게 다가갔다.

"무슨 할 말?"

"그게요, 주간파에서 저에게 쪽지를 보낸 사람이 있었어요. 10월 21일경에요. 그 사람이 안나스 출판사라고 알려줬어요. 에디터 글쟁이가 다니는 회사가요. 파주출판단지 샛강을 따라서 다산교 사거리를 지나면 있다면서 꼭 찾아가 보라고 했어요. 밤에 몰래 지내기 좋다고요! 그리고 고시원으로 '두이기'라는 이름으로 소포를 보내왔는데 발송 주소가 안나스 출판사였어요. 소포 안에 현금 30만 원과 안나스 출판사 아이디카드까지 들어 있어서 제가 그걸 가지고 그 사람 말대로 실행하게 된 거예요. 그럼 그 사람도 이 사건에 책임이 있는 거 아닌가요?"

이로써 민우기가 출판사에 자유롭게 드나들었던 미스터리는 해결되었다. 내부에 공모자가 있었던 것이었다. 강민호가 아닌 다른 누군가.

"그게 누구지?"

"주간파에서 닉네임이 '두이기'였어요. 누군지는 모르고요. 그 사람이 쪽지만 안 보냈어도 제가 안나스 출판사를 찾아올 일은 없었을 거예요. 강민호도 죽을 이유가 없었고요. 그 사람은 처벌 안 받나요?"

"미안하지만, 그 사람이 누구를 죽이라고 권유한 것은 아니잖아."

민우기는 울상이 되어서 처절하게 말했다.

"그래도요. 회사 아이디카드를 외부인한테 보낸 것은 죄 아닌가요?"

"그렇다면 소포 상자 혹시 가지고 있나?"

"아뇨, 안나스 출판사에 오기 전에 버렸죠."

"돈은?"

"돈도요. 다 썼어요. 돌아다니면서."

"그럼 아이디카드 좀 내놔 봐."

민우기는 주머니에 있던 아이디카드를 내밀었다. 누군가 민우기에게 용의주도하게 출판사에 침입할 것을 교사한 것으로 보아 아마도 그 카드에서는 민우기의 지문밖에 나오지 않을 테지만, 일단 홈즈는 카드를 경찰에게 증거로 넘겨주었다.

"엄마, 엄마한테 연락해주세요. 연락 끊긴 지 2년 됐는데 그래도 시골에서 올라와서 도와주실 거예요."

나는 민우기에게 연락처를 받았다. 이 사실을 녀석의 부모에게 어떻게 전해줘야 하나 고민하고 있는데, 홈즈는 눈물을 뚝뚝 흘리는 민우기에게 어깨를 두드리면서 말했다.

"앞으로는 무슨 일이 일어나든 주변 사람들과 상의하도록 해.

재판받는 중에나 구치소에 들어가 있는 중에나, 모든 것을 혼자 해결하다 보면 힘에 부칠 때가 있지."

민우기의 울음소리가 잦아들면서 경찰 차량은 그를 태우고 출판사 주차장을 나가서 다산교 사거리 방향으로 달려갔다.

뒤에서 이 모든 과정을 한 발짝 물러나 지켜보고 있던 최안나가 홈즈 뒤로 다가왔다.

"정말 두이기라는 자를 범죄를 모사한 죄로 처벌할 수 없나요?"

홈즈가 약간 놀란 표정으로 최안나를 보았다.

"두이기가 누구의 닉네임인지 알 것 같아요. 저희 부사장님 이메일 주소가 dooigi@annas.com이거든요."

"네? 정말인가요?"

최안나는 고개를 끄덕였다.

"고의성이 보이죠. 주간파 회원에게 회사 위치와 사내 정보를 알려주고 아이디카드까지 주어서 불법으로 침입하게 했고, 결국에 회사에서 큰 문제를 일으키게 만들었어요."

홈즈는 최안나의 등 뒤로 출판사 정문 옆에 있는 남두익과 남권호 회장을 바라보았다. 개를 쓰다듬으며 미소 짓고 있는 남두익 뒤에서 지팡이를 짚은 남 회장이 노려보듯 날카로운 눈빛으로 이쪽을 쳐다보고 있었다.

"증명하기는 힘들 겁니다. 어떻게 보면 남두익이라는 청년이 제가 생각하는 것과 방향이 다를 수도 있다는 생각이 드는군요."

남두익은 개에게 입을 내밀어 장난을 치다가 몸을 일으켜서 홈즈와 나를 보고는 오른손을 들어서 크게 흔들었다. 잘 가라는 인사 같았다. 그의 잘생긴 얼굴에 실린 웃음이 순간 비릿해 보였고 소름이 끼쳤다.

"최 대표님이 앞으로 더욱 열심히 해야 되겠군요. 만만치 않게 경영권을 압박할지 모릅니다."

최안나는 결연하게 입매를 다지면서 고개를 끄덕였다.

"이번 일로 느낀 게 많아요. 각오하고 있어요. 앞으로는 좀 더 인사 관리에 힘써야겠죠. 만사가 인사니까요."

최안나와 작별 인사를 나눈 뒤 홈즈와 나는 차에 올라타 파주출판단지를 벗어났다. 나는 궁금했던 점을 물어보았다.

"홈즈, 정말 남두익이 민우기를 출판사로 끌어들여서 그 큰 사고로까지 발전된 걸까? 오해일 수도 있잖아. 두이기라는 이름이 오로지 그 사람 하나일까? 다른 사람 닉네임일 수도 있잖아."

"중요한 것은 민우기가 자기만의 세계에 갇혀 지내지 않고 누군가의 제안을 받아들여 벌인 일이 이렇게 큰 형사사건으로 발전했다는 데 있지. 그리고 그 도화선에 불을 붙인 자는 알고 보니 에디터글쟁이 강민호가 아니라 남두익일 가능성이 있다는 것이고. 문제는 말이야. 어쩌면 남두익은 살인이 일어나리라고는 생각 못 했을지 몰라. 그냥 불법 침입자를 만들어서 그 일을 빌미로 최안나의 무능함을 증명하려고 했을 뿐인데 누군가 안타까운 죽음을 맞는 일까지 벌어지고 말았지."

"그런데 마음에 걸리는 것은 이런 큰 사건에도 흔들리지 않는 강한 멘탈의 남두익이 대체 뭔가 싶어. 분명히 웃으면서 손 흔드는 거 봤지? 우리가 처음 출판사를 방문했던 날도 얼마나 해맑게 맞이하던가?"

"만약에 그 두이기란 닉네임이 남두익이 맞다면 그는 어쩌면 자기 아버지보다 더 크게 회사를 키울지도 몰라. 불법적인 방법으로 양심의 가책 없이 모든 일이든 능숙하게 처리할 정도의 배짱과, 모든 일에 약자에 대한 배려나 사회적 시선의 거리낌 없이 뛰어들 수 있는, 만일 그런 반사회적 인성을 지니고 있다면 그보다 더 재력을 쌓을 수 있는 사람도 없겠지. 하지만 그렇게 되면 안나스 출판사는 그대로 끝인 거야. 앞으로 다시는 좋은 책과 깨끗한 경영은 기대할 수 없겠지. 앞으로의 일은 최안나가 하는 바에 따라서 향방이 결정될 거야."

나는 운전을 하면서 지긋이 고개를 끄덕였다.

홈즈가 활짝 웃으면서 제안을 하였다.

"사건도 해결되었고, 간만에 이렇게 오랫동안 드라이브하면서 다닌 것도 신선한 경험이었네. 출출한데 어떻게 할래? 그 카레 좀 더 매운 맛에 도전해보지 않겠나?"

"어? 호시 카레집에서 말인가?"

"그럼 거기 말고 어디겠나. 자네가 들고 온 포장 봉투로 인터넷 검색해보니, 그 카레집에서 초지존에 성공한 사람은 특별히 사진을 찍어서 나무에 걸어주는가 보던데. 그게 탐나서 그 카레집을 드나드는 거 아닌가? 처음엔 좀 서운했지. 혼자서만 냄새 풍풍 풍기고 들어오니. 하지만 그래도 이해는 가. 내가 워낙에 까탈스러워서 말이지. 하지만 오늘은 매운 카레가 땡기니 같이 가보세나. 초지존은 무리고, 일단 지존에 도전해보자구."

"그럴까? 홈즈, 너무 무리하는 거 아냐? 지난번에 고수 맛도 매워하던데."

"아니, 인생은 매사가 도전인걸. 내가 카레에 도전하는 대신 자네도 나의 취향인 EDM 음악에 심취해보는 게 어떤가. 내년에 데이비드 게타 디제이가 와서 잠실운동장에서 한판 전자음악 축제를 벌인다는데 같이 가볼까?"

"그건 먼저 호시 카레집에 우리 둘의 사진이 걸리고 나서 결정하도록 하지."

"좋아."

홈즈와 나는 의기투합해서 신이 났다. 홈즈가 휴대폰으로 EDM 음악을 틀었고, 나는 액셀러레이터를 밟아서 자유로를 신나게 내달렸다. 저 앞에 합정역 방향을 가리키는 표지판이 보였다. 이제는 갈대와 습지, 안개에 둘러싸인 채 적막감과 미스터리한 기운을 내뿜는 파주출판단지를 벗어나서 아기자기한 가게들이 밀집한 생활밀착 동네인 합정동으로 갈 차례였다.

기다려라, 합정동에 홈즈와 왓슨이 돌아간다!

아아, 님은 갔습니다. 사랑하는 나의 님은 갔습니다…… 이번 역은 한성대 입구 삼선교 역입니다.

시집의 첫 장 첫 구를 몇 번이고 되뇔 때 목적지에 도착했다. 플랫폼에서 벗어나 개찰구를 빠져나갈 사이 더듬거리며 「님의 침묵」을 완독했다. 지하로 이동하는 시간이 생각보다 길었다. 끊임없이 이어질 것만 같은 좁은 복도와 단번에 지상으로 올라가지 않고 한 번 꺾이며 빛을 발하는 계단은 묘하게 신성하기까지 했다.

입구로 나오자마자 맞은편에 고갯길이 보였다. 그와 거의 동시에 푸른색의 마을버스가 같은 길로 사라지는 것을 보며, 나는 새삼 방금 전 완독한 「님의 침묵」의 첫 시구를 입에 올렸다. 아아, 마을버스는 갔습니다……. 하지만 내 예상은 틀렸다. 정작 내가 타야 할 마을버스는 왼편으로 향했다. 예상치 못한 마을버스의 방향은 그가 갑자기 사라진 후 남겨진 상실의 방향과 꼭 닮아 나를 생각에 잠기게 했다.

지난 일 년간 그 무엇으로도 메울 수 없는 인생의 허무를 안겨 준 그 사건에 대해서 나는 결코 입을 열지 않으려고 했다.* 하지만 오늘 나는 그 사건의 진실을 알기 위해 심우장으로 향했다.

나와 다른 방향으로 돌았던 마을버스가 빠르게 한 바퀴를 돌고 내 앞으로 돌아오도록 나는 그의 생각에 빠져 있었다. 나는 생각이 끊기는 것이 싫었기에 또 한 번 마을버스를 먼저 보냈다. 원래 한 곳에 머무는 노인에겐 시간이 느리게 가는 법이다. 남보다 한 숨 더 쉬어가는 사이의 침묵엔 젊음은 모를 미학이 있다.

그는 이런 나를 알았을까. 내가 가는 시간의 흐름을, 느린 일상 속에서 그가 이토록 깊은 곳에 위치하게 될 것을.

자리에서 일어났다. 느릿한 걸음으로 저만치 멀어지는 마을버스를 따르듯 인도를 걸으며, 작년 가을 무렵 그를 처음 만났을 때의 일을 떠올렸다.

남편이 웬일로 저녁에 식사를 함께 하자며 집에 있던 나를 불러냈다. 오랜만의 데이트에 멋을 좀 부렸다. 평소 즐겨 입는 등산복 대신 잘 입지 않는 정장 투피스에 얼마 전 아들이 사준 트렌치 코트를 걸쳤다. 높은 굽의 구두를 신었다가 다리가 아프기에 포기하고, 그래도 정장엔 구두지, 하며 한동안 신지 않았던 검정색 3센티미터 펌프스를 신발장에서 꺼내 신었다. 신이 나서 나왔더니 한 시간이

---

*『주석 달린 셜록 홈즈 2 – 셜록 홈즈 회고록』(아서 코난 도일, 레슬리 S. 클링거 주석 편집, 현대문학, 2013), p.402

나 일찍, 약속 장소인 남편 회사 근처 대형 서점에 도착해버렸다.

젊은 시절엔 자주 서점에 갔었다. 동네 서점 가판대에 나란히 놓인 책들의 표지를 훑으며 미묘한 촉감을 손끝으로 느끼는 건, 그리고 그 느낌에 기대어 책을 골라 읽는 건, 젊음의 사치였다. 처녀시절엔 어떤 책을 읽어도 좋았다. 특히 눈을 감고 촉감으로 고른 책은 독특한 매력이 있었다. 남편 역시 그렇게 만났다. 눈을 감고 손이 닿았을 때 기분이 좋은 남자, 그 냄새가 나를 끌어당기는 남자, 그게 당시의 남편이었다.

오랜만의 데이트에 나는 당시의 기분을 되새기기로 했다. 책이 나란히 놓인 책장 앞에 서서 눈을 감았다. 손끝으로 일렬로 선 책등을 차례로 쓰다듬었다. 그러다 마음에 드는 책등을 발견했다. 제일 위에 뭔가 오돌토돌 솟은 부분이 있는 책이었다. 이게 무얼까 가만히 더듬다 보니 로고 같기도 하고 글자 같기도 했다. 호기심이 들어 이 책을 손에 집었다. 꺼내드는 것과 동시에 눈을 떠서 표지를 확인하려고 하는데, 그보다 빨리 옆에서 남자의 목소리가 났다.

"그 책 재미없어요."

그 목소리에선 산통 깨는 느낌이 났다. 나는 눈을 떴다. 고개를 돌렸다. 손끝에 맡긴 책의 선별을 방해한 이의 얼굴을 확인해야 했다. 그리고 내가 처음으로 본 그의 모습은, 넓은 가슴팍이었다. 나는 내 또래의 아줌마들치고 키가 크다. 173센티미터로 젊었을 땐 모델을 해도 좋겠어요, 란 말을 듣곤 했다. 남편 역시 나와 키가 비슷해 176센티미터, 내 주변엔 나보다 키가 큰 남자는 드물었다. 아들도 마찬가지로 키가 180센티미터가 못 되었다. 이렇듯 내 주변에선 고개를 들어 사람을 바라볼 일이 없었건만, 지금 그 흔치 않은 일이 일어났다. 190센티미터가 훌쩍 넘는 남자가 내 옆에 서 있었다. 내 아들 또래로 보이는 것이 아마도 삼십대 초반일까. 사내는 헐렁한 티셔츠에 청바지, 겉에는 가볍게 점퍼를 걸쳐 입었다. 아래위로 정장을 차려입고 코트까지 걸친 나와는 어디로 봐도 거리가 먼 인종이었다. 그리고 나는 깨달았다. 나라는 여자는 손 끝의 감촉보다 눈에 보이는 것을 더 중요하게 생각하는 종류의 인간이 되었다는 사실을.

나는 등을 꼿꼿이 폈다. 배에 힘을 주고 바로 서서 그를 올려다보며 최대한 부드럽게 웃었다.

"무슨 말씀이신지?"

"셜록 홈즈 패스티시 중에서도 형편, 없어요. 왠지 알아요?"

남자가 표지를 가리키며 하는 말에 나는 처음으로 책의 제목을 확인했다. 『홈즈가 보낸 편지』. 내가 튀어나왔다고 느낀 부분은 책 등 제일 윗부분의 파이프를 문 셜록 홈즈 얼굴의 실루엣이었다.

"왜 형편이 없는데요?"

"제목이 『홈즈가 보낸 편지』인데 홈즈는 등장하지 않거든요. 끝까지 다 보고 주석도 다 훑어봤는데 결국 안 나와요."[*]

나는 남자의 말에 표지를 물끄러미 바라보다 대꾸했다.

---

[*] 『홈즈가 보낸 편지』에는 셜록 홈즈는 등장하지 않는다. 그가 보낸 편지와 등장인물들의 이야기 속에서 셜록 홈즈가 이러이러한 이야기를 했었다, 는 식으로 나올 뿐이다.

"하지만 끝까지 다 읽었다는 건 재미있었다는 말 아닌가요?"

남자는 내 말에 잠시 생각하는 표정을 지었다. 내 눈높이의 가슴에서 팔짱을 끼더니 잠시 생각에 잠겼다가 말했다.

"재미있는 것 같네요."

"거봐요."

"책이 아니라 '당신'요. 제가 이런 말을 하면 대부분 흐응 하고 적당히 맞장구를 쳐주는데 뜻밖에 질문을 했으니 말이에요."

누군가 우리 둘을 본다면 모자지간으로 생각하리라. 키가 큰 어머니와, 그를 닮아 키가 큰 아들. 그런데 내가 그런 남자에게 '당신'이란 호칭을 들었다. 내 남편 말고는 아무도 나에게 쓰지 않는 그런 호칭을. 나는 우습기도 하고 약간은 당황하기도 해서 살짝 웃었다. 그랬더니 남자가 주변의 책들 중 한 권을 골라 내 손에 안겨주며 말했다.

"이거 읽어보세요."

"이건 셜록 홈즈가 나오나 보죠?"

"물론이죠. 이건 최초의 바이블이니깐요."

남자가 건넨 책은 『주홍색 연구』*였다.

"당신도 저에게 책 한 권 골라주세요. 제가 안 봤을 만한 책으로."

그러기로 했다. 오직 남자만을 위해 그가 안 봤을 만한 책을 타진했다.

---

* 아서 코난 도일의 『주홍색 연구』. 아서 코난 도일이 쓴 '셜록 홈즈' 시리즈의 첫 번째 작품이자 시리즈 중 왓슨과 홈즈가 만나게 되는 계기가 그려졌다.

남자는 셜록 홈즈 이야기로 나에게 말을 걸었다. 셜록 홈즈가 나오지 않는 책은 재미가 없다고 말하며, 진짜 셜록 홈즈가 등장하는 시리즈 중 한 권을 권했다. 그렇다는 말은 셜록 홈즈가 전혀 나오지 않고 그와 전혀 관련 없는 장르를 권한다면 안 봤을 책이 되지 않을까. 시는 어떨까. 하지만 이 남자가 시집을 읽는 모습은 어쩐지 상상하기 힘들다. 다른 장르의 소설은? 셜록 홈즈가 나오지 않는다고 지루해하리라. 잡지는 어떨까. 사진만 훑다가 얼마 지나지 않아 흥이 식어버리지 않을까. 남을 위해 책을 선택한다는 일은 나 자신을 위한 책을 선택하는 것보다 훨씬 어려운 일이었다. 그렇게 고민할 때 내 눈에 한 권의 책이 보였다. 나는 그 책을 보자마자 바로 이거야, 하는 생각이 들었다.

"이걸로 정했어요."

"저 이거 봤는데요."

"잘 봐요, 정말 봤을 거 같아요?"

남자는 내 말에 고개를 갸웃거리며 책을 살피다 빙그레 웃었다.

"당신 말이 옳아요. 나는 이 책을 본 적이 없군요."

그리고 그와 나는 계산대로 갔다. 남자는 내가 골라준 책을 계산하고, 나는 그가 골라준 책을 계산했다.

"『주홍색 연구』, 셜록 홈즈 컬러링북*이라니…… 당신이 아니었다면 나는 이런 책이 나온지도 몰랐을 거예요."

---

* 아직 이런 책은 없다. 하지만 영국 드라마 〈셜록〉의 주인공 베네딕트 컴버배치를 그 모델로 한 『베네딕트 컴버배치 컬러링북』은 출간됐다.

"저도 당신이 아니었다면 『홈즈가 보낸 편지』에 셜록 홈즈가 등장하지 않는다는 사실을 몰랐겠죠."

"당신은 마치 '그녀'처럼 매력적이군요."

"그녀요?"

"셜록 홈즈가 유일하게 'the woman'이라고 표현하는 아이린 애들러. 셜록 홈즈의 그 여자라고 불리죠. 셜록 홈즈는 바보 같은 남자예요. 아이린 애들러를 놔줬으니깐요.* 하지만 나는 셜록 홈즈와는 달라요. 나는 결코, 나의 '그녀'를 놓치지 않아요."

그가 셜록 홈즈 컬러링북 『주홍색 연구』의 첫 장을 폈다. 내게 만년필과 책을 내밀며 말했다.

"연락처, 적어주시겠어요?"

올해의 추석은 9월 말, 예년 같으면 더위는 물러나야 했다. 하지만 서울은 무려 29도로 한여름 같았다. 이 무더위 속에서 나는 걷고 있었다. 심우장은 초행길이지만 마을버스만 따라가면 된다는 확신이 있었기에 노선을 따라 걸었다.

도로를 따라 이어지는 집들은 하나같이 키가 작았다. 얼마 지나지 않아 갈림길이 나왔다. 어느 쪽으로 가야 할까 고민하는 사이, 마침 내가 타지 않았던 마을버스의 후속편이 내 곁을 지나갔다.

---

* '셜록 홈즈' 시리즈 중 단편 「보헤미안 스캔들」에서 셜록 홈즈는 아이린 애들러를 만난다. 그녀를 무척 마음에 들어 하지만, 작품의 마지막에선 그녀를 결국 '놓아줬다'……고 나는 해석한다.

마을버스는 오른쪽으로 돌았다. 직후, 저 멀리 보이는 왼편으로 꺾어 고갯길을 올랐다. 마을버스를 따라 걷다 고갯길 앞에서 멈춰 섰다. 가까이서 보니 생각보다 더 가파른 길이었다. 나는 스판 재질의 등산복 속으로 흘러내리는 등짝의 땀에 벌써부터 고갯길에 질려버렸다. 더불어, 이와 비슷한 느낌이 들게 하는 그의 집 가는 길을 떠올렸다.

그의 집은 산꼭대기라고 하기엔 못 미쳤으나, 산 중간이라고 하기엔 또 어중간한 위치에 있었다. 그런 것치곤 전망이 좋아, 그의 집 부엌 좁은 창을 통해 산 풍경이 보였다. 그는 그 산이 마음에 들어 그 집에 산다고 말했다.

"직장이 강남이라 출근하려면 두 시간이 걸려요. 하지만 나는 이사 갈 마음이 없어요. 이토록 전망 좋은 집은 구하기 힘드니까요. 특히, 설거지하거나 음식 할 때 산을 보면 심심하지 않죠."

그렇게 말하는 그는 실제로도 늘 눈앞의 '것들'에 시선을 빼앗긴 상태였다. 하지만 내가 말하는 '것들'과 그가 말하는 '것들'은 달랐다.

내가 말하는 '것들'은 책이었다.

그의 집은 부엌 좁은 창 앞 공간을 제외하고는 온통 책으로 뒤덮여 있었다. 베란다로 통하는 거실 전면 유리창도, 침실의 유리창 앞도, 벽은 물론이고 심지어는 화장실 문 바로 앞까지 그의 집은 온갖 종류의 책으로 가득했다. 게다가 그는 그 책들의 제목이며 위치를 정확히 외우고 있었다. 예를 들어, 내가 『사냥개 기르는 법』* 같은 제목의 소설이 어디 있느냐고 묻는다면 이런 식이었다.

"H출판사에서 번역한 1993년 초판본 '셜록 홈즈' 시리즈가 화장실 옆 벽장 세 번째 줄에 꽂혀 있어요. 저는 그 시리즈를 완벽하게 모으지 못했죠. 시리즈 전체가 여섯 권으로 구성됐는데, 안타깝게도 제 책장엔 2권이 빠져 있어요. 그 2권의 빈자리에 대신 꽂힌 책이 바로 『사냥개 기르는 법』이에요."

"왜 그 위치에 그 책을 꽂아뒀죠?"

"본래 시리즈의 2권은 『바스커빌의 사냥개』라는 제목으로 출간됐었어요. 『사냥개 기르는 법』은 그 H출판사에서 같은 해 같은 달에 낸 책이라 일단은 책 높이도 맞고 책등의 장정도 비슷해 보이죠. 얼핏 보면 시리즈가 완성된 것 같은 착각이 들어 그 위치에 꽂아 아쉬움을 달래고 있어요."

그는 이런 식으로 집 안의 모든 책들을 셜록 홈즈를 기준으로 정리해두고, 늘 무언가를 나에게 부탁할 때 셜록 홈즈를 앞에 붙였다.

"경전―그는 늘 셜록 홈즈 시리즈를 이렇게 부르곤 했다―옆에 놓인 소파에 앉으세요."

"주석 달린 셜록 홈즈 옆에 보면 프라이팬이 있을 거예요."

"BBC에서 재해석한 〈셜록〉 드라마는 상당히 흥미로워요. 특히

---

* 『사냥개 기르는 법』은 김영하의 소설 『아랑은 왜』에 등장하는 허구의 책이다. 그 책에서는 말 그대로 사냥개를 기르는 훈련 지침서 정도로 등장하며, 『아랑은 왜』는 이 책을 예시로 들어, 소설을 쓰는 법을 가르쳐준다.

'보헤미안 스캔들' 편의 아이린 애들러의 재해석은 원전은 물론, 여러 셜록학의 견해를 최대한 수용하기 위해 노력한 부분들이 엿보여 노력상은 받을 만하죠."

나도 언젠가부터 그의 이런 독특한 이야기 방식에 익숙해졌다. 그러다 보니 우리의 대화는 자연스레 셜록 홈즈를 중심으로 흐를 수밖에 없었다.

"셜록 홈즈는 세상에서 가장 유명한 세 캐릭터 중 하나예요."

"나머지 둘은 뭔데요?"

"산타클로스, 미키마우스."[*]

"최초의 탐정이 누군지 아세요?"

"글쎄요, 셜록 홈즈일까?"

"성경에 나오는 선지자 다니엘이에요. 다니엘은 벨과 용과 수사나와 장로들의 사건을 지혜롭게 해결하죠. 비독을 최초의 탐정으로 꼽는 사람도 있어요. 비독은 실제로 1818년 프랑스 파리에서 범죄수사과를 만들어 지휘한 실존 인물이죠. 애드거 앨런 포의 뒤팽 역시 최초의 탐정으로 거론되는 인물 중 한 명이에요. 이 시리즈는 홈즈 시리즈와 마찬가지로 버디, 즉 두 명의 인물이 이야기를 끌어가는 형식으로 진행되죠. 아, 르코크도 있어요. 에밀 가브리오의 소설에 등장하죠. 비독과 상당히 유사해요. 찰스 디킨스도 버킷 경위가 나오는 소설을 쓰기도 했고요. 그럼에도 불구하고 사

***

[*] 『주석 달린 셜록 홈즈 1-셜록 홈즈의 모험』(아서 코난 도일, 레슬리 S. 클링거 주석 편집, 현대문학, 2013), p.18

람들은 흔히 셜록 홈즈를 최초의 탐정이라고 착각해요. 어째선지 아세요?"

"여전히 읽히니까?"

"아뇨."

"가장 잘 알려진 탐정이니까?"

"비슷해요."

"놀리지 말고 가르쳐줘요."

"그는 실존인물이기 때문이에요."

"놀리지 말라니깐."

"저는 진지해요. 코난 도일과 왓슨은 애든버러에서 만났을 거예요. 어디 문학 동아리나, 아니면 둘 다 의사니까 무슨 강의를 듣다 우연히 말을 텄을지도 모르죠. 아무튼 두 사람이 만난 건 확실해요. 그리고 둘은 최초의 시리즈 『주홍색 연구』를 출간했던 거죠."*

"그 후 엄청난 성공을 거둬 지금의 셜록 홈즈가 있게 된 거로군요?"

"그렇지 않아요. 처음엔 그리 반응이 없었죠. 진짜 반응이 온 건 「보헤미안 스캔들」부터예요."

"아이린 애들러가 등장한 단편?"

"정답. 1891년 7월 잉글랜드에서 발표된 후 사람들은 줄을 섰어요. 이 년 후인 1893년엔 그의 이름이 실렸단 이유만으로 잡지가

---

* 『주석 달린 셜록 홈즈 1−셜록 홈즈의 모험』(아서 코난 도일, 레슬리 S. 클링거 주석 편집, 현대문학, 2013), p.29

10만 부가 팔렸죠. 하지만 코난 도일은 셜록 홈즈를 그리 좋아하지 않았어요. 그는 매우 진지하게 셜록 홈즈 살해를 꿈꿨어요. 어머니에게 쓴 편지에 이렇게 적었다고 해요. 저는 셜록 홈즈를 죽여버릴까 합니다, 라고. 그리고 실제로 그 일이 일어나고 말았죠. 1893년 12월, 코난 도일은 셜록 홈즈를 죽인…… 정확히 말하자면 이미 죽었다는 사실을 밝혔어요. 알고 보니 셜록 홈즈는 1891년 5월 일어난 사건으로 이미 사망한 상태였어요! 그 사건이 그 유명한 모리어티 교수와의 마지막 결투죠!"

그렇게 셜록 홈즈 책 더미와 셜록 홈즈에 대한 이야기만 나누다 보니 나는 문득 궁금해졌다. 저 책 더미가 가득 쌓여 가려진 곳엔 대체 무엇이 놓여 있을까.

언젠가 나는 그것이 궁금해져 그의 거실을 청소한다는 핑계를 대고 책 더미의 위치를 바꾸려 했다. 그러자 그는 질겁해 소리쳤다.

"청소처럼 불필요한 일을 왜 한단 말입니까! 절대로 하지 마세요! 혹시라도 책 위치가 바뀐다면 내 머릿속의 완벽한 셜록 홈즈 지도가 엉망진창이 되어버릴 겁니다!"

곁을 스치는 푸른 마을버스를 보며 나는 몇 번이나 내 나이를 깨달았는가 모른다. 환승의 혜택을 얻었어야 했다. 하지만 이미 나는 고갯길을 선택했으니 바꿀 수 없다.

오르막길을 따라 서울의 다른 어느 골목과 다를 것이 없는 풍경이 펼쳐졌다.

서울의 골목들은 어느 순간부터 평준화됐다. 도시 개발 계획 탓일 수도 있겠으나, 윤택한 삶을 추구하는 욕망의 발현일 수도 있었다.

성북동도 다르지 않다. 나는 늘 성북동 하면 「성북동 비둘기」를 먼저 떠올린다. 달동네, 빈곤, 하지만 지금 눈앞의 모습은 다르다. 내가 사는 우이동과 마찬가지로 단층건물이 즐비했으나 빈곤의 기색은 없다.

색이 바랜 담쟁이로 가득한 벽이 보였다. 벽의 끝엔 그늘이 져있었다. 담쟁이 끝에 얽힌 그늘처럼 나의 마음 한구석도 어둠의 빛을 띠었다. 곳곳에 재활용쓰레기가 놓여 있었다. 쓰레기차는 아직 오지 않았다. 승용차가 가파른 골목길을 따라 일렬 주차 되어 있다. 덜 익은 감나무의 감들이 눈에 들어왔다. 이것이 익으려면 얼마나 시간이 걸릴까. 좀 더 지나자 이번엔 잘 익은 감들이 나타났다. 한쪽은 익었고, 다른 쪽은 설익었다니…… 감도 인간과 마찬가지로 각기 익어가는 시간이 다른가 보다. 인생엔 익어가는 시간이 필요하다. 나의 삶은 그간 익지 않았다. 그를 만난 후 내 삶이 익어갔다. 하지만 익기 전에 그가 떠나 순식간에 땡감이 되어 까치밥으로 남겨졌다. 남겨진 것은 언제나 매달린다. 누군가 따주길 바라지만 기다리는 님은 관심이 없다. 남겨진 것과 살아가는 것은 전혀 다른 속도로 흐르기 때문이다.

갈림길이 나왔다.

어느 방향으로 가야 할지 몰라 또 잠시 머뭇거렸다.

그때 등 뒤에서 경적 소리가 났다. 어느새 또 한 대의 마을버스가 내 뒤로 따라붙었다. 옆으로 비켜서자 얼결에 오른편 길을 고른 셈이 됐다. 그런 나를 향해 이번엔 위에서 마을버스가 내려왔다. 그 마을버스는 당당했다. 자신을 제외하고 모두 올라가는 차들이었건만 비켜줄 생각은 하지 않았다. 마을버스가 경적을 울리자 올라오던 차들이 일렬로 옆으로 비켜섰다. 마을버스는 그 사이로 내려갔다. 그가 나를 대하는 방식은 버스와 같았다. 그는 나에게 양보하는 법이 없었고, 나 역시 그런 그를 당연하다는 듯 받아들였다.

그는, 이런 나를 엄마라고 불렀다.

내 모습이 매직 미러에 비쳤다.

거울에 비친 내 모습은 생각보다 훨씬 늙고 추했다. 주름진 얼굴, 스판 재질의 등산복 위로 고스란히 드러난 뱃살, 그렇게 되고 싶지 않았던 엄마의 모습이었다.

어느 날인가 그는 나와 만났던 그 서점에서 『괴도신사 아르센 뤼팽』을 보는 한 여자에게 다가갔다. 처음 내가 그를 만났을 때와 꼭 같은 표정과 목소리로 이번엔 그녀에게 말을 붙였다.

"그 책은 제가 아는 한 사상 최악의 패스티시물입니다! 매번 한 발 늦는 셜록 홈즈라니! 그런 셜록 홈즈가 있을 리 없잖습니까!"

그 말에 고개를 돌린 그녀의 얼굴은 무척 아름다웠다. 작은 얼굴, 큰 눈과 높은 코, 도톰한 입술과 큰 가슴에 늘씬한 몸매까지 무엇 하나 부족한 게 없었다. 어디선가 많이 본 듯 낯이 익은 것이 어쩌면 내가 모르는 여배우가 아닌가 싶은 생각이 들 정도였다. 나는 그런 그녀의 얼굴과 나의 늙은 얼굴을 비교하다 주눅이 들었다. 근처에 다가가지도 못하고 멀찍이 떨어져 지켜봤다. 그녀가 나를 발견했다. 너무 한참을 쳐다본 탓일까, 빤히 내 얼굴을 바라보았다. 그 역시 그녀의 시선을 따라 고개를 돌렸다. 나와 눈을 마주치더니 웃으며 말했다.

"우리 엄마예요."

나는 화조차 나지 않았다. 몇 번이나 이런 일이 되풀이됐다. 그때마다 그는 나를 자신의 엄마라고 소개했고, 여자들은 엄마와 데이트 중에 여자를 꾀다니, 그 상황 자체를 흥미로워하며 그에게 전화번호를 주곤 했다. 처음엔 그런 그가 야속하기도 했다. 그러나 곧 익숙해졌다. 그는 얼마 지나지 않아 또 다른 여자들에게 관심을 옮기곤 했기에 이런 일에 일일이 질투할 가치조차 없다는 사실을 깨달았다. 대신 내가 질투한 것은 그의 책들이었다. 셜록 홈즈, 그리고 여자들을 만날 때마다 받아낸 전화번호가 적힌 책들. 여자들은 떠나도 남은 책들은 그의 곁을 떠나는 일이 없었다. 여자와 달리 책들은 날씬했다. 자리를 차지하는 일이 없는데다 그가 원하면 언제든 한 손에 잡혀 원하는 만큼의 충족감을 주었다.

그는 나에게 했듯이 그녀에게도 『주홍색 연구』를 추천했다. 그 답례로 여자가 고른 책은 만해 한용운의 시집 『님의 침묵』이었다.

"당신이 말한 셜록 홈즈와 만해 한용운의 님은 많이 닮은 것 같아서요."

"어떤 점이요?"

"당신에게 셜록 홈즈가 님이듯, 만해 한용운에겐 그 누구도 정체를 알지 못한 님이 있었거든요."

"재미있군요."

"그렇죠?"

"당신이요. 나는 당신을 처음 만나는데, 당신은 마치 나를 매일 본 사람처럼 대하는군요."

"어쩌면 정말 내가 당신을 매일 바라봤을지도 모르죠."

"그렇다면 앞으론 나도 당신을 매일 바라보고 싶군요."

그렇게 말하며 그는 시집의 첫 장을 그녀에게 펴 보였다.

"연락처, 줄래요?"

언제나처럼 여자는 전화번호를 적어줄 터였다. 하지만 이번만큼은 예외였다. 그녀는 웃으며 책장을 덮더니 나를 보며 웃었다.

"바람둥이 아드님과 즐거운 데이트 되시길요."

지금 생각해보면 그녀는 굉장히 총명했다. 이때 그녀가 전화번호를 남겨주지 않은 덕으로, 그에게 그녀는 언제나 'the woman'이 되었으니.*

---

* 「보헤미안 왕실 스캔들」의 첫 문장을 그대로 따라 했다.
"셜록 홈즈에게 그녀는 항상 '그 여자'다. 좀처럼 그녀의 이름을 입에 올리는 법이 없다. 그가 보기에 세상 어떤 여자라도 그녀 앞에서는 빛을 잃어버린다. 그렇다고 홈즈가 아이린 애들러라는 여성에게 사랑 비슷한 감정을 느꼈다는 것은 아니다." _「주석 달린 셜록 홈즈 1- 셜록 홈즈의 모험」(아서 코난 도일, 레슬리 S. 클링거 주석 편집, 현대문학, 2013), p.83

마침내 꼭대기까지 올랐다고 생각했을 때 다시 갈림길이 나왔다. 어느 방향으로 가야 할지 당황하다 북정마을 안내판을 발견했다. 그곳엔 내가 가고자 하는 심우장이 표시되어 있었다. 꼭대기를 중심으로 길은 한 바퀴 빙 도는 원형이었기에 방향은 상관없었다. 나는 왼편 갈림길을 골랐다. 그쪽 방향에 정자가 보였고, 나는 쉬고 싶었다. 잠시 정자에 앉아 거친 숨을 달랠 때, 갈림길까지 따라붙은 마을버스가 나와 반대 방향으로 사라졌다. 지금껏 같은 방향으로 갔던 나와 마을버스는 이제부터 목적지는 같지만 다른 방향으로 향했다.

눈앞에 시멘트로 메운 벽이 보였다. 빌라 아래의 지대를 평평하게 만들기 위해 세운 벽이었다. 바랜 회색 빛 시멘트벽은 위로 뻗은 붉은 벽돌 빌라와 잘 어울렸다.

저 층층이 쌓인 빌라 안에는 예전의 내 환영이 살고 있었다.

명절이라 만난 사람들, 꼬까옷을 받아 신이 난 아이들의 목소리, 엄마들이 아이들을 놀리는 소리. 그 사이에서 나는 지금, 내가 있어야 할 곳을 벗어났다는 사실을 절실히 깨달았다.

작년, 나는 남편에게 시댁에 가지 않겠다고 선언했다.

"갑자기 왜?"

"그냥…… 내 삶을 찾고 싶어."

남편은 이런 내 말에 잠시 생각하는 표정을 짓더니 고개를 천천히 끄덕였다. 딱히 말은 덧붙이지 않았다. 하지만 직후, 그는 담배를 사기 위해 외출했다. 내가 기억하기로 그는, 담배를 십 년 만에 재개했다.

그렇게 나는 처음으로 휴가를 얻었다. 자유가 갑자기 나를 찾아왔다. 하지만 나는 뭘 해야 할지 몰랐다. 추석엔 남편의 고향에 가서 가족을 만나 함께 웃고 떠드는 것이 나의 당연한 일상이었다. 이런 일상에 선택지가 생겼다. 추석에 남편의 고향에 간다. 혹은, 그를 만난다. 그리고 나는 후자를 선택했다. 선택의 이유는 간단했다. 그에게 더 끌렸다. 그는 늘 원하는 것이 확실했다. 그의 삶은 셜록 홈즈를 위해 존재했고, 셜록 홈즈를 생각하는 것만이 그의 삶이었다. 그런 그가 나의 삶의 의미가 되었으니, 추석에 그를 만날 수밖에 없었다. 어쩌면 인간은 모두 그럴지도 모른다. 끊임없이 되풀이되는 뫼비우스의 띠처럼 서로 얽히는 것이 삶이라, 누군가를 우상으로 삼고 그를 따르지 않으면 살아가지 못하는 것일지도 모른다.

차 한 대가 느리게 눈앞을 지나갔다. 유달리 느린 차의 정체는 초보운전이었다. 초보운전 중입니다, 라고 큼지막하게 붙인 글씨는 나의 걸음걸이를 닮았다. 고갯길이다. 사람도 없다. 달려도 무방하다. 그럼에도 불구하고 나는 천천히 걸었다. 내가 가는 곳엔 기다리는 이가 없다. 집으로 돌아가도 마찬가지다. 가족들은 모두 시댁에 갔다. 조금 더 즐거운 곳에 갈 걸 그랬다. 그럼에도 불구하고 나는 무엇에 홀린 듯 이곳, 성북동 심우장으로 향하고 있었다.

잠시 온 길을 돌아보았다. 등 뒤의 서울은 파란색이었다. 푸른 하늘, 구름, 그 아래로 단층집. 내가 이것을 그림으로 그린다면 아름다운 수채화가 될 것이다. 다닥다닥 붙은 집들은 가까이서 보면 삶의 연속이다. 무엇인지 정체를 알 수 없다. 하지만 높은 곳으로 올라갈수록 그것은 뚜렷해진다. 그림이 된다.

다시 걷기로 했다.

문 닫은 상회가 이어졌다. 예전엔 골목마다 상회가 있었다. 슈퍼나 마켓, 편의점이 아직 없었을 때 골목골목 위치한 상회는 유용한 곳이었다. 평상에 마을 사람들이 모여 노닥거릴 수 있었다. 해도 그만 안 해도 그만인 이야기를 나누며 사람들은 서로의 일상을 공유했다. 그것이 내가 아는 삶이었다. 내 늙은 삶 역시 그렇게 흐를 줄 알았건만 세상은 달라졌다. 내 손에 들린 스마트폰처럼 세상은 점점 빨라진다.

그의 권유로 스마트폰을 샀다. 처음엔 뭐가 뭔지 알 수 없었지만 그가 권한 대로 카카오톡을 하고 인터넷을 들여다보며 문명의 이기가 무엇인지 몸으로 깨달았다. 이후 나는 지금처럼 어딜 가든 손에서 스마트폰을 놓지 못한다. 그가 떠난 후로는 더더욱 그렇다. 혹여 그에게 전화가 왔을 때 받지 못한다면, 그가 메시지를 보냈을 때 확인하지 못한다면 어쩌나 전전긍긍한다.

내가 고른 책을 그는 단순한 전화번호부로 사용했다. 다른 여자들이 준 책들 역시 마찬가지로, 그 여자와 만나는 일이 끝나면 책 역시 끝이었다. 여자들이 골라준 책들은 한낱 인테리어나 집구석을 채운 애물단지에 지나지 않았으나, 그녀가 준 책은 달랐다. 전화번호조차 적혀 있지 않은 책을 그는 몇 번이고 다시 펴 들었다. 첫 장 첫 시부터 시작해 마지막 시까지 몇 번이고 되풀이해 읽으며 분석까지 했다.

"이 시집에 실린 88편의 시 중에 님, 당신이 들어 있는 시가 자그마치 64편이래요."*

"님, 당신에 대한 해석은 학자마자 각기 다르대요. 조국과 민족, 불교의 중생, 무아, 복합적인 어떤 것, 생명적 근원, 기대, 희망, 사랑, 그리고 마지막으로…… 시인 자신에게 없어서는 안 될 생명적 내지는 정신적 지주."**

"왓슨은 「마지막 문제」에서 이렇게 말하죠. '내가 그와 함께한 기묘한 경험을 잘 이야기하려고 애를 썼지만 그게 도무지 두서가 없었고, 지금 뼈아프게 느끼듯 부실하기 짝이 없었다. 나는 그쯤에서 이야기를 멈추려고 했다. 지난 2년 동안 그 무엇으로도 메울 수 없는 인생의 허무를 안겨준 그 사건에 대해서는 결코 입을 열지 않으려고 한 것이다.'*** 「님의 침묵」의 시들은 왓슨이 셜록 홈즈를 잃었을 때의 모습과 꼭 닮았어요. '잊으려고 생각하고 생각하

---

*『님의 침묵』(한용운, 범우사, 2015), p.152

**『님의 침묵』(한용운, 범우사, 2015), p.153

***『주석 달린 셜록 홈즈 2-셜록 홈즈 회고록』(아서 코난 도일, 레슬리 S. 클링거 주석 편집, 현대문학, 2013), p.402

면 잊히지 아니하니 잊도 말고 생각도 말아볼까요. 잊든지 생각든지 내버려 두어볼까요. 그러나 그리도 아니 되고 끊임없는 생각 생각에 님뿐인데 어찌하여요."* '님이여, 이별이 아니면 나는 눈물에서 죽었다가 웃음에서 다시 살아날 수가 없습니다. 오오, 이별이여.'** '당신이 가신 뒤로 나는 당신을 잊을 수가 없습니다. 까닭은 당신을 위하느니보다 나를 위함이 많습니다.'***"

"셜록 홈즈가 라이헨바흐 폭포서 떨어져 모습을 감춘 삼 년간, 그가 무엇을 했는가는 모두 비밀에 부쳐져 있어요. 그가 은퇴한 1903년 후의 행적 역시 마찬가지죠.**** 많은 셜록학자들은 그가 러시아, 중국, 인도, 티베트, 남태평양, 미국, 캐나다, 일본 등을 방문했다고 주장하고,***** 증명했어요. 그거 아세요? 만해 한용운도 셜록 홈즈가 은퇴했던 그 시기에 외국을 떠돌았던 거……."

지금껏 그가 어떤 여자를 만나더라도 신경이 쓰이지 않았던 것은, 그가 기본적으로 여자에 흥미가 있는 것이 아니라 '셜록 홈즈에 관심이 있는 여자'에 흥미가 있기 때문이었다. 그런데 그가 지금 한 여자가 준 책을 보고 있었다. 처음부터 끝까지 단번에 정독

---

* 「나는 잊고자」, 『님의 침묵』(한용운, 범우사, 2015), p.17
** 「이별은 미의 창조」, 『님의 침묵』(한용운, 범우사, 2015), p.16
*** 「당신을 보았습니다」, 『님의 침묵』(한용운, 범우사, 2015), p.63
**** 『주석 달린 셜록 홈즈 1-셜록 홈즈의 모험』(아서 코난 도일, 레슬리 S. 클링거 주석 편집, 현대문학, 2013), p.52
***** 『주석 달린 셜록 홈즈 1-셜록 홈즈의 모험』(아서 코난 도일, 레슬리 S. 클링거 주석 편집, 현대문학, 2013), p.78

한 데다 그 책에 대한 감상을 이야기하며, 셜록 홈즈와의 관련성을 찾으려 하고 있었다.

"아이린 애들러는 셜록 홈즈를 골탕 먹인 유일한 여인이에요. 저는 물론, 셜록 홈즈가 그녀가 마음에 들어 그저 속아준 척했을 뿐이라고 생각하지만요. 셜록 홈즈는 그 기념으로 그녀가 남기고 간 사진 한 장을 간직하죠. 아마도 연구용이었을 거예요. 그녀는 유부녀였으니까. 하지만 과연 그것뿐이었을까…… 나는 이 시집을 보며 자꾸 이런 생각이 드네요. 어쩌면 셜록 홈즈는 그녀에게 여러 감정을 동시에 느끼고 있었을지도 모르겠노라고. 그럴 수밖에 없었던 까닭은, 셜록 홈즈가 오직 「보헤미안 스캔들」에서만 그녀를 우연히 스치듯 만났기 때문이라고…… 나의 그녀는 내게 시집 한 권만 주고 가버렸네요. 아아, 그녀는 갔습니다……."

그렇게 말하며 그는 셜록 홈즈로 가득 채운 벽을 바라보았다.

이때 나는, 의심했어야 했다. 그가 보고 있는 것이 셜록 홈즈인지, 아니면 그 뒤에 숨은 무엇인지를…….

원형의 길을 반 정도 걷고 났을 때 심우장으로 향하는 계단이 나타났다. 그때부턴 내리막길의 시작이었다. 계단을 따라 다닥다닥 집들이 붙어 있었다. 그중 한 집은 페인트칠을 하고 있었다. 에어 스프레이건으로 붉은색을 칠하는 소리가 귓가를 울렸다. 몇몇 사람들이 나를 앞질러 계단을 내려갔다. 사람들은 반팔이나 민소매 옷을 입고 한여름 같은 분위기를 풍겼다. 혹은 추석에 걸맞은

한복차림이었다. 그 사이에서 나만 등산복 차림이었다. 무더위에도, 추석에도 어울리지 않는 긴팔에 긴바지였다. 이 모습으로 사람들 사이로 이질적으로 걸어가는 것이 싫어, 괜히 아무 연고도 없는 페인트칠하는 집을 구경했다. 인파가 빠지자 다시 계단을 걸어 내려갔다. 나를 앞질러 간 사람들이 사라졌다. 각자의 추석을 쇠기 위해 집으로 향한 모양이었다.

스마트폰만 보며 길을 찾느라, 심우장을 앞에 두고 옆길로 샐 뻔했다.

잠시 스마트폰을 손에서 내렸다.

남향으로 난 문으로 들어갔다. 왼편으로 소나무가, 오른편으로 향나무가 나를 맞았다. 각각 구십 년 이상 산 거목이었다. 향나무 옆에 서서 냄새가 나길 기대해봤으나 아무 향도 나지 않았다. 어쩌면 주인을 잃은 것들은 빨리 늙어 그 본래의 기능을 발휘하지 못하게 되는지도 모르겠다, 그를 잃은 나처럼.

바로 집으로 들어가지 않고 주변을 돌다 보니 부엌이 나왔다. 부엌엔 시멘트로 마감한 부뚜막에 솥이 두 개 걸려 있고, 옆에는 밥그릇과 주걱까지 재현되어 있었으나, 생활감은 나지 않았다. 지난 사십 년간 나는 시댁에 명절을 쇠러 갈 때마다 부뚜막을 봤다. 그곳은 시멘트로 마감하지 않았다. 흙으로 메워졌다. 눈앞의 이것은 거짓이었다. 하지만 솥은 진짜였다. 손에 닿는 손잡이의 감촉이 나에게 이것이 진짜 솥이라고 말하고 있었다. 솥뚜껑을 들 때의 무게가 남달랐다. 그것은 오랜 시간 내가 들고 내려놨던 무게와 일치했다. 안에서 나는 냄새는 달랐다. 시댁의 부뚜막에서 솥 뚜껑을 열면, 밥내며 국내가 들끓었으나 이곳의 솥에선 지린내와 같은, 오랜 시간 그 누구도 손대지 않은 냄새가 났다. 그것은 그가 없어진 집에 남은 홀아비 냄새와 닮아 있었다.

사십 년 만의 휴가를 얻자마자 그에게 카카오톡으로 메시지 한 통을 넣었다. 당신 집으로 갈게. 평소 같으면 바로 메시지를 확인 할 그였다. 하지만 이번엔 한 시간이 지나도록 메시지를 확인했을 때 사라지는 숫자 1이 그대로 남아 있었다. 묘하다고 생각하면서 도 일단 그의 집으로 갔다. 그의 집은 비어 있었다. 하지만 나는 그 의 현관 비밀번호를 알았기에 거침없이 숫자를 눌렀다. 221221, 셜록 홈즈의 집 주소였다. 책으로 둘러싸인 집에서 다시 한 번 카 카오톡에 접속했다. 그는 여전히 메시지를 읽지 않았다. 카카오 톡의 숫자 1처럼 나는 홀로 앉아 그가 돌아오길 기다렸다. 그는 십 년 전쯤 부모님이 돌아가신 후, 명절다운 명절을 지내본 적이 없다 고 말했었다. 그렇다면 이렇게 기다리기만 할 게 아니라 그를 위해 뭔가를 준비해야 할 것 같았다. 다시 집을 나섰다. 장을 봤다. 명절 음식을 하며 그를 기다렸다. 그가 기뻐하는 모습을 상상했다. 하지 만 자정이 가까운 시각이 되도록 그는 돌아오지 않았다. 메시지를 다시 보내 보아도 확인하지 않았다. 다음 날도, 그 다음 날도, 마침 내 가족들이 모두 시골에서 올라오는 추석 연휴의 마지막 날이 되 도록 그는 돌아오지 않았다.

이후 나는 거의 매일 그의 집을 찾았다. 집 안을 청소하고, 냉장고 안에서 상해가는 음식을 정리했다. 책장의 먼지를 털었고, 가끔 흥미가 생기는 책들을 펴서 읽었다. 그 사이엔 그에게 골라줬던 컬러링북 『주홍색 연구』도 있었다. 나는 색칠했다. 주홍색 연구라는 제목에 걸맞게 붉은 톤 계열의 색연필을 특히 많이 썼다.

틈틈이 서점에 갔다. 그를 만났던 그곳에서 셜록 홈즈 책들을 훑었다. 눈을 감고 손으로 표지를 만졌다. 아무도 내게 말을 걸지 않았다. 귓가에 닿던 낮고 서늘한 목소리는 이제 그곳에 존재하지 않았다. 그래도 나는 거의 매일 서점에 들렀다.

그런 내 행동을 일일이 그에게 메시지로 보냈다. 당신 집에 왔어요. 컬러링북을 색칠했어요. 주홍색을 많이 칠했죠. 서점에 왔어요. 새로운 패스티시물이 또 나왔네요. 한용운에 대한 책도 있어요. 내 메시지는 단 한 번도 확인되지 않았다. 그래도 나는 개의치 않고 메시지를 보냈다. 내가 그에게 마지막으로 보낸 메시지는 아마도, 이것이었다.

당신의 그녀를 찾겠어요.

그는 셜록 홈즈처럼 그녀를 놓치는 일은 하지 않겠다고 말했었다. 그렇다면 어쩌면 그는, 이곳에서 『님의 침묵』을 권했던 그녀를 찾고, 그녀를 따라 잠시 여행이라도 가버린 것이었을지도 모른다. 내가 혼자 남을 것을 뻔히 알면서도 그는 그녀를 찾아갔을 수도…… . 또 그는 말했다. 「마지막 문제」에서 왓슨은 셜록 홈즈가 죽었다고 생각했었다. 그러면서도 몇 번이고 그를 찾았다고…… .

이때 왓슨의 마음은 어땠을까. 그리고 그런 남겨진 왓슨을 셜록 홈즈는 걱정했을까.

그러던 어느 날이었다. 또다시 서점에서 눈을 감은 채 책을 고르던 내게 누군가 말을 걸었다.

"안녕하세요?"

짧지만 낯익은 목소리였다. 눈을 떠 고개를 돌려보니 낯선 남자가 서 있었다. 나와 비슷한 키에 또렷한 이목구비, 머리엔 스냅캡을 거꾸로 썼다. 헐렁한 티셔츠에 힙합 바지를 입은 모습이 내가 모르는 힙합가수일까 싶었다.

"저를, 아세요?"

"전에도 이야기했었잖아요."

그는 그렇게 말하며 모자를 벗었다. 그러자 모자 속에 숨겼던 긴 머리가 드러났다.[*]

아아, 그녀였다. 그가 여자들에게 받은 책들 중 전화번호부가 아닌 책으로 오롯이 존재를 허락한 그녀.

"매일 오셔서 여기서 책을 고르시더라고요. 꼭 눈을 감고 그렇게, 사랑스러운 것을 쓰다듬듯이."

"이곳 자주 오시나 봐요?"

"모습이 이래서 못 알아보시나 봐요."

---

[*] 「보헤미안 왕실 스캔들」에서 아이린 애들러는 셜록 홈즈가 자신의 집에 방문한 후, 일부러 남장을 하고 셜록 홈즈를 찾아간다. 목사 분장을 한 셜록 홈즈를 향해 등에 대고 인사를 한다.

그녀가 웃더니 한 손으로 머리를 잡았다. 금테 안경을 쓰고 머리를 헝클어 앞머리를 내리더니 새침한 표정으로 말했다.

"안녕하세요, 고객님."

"아!"

그녀는 계산대의 직원이었다.

"전혀 못 알아봤어요."

"이미지 체인지가 취미거든요."

"아, 혹시. 그래서 그때도 책에 전화번호를 적어주지 않았던 거군요?"

"맞아요."

"어쩐지 흔치 않게 딱지를 맞더라니……그가 바람둥이라는 사실을 알아 그런 거였군요?"

"그건 아니에요. 으음, 이건 좀 쑥스러운데 말이에요…… 사실 저, 몇 번이고 그분 근처서 잘 꾸미고 얼쩡거렸어요. 그런데 그분이 도통 말을 안 걸어와서 갑갑해하던 참이었죠. 만약 그날도 말을 붙이지 않았다면, 정말 어떤 핑계를 대서라도 먼저 말을 걸었을지도 몰라요."

"전화번호를 따게 하려는 것도 아니었는데 그렇게까지?"

"꼭 하고 싶은 이야기가 있었거든요."

"그때, 딱히 뭔가 이야기도 안 하셨잖아요."

"아아, 님은 갔습니다……."

"『님의 침묵』?"

"네, 그 시집을 꼭 추천해드리고 싶었어요."

"왜 그게 하고 싶은 이야기였는데요?"

"그 책에 나오는 님과 그분이 좋아하는 셜록 홈즈가 어딘지 모르게 닮은 게, 좋아하실 것 같았거든요."

"그렇다면 직원 신분으로 추천을 해주시죠."

"그건 싫었어요. 뭐랄까…… 신비감이 깨질까 봐."

"무슨 소린지 모르겠네요."

"그게, 저희 사이에선 그분, 셜록 홈즈로 통했거든요. 오늘은 어떤 여자에게 말을 시키나 흥미진진하게 지켜봤죠. 그런데 만약 저나 다른 동료들이 유니폼을 입고 말을 시켜봐요. 그랬다간 셜록 홈즈가 저희와 대화를 하느라 책을 갖고 여자들에게 말을 걸지 않을지도 몰라요. 아아, 그러면 얼마나 재미없겠어요……. 그래서 우린 늘 듣거나, 살폈죠. 텔레비전 시청자처럼, 공개방송 방청객처럼. 그런데 그 대화를 듣다 보니 깨닫게 된 사실이 있었어요."

"그게 뭔데요?"

"셜록 홈즈는 여자에게 번호를 따려고 말을 붙이는 게 아니라는 사실이었죠. 다만 남자한테 말을 거는 건 이상해 보이니까 여자에게 말을 걸 뿐이었어요! 자세히 보니 셜록 홈즈 책을 드는 남자에게도 뭔가 말을 붙이고 싶어 어쩔 줄 몰라 하더라고요! 그러다 결국 몇몇 노인과 어린아이들에겐 못 참고 말을 붙이기도 했죠. 언젠가는 한 초등학생이 '셜록 홈즈' 시리즈를 잡기에 신이 나서 책에 대한 이야기를 해주며 똑같이 추천도서를 물었더니, 소년이 진지

한 표정으로 추천한다는 책이, 『명탐정 코난』*이었다니깐요! 그때 어쩔 줄 몰라 '나, 나도 그, 그거 보긴 했지'라며 말 더듬던 셜록 홈 즈 씨라니! 그 후 애들과 대화하는 게 싫어졌는지 절대로 모른 체 하더라니깐요!"

그녀는 옛 기억이 났는지 큭큭 소리 내 웃기까지 했다. 나는 따라 웃으면서도 좀 당황했다. 나는 그가 언제나 아이린을 찾고 있다고 생각했다. 그렇기 때문에 이곳 서점에서 많은 여자들에게 집적인다고 생각했는데 지금 그녀는 전혀 다른 이야길 하고 있었다.

그렇다면 대체 그는, 무엇 때문에 사람들에게 셜록 홈즈를 물었단 말인가?

내가 그녀에게 이 질문을 그대로 했더니, 그녀가 활짝 웃으며 대답했다.

"당연히, 왓슨을 찾기 위해서죠! 그리고 왓슨을 찾은 후론, 늘 책이란 이름의 사건을 찾아 헤맸죠!"

왓슨이라니. 게다가 찾았다니?

"그게 누군데요?"

나는 좀 놀라 그녀에게 물었다. 그랬더니 이번엔 그녀가 놀랐다. 지금까지 신이 나서 떠들던 모습은 어디로 가고 당황해 나를 바라보더니, 매우 조심스레 말했다.

"손님이 저희 사이에선 왓슨으로 통했는데요……."

---

* 아오야마 고쇼의 만화. 1994년 연재를 시작하여 아직도 진행 중이며 애니메이션 시리즈, 극장판 등으로도 유명하다.

"저요?"

"늘 같이 오셨잖아요. 그리고 그분은 왓슨과 함께 있으면 신이 나서 이 이야기 저 이야기 떠들어댔어요. 예전처럼 여자들에게 말을 걸고 전화번호를 묻는 일도 있었지만 그건 어디까지나 당신의 관심을 끌려는 어린아이의 치기 어린 장난이었죠. 우리도 당신들을 바라보는 게 늘 즐거웠어요. 아아, 왓슨을 찾은 셜록 홈즈가 행복해 보여서……. 하지만 요즘엔 왓슨만 왔죠. 셜록 홈즈가 없는 왓슨은 예전의 셜록 홈즈처럼 외로워 보였어요. 그래서 무슨 일이 있는가 걱정을 하다가 제가 대표로 말을 건 거랍니다……."

그 말에 나는 주변을 돌아보았다. 계산대에 선 여직원, 바로 옆 평대에서 책들을 정리하던 남직원이며 곳곳에 서 있던 직원들이 우리를 주시하고 있다가 나와 눈이 마주치자 황급히 고개를 돌렸다.

서점은 단순히 스쳐 지나가는 곳이었다. 설마 이곳에서 날 기억하는 사람이, 그를 아는 사람이 있을 줄은 상상도 하지 못했다. 하지만 이곳에도 개개인의 삶이 존재하고 있었다. 그리고 그 삶은 나도 모르는 사이 내게 별명을 붙여주고 있었다. 상상치도 못했던 그 이름 왓슨을…….

다시 그녀를 바라보았다. 그녀의 뚜렷한 이목구비와 단정하면서도 걱정스러운 표정, 그녀를 만나 하고픈 말이 많았다. 그가 당신을 찾아 떠났다고, 당신은 그를 만났냐고, 그가 나에게 했듯이 당신에게도 셜록 홈즈의 이야기를 들려줬냐고, 당신 역시 그에게 매혹되고 또 그 안에서 삶의 의미를 찾았냐고……. 하지만 이제 그 질문은 모두 소용없었다. 그는 그녀를 찾아간 것이 아니었으니까. 때문에 나는 그녀에게 이렇게 말할 수밖에 없었다.

"……셜록 홈즈는 조금 긴 여행을 떠났답니다."

한용운의 서재로 향했다. 그곳에는 시집 『님의 침묵』에서도 본 바 있는 연표가 자세하게 적혀 있었다. 한쪽 면을 가득 채운 연표는 시간이 오래 지나 색이 바래 있었다.

1879년 8월 29일 충남 홍성군 결성면 성곡리에서 한응준의 둘째아들로 출생
1905년 설악산 백담사에서 출가
1907년 블라디보스토크, 일본 등지를 여행하며 세계사의 큰 변화를 파악하는 계기가 됨
1910년 한일 불교동맹조약 체결을 분쇄함. 그 후 만주에 망명하여 독립운동을 지원……

나는 이 연표를 보며 가져온 시집 『님의 침묵』을 폈다.

님의 침묵
한용운

님은 갔습니다. 아아, 사랑하는 나의 님은 갔습니다.
푸른 산빛을 깨치고 단풍나무 숲을 향하여 난 작은 길을 걸어서 차

마 떨치고 갔습니다.

황금의 꽃같이 굳고 빛나던 옛 맹세는 차디찬 티끌이 되어서 한숨의 미풍에 날아갔습니다.

날카로운 첫키스의 추억은 나의 운명의 지침을 돌려놓고 뒷걸음질쳐서 사라졌습니다.

나는 향기로운 님의 말소리에 귀먹고 꽃다운 님의 얼굴에 눈멀었습니다.

사랑도 사람의 일이라 만날 때에 미리 떠날 것을 염려하고 경계하지 아니한 것은 아니지만, 이별은 뜻밖의 일이 되고 놀란 가슴은 새로운 슬픔에 터집니다.

그러나 이별은 쓸데없는 눈물의 원천을 만들고 마는 것은, 스스로 사랑을 깨치는 것인 줄 아는 까닭에, 걷잡을 수 없는 슬픔의 힘을 옮겨서 새 희망의 정수박이에 들어부었습니다.

우리는 만날 때에 떠날 것을 염려하는 것과 같이 떠날 때에 다시 만날 것을 믿습니다.

아아, 님은 갔지마는 나는 님을 보내지 아니하였습니다.

제 곡조를 못 이기는 사랑의 노래는 님의 침묵을 휩싸고 돕니다.[*]

내가 왓슨이라니…….

혼란했다. 서점을 빠져나와 그의 집에 가는 내내 가슴이 두근거

---

* 「님의 침묵」, 『님의 침묵』(한용운, 범우사, 2015), pp.13~14

렸다. 그의 집에 돌아왔다. 그가 없는 집을 가득 채운 셜록 홈즈 책들, 그리고 그 사이에 역시 책 더미로 가득 찬 책상 위, 스탠드 아래 놓인 시집을 물끄러미 바라보았다.

『님의 침묵』

단 한 번도 저 시집을 건드리지 않았다. 그 시집을 펴는 것이 두려웠다. 그 책을 펴게 된다면, 그가 그녀에게 품은 애정의 흔적이 속속들이 드러날 것이다. 그것들을 마주한다면 나는 미쳐버릴지도 모른다……. 이런 갖가지 생각 탓으로 나는 그 책에 가까이 가지 못하고 늘 저 자리에 엎어진 그대로 뒀다. 책상 정중앙에서 오른쪽으로 조금 치우쳐 올라간 위치, 스탠드 바로 아래에.

하지만 나는 이제 알았다. 그는 그녀를 찾아간 적이 없다. 내가 질투한 대상은 처음부터 이 세상에 존재하지 않았다.

그렇다면 그는 대체 어디로 갔을까.

그 단서는 저 시집에 있을 것이었다. 그러니 나는 질투가 나도 저 시집을 들어야 했다……. 아니, 애당초 내가 질투한 존재는 처음부터 이 세상에 없었으니 저 시집을 못 들 이유가 없었다.

시집을 들었다.

펴자마자 오랜 시간 엎어져 있었던 페이지에서 낯익은 그의 글자를 발견했다. 오른쪽 위로 치우친 날카로운 글씨.

「님의 손길」
님의 사랑은 강철을 녹이는 불보다도 뜨거운데 님의 손길은 너무 차서 한도가 없습니다.

_홈즈의 손

'홈즈의 손'이라니?

나는 메모에 고개를 갸웃거렸다. 첫 장부터 한 장 한 장 책을 훑었다. 그리고 페이지마다 가득한 그의 메모를 발견했다.

「님의 얼굴」
님의 얼굴을 어여쁘다고 하는 말은 적당한 말이 아닙니다.

_아이린, 「보헤미안 스캔들」

「논개의 애인이 되어서 그의 묘에」
나는 그대도 없는 빈 무덤 같은 집을 그대의 집이라고 부릅니다.

_홈즈, 「빈집」

「최초의 님」
맨 첨에 만난 님과 님은 누구이며 어느 때인가요.
맨 첨에 이별한 님과 님은 누구이며 어느 때인가요.
맨 첨에 만난 님과 님이 맨 첨으로 이별하였습니까, 다른 님과 님이 맨 첨으로 이별하였습니까.

_홈즈와 왓슨, 「주홍색 연구」 「마지막 문제」

「버리지 아니하면」

　나는 책상 앞에 앉아서 여러 가지 글을 볼 때에 내가 요구만 하면 글은 좋은 이야기도 하고 밝은 노래도 부르고 엄숙한 교훈도 줍니다.

_왓슨의 홈즈 전기 집필

　거의 모든 장에 밑줄이 쳐져 있었다. 특히 님이란 글자엔 일일이 연필로 동그라미가 쳐져 있었고, 그런 밑줄 중에서 가장 많은 별표와 물음표가 표시된 부분이 바로 '만주, 블라디보스토크, 1907'이었다. 그리고 그곳엔, 주석처럼 덧붙인 그의 편지가 들어 있었다.

　친애하는 당신

　지금껏 나는, 내게도 삶이란 것이 존재한다는 사실을 깨닫지 못했습니다. 이곳에 내가 있고, 살아가기 위해 직장을 다니는 것은 어디까지나 허상에 가까운 일이라고 생각했어요. 하지만 우연히 서점에서 당신을 만나고, 당신과 함께 여러 이야기를 나누며 나는 아주 조금 삶이 즐거워졌어요. 당신과 셜록 홈즈의 이야기를 나누는 것이, 모르는 책들을 서점에서 발견하고 함께 보는 일이, 그리고 당신이 해주는 음식을 먹는 것이……. 그거 알아요? 나는 특히 당신이 해주는 두부조림이 좋았어요. 갖은 양념이라는 저로서는 종잡을 수 없는 그 황금비율을 이용해 요리하는 두부조림 같은 건 정말 감탄의 대상이었지요. 취나물, 콩나물, 그리고 고추줄기로 만든 나물이었던가 씀바귀며 고사리…… 이야기가 다른 쪽으로 샜네요. 당신과 이야기를 한다고 생각하면 늘 이렇게 되어버려요. 횡설수설하다가 결국은 하고 싶은 말을 반도 하지 못한 채 당신을 떠나보내고 나는 또 홀로 남아버리죠. 그게 싫어서 또 책을 사서 보이지 않게 벽을 가리면서…… 어휴, 또 장광설이네요.

부끄럽게도, 나는 근 십 년간 제대로 된 명절을 보낸 적이 없었답니다. 이십대 중반에 부모님 두 분을 모두 여읜 후 친척과도 별다른 교류가 없었던 저에게, 명절이란 것은 어디까지나 남의 일이었어요. 그때부터였던 것 같아요. 셜록 홈즈에 빠져든 건. 계기는, 그래, 〈명탐정 코난〉이라는 만화였어요. 저는 그 만화의 애니메이션 시리즈를 우연히 티브이에서 봤어요. 고등학생 탐정 도일이 악당들에 쫓기다 잡혀요. 그러다 이상한 약을 먹고 몸이 줄어들죠. 초등학생이 된 도일은, 그 후 자신의 몸이 줄어들게 만든 악당들을 쫓기 위해 초등학생 탐정 코난이 되어 많은 사건을 해결하게 되는데…… 이게 참 재미있었어요. 어린아이로 돌아간 코난의 고뇌가, 그리고 그 코난이 겪는 사건들에 푹 빠져들다 보니 '셜록 홈즈'가 궁금해졌죠. 그렇게 만난 셜록 홈즈는 아아, 〈명탐정 코난〉을 잊게 만들 정도로 멋졌어요.

이후 저는, 셜록 홈즈가 모르는 왓슨이 되어버렸어요. 셜록 홈즈는 저를 모르지만, 저는 셜록 홈즈를 따랐죠. 그와 관련된 것은 악착같이 모았어요. 그렇게 오랜 시간을 지내다 보니 마음이 편안해졌어요. 넓게만 느껴지던 집이 셜록 홈즈로 가득해지니 더 이상

외롭지 않더라고요. 그거 아세요? 셋이 살던 집이 혼자 살게 되면 참 넓어져요……. 연애를 하면 좋았겠죠. 하지만 말이에요, 그거 아세요? 연애를 하고 누군가를 사랑하고 가족이 되어 이곳에서 함께 살게 되었다가…… 그 사람이 또 죽어버리면 어떻게 될까요. 나는 누군가를 만나기 전에 이런 상상을 먼저 해버려서 도무지 누군가를 만날 수 없었어요. 참 이상한 일이죠. 부모님이 돌아가시는 건 제가 막을 수 없는 일이에요. 누구나 언젠가는 부모님이 돌아가시게 되어 있어요. 그런데 저도 제가 왜 이리 유난을 떠는지 모르겠어요. 혹시 그 까닭을 안다면 저는 지금의 제가 안 됐을 수도…… 무슨 이야길 하는지 모르겠네요. 또 장광설이 되어버렸어. 어쩌면 이게 제 문제일지도 몰라요. 무슨 이야길 하는지 자기 자신조차 모르는 장광설만 반복하는 게 버릇이 되어버려서, 요점을 정리할 수 없다 보니 부모님을 잃은 슬픔마저 주워 담을 수 없을 만큼 끊임없이 여기저기 말로 뱉어버려, 그 슬픔을 이겨낼 수 없어 이렇게 홀로 셜록 홈즈에 빠져들었을 수도…….

다시 명절 이야기로 돌아와서, 이번 추석 역시 그럴 줄 알았어요. 셜록 홈즈와 단둘이 지낼, 평소보다 좀 더 긴 휴가가 될 줄 알았죠. 하지만 이번 추석은 달랐어요. 당신이 온다고 그랬죠.

나는 그 말에 두려워졌어요.

당신은 앞치마를 두를 거예요. 나물을 하고, 전을 부치고, 텔레비전에서나 볼 법한 장면을 내 앞에서 연출해줄 테죠. 그러면 나는 또 한발 셜록 홈즈에서 멀어지게 될 거예요. 당신을 내 곁에 계속해서 잡아두고 싶어질 테죠. 하지만 당신은 나에게 왔다가 본래 당신이 있어야 할 곳으로 돌아갈 테고 나는 또 혼자가 될 테죠. 혼자…… 그걸 느끼지 않으려고 얼마나 노력해왔는데 나는 또 혼자라는 걸 느껴야 해요……. 그간 절 지탱해준 건 셜록 홈즈였어요. 셜록 홈즈는 언제든 내가 손을 뻗으면 그곳에 있어줬어요. 조근조근한 목소리로 나에게 새로운 모험을 들려주었어요. 하지만 그는 고독했어요. 왓슨이란 단 한 명의 친구를 제외하곤 그에겐 친구란 존재가 없었으니깐요. 나는 그가 참 좋았어요. 그가 나처럼 고독하니까, 남에게 마음을 여는 법을 모르니까, 뭣보다 마음에 드는 점은 그는 나를 모르지만 나는 그를 안다는 사실이, 우리가 결코 만날 수 없는 한 쌍의 평행선처럼 영원히 같은 길을 갈 것이란 사실이, 그리하면 그도 나도 절대 서로를 떠나지 않을 테니까, 서로를 모르는 이는 서로를 떠나는 일조차 불가능할 테니까……. 대신 우리는 영원히 닮은꼴의 고독을 끌어안고 살아가겠지만. 당신을 만난 후 조금씩 그가 멀어졌어요. 그를 읽고, 그를 생각하려 해도 마음 한구석에 있는 당신이 장광설처럼 내 몸 곳곳은 물론이요, 이 집 구석구석 퍼져갔죠. 책을 펴면 당신이 있었어요. 화장실의 같은 모양으로 잘 개켜놓은 수건들 사이에도 당신이, 단정하게 놓인 밥그릇이며 냉장고에 차곡차곡 놓인 나물 반찬에도 당신이……. 혼란스러웠어요. 그러면서도 당신과 함께 있으면 좋았어요. 하지만 당신은 내가 좋아하면 좋아할수록 멀리 떠나가는 것만 같았어요. 어쩌면 이런 마음은 제가 가진 고독이란 이름의 독일지도 몰라요. 그 독을 풀어내는 법을 몰라 이렇듯 오랜 시간을 셜록 홈즈만을 벗하여 살아왔을지도…… 그러던 내게 아아, 한용운이 왔습니다.

『님의 침묵』.

나는 이 시집을 거듭해서 읽었어요. 셜록 홈즈로 사방을 둘러싼 벽을 바라보며 내가 그간 무엇을 저 책 너머로 잊으려 애썼는가 깨달았어요. 역시 나의 길은 셜록 홈즈에 있어요. 그러니 저는 그를 찾아 떠나야만 해요. 당신을 떠나야만 내가 나로 있을 수 있다는 사실을 알았기에, 아아, 님이 아니라 제가 떠나기로 했어요…… p.32

그 편지의 끝에는 p.32라는 숫자가 적혀 있었다. 나는 그 페이지를 열었다.

길이 막혀

당신의 얼굴은 달도 아니언만
산넘고 물넘어 나의 마음을 비춥니다.

나의 손길은 왜 그리 짧아서
눈앞에 보이는 당신의 가슴을 못 만지나요.

당신이 오기로 못 올 것이 무엇이며
내가 가기로 못 갈 것이 없지마는
산에는 사다리가 없고
물에는 배가 없어요.

뉘라서 사다리를 떼고 배를 깨뜨리겠습니까.
나는 보석으로 사다리 놓고 진주로 배 모아요.
오시려도 길이 막혀서 못 오시는 당신이 그리워요.[*]

　나는 기가 막혀 웃음이 나왔다. 그가 곁에 있다면 화를 내고 싶었다. 말도 안 되는 소리 하지 말고 이리 돌아오라고, 우리 사이엔 이미 오래전부터 사다리도 배도 있었다고, 그걸 못 보는 건 당신뿐이라고 말하고 싶었다. 하지만 그런 말을 할 그는 이미 없었다.
　그를 찾아야 했다.
　읽다 보니 떠나야 한다는 생각이 들었다는 이 책 『님의 침묵』을 샅샅이 훑었다. 시 곳곳엔 님과 셜록 홈즈를 연관 지으려고 한 그의 시도가 끊임없이 펼쳐졌다. 하지만 셜록 홈즈에 관한 메모가 그의 실종과 무슨 상관이 있단 말인지! 그 메모들을 모두 이어보아도 그가 왜 날 떠나야 했는지, 그리고 어디로 갔는가는 알 수 없었다. 연표로 돌아왔다. 이 편지가 꽂혀 있었던 연표 부분을 몇 번

---

[*]「길이 막혀」,『님의 침묵』(한용운, 범우사, 2015), p.32

이고 되풀이해 읽었다. 만해 한용운은 1907년, 만주, 블라디보스 토크, 일본 등을 여행했다. 그리고 블라디보스토크에선 기차에서 사건에 휘말려 범인 취급을 받았다가 풀려났다. 그 부분에 그가 홈즈라는 글씨를 붉은색으로 적어놓았다.

갑자기 그가 했던 말이 떠올랐다.

그는 예전 나에게 셜록 홈즈가 중국, 러시아, 일본을 여행했다는 사실이 증명됐다고 말했었다.

한 가지 가능성이 떠올랐다. 말도 안 되는 생각이었지만 가장 타당할 것 같은 가설. 다시 한 번 책 곳곳에 적힌 셜록 홈즈에 관한 메모들을 되풀이해 읽었다. 이 말도 안 되는 나의 가설이 정말 말 이 될지도 모른다는 생각이 점점 깊어졌다.

나는 지금 추리하고 있었다.

그가 셜록 홈즈의 실존설을 진지하게 믿었을지도 모른다고, 한 용운이 셜록 홈즈를 만났다고 믿었을지도 모른다고, 그리하여 한 용운이 그런 셜록 홈즈를 평생 그리워하며 시집 『님의 침묵』을 적 었다는 망상에 빠졌을지도 모른다고, 목부가 소를 찾아 헤매듯, 한용운이 평생 님을 찾아 헤맸듯, 그는 평생 자신이 찾아 헤맨 셜 록 홈즈가 실존했다는 증명을 하고 싶어 한용운의 자취를 찾아 떠 난 것일지도 모른다고……. 말도 안 되는 소리란 사실을 마음속으 론 알면서도, 그렇게라도 하지 않으면 이곳을 떠날 수 없었기에 단지 떠날 핑계를 찾기 위하여 그는…….

"……대체 왜 그렇게까지 하는데."

나도 모르게 신음이 났다.

"그렇게까지 하지 않아도 되잖아! 그냥, 나보고 떠나라고 하면 되잖아!"

주변을 가득 메운 책장이 내 목소리를 먹었다. 묵묵한 어둠의 침묵 속에서 나를 내려다보며, 짙은 먼지를 뿜어내 위로하듯 내 어깨를 토닥여주었다.

시집을 덮었다. 몇 번째 통독인지 모르겠다. 그사이 많은 사람이 심우장을 드나들었다. 대부분의 사람들은 나처럼 오랜 시간 이곳에 있지 못했다. 마당을 둘러보거나 적당히 주변을 기웃거리다 갈 길을 갔으나, 나는 신경 쓰지 않았다. 그저 앉아 있었다.

나는 갈 곳이 없기 때문이었다.

이곳의 시간은 나와 마찬가지로 느리게 흐르고 있었다. 아니, 아예 멈춰 있다고 말하는 편이 정확했다. 눈앞에 보이는 액자에 끼워진 사자성어 '마저절위磨杵絶葦'의 이야기와 같았다. 절굿공이를 갈아 바늘로 만들었다는 이야기. 그처럼 긴 시간이 흐르는 공간이 이곳이었다. 그것은 눈앞에 적힌 심우尋牛의 의미와도 통했다. 나는 벽에 적힌 심우의 뜻을 중얼거렸다. 심우는 불교에서 일컫는 선 수행의 단계 중 하나다. 이것을 그림으로 그린 것이 심우도로 그 첫 번째 그림이 소를 찾는 동자가 산속을 헤매는 모습이라고 하는데, 한용운은 자신의 아호 중 하나인 '목부', 즉 소를 키운다는 뜻을 빌려 이곳을 심우장이라고 지었다고 한다. 한용운은 마치 시간이 멈춘 듯한 이곳에서 소를 찾아 헤맸으리라. 그리고 그 소의 다른 이름은 '님'이었으리라. 님은 갔습니다. 아아, 사랑하는 나의 님은 갔습니다…… 나는 수십 수백 번 낭독했던 그 시의 첫 문장을 이곳에서 또 한 번 되뇌며 그를 상실한 후의 나를 떠올렸다.

그가 셜록 홈즈와 관련된 수많은 자료를 모으고 수집했듯이 나는 한용운과 관련된 책을, 신문기사를, 사진을 모았다. 그의 집은 그런 면에서 매우 유용한 공간이었다. 나는 빈 공간에 한용운에 대한 자료를 쌓았고, 그러다 보니 자연스레 한용운과 관련된 장소를 찾게 되었다.

그중 한 곳이 심우장이었다.

만해 한용운이 죽기 전까지 살았었다는 심우장, 조선총독부를 보고 싶지 않았기에 부러 북향으로 지었다는 집, 허나 결국 독립을 보지 못한 채 그 일 년 전 죽고 말았다는 집…… 그가 이 집에 들르지 않았을 리가 없었다.

이후, 몇 번이고 심우장을 가려고 시도했다.

지하철역에서 내려서 마을버스를 타고 가는 모습을, 혹은 자동차를 몰고 단번에 심우장에 닿는 모습을, 택시를 타고 내려서 걷는 모습을 몇 번이고 상상했다. 하지만 나는 갈 수 없었다. 두려웠다. 이곳에서 그의 흔적을 발견하게 될 것이, 혹여 이곳에서 그를 마주치게 된다면 어떻게 해야 할지가.

그는 편지를 남겼다. 자신이 나를 떠난다고 이야기했다. 그런 내가 그를 찾아간다면, 그리하여 그와 재회한다면 그는 내게 말할 것이다. 나는, 떠납니다, 라고⋯⋯. 그 말을 들을 자신이 없었다. 그렇기에 그를 이토록 찾아 헤매면서도 정작 그를 만날 장소에 가는 것이 두려워 목부가 소를 찾아 심우장 안을 헤매듯, 나는 그의 텅 빈 집에서 그를 찾아 헤맸다. 그와의 재회가 이별의 다른 말이라는 사실을 너무나 잘 알았기에.

이번 추석에도 남편은 나에게 휴가를 내줬다. 내 얼굴이 너무 지쳐 보인다는 까닭이었다. 갈 곳이 없었다. 그래서 그의 집으로 갔다가⋯⋯ 나는 무너진 한용운의 책탑을 발견했다. 마치 그간 내가 그를 찾는다며 보낸 세월의 허탈함을 보여주는 듯한 그 허무한 책 더미 앞에서 나 역시 무너졌다. 그런 내 얼굴이 투명한 책장 유리에 흐릿하게 비쳤다.

거울 속 여자는 무척 늙어 있었다. 더 이상 아줌마라는 이름이 어울리지 않을 노인, 길을 가다 보면 몇 명이고 마주치게 되는 등산복 차림의 흰 파마머리 노인⋯⋯ 그 노인이 울지도 웃지도 못하는 주름진 얼굴로 책장 유리 안에 갇혀 나를 똑바로 바라보고 있었다.

그 얼굴의 내가 그의 빈집에 있는 것을 참을 수 없었다. 손에 들린 『님의 침묵』을 던져 버렸다. 유리가 깨졌다. 성이 풀리지 않아 책장에 온몸을 부딪쳤다. 이깟 게 뭐라고, 셜록 홈즈가 뭐라고, 화풀이를 했다. 책장이 흔들렸다. 내 온 힘을 다한, 반복되는 몸부림에 버티지 못하고 '셜록 홈즈'들이 쏟아졌다. 마침내 책장이 쓰러졌다.

그리고 그 너머의 풍경이 드러났다.

언제나 셜록 홈즈로 가려져 있었던 벽, 그가 언제나 슬픈 표정으로 보곤 하였던 그 셜록 홈즈 너머 진짜 벽엔…… 낡은 20인치 아날로그 텔레비전 위로 커다란 가족사진 한 장이 걸려 있었다. 사진에 찍힌 아버지…… 큰 키, 매부리코, 약간 벗어진 머리와 날카로운 두 눈. 그 아버지는 내가 수없이 본 삽화 속 셜록 홈즈와 꼭 닮은 모습이었다. 그리고 엄마는…… 키가 컸다. 얼핏 보아도 170이 넘는 키의 트렌치코트를 차려입은 여인이었다. 그리고 소년은, 소년은…… 그가 처음 셜록 홈즈에 빠져들게 만들었다던 만화 속 소년 '코난'의 모습을 하고 있었다.

나는 상상했다.

거대한 가족사진과 그 앞에 놓인 텔레비전을 보는 그의 모습을. 어린 시절의 자신인 듯한 만화 속 주인공에게 자신을 이입하는 그를, 연이어 '셜록 홈즈' 시리즈를 읽으며 삽화 속 셜록 홈즈에게서 자신의 아버지를 찾는 그를, 어쩌면 엄마를 꼭 닮은 누군가를 발견할 수 있을지도 모른다고 기대하는 그를, 나를 만난 그를…… 그리고 그는, 사람들에게 나를 엄마라고 소개했다.

그는 그렇게 완벽해졌다.

그에겐 셜록 홈즈 아버지와 나 어머니, 그리고 자신이 있었다.

하지만 그는 불안해졌다. 나라는 존재의 불완전성으로 인하여 셜록 홈즈가 공상의 산물이란 사실을, 그리하여 가까스로 쌓아온 허구의 나날이 어느 날 문득 산산조각 날 수 있다는 사실을 깨달았다.

그래서, 그는, 떠났다.

나는 일어섰다.

무너진 책 더미를 그대로 두고 집을 나섰다.

그리고 나는 이곳에 왔다.

몇 번이고 망설이고 흔들리다 마침내 이곳에 와서 그가 보았을지도 모를 풍경을 보았다.

그는 이곳에서 무엇을 보았을까.

그리고 어디로 갔을까.

그때 내 눈에 다시 한 번 한용운의 연표가 들어왔다.

1944년 향년 65세를 일기로 입적

한용운은 독립을 일 년 앞둔 어느 날 이곳 심우장에서 사망했다고 한다.

결국 한용운은 당신의 님을 찾지 못했다.

그는 어땠을까.

그저 도망치기 위해 이곳에 왔었다면 어떤 것을 느꼈을까. 한용운이 님을 찾지 못한 심우장에서 그 역시 결국 자신이 찾는 것은 이 세상에 존재하지 않는다는 사실을 깨닫고 좌절하지는 않았을까. 아니, 어쩌면 지금껏 쌓아온 모든 것이 순전히 죽은 부모를 잊기 위한 평계에 불과하다는 사실을 깨닫지는 않았었을까. 하지만 부모가 죽었다는 현실은 자신이 아무리 거부하려고 해도 늘 그곳에 있었기에, 그것을 받아들이고 두 발로 꼿꼿이 서서 살아갈 수밖에 없다는 사실을 알았기에 절망한 그는 어쩌면, 어쩌면…… 셜록 홈즈가 그랬던 것처럼 '한 번' 죽었던 것은 아니었을까. 다만, 셜록 홈즈와 달리 그는 실존인물이기에 죽었다 살아나는 기적은 일어나지 않았을 수도…….

모든 것은 내 상상에 불과했다. 그럼에도 이 상상이 자꾸만 현실처럼 느껴지는 것은 이 마저절위의 공간 탓이리라.

자리에서 일어났다. 심우장을 나섰다. 올라온 길과 다른 길을 택했다. 사람들을 따라 계단을 걸어 내려가자니 저 아래 큰길 옆 주차장이 보였다. 그리고 나는 한용운의 시를 발견했다. 「님의 침묵」을 시작으로 만해 한용운의 시를 적은 작은 나무 패널이 계단 난간을 따라 차례로 달려 있었다.

님은 갔습니다.

아아 사랑하는 나의 님은 갔습니다.

푸른 산빛을 깨치고 단풍나무 숲을 향하여 난 작은 길을 걸어서 차마 떨치고 갔습니다.

나는 돌에다 내 이름을 안 새깁니다.

나는 많은 사람들의 머릿속에 나의 이름을 새기면 새겼지 돌에다가 이름을 새기지 않겠습니다.

무서운 겨울 뒤에 바야흐로 오는 새봄은 향기로운 매화에게 첫키
스를 주느니라.

오셔요 당신은 오실 때가 되었어요 어서 오셔요 당신은 당신의 오실
때가 언제인지 아십니까 당신이 오실 때는 나의 기다리는 때입니다.

조선 땅 덩어리가 하나의 감옥이다. 그런데 어찌 불 땐 방에서 편
히 산단 말인가.

남향하면 바로 돌집을 바라보게 될 터이니 차라리 볕이 좀 덜 들고
여름에 덥더라도 북향하는 게 낫겠다.

잃은 소 없거마는 찾을 손 우습도다. 만일 잃을시 분명하다면 찾은
들 지닐소냐. 차라리 찾지 말면 또 잃지나 않으리라. [*]

나는 마지막 문장 앞에서 멈춰 섰다.

---

[*] 실제로 심우장 가는 길 계단에는 이 문장들이 차례로 적혀 있습니다. 그 문장들을 차
례로 읽으며 이 글의 끝 부분 아이디어를 얻었습니다. 더불어, 심우장 가는 길에 대
한 묘사, 심우장 자체에 대한 묘사 등은 실제 그 풍경과 일치합니다. 추석 다음 날, 심
우장에 가면서 녹취를 하고, 또 심우장 서재에 앉아 이 글의 초안을 적다 왔거든요.
궁금하신 분들은 심우장에 다녀오시면 이 소설의 풍경을 보실 수 있습니다.

348

이 문장을 본 그는 어떤 생각을 했을까.

마지막 순간, 나처럼 심우장을 내려오다가 이 시를 보고는 어쩌면 그는, 나와 같은 생각을 하지 않았을까.

님을 찾는 것은 의미가 없다는 사실을, 차라리 찾지 않아야 잃지 않을 수 있다는 사실을…….

나는 왜 그를 찾고 있을까.

그는 왜 셜록 홈즈를 찾고 있을까.

우리는 왜 살면서 언제나 존재하지 않는 무언가를 찾고 있을까…….

셜록 홈즈는 1891년 죽은 걸로 알려졌으나 전 세계를 유랑하다 그 삼 년 후, 「빈집」으로 돌아왔다. 왓슨은 그를 결코 기다리지 않았다. 하지만 그리워했다.

삼 년…….

기다리기에 그리 길지 않을 시간이다. 아니, 이미 일 년이 지났으니 앞으로 이 년뿐이다.

그의 집에는 아직도 내가 읽어야 할 책이 많다. 그리고 정리해야 할 물건 역시…….

나는 그가 돌아올 것이라 믿기로 한다.

하지만 그를 찾지는 않기로 한다. 홀로 남은 왓슨 역시 그러했을 테니.

그리고 만약 그가 돌아온다면, 만날 셈이다.

무언가를 말한다면, 나 역시 무언가를 말할 셈이다.

하지만 그가 돌아오는 그 순간까지, 그 무언가는 정하지 않을 작정이다.

참고문헌

『주석 달린 셜록 홈즈 1-셜록 홈즈의 모험』, 아서 코난 도일, 레슬리 S. 클링거 주석 편집, 현대문학, 2013

『주석 달린 셜록 홈즈 2-셜록 홈즈 회고록』, 아서 코난 도일, 레슬리 S. 클링거 주석 편집, 현대문학, 2013

『님의 침묵』, 한용운, 범우사, 2015

탐정? 그가 바로 셜록 홈즈니까
-셜록 홈즈를 소개합니다

손선영

코난 도일에 의해 4편의 장편소설과 56편의 단편소설이 발표되며 홈즈는 일약 탐정의 대명사가 되었다. 소거법과 가추법으로 대표되는 홈즈의 사건 해결 방식은 이후 수많은 탐정소설에 영향을 미쳤다. 또한 추리소설을 완성했다는 평가와 함께 거의 모든 추리소설가에게 영감을 불어넣었다. 'snooping'으로 표현되는 홈즈의 추리방식은 사건을 의뢰하려는 사람들을 무릎 꿇리기에 충분했다.

이러한 홈즈 캐릭터에는 모델이 있었다. 코난 도일의 에딘버러 의대 스승 조지프 벨이었다. 조지프 벨은 관찰에 이은 연역으로 환자에 대한 여러 사실을 알아냈다. 이는 코난 도일이 조지프 벨에게 보낸 편지와 자서전에서 드러난다. 이를 코난 도일은 환자를 분석하는 능력이라 언급했고, 탐정이 의뢰인을 대하는 것도 그와 다를 바 없다고 했다. 코난 도일이 홈즈를 의사로, 의뢰인을 환자로 설정했다는 상상만으로도 독자들은 흐뭇해질 것이다.

코난 도일이 돈을 벌기 위해 글을 썼다는 사실은 익히 알려져 있다. 그러나 의대를 다니던 그에게 글은 처음부터 돈이 되지 않았다. 부업이었던 글이 점점 주업으로 바뀐 것은 역사소설 『마이카 클라크』의 성공 덕분이었다. 이전 코난 도일은 『주홍색 연구』가 성공하지 못할 거라 생각했는지 25파운드에 저작권을 넘기기도 했다. 대부분의 '홈즈'가 발표되었던 잡지 『스트랜드 매거진』은 홈즈와 함께 커다란 성공을 거두었다. 이는 그리스 노미스라는 편집장의 안목과 함께 시드니 패짓의 삽화가 조화를 이룬 쾌거였다. 그러나 코난 도일은 홈즈의 창작에 대해 엄청난 압박을 받았던 것 같다. 어머니에게 홈즈를 죽이겠다는 편지를 쓰기도 했고, 실제로 홈즈를 죽이는 작품마저 창작하기에 이른다. 물론 홈즈는 도일의 금전적인 필요성과 『스트랜드 매거진』을 위시한 독자들의 열망에 의해 다시 등장한다. 셜록 홈즈 작품 목록(발표순)은 다음과 같다.

『주홍색 연구』, 1887

『네 사람의 서명』, 1890

『셜록 홈즈의 모험』(「보헤미아의 스캔들」「빨강머리 연맹」「신랑의 정체」「보스콤 계곡 미스터리」「다섯 개의 오렌지 씨」「입술이 삐뚤어진 남자」「블루 카번클」「얼룩 끈」「기사의 엄지손가락」「독신 귀족」「녹주석 보관」「너도밤나무 숲」), 1892

『셜록 홈즈의 회상』(「실버 블레이즈」「노란 얼굴」「증권 거래소 직원」「글로리아 스콧 호」「머스그레이브 가문의 의식」「라이기트의 수수께끼」「꼽추 사내」「장기 입원 환자」「그리스어 통역관」「해군 조약문」「마지막 사건」), 1894

『바스커빌 가문의 개』, 1901

『셜록 홈즈의 귀환』(「빈집의 모험」「노우드의 건축업자」「춤추는 사람 그림」「자전거 타는 사람」「프라이어리 학교」「블랙 피터」「찰스 오거스터스 밀버턴」「여섯 개의 나폴레옹」「세 학생」「금테 코안경」「실종된 스리쿼터 백」「애비 그레인지 저택」「두 번째 얼룩」), 1905

『공포의 계곡』, 1915

『셜록 홈즈의 마지막 인사』(「등나무 집」「소포 상자」「붉은 원」「브루스 파팅턴 호 설계도」「빈사의 탐정」「프랜시스 카팍스 여사의 실종」「악마의 발」「마지막 인사」), 1908

『셜록 홈즈의 사건집』(「거물급 의뢰인」「탈색된 병사」「마자랭의 다이아몬드」「세 박공의 집」「서섹스의 흡혈귀」「세 명의 개리뎁」「토르 교 사건」「기어다니는 남자」「사자의 갈기」「베일 쓴 하숙인」「쇼스콤 관」「은퇴한 물감 제조업자」), 1927

코난 도일의 작품 중에서 영화 〈쥬라기 공원〉과 〈킹콩〉에도 영향을 미친 『잃어버린 세계』가 유명하다. 냉철하고 이성적인 홈즈를 만들어냈던 코난 도일이 심령술과 강신술에 흠뻑 빠져 있었다는 사실은 의외이다. 코난 도일과 탈출 마술의 대가였던 해리 후

디니와의 우정은 각별했다고 한다. 둘이 함께 찍은 사진이 모티프가 되어 2016년에 방영될 드라마 제작에까지 이르렀다는 후문도 있다.

일반적인 작가들이 사후저작권을 설정하는 것과는 달리 홈즈의 창조자인 코난 도일은 더 많은 셜록 홈즈의 활약을 기리며 특별한 제재를 두지 않았다. 이로 인해 1995년 롤란드 드 발Roland B. De Waal이 집계한 목록에서는 셜록 홈즈 패러디와 패스티시가 무려 2천 편 이상 창작된 것으로 알려졌다.

패스티시와 패러디의 양상도 다양했는데 왓슨이 언급했으나 코난 도일이 발표하지 않은 작품 『수마트라의 거대한 쥐』 『빨간 거머리』 『이상한 벌레』 등에서부터 실제 역사적 인물인 처칠이나 루스벨트, 아인슈타인 등과 만나는 작품도 있다. 심지어 코난 도일의 아들인 에이드리언 도일과 미국의 추리소설가 존 딕슨 카가 합작해 『셜록 홈즈 미공개 사건집』을 발간하기도 했다.

패러디 역시 셀 수 없을 정도이며 이 중에서 '헐록 숌즈(모리스 르블랑)' '필록 홀즈(R. C. 레만)' '헴록 존스(브레트 하트)' '슐록 홈즈(로버트 L. 피쉬)' 등이 유명하다. 헐록 숌즈의 경우 모리스 르블랑이 작중에서 차용했으며 다섯 편의 작품에 등장한다. 르블랑은 홈즈 팬들의 거센 항의와 함께 심지어 코난 도일의 항의 서한까지 받아야 했다. 슐록 홈즈는 베이글 스트리트에서 와트니와 함께 활약하는 단편으로 꽤 유명세를 떨쳤다. 헴록 존스의 경우 엘러리 퀸이 극찬했던 패러디로 알려져 있다. 〈명탐정 번개〉(또는 〈명탐정 셜록 하운

드〉)와 같은 애니메이션에서는 홈즈가 개로 분하기도 했다. 또한 한국에서 어린이가 좋아하는 탐정을 꼽았을 때 빠지지 않는 '명탐정 코난' 역시 셜록 홈즈의 패러디라고 볼 수 있다.

최근에는 앤터니 호로비츠, 로리 킹, 린지 페이Lyndsay Faye, 루크 벤자민 쿤스Luke Benjamen Kuhns 등이 셜록 홈즈 패스티시로 좋은 반응을 얻고 있다. 활발한 패러디나 패스티시 창작은 이웃 나라 일본도 마찬가지인데, 신본격 미스터리의 대부로 불리며 한국에서도 팬덤을 형성한 시마다 소지 역시 홈즈 패스티시를 썼다. 한국에서는 『나쓰메 소세키와 런던 미라 살인사건』, 일본에서는 시리즈 후속편이 최근에 발간되었다.

최근 한국에서는 데이비드 컴버배치가 등장하는 BBC 드라마 〈셜록〉의 인기가 대단하다. 더불어 로버트 다우니 주니어가 셜록 홈즈로 분했던 영화 시리즈는 두 편 도합 430만 명이 넘는 관객을 동원했다. 그러나 이는 한국에 알려진 대표적인 사례일 뿐이다. 1905년 『네 사람의 서명』을 각색한 〈몸값을 요구하다〉 이후 거의 매년 빠지지 않고 홈즈는 영화화(또는 드라마화)되었다. 이 중 윌리엄 질렛, 바질 라스본, 제러미 브렛이 홈즈를 연기한 명배우로 꼽힌다. 〈셜록 홈즈의 귀환The return of the Sherlock Holmes〉에서 홈즈는 냉동인간이 되어 80년 뒤에 깨어나기도 하며, 〈셜록 홈즈와 나Without a Clue〉에서는 무능한 배우로 등장해 모든 사건을 왓슨이 해결하기도 한다.

셜록 홈즈를 연구하는 사람들 역시 상당한 저서를 발표했다. 프

랭크 시드윅이 『왓슨 박사에게 보내는 공개 서한』을 『케임브리지 리뷰』에 발표한 이후, 추리소설 마니아 사이에서 '녹스의 10계'로 유명한 로널드 녹스 신부로 인해 셜록 홈즈 연구가 적극적으로 시작되었다. 흔히 말하는 '셜로키언'의 본격적인 탄생이었다. 녹스가 내놓은 논문은 「셜록 홈즈 문헌 연구」(1911)였는데 지금까지도 셜로키언 사이에서는 널리 읽힌다. 녹스는 여기서 셜록 홈즈의 소설 전집을 '정전canon'이라고 표현했는데 셜로키언들에게 일반화된 말로 정착된다. 이후 가장 큰 영향을 미친 셜록 홈즈 연구서는 윌리엄 S. 베어링 굴드의 『주석 달린 셜록 홈즈』(1967)이다. 셜록 홈즈에 대한 이러한 저술 중 롤란드 드 발의 『The Universal Sherlock Holmes』(1994)야말로 궁극의 셜록 홈즈 서지학 정보서라고 말할 수 있다. 또한 셜록 홈즈를 연구하는 '베이커 스트리트 이레귤러스'는 1946년 이후부터 발표한 연구 내용을 모아 2001년에 1만 6천 페이지 분량의 CD를 배포하기도 했다.

셜록 홈즈 연구자들은 코난 도일이 썼던 셜록의 오류를 찾아내고 보완하는 한편, 몇몇 소설 속 지문을 통해 셜록 홈즈의 연대기나 생애를 확립했다. 이는 〈스타워즈〉나 〈트와일라잇〉 〈해리 포터〉 시리즈로 대변할 수 있는, 그러나 거의 한 세기 이전에 만들어진 팬덤이 꾸준히 활동하며 만들어낸 '세계'였다. 셜록 홈즈의 팬픽션을 쓰는 사이트에는 매일 새로운 소설이 업데이트되고 있으며, 셜록 홈즈를 전면에 내세운 셜로키언(또는 홈지언)의 블로그는 이루 셀 수 없을 정도다. 이제는 팬이 홈즈의 세계를 만들어가는 단계에 다다랐다고 할 수 있다.

홈즈는 이 세계 속에서 1854년 1월 6일생으로 확정되었다. 작중에 한 번 언급되는 홈즈의 나이가 추정 토대이지만 솔직히 정확하다고 할 수는 없다. 왓슨은 홈즈보다 세 살이 많았다. 홈즈가 「마지막 사건」에서 썼다고 자랑한 「양봉 실용 핸드북—여왕벌의 분봉에 관한 관찰기록 첨부」과 티베트를 다녀왔다고 추정되는 것, 또한 후대 작가들의 창작과 연구자들의 성과가 곁들여지며 1957년 1월 6일에 생을 마감한 것으로 받아들인다.

연구자들의 성과와는 반대로 셜록 홈즈 속 오류는 이루 셀 수 없을 정도다. 가장 유명한 것 중 하나가 「입술이 삐뚤어진 남자」에서 왓슨의 부인이 왓슨의 이름을 제임스라고 부른 사건이다. 또한 홈즈의 숙식을 책임졌던 허드슨 부인에 관한 것도 마찬가지인데, 터너 부인이라고 언급되는가 하면 마사라고 언급되기도 한다. 연구자들은 허드슨 부인의 이름을 '마사 허드슨'으로 매듭지으려 했다. 「빨강머리 연맹」에는 6월 28일이어야 할 날짜가 10월 9일로 기재되는가 하면, 「춤추는 사람 그림」에서는 암호마저 오류라는 사실을 알 수 있다. 왓슨의 생애 중 그가 결혼을 몇 번 했는지는 명확하지 않다. 최고 인기 단편 중 하나인 「얼룩 끈」에서 '늪 살모사'라는 뱀의 정체에 대해서도 오류라는 의견이 분분하다.

셜록 홈즈는 「마지막 사건」으로 영국 전역에 충격을 안겨준다. 젊은이들이 팔에 죽음을 애도하는 검은 완장을 차고 다니는가 하면, 잡지 『스트랜드 매거진』은 정기구독자가 2만 명이나 떨어져

나가기도 했다. 이는 연구자나 독자들에게도 숱한 논란을 안겼다. '모리아티는 과연 실존 인물인가?' '모리아티는 죄인이 아니다'와 같은 기본적인 논란에서부터 '홈즈가 살인자'라는 의견까지 분분하다. 이러한 의견의 충돌이나 대립은 고스란히 후대 작가들에게 홈즈 패스티시나 패러디 창작으로 이어지는 계기가 되었다는 사실에서는 좋은 영향을 끼쳤다.

셜록 홈즈는 수많은 명대사로도 유명하다. 이 중 가장 유명한 대사들을 추리면 아래와 같다.

> When you have eliminated the impossible, whatever remains, however improbable, must be the truth불가능한 것들을 제거하고 나면 아닐 것 같아도 진실만 남게 된다.
>
> It's not allowed to guess without informations(사건에 대한) 정보 없이 추측해서는 안 된다.
>
> The little details are by far the most important가장 사소한 단서가 결국 가장 중요한 단서라네.

또한 코난 도일의 묘비명에는 "강철처럼 진실하고 칼날처럼 곧게"라는 홈즈의 명대사가 새겨져 있다고 한다.

홈즈는 왓슨에게 조롱하는 듯한 문장의 쪽지를 여러 번 보내기도 했는데, "한가하면 당장 오게" "한가하지 않아도 당장" 등이 있다. 사람들에게 웃음을 자아내기에 충분한 쪽지였다.

셜록 홈즈에 대한 열기는 현재진행형이다. 매년 새로운 셜록 홈즈 패스티시와 패러디가 발표되고 있으며 영화와 드라마 역시 매년 발표된다. 또한 세계 각국의 탐정소설가들은 홈즈가 등장한 지 백 년이 넘은 지금도 셜록 홈즈를 뛰어넘는 탐정소설을 창작하기 위해 매진하고 있다. 과연 불세출의 탐정 셜록 홈즈를 뛰어넘는 탐정이 탄생할 수 있을까? 그러나 독자의 판단 여부를 떠나 셜록 홈즈를 뛰어넘는 탐정이 나오기는 불가능해 보인다.

탐정? 그가 바로 셜록 홈즈니까.

참고문헌

『베이커 가의 셜록 홈즈』, W. S. 베어링 굴드, 정태원 옮김, 태동출판사, 2011.
『주석 달린 셜록 홈즈』, 아서 코난 도일, 레슬리 S. 클링거 주석, 현대문학, 2013.
The Universal Sherlock Holmes, Ronald Burt De Waal, G. A. Vanderburgh, 1994.

셜록 홈즈의 증명

1판 1쇄 인쇄 | 2016년 1월 22일
1판 1쇄 발행 | 2016년 1월 29일

지은이 김재희, 박현주, 손선영, 윤해환, 홍성호
펴낸이 김기옥

사업3팀 최한중
커뮤니케이션 플래너 이봉주, 박진모
경영지원 고광현, 김형식, 임민진

인쇄 · 제본 (주)에스제이피앤비

펴낸곳 한스미디어(한즈미디어(주))
주소 121-839 서울시 마포구 양화로 11길 13(서교동, 강원빌딩 5층)
전화 02-707-0337 | **팩스** 02-707-0198 | **홈페이지** www.hansmedia.com
출판신고번호 제 313-2003-227호 | **신고일자** 2003년 6월 25일

ISBN 978-89-5975-954-5 03810